Ralf Günther

Der Leibarzt

Ralf Günther

wurde 1967 in Köln geboren. Er schrieb Krimis, Hörspiele und Kinderbücher und arbeitete als Autor fürs Fernsehen. Seit 1993 lebt Ralf Günther als Drehbuchautor und Schriftsteller in Dresden. »Der Leibarzt« ist sein erster historischer Roman.

Ralf Günther

Der Leibarzt

Roman

Weltbild

Der Autor dankt *textwerk* im Literaturhaus München
für die Unterstützung durch das dreiteilige Seminar
für Autoren historischer Romane und den Teilnehmern
des Seminars für ihre hilfreichen Hinweise.

Besuchen Sie uns im Internet:
www.weltbild.de

Genehmigte Lizenzausgabe
für Verlagsgruppe Weltbild GmbH,
Steinerne Furt, 86167 Augsburg

Umschlagkonzept: Patricia Büdinger, Augsburg
Umschlaggestaltung: Lydia Koch, Augsburg
Umschlagmotiv: Frau: Picture Press, Hamburg,
Stadt: Artothek, Peissenberg
Autorenfoto: H.L. Böhme
Gesamtherstellung: Freiburger Graphische Betriebe
GmbH & Co. KG, Bebelstraße 11, 79108 Freiburg
Printed in Germany
ISBN 3-8289-0656-7

2003 2002
Die letzte Jahreszahl gibt die aktuelle Lizenzausgabe an.

Geschichte ist die Lüge,
auf die sich die Historiker geeinigt haben.

VOLTAIRE

1. Kapitel

Wenn Ludwig Tieck eines nicht verzeihen konnte, so war es das verspätete Erscheinen zu einem seiner berühmten Vorleseabende. Gegen sechs Uhr abends hatte die geneigte und möglichst zahlreiche Zuhörerschaft in Tiecks Domizil am Dresdner Altmarkt zusammenzuströmen. Die Tiecksche Wohnung befand sich im ersten Stockwerk des Eckhauses, das sich, vom Platz aus gesehen, mit monumentaler Plumpheit vor die schlanke Fassade der Kreuzkirche drängte. Bei Tee und Gebäck übte man sich in geselliger Konversation und machte die Honneurs. Unterdessen rückte Amalie, die stille und leidgeprüfte Gattin des alternden Dichters, das Tischchen und die beiden flankierenden Kerzenleuchter zurecht, und auch den bequemen Lehnstuhl, in dem Tieck zu thronen pflegte. Bald hierhin, bald dorthin schob sie die spärliche Staffage, so lange, bis es dem Dichterfürsten kommod erschien und er wie ein Feldherr auf dem Schlachtenhügel mit einem unmerklichen Kopfnicken die Aufstellung der Truppen gutgeheißen hatte. Schlag sieben vom nahen Turm der Kreuzkirche – so wollte es die eherne Regel – nahmen die Lesungen ihren Anfang. Und warum sollte es an diesem Abend anders sein, da Tieck eine Vorlesung zu Ehren durchreisender französischer Gelehrter angeordnet hatte?

Carl Gustav Carus warf einen hastigen Blick hinauf zum grazilen Turm der Kreuzkirche. Er war erpicht darauf, die Franzosen kennen zu lernen, handelte es sich doch um die berühmten französischen Frauenheilkundler und Geburtshelfer Vater und Sohn Marigaux in Begleitung eines dritten, Carus bislang unbekannten Gelehrten.

Viertel nach sieben – der Arzt und Freund des Dichters hatte den Beginn der Lesung um fünfzehn Minuten versäumt! Und wie um ihn zu verhöhnen, zerschlug eine einzelne, helle Glocke in diesem Moment das erste Viertel der Stunde.

Carus stürzte sich durch das nächtliche Portal in den Flur des Eckhauses. Während er die steinernen Stiegen hinaufhastete, pflückte er sich den Zylinder vom Kopf und strich sich mit der freien Hand das leicht gewellte, blonde Haar glatt. Atemlos blieb er vor der Schwelle der Tieckschen Wohnung stehen. Er versuchte, sich zu sammeln und eine höfliche Entschuldigung zu formulieren. Eine Entschuldigung, die den wahren Grund für seine Verspätung freilich mehr verschleiern als erhellen musste, denn ein Arzt für Frauenkrankheiten konnte die Einzelheiten seiner Tätigkeit unmöglich vor den Ohren einer gelehrten Teegesellschaft ausbreiten.

Als Carus seinen Atem allmählich unter Kontrolle gebracht hatte, glaubte er, seinen Ohren nicht zu trauen, war doch durch die Tür ein kaum gedämpftes Geraune zu vernehmen. Und dies Geraune, so gut kannte Carus wohl seinen väterlichen Freund, hätte der altehrwürdige Tieck während seiner Lesung niemals zugelassen! Eher hätte er polternd die ganze Gesellschaft aus der Wohnung expediert. So geschehen, als ein Gast aus England, der sich ohne Referenzen und lediglich auf Empfehlung eines jener Reiseführer aus Papier, wie sie immer mehr in Mode kamen, eingefunden hatte, sich mitten im feurigsten Calderón zu schnäuzen wagte.

In Erinnerung an Tiecks Wutausbruch musste Carus schmunzeln, doch im nächsten Moment verflog seine Heiterkeit, wurde er sich doch seiner eigenen Situation bewusst. Carus raffte allen Mut zusammen und zog an der Klingelschnur. Die Türklingel ertönte glockenklar. Auch dies ein Zeichen dafür, dass die Lesung aus Gründen, die

Carus nicht zu erraten vermochte, ausgesetzt war. Vor Beginn der Lesestunde nämlich stülpte Dorothea Tieck für gewöhnlich mit ihren schlanken Fingern eine Filzhaube über das Türglöckchen, die jeden verspätet Einlass Begehrenden zur Tonlosigkeit verdammte.

Sie, die ältere und talentiertere der beiden Töchter Tiecks war es auch, die ihm öffnete. Seit die Gräfin Finckenstein verstorben war, Tiecks Gönnerin, die dem vergötterten Dichter über lange Jahre hinweg mit ihrem neumärkischen Familienvermögen die aufwändige Haushaltung gesichert hatte, waren die Pflichten der Hausherrin auf Dorothea und nicht etwa auf Tiecks Frau Amalie übergegangen. Die schlichte Amalie, eine Gattin, die Tieck nie als ebenbürtig betrachtet hatte, war zur Aufwärterin herabgesunken. Das traf sich vorzüglich, da die eigentliche Aufwärterin und treue Dienerin der verstorbenen Gräfin Finckenstein vor Altersschwäche kaum noch zu gebrauchen war und im Tieckschen Haushalt das Gnadenbrot genoss. Nach wie vor auf Kosten ihrer verstorbenen Herrin, denn die Finckenstein hatte Tieck in treuer und wahrhaft anhänglicher Verehrung ein nicht unbeträchtliches Vermächtnis hinterlassen.

Dorothea Tieck trug ein zauberhaftes Leibchen mit Spitzenbesatz, am Rücken geschnürt, mit einem eng anliegenden Kragen, der ihren schlanken Hals auf vorteilhafteste Weise zur Geltung brachte. Die langen, braunen Haare trug sie nach altdeutscher Art geflochten und zum Kranz aufgesteckt, der ihr Haupt allerliebst bekrönte. Die braunen Augen, die sie vom Vater geerbt hatte, strahlten ihm entgegen, und Carus konnte nicht umhin, verkrampft zurück zu lächeln.

»Ich habe mich verspätet. Die Pflicht hielt mich im Entbindungsinstitut zurück«, entschuldigte sich Carus.

Dorothea schlug die Augen nieder und errötete, so wie alle unverheirateten Frauenzimmer erröteten, sobald die

Rede auf Carus' Beruf kam. Mit einem Arzt für Frauenkrankheiten und Geburtshilfe unterhielt sich eine junge Dame nur, wenn es sich partout nicht vermeiden ließ – und auch dann nur unter größter Zurückhaltung und Schamhaftigkeit.

Carus trat in den Empfangsraum und überreichte der Dienerin seinen Zylinder mit der hochgebogenen Krempe. »Ihr werter Vater ist wohl indisponiert?«

Dorothea hängte sich mit einer raschen Wendung galant an seinen Unterarm, den ihr zu reichen er vergessen hatte, und führte ihn in den Salon. »Ich bedaure, Ihrem stadtbekannten Scharfsinn widersprechen zu müssen, werter Medizinalhofrat. Mein Vater ist so munter, wie es ihm seine Gebrechen nur gestatten.«

An der Schwelle zum Salon hielt Carus erschrocken inne. Die Menge schien ihm undurchdringlich. Einen solchen Menschenauflauf hatte er in diesen Räumlichkeiten noch nicht erlebt. Lediglich der mächtige, mit hellen Kacheln versehene Ofen stand wie ein Fels in einer Ecke des Salons, umwogt von einem Meer aus Leibern. Dorothea schritt tapfer voran, und wie in der biblischen Mär teilte sich die Menge und gab eine Schneise frei. Mit zögernden Schritten tauchte Carus ein. Der Salon war übervoll mit den edlen Gerüchen feinster Parfüms, Puder und Öle. Leider gab es nicht die Spur eines Hauchs von Bratengeruch oder wenigstens einer gut gewürzten Veroneser Salami. Der geizige Tieck rechnete wohl darauf, dass seine Gäste das Nachtmahl schon eingenommen hatten – was zumindest in Carus' Fall nicht zutraf. Sein seit dem eiligen Mittagsmahl im Institut nicht mehr beschäftigter Magen krampfte erbärmlich.

Das dumpfe Geraune gedämpfter Konversation war durchsetzt von einigen Brocken der französischen Sprache, die Carus zwar verstehen, doch nur leidlich sprechen konnte. Carus hielt nach den französischen Gelehrten, den

Ehrengästen des Abends, Ausschau. Während er seine Blicke über Gesichter und mit dem Brennstab gezwirbelte Frisuren schweifen ließ, fiel ihm auf, dass die Anordnung der Möbel so gar nicht dem Zwecke eines Vorleseabends entsprechen wollte. Das Pult, an dem Tieck gewöhnlicherweise saß, umrahmt von zwei flackernden Kerzenleuchtern, der einzigen Illumination, die der Dichter gestattete, fehlte ganz.

Auch der berühmte Lehnstuhl, der Tieck als Dichterthron diente, war nirgends zu erspähen. Im Umherschweifen kreuzten sich Carus' Blicke mit denen Tiecks, und noch ehe Carus Dorotheen seine Verwunderung über die Einrichtung dieses Abends mitteilen konnte, humpelte der Dichter selbst mit gebeugtem Rücken und auf sein spanisches Rohr gestützt dem jüngeren Freund entgegen. Es war die unbarmherzige Qual der *Arthritis Urica*, gemeinhin Gicht genannt, die seinen Körper seit Jahrzehnten gefangen hielt. Sie hatte seine Gelenke mit Harnsäurekristallen derart verhärtet, dass Tieck auch von wohlmeinenden Geistern als ›Krüppel‹ bezeichnet werden musste. Und doch machte er im feierlichen rotbraunen Frack mit der vornehm geknoteten weißen Halsbinde unter dem Doppelkinn eine Figur, die verstehen ließ, warum man ihn auf der Straße gelegentlich mit Napoleon Bonaparte verwechselte. Sein wacher, scharfer Blick war wahrlich der eines Feldherrn. Und so gekrümmt sein Körper unter dem Joch der Krankheit auch sein mochte, die Stimme war laut und kräftig geblieben und von tiefem, angenehmem Klang. »Ah, mein lieber Carus! Wie ich höre, haben Sie vor, unsere französischen Freunde mit Ihrer wissenschaftlichen Privatsammlung zu entzücken.«

Dorothea überließ ihrem Vater das Feld und wandte sich anderen Gästen zu. Carus klammerte sich am Anblick ihres stockenden, suchenden Gangs fest. Bei aller Anmut des Geistes fehlte Dorothea die Anmut der Bewegung doch so ganz. Vielleicht lag es daran, dass sie mit den männlichen Hauptfiguren in Shakespeares Werk vertrauteren Umgang pflegte als mit den realen Erscheinungsformen des anderen Geschlechts. Dorothea war auf frappierende Weise ein jugendliches Ebenbild ihres Vaters: Auch ihre körperliche Unzulänglichkeit stand im schärfsten Kontrast zu ihrer geistigen Beweglichkeit.

Welch ein Unterschied zu Dorotheas jüngerer Schwester Agnes, die ein wahrer Wildfang war – und zudem ungewöhnlich hübsch! Auch heute hatte sie eine Hand voll jugendlicher und auch einige bejahrte Verehrer um sich versammelt, die ihr eifrig Komplimente machten. Wieder einmal bestätigte sie vor aller Augen, was man unter der Hand ohnehin munkelte: Dass Agnes zwar ein toleriertes und akzeptiertes Kind des Hauses, nicht aber Blut von Tiecks Blute war, sondern Frucht einer wohl eher versehentlichen Begegnung der lethargischen Amalie mit dem noch lethargischeren Wilhelm von Burgsdorff, einem Freund der Familie aus der Jenaer Zeit. Carus ergötzte sich daran, dass aus der Kreuzung zweier blutleerer, leidenschaftsloser Gefäße die vollblütige und rassige Lebensgier einer Agnes Tieck hervorgehen konnte. Welche Geheimnisse lagen in der geschlechtlichen Verbindung zweier Menschen verborgen – und alle warteten sie darauf, erforscht zu werden!

»Wenn ich meinem Töchterchen so zusehe, werde ich noch ganz unruhig«, konstatierte Tieck mit der ihm eigenen Trockenheit. Die Feststellung hielt ihn nicht davon ab, Agnes' Treiben weiterhin auf das Genaueste und mit einem gewissen Stolz zu beobachten. Carus nickte und verschwieg, dass er in Agnes eine der Kandidatinnen sah, wie sie aller Tage zu ihm ins Entbindungsinstitut strömten, mit der Bitte, ihnen die Verschwiegenheit zu garantieren, die ein besonderer, peinlicher Zustand bei einer Unverheirateten erforderte.

Unter den drängendsten Kavalieren der Agnes Tieck befand sich der Sohn von François Marigaux, des Wortführers der namhaften französischen Gelehrtengruppe, die für einige Tage in der sächsischen Residenz weilte. Die Herrschaften waren auf dem Wege von Berlin nach Wien, von wo aus sie auf südlicher Route nach Frankreich zurückkehren wollten. Auf den verschiedenen Stationen ihrer Reise führten sie stets gelehrte Dispute, nicht nur über diejenigen Fragestellungen, die ihre Profession unmittelbar berührten, sondern auch über so bedeutsame Fragen wie das ›Wesen der gewittrigen Entladungen zur Sommerzeit‹ oder über die ›Ordnung in der Anordnung der Rosenblütenblätter‹. Diese Dispute mit dem Gelehrtentume ihrer Zeit und das Auskundschaften des geistigen Horizonts Europas waren der eigentliche Sinn ihrer Reise. Die Delegation umfasste neben Vater und Sohn Marigaux, zwei ausgewiesenen, hervorragenden Frauenheilkundlern, einen dritten, deutlich älteren Herrn mit schlohweißem Haar, der seine wahre Person in den Mantel des Geheimnisses gehüllt hatte. Er ließ sich allerorten unter dem Titel ›Monsieur D.‹ einführen und erweckte naturgemäß Carus' größtes Interesse.

»Du kommst spät, mein Freund«, riss Tieck den Arzt unvermittelt aus seinen Betrachtungen.

»Ich wurde aufgehalten, in der Anstalt –«, setzte Carus erneut zu einer Entschuldigung an.

Tieck unterbrach ihn jedoch mit einer Handbewegung: »Erspare uns die unappetitlichen Einzelheiten, mein Lieber.« Und dann, mit gesenkter Stimme und einem vertraulichen Augenzwinkern: »Oder schildere sie mir ausführlich in einer einsameren Stunde.«

»Wie ich sehe, brauche ich mich nicht allzu sehr zu grämen, denn die Lesung hat ja noch gar nicht begonnen«, merkte Carus vorsichtig an.

»Ich habe mit Rücksicht auf unsere fremdländischen

Gäste von einer Lesung am heutigen Abend Abstand genommen.«

Überrascht hob Carus die Augenbrauen. Tieck sprach zwar ein durchaus akzeptables Französisch, doch die unschlagbare Wirkung seiner Lesungen aus den Meisterwerken der Literatur war verknüpft mit der deutschen Sprache, ihren feinen Nuancen in Betonung und Rhythmus – einer Klaviatur, auf der Tieck virtuos zu beeindrucken verstand –, aber eben nur in seiner Muttersprache. Also war es vernünftig, die Lesung abzusagen. Eine weise, doch kaum fassbare Entscheidung, wenn man Tieck kannte, der für gewöhnlich sehr erpicht darauf war, die Räume mit seiner wohlklingenden Stimme und seinem dramatischen Temperament auszufüllen. Nicht nur böswillige Zungen sprachen von Ludwig Tieck als dem besten Schauspieler, der jemals die Bühne *nicht* betreten hatte.

»Stattdessen habe ich unsere allseits beliebten und hochgerühmten Hofschauspieler gebeten, für uns ein improvisiertes kleines Privatvergnügen zu veranstalten. Wir werden Zeugen einiger hochbedeutsamer und allerliebst anzuschauender *tableaux vivants* werden, die ich eigens von der Truppe einstudieren ließ!«

Carus nickte anerkennend. Tieck war ein schlauer Fuchs. Auf diese Weise konnten die weit gereisten Gäste in den Chor derer einstimmen, die das Loblied auf Tiecks berühmten, musenfreundlichen Salon sangen, auf die sprichwörtliche *grâce tickienne*, ohne dass der literarische Großmogul sich zu diesem Zwecke mit einer für fremde Ohren ganz und gar freudlosen Lesung verausgaben musste!

Zweifellos war die Veranstaltung nichts weniger als improvisiert, sondern von langer Hand vorbereitet. Die Einrichtung des Salons war dermaßen zweckmäßig, dass man ohne weiteres eine reguläre Aufführung des Königlichen Hoftheaters hätte stattfinden lassen können. Tieck hatte sämtliche Möbel entlang der Wand zu seinen Schlafgemächern entfernen lassen. Die Front mit der edlen Jacquardtapete, die den Salon zu den Tieckschen Schlafgemächern hin abschloss, war nun Hintergrund für ein Bühnengeschehen geworden. Zu diesem Zwecke war, und Carus hatte dies schon bei flüchtigem Hinschauen bemerkt, auch das anrührende Motiv, das ›Alte Kreuz auf einem Kirchhof‹, das Carus als Skizze von einem seiner Malausflüge mit dem Landschaftsmaler Friedrich mitgebracht und eigenhändig in Öl ausgeführt hatte, von seinem angestammten Platz im Salon entfernt worden. Ein Umstand, den Carus nur schwerlich verzeihen konnte, auch wenn er die Zweckmäßigkeit der Entfernung einsah. Durch die Nutzung der rückwärtigen Wand als Bühnenprospekt konnten die Darstellerinnen und Darsteller durch die in der Tapete verborgene Schlafzimmertür auf- und abtreten. Sogar an einen leichten, den Salon auf halber Höhe unterteilenden Vorhang hatte man gedacht, der die Szenerie zwischen den Verwandlungen verbarg. Er war leuchtend rot und wurde von zwei in schlecht sitzende Mietlivreen gesteckten Bühnendienern flankiert, denen die Aufgabe des Vorhangauf- und zuziehens zugefallen war.

Im Augenblick war der Vorhang geschlossen. Offenbar arrangierten sich die Darsteller im Hintergrund zu einem neuen ›lebenden Bild‹. Das Rascheln schwerer Kleider und leise geflüsterte Anweisungen drangen hinter dem Vorhang hervor und gaben dem Ganzen den Reiz der Erwartung.

Der alte Mischnick, ein aus Breslau stammender ehemaliger Hofschauspieler im Rollenfach der lustigen Diener, der eine Gnadenrente vom König bezog, stand etwas abseits und ein wenig steif neben dem geschlossenen Vorhang. Seine Gesichtshaut war vom jahrzehntelangen Gebrauch der bleihaltigen weißen Theaterschminke zerfressen. Hin und wieder warf er einen nervösen Blick hinter den Vorhang, um nachzusehen, wie weit das ›lebende Bild‹

bereits gediehen war. Anscheinend war die Wahl auf ihn gefallen, die wechselnden Szenerien anzukündigen und vorzustellen. Weil er in seiner lang verflossenen Jugend einst Mitglied einer fahrenden französischen Theatertruppe gewesen war, stand er in dem Ruf, das Französische perfekt zu beherrschen. Doch seit ihm die Zähne ausgefallen waren, war sein Französisch ebenso schwer verständlich wie sein Deutsch.

Solange der Vorhang geschlossen blieb, ließ Carus die Blicke weiter schweifen. Auf einem der mit himmelblauer Seide bespannten Sofas, schönsten Stücken in der Tieckschen Möblierung, entdeckte Carus Ida von Lüttichau, die in einem entzückenden roten Samtkleid nebst passender Haube den stolzen Mittelpunkt einer Gruppe jüngerer, allesamt wohl- und edelgeborener Damen bildete. Ihr Ehemann, Baron von Lüttichau, der Intendant des Hoftheaters, war anscheinend von dringenderen Geschäften in Anspruch genommen. Vielleicht missbilligte er aber auch das Engagement ›seiner‹ Hofschauspieler in den Tieckschen Gemächern, lag er doch mit Tieck über Kreuz, seit er diesen aus dem Amt des Hofdramaturgen entfernt hatte.

Carus behandelte die junge Baronin hin und wieder wegen kleinerer Gebrechen. Und in letzter Zeit verspürte er eine gewisse Erregung des Herzens, wenn er der Gegenwart dieser in jedem Sinne noblen Dame gewahr wurde. So viel zumindest wollte er sich für den Moment eingestehen …

Er zog ernsthaft in Betracht, sich zu ihr zu gesellen, da näherte sich Monsieur François Marigaux, das berühmteste Mitglied der Delegation, der zu Ehren der Abend stattfand. Er verbeugte sich tief und mit einem gewinnenden Lächeln vor Carus. Tieck stellte die beiden Forscher einander vor, wie es seine Pflicht war, doch bevor Marigaux und Carus auch nur ein Wort miteinander wechseln konnten, ließ der alte Mischnick seinen Marschallstab aus dem Fundus des Hoftheaters dreimal auf den Dielenboden pochen. Im Eifer der bedeutenden Aufgabe sperrte er den Mund weit auf, viel zu weit, so dass der zahnlose Schlund klaffte wie ein leeres Krautfass: »La vertu triomphe sur l'immoralité«, brüllte er zuerst in der Sprache der Gäste, und dann auf Deutsch: »Die Tugend besiegt das Laster.«

Die Bühnendiener in ihren schlecht sitzenden Livreen stoben zur Seite, die Vorhanghälften surrten raschelnd hinterher. Ausdrücke des Erstaunens und Entzückens erschollen, als der Blick freigegeben wurde auf ein wahrhaft lebensechtes, wenngleich eingefrorenes Bild voller Anmut und sinnträchtiger Beredsamkeit:

Am linken Rand der Szenerie stand in stolzer Haltung und im üppigen Faltenwurf einer altrömischen Toga gewandet, die gepuderten Haare zu einem atemberaubenden, doch überaus züchtigen Gebilde getürmt, die königlich-sächsische Hofschauspielerin Friederike Mathilde Bernstein. Ihre Gesichtszüge waren klar und ebenmäßig, ohne überflüssige Vertiefungen oder Erhebungen, ganz glatte, kalte Fläche. Das Weiß der Schminke vollendete den Eindruck, dass es sich um eine zum Leben erweckte Marmorstatue handelte. Die besondere Aufmerksamkeit, die der mädchenhaften Demoiselle Bernstein bei dieser Gelegenheit zuteil wurde, trieb ihr eine natürliche, reizvolle Röte auf die Wangen, die durch die Schminke schimmerte. Auf den Bühnen der sächsischen Residenz gewöhnlich mit dem Rollenfach der Zofen und jungen Dienerinnen betraut, war sie es nicht gewohnt, derart im Mittelpunkt des allgemeinen Interesses zu stehen wie am heutigen Abend in der Rolle der allegorischen Tugend. Ihre unter den Falten des Gewandes sich abzeichnenden Brusthügel hoben und senkten sich in schnellem Takt. Die schlanken, ebenfalls weiß geschminkten Hände hielt sie in abwehrender Haltung mit gespreizten Fingern gegen einen männlichen Gunstbewerber erhoben. Der befand sich in der Bühnenmitte und sichtlich in Gewissensnöten, ob er sich zur Rechten der durch die Bernstein verkörperten Tugend oder ihrem natürlichen Widerpart zu seiner Linken zuwenden sollte: dem Laster, sinnigerweise dargestellt durch die bekannte und mit einem äußerst zweifelhaften Ruf belegte Schauspielerin Sophie Amalie Gruber. Die Gruber, die sich trotz ihres fortgeschrittenen Alters an das Rollenfach der jugendlichen Liebhaberinnen klammerte, konnte als Widerpart zur jungfräulichen Bernstein nicht besser gewählt sein. Sie trug ein tief ausgeschnittenes Dekolleté. Ihr Gewand war hauchdünn und sah aus wie ein weiter, untaillierter Schlafrock, der jeden Moment gen Boden zu gleiten drohte, würde er nicht gehalten von ihrem gewaltigen Brustgebirge, das den Saum des Dekolletés zu sprengen drohte. Ihr weithin gerühmtes, von Dichtern besungenes kastanienbraunes Haar floss offen über die Schultern, ihren Oberkörper in mannigfachen Wellen umschmeichelnd, ohne durch Zöpfe oder Netze auch nur irgend gebändigt zu sein, wie es sich für anständige Frauen geziemte. Allein der Ausdruck dieser ungezügelt über den Rücken bis hinunter zum Beckenansatz wogenden Haare war an Lasterhaftigkeit nicht zu überbieten! Ihr mondrundes Antlitz mit dem etwas zu breiten Mund war aufreizend geschminkt – nur um ein Weniges zurückhaltender als die Gesichter der käuflichen Mädchen in der verrufenen Fischergasse nahe der Elbe.

Ein Raunen ging durch den Saal angesichts dieser gelungenen Verkörperung des Lasters. Carus nahm ein triumphierendes Zucken wahr, das blitzschnell über das Gesicht der Gruber lief, und das er einer spontanen Reizung des *Musculus Anguli Oris* zuschrieb. Im nächsten Augenblick hatte sie sich wieder in der Gewalt und erstarrte, ihrer Rolle gemäß, zu still einladendem Eros.

Ihre Arme hielt sie ausgebreitet, bereit und begierig, den

auch sie mit kehligem Stöhnen nieder. Man ließ sie liegen. Da sie am Boden lag, konnte auch Tieck, der gerne gewollt hätte, nicht eingreifen, um ihre Kleidung zu lockern; nicht, ohne alle Quälgeister seines im Krampf gefangenen Leibes heraufzubeschwören.

Dorothea, Carus und Kreisner nutzten die Gelegenheit, die Bernstein unbehelligt auf das Bett zu hieven. Ihr graziler Körper versank fast in dem Kostümgewoge, das die Gruber bereits mächtig zerwühlt hatte.

Carus wies Dorothea an, einen Teil der Lichter zu löschen. Schnell breitete sich eine tröstliche Schummrigkeit aus, durchtränkt vom rußigen Aroma glimmender Dochte. Carus öffnete die Fenster. Gegenüber, zum Greifen nah, schoss die glatte Sandsteinfassade der Kreuzkirche in die nächtliche Dunkelheit empor. Als er sich umwandte, richtete er unvermittelt seine Worte an Kreisner: »Sind Sie ihr Verlobter oder stehen Sie sonstwie mit der Demoiselle Bernstein in enger Beziehung?«

Kreisner hielt immer noch die rechte Hand der Schauspielerin – jene, die von ihm den Apfel empfangen sollte – und tätschelte sie zärtlich. »Verlobter? Das muss ich verneinen. In näherer Beziehung? Doch, ja, wir stehen uns nahe. Sie sucht häufig Trost bei mir – ist sie doch ganz auf sich gestellt in dieser Welt.«

Die Gruber hob den Oberkörper und stützte sich auf die Hände. »Das hättest du wohl gern!« Sie wandte sich an Carus. »Er umschmachtet sie, seitdem sie die Bretter der Hofbühne betreten hat. Doch sie lässt ihn nicht an sich heran – ist sich zu fein, die Demoiselle Hofaktrice, wartet auf den Herrn mit Wappen und Stammbaum, gibt sich nicht ab mit einem armseligen Hofakteur.«

Jäh stürzte sich Kreisner auf die Gruber, um sie zum Schweigen zu bringen. Diese feuerte ihn mit kehligem Lachen an: »Jaja, ringe die Wahrheit nieder, Hans Christian, wenn du sie nicht hören kannst! Aber glaube bloß nicht, dass ich dein Betteln nochmals erhöre, wenn du des Nachts sturzbetrunken an meiner Türe scharrst.«

»Genug jetzt!«, rief Carus mit einer Entschlossenheit, die Tieck zusammenzucken ließ. »Offenbar gibt es hier niemanden, der mit der Demoiselle Bernstein in näherer Verbindung steht. Ich muss Sie deshalb allesamt ersuchen, das Gemach zu verlassen, so lange, bis wir die junge Dame wieder bei Bewusstsein haben. Mein Freund ... « Er nickte Tieck zu. Der verstand augenblicklich und schickte sich an, die Gruber und den Kreisner durch die Tapetentür wieder nach draußen zu bugsieren. Widerwillig ließen es die beiden geschehen, nicht ohne sich vorher die Kleider geordnet und die Tränen aus dem Gesicht getupft zu haben. Als sich die Tür hinter ihnen geschlossen hatte, atmete Carus auf. Dorothea, die sich ebenfalls entfernen wollte, hatte Carus am Arm zurückgehalten. »Sie möchte ich bitten, mir zu helfen.«

Unterdessen begann er, die Toga auseinander zu schlagen, die Schauspielerin auf die Seite zu drehen und mit geübten Fingern die obersten Schnüre ihres Mieders zu lösen.

Dorothea stand unschlüssig im Zimmer. Irritiert beobachtete sie, wie zielstrebig Carus der Schauspielerin Erleichterung verschaffte. War es nicht unerhört, dass dieser Mann einer fremden jungen Dame – auch wenn es sich um eine Aktrice handelte – die Wäsche lockerte? War das noch im Rahmen seiner ärztlichen Pflichten? Oder hatte der wortkarge, aber bestens beleumundete Arzt die Grenzen des Anstands und der guten Sitten bereits überschritten? Sollte sie hinauseilen und den Vater alarmieren? Die Neugier jedoch ließ sie verwirrt und gebannt zugleich dastehen.

»Was ist das?«, hörte sie Carus murmeln.

Dorothea trat einen Schritt näher und sah, wie Carus die Falten der Toga weiter lockerte. Der Ansatz des Schnürmieders wurde sichtbar, und Dorothea erwartete, die nackte Haut und womöglich gar den Nabel der Schauspielerin zu erblicken – ein Anblick, den sie widerwärtig fand, nicht nur im Beisein eines Mannes! Doch Haut war nicht zu sehen. Stattdessen kam Elle um Elle eines groben Leinenstoffes zum Vorschein, der in armbreiten Bahnen fest um den Unterleib gewickelt war. Der Bauch der Schauspielerin war auf eine Art und Weise verschnürt, die keiner Kleidungskonvention entsprach, von der die kluge Dorothea jemals gelesen oder gehört hatte. »So etwas habe ich noch nie gesehen«, stieß sie verblüfft hervor.

»Das, Fräulein Dorothea, scheint der tiefere Grund der Ohnmacht zu sein. Dieses bedauernswerte Geschöpf hat sich jede Möglichkeit abgeschnürt, mit dem Bauch Luft zu holen.« Carus fuhr fort, die Leinenbinden auseinanderzuzerren. Doch der Verband saß zu fest, um ihn mit bloßen Händen lösen zu können.

»Aber wozu, um Gottes willen?«

Carus zuckte mit den Achseln. »So etwas kann mannigfache Gründe haben. Womöglich soll eine Verletzung verborgen werden oder eine chirurgische Operation. Oder aber ...« Carus zögerte.

»Oder aber was?«

Carus schüttelte den Kopf. Er richtete sich auf und betrachtete den fruchtlosen Versuch, den Bauch der Aktrice freizulegen. »Haben Sie ein scharfes Messer?«

Dorothea zögerte. War es vereinbar mit den guten Sitten, wenn sie den Arzt mit der wehrlosen und beinahe entblößten jungen Frau allein ließ? Sprach man nicht schon genug über die Tieckschen Verhältnisse – auch nach dem Tod der seligen Finckenstein? Andrerseits, Carus war ein Freund des Vaters und Leibarzt der königlichen Familie. Dorothea eilte hinaus.

Für einen kurzen Augenblick klang melodiös die tiefe und angenehm tremolierende Stimme der Gruber an Carus' Ohr. Tieck hatte, um die allgemeine Peinlichkeit der Situation zu zerstreuen, die Gruber überredet, eine Probe ihrer Sangeskunst zu geben. Carus erkannte eine fröhliche, unschuldige Arie aus dem Weberschen ›Freischütz‹. Dann zog Dorothea die Tapetentür sachte von außen zu, und die Melodie war nur noch gedämpft zu vernehmen.

Als Dorothea mitsamt einem schmalen Küchenmesser zurückkehrte, bereute sie die kurze Abwesenheit. Erfasste sie doch mit einem Blick, dass Carus der Schauspielerin unterdessen das Mieder zur Gänze aufgeschnürt hatte. Es lag lose auf ihren kleinen, noch nicht zur vollen Reife gelangten Brüsten. Die Hitze der Scham stieg Dorotheen in den Kopf. Sie errötete, als sie Carus das Messer reichte. Doch dann sah sie, dass die Schauspielerin nun freier und tiefer atmete und ihre Wangen allmählich eine natürliche, selbst durch die Weißschminke sichtbare rosige Färbung annahmen – und war beruhigt.

Carus nahm ihr das Messer aus der Hand und begann die Bandagen zu zerschneiden. Jeder Schnitt fuhr Dorothea unter die Haut. Halb schnitt, halb riss der Leibarzt des Königs, die Bandagen sprangen entzwei, eine um die andere, und der entfesselte Leib wölbte sich vor und vor. In diesem Moment erwachte die Bernstein. Sie hob den Kopf, sah Carus mit dem Messer an ihrem Unterleib hantieren und stieß einen spitzen Schrei aus: »Was tun Sie da?«

Carus erhob sich, trat einen Schritt zurück, verbarg das Messer hinter dem Rücken und machte eine knappe Verbeugung. »Carl Gustav Carus. Medizinalhofrat und Leibarzt Seiner Majestät des Königs. Sie waren in Ohnmacht gefallen, und ich war so frei, die Ursache der Ohmacht zu beseitigen.«

Friederike Mathilde Bernstein schwang ihre Beine vom Bett. Als sie sich aufrichtete, musste sie das Schnürmieder mit der Hand festhalten. Sie setzte sich breitbeinig auf die Bettkante, um der Fülle des Unterleibes Platz zu gewähren. Ihr Gesicht hatte einen verzweifelt zornigen Ausdruck angenommen. Unsicher wanderte ihr Blick zwischen Dorothea und Carus hin und her. »Was fällt Ihnen ein? Sie haben mich … entblößt!« Die Schamröte brachte ihre Schminke zum Glühen.

Carus senkte den Kopf. »Sie verzeihen, Mademoiselle Bernstein, aber Sie litten unter schwerster Luftarmut und drohten zu ersticken.«

Die Schauspielerin bemühte sich mit der freien Hand, die Bandagen wieder zu ordnen. Sie spannte und stopfte mit hastigen Griffen, doch die Leinenbinden wollten nicht halten. Als ihr Bemühen nicht fruchtete und die zerschnittenen Bänder so traurig um ihren Bauch hingen wie zuvor, blickte die Bernstein auf. Ihr Gesichtsausdruck war der eines gehetzten Rehs, das von der Meute gestellt wird. Sie schlang die Toga enger um den Leib und hielt die Arme vor dem Bauch verschränkt.

»Wie lange treiben Sie das schon? Wie lange, glauben Sie, können Sie es noch verbergen?«, fragte Carus. Die Bernstein sprang auf ihre nackten Füße. Einige Fetzen der Leinenbandagierung fielen zu Boden.

»Was geht Sie das an?«, schrie sie mit hochrotem Kopf. Sie griff sich einige Kleidungsstücke von dem bunten Haufen, der im Zimmer verteilt war, raffte die Toga enger um den Leib und wollte hinaus stürmen. Doch als sie die Geräusche von jenseits der Tapetentür vernahm – Beifall, denn die Arie der Gruber war in diesem Moment zu Ende gegangen –, prallte sie zurück. Langsam, mit bemüht stolzem Blick wandte sie sich um und forderte Carus und Dorothea auf, sie augenblicklich allein zu lassen. Dorothea schaute den Arzt fragend an. Der nickte, und Seite an Seite verließen sie das Schlafgemach. Kurz bevor Carus die Tür hinter sich schloss, schleuderte er wütend und ohne nachzudenken das Küchenmesser in einen Winkel des Zimmers.

Dann standen sie ratlos vor der Tapetentür, der Arzt und die älteste Tochter des Dichters, verborgen hinter dem provisorischen Vorhang, unsichtbar noch für die Gäste im Salon.

»Wenigstens zu einem Dank hätte sie sich herablassen können«, merkte Dorothea leise an.

»Unberechenbar ...«, murmelte Carus.

»Wie bitte?«

»In ihrem Zustand werden die Frauen unberechenbar.«

»Ja, um Gottes willen, in welchem Zustand befindet sich denn die Hofaktrice?«

»Können Sie schweigen – auch gegenüber Ihrem Vater?« Carus sah sie durchdringend an. Dorothea nickte zögerlich.

»Die Hofaktrice ist schwanger.«

Dorothea errötete und blickte Carus unverwandt an: »Ach mein Gott. Ist denn das arme Ding verheiratet?«

Carus betrachtete sie schweigend, als wolle er in ihren Gesichtszügen erkunden, wie es möglich wäre, dass eine so kluge Frau in den Dingen des Lebens so wenig bewandert war.

Der eindringliche Blick verunsicherte Dorothea. »Ich muss mich den Gästen meines Vaters widmen«, brachte sie stockend hervor. Dann trat sie, zögerlich, doch anscheinend ohne die Folgen zu bedenken, durch den Vorhangspalt. Augenblicklich verstummte jedes Gespräch im Salon. Alle Blicke waren auf sie gerichtet. Und Dorothea wünschte sich nichts sehnlicher, als im Boden zu versinken.

Carus verbrachte eine unruhige Nacht. Er träumte lebhaft. In seinen Träumen erschien ihm wieder und wieder die Friederike Mathilde Bernstein auf der Bühne des Hoftheaters und er, Carl Gustav Carus, war der einzige Zuschauer. Er hatte auf den hinteren Stuhlreihen in der Loge des Königs Platz genommen, weit genug von ihr entfernt, doch in exponierter Lage. Sie streckte ihm die Arme entgegen, mit theatralischem, flehendem Ausdruck, doch der Ausdruck blieb stumm. Auch wenn Carus gewollt hätte, es war ihm unmöglich, zu ihr zu gelangen. Im nächsten Augenblick ertönte ein fürchterliches Getrappel und Gestampfe, zunächst leise, dann anschwellend, die Schauspielerin blickte irritiert zur Seite, in die Bühnengasse hinein, von wo die Geräusche kamen, und ließ die Arme sinken. Im nächsten Moment brachen sie hervor: Dutzende und Aberdutzende von Schweinen und Ferkeln stürmten dicht gedrängt und in wilder Raserei auf die Bühne. Die Schauspielerin machte keine Anstalten zu fliehen. Sie stand wie angeschmiedet, Aug' in Aug' mit der quiekenden, grunzenden Horde. Dann wurde sie von der Bugwelle fleischfarbener Leiber umspült, hielt einen kurzen Moment stand, knickte ein und ließ sich ohne Gegenwehr überrennen. Carus erhaschte noch einen kurzen Blick auf den Saum ihres wallenden schwarzen Samtkleides, der aufgeflogen war und die Sicht auf die Rüschen der weißen Unterröcke freigab. Dann wurde auch der zu Boden getrampelt. Einige Ferkel quiekten, eine Sau machte einen Satz genau an der Stelle, an der ihr Körper liegen musste. Immer mehr Schweine strömten aus der rechten Bühnengasse. Lehmiger Staub erfüllte den Raum und erschwerte die Sicht auf die Bühne zunehmend. Carus hielt sich den Ärmel vor die schmerzenden Augen. Als er den Arm wieder sinken ließ, hatte sich der Staub gelegt. Die Bühne war leer und verlassen. Auch dort, wo die Demoiselle niedergesunken war, glänzte nichts außer den glatten, hölzernen Bühnendielen.

Carus schreckte hoch. Er war schweißgebadet. Tageslicht erhellte sein Schlafzimmer. Die Vorhänge waren bereits zurückgezogen und die Fensterläden aufgestoßen. In diesem Moment hörte er die Kirchturmuhr die zweite Hälfte der neunten Stunde einläuten. Er sprang eilig aus dem Bett. Die französischen Gelehrten hatten sich, in Tiecks Begleitung, auf neun Uhr angemeldet.

Er hatte gerade seine Morgentoilette beendet – freilich

ohne genügend Zeit für eine ordentliche Rasur gehabt zu haben, aber sein Bartwuchs war nicht besonders kräftig –, als seine treue Frau Karoline im Zimmer stand. Sie, die sonst so gesetzt und ruhig war, von ihrer Statur her schon das Selbstbesinnliche verkörperte, war atemlos und aufgeregt in einer Art, die er selten an ihr gesehen hatte. Ihre Finger wurden nicht müde, widerspenstige, ergraute Strähnen in die Haarnetze zurückzustopfen, die ihr rechts und links wie Satteltaschen vom Haupt hingen. Karoline war Carus vertraut seit seiner Kindheit, war seine Gattin doch als Stiefschwester des Vaters in die Familie eingetreten, als der junge Carus weit davon entfernt war, einen eigenen Hausstand zu gründen. Und die gewöhnliche Vertrautheit war nie, zu keinem Zeitpunkt ihrer Bekanntschaft, durch verzehrende Leidenschaft ersetzt worden. Carus hatte, der Einfachheit halber, nicht viel Zeit und Mühe auf die Brautschau verwandt und führte nun das, was man gemeinhin eine gute Ehe nannte.

Ergeben machte Karoline einen Knicks, um ihm Nachricht zu geben: »Werter Gatte, in der Stube stehen drei fremdländische Herren nebst Freund Tieck, die dem Gelehrten und Forscher Carl Gustav Carus ihre Aufwartung zu machen wünschen.«

Carus zupfte seine seidene Halsbinde zurecht und warf einen letzten, prüfenden Blick in den Spiegel. Sein Gesicht war schmal und ebenmäßig, seine Stirn außerordentlich hoch – nach allen übereinstimmenden Erkenntnissen der auf dem Gebiet der Schädelforschung tätigen Kollegen ein deutliches Zeichen für einen scharfsinnigen Geist. Und wer wollte die Scharfsinnigkeit seines Geistes leugnen, wenn die Gelehrten selbst aus dem Ausland herbeieilten, um sich die Ergebnisse seiner Forschungen aus erstem Munde mitteilen zu lassen?

Vierundvierzig Jahre war er alt, ein viel versprechendes Alter für einen Gelehrten, ein Alter, da die Neugier allmählich durch Weisheit ersetzt wurde, und sein Name schien bereits jetzt dazu ausersehen, in den Olymp der europäischen Gelehrten ersten Ranges aufzusteigen!

Carus war mit dem, was er sah, zufrieden. Schade nur, dass Goethe das nicht mehr erleben durfte. Hatte er den strebenden Arzt und Forscher doch zeit seines Lebens ermutigt. Und Goethes Vorbild war es gewesen, das Carus seine Interessen in vielerlei Richtungen hatte schweifen lassen. In der Malerei hatte er es zu einigem Geschick gebracht. Die Ölgemälde, die er dem großen Vorbild verehrt hatte, hingen an Ehrenplätzen im Weimarer Haus am Frauenplan – so hatte es ihm das Genie in einem seiner letzten Briefe wenigstens versichert. Und sich im vierzigsten Lebensjahr bereits Leibarzt der Albertinischen Wettiner zu nennen – auch dessen konnte sich nicht jeder Mediziner rühmen. Eine Anstalt zu leiten, zu forschen, die Ergebnisse der Forschungen und allerlei sonstige Weltbetrachtungen zu Papier zu bringen, Analysen des Zustandes und Vorschläge zur Verbesserung der medizinischen Versorgung der Bevölkerung des Königreiches zu machen – all dies konnte Carus dank einer strengen Zeitökonomie vereinbaren, denn die Stunden zwischen dem Erwachen – um fünf Uhr morgens – und Zubettgehen – gegen elf Uhr abends – waren für gewöhnlich nach einem präzisen Arbeitsplan eingeteilt. Doch der war für den heutigen Tag und den außergewöhnlichen Anlass außer Kraft gesetzt.

Als Carus huldvoll über die Freitreppe in den Gartensalon trat, um die Reisenden auf das herzlichste zu emp fangen, humpelte Tieck ihm entgegen. »Freund Carus, ich hoffe, nach den peinlichen Prüfungen des gestrigen Abends bist du heute in der Stimmung, uns in die tieferen Geheimnisse deiner Forschungen einzuweihen?«

Carus lächelte ehrerbietig und senkte Kopf und Oberkörper zu einer ergebenen Verbeugung. Er hatte Tieck gebeten, gegenüber den Fremden zu dolmetschen. Carus beherrschte die französische Zunge zwar selbst ein wenig, doch ein Dolmetscher vom Range eines Tieck adelte seine Forschung ebenso wie seine Stellung. Und wie hatte Tieck ihn gedrängt, bei diesem Treffen zugegen sein zu dürfen! Zeigte er doch seit längerem ein lebhaftes Interesse an den medizinischen Forschungen des jüngeren Freundes. Nun ergriff er die Gelegenheit, sich sowohl den französischen Gästen als universeller Geist mit vielseitigen Interessen präsentieren, als auch sich tiefer in die Carusschen ›Geheimwissenschaften‹ – wie er sie spöttisch nannte – einführen lassen zu können.

François Marigaux war der würdige Wortführer der Delegation, obwohl er zwei Lebensjahrzehnte jünger sein mochte als der ominöse Monsieur D. Er sprach einige wohlgesetzte Sätze der Begrüßung und erkundigte sich dann nach dem Gesundheitszustand des jungen Fräuleins, das gestern so überaus sinnfällig zu Boden gegangen sei. Carus entwand sich wortreich einer Antwort: Er wisse nicht genau, wie es ihr ergehe, da sie jede nähere Untersuchung verweigert habe.

Die französischen Gelehrten gaben sich mit dieser Auskunft zufrieden, hielten sie doch bereits in seinem Salon nach Spuren der jüngsten Forschertätigkeit Ausschau. Carus bat Tieck, den Herrschaften zu erläutern, dass er ihnen zunächst die neuesten und aufregendsten Forschungsgegenstände zu präsentieren gedenke: die Hagelkörner. Die Franzosen blickten sich fragend an. Woher wolle Carus an einem solch schönen Maientage, wo sich nicht der Hauch eines aufziehenden Gewitters erahnen ließ, Hagelkörner zaubern?, übersetzte Tieck, ob der Verblüffung der drei fremdländischen Herren siegesgewiss schmunzelnd. Auch wenn er für gewöhnlich Carus' Passion für gestauchte Eiskristalle bespöttelte, genoss er nun das Aufheben, das man um die Sache machte. Tieck nutzte wie eh und je die Gelegenheit, mit der ein oder anderen übersetzerischen Kapriole einen gewissen Teil der Aufmerksamkeit auf sich selbst zu lenken. Carus hob den Zeigefinger, um Obacht zu heischen, die ihm längst sicher war. Er bat die Herrschaften, ihm in den Keller zu folgen.

Festen Schrittes, in der rechten Hand eine flackernde Blendlaterne, führte er die Gruppe an, die sich nun mit eingezogenen Köpfen und zusammengekniffenen Augen die schmalen Stufen in die Katakomben der Carusschen Villa hinab arbeitete. Tiefer und tiefer führte die Stiege. Der Keller schien beinahe doppelt so tief unter dem Haus zu liegen wie gewöhnliche Kellergewölbe. Unten angekommen entzündete Carus weitere Laternen, und allmählich machte sich ein angenehmes Licht in der unterirdischen Dunkelheit breit. Die Franzosen sahen sich staunend um, die Ehrfurcht ließ sie wie angewurzelt stehen.

Der Keller der Carusschen Villa lag nicht nur tiefer im Boden, er besaß auch ungleich größere Dimensionen als üblich. Im Zenit des Tonnengewölbes konnte ein Mann bequem auf den Schultern eines anderen stehen. Außerdem zeichnete er sich nicht nur durch ungewöhnliche Höhe, sondern auch durch große Trockenheit aus. Carus erläuterte, dass der Keller nach seinen eigenen Angaben und Wünschen nachträglich angelegt worden sei. Denn die Planung der Villa ging auf den berühmten Johann Christoph Knöffel zurück, einen der fleissigsten Baumeister Augusts des Starken, und war ohne Keller ausgeführt worden. Nach dem Erwerb des Hauses aus den Händen eines Spekulanten, der es über die Jahre mehr und mehr hatte verfallen lassen, hatte Carus das Anwesen zweckdienlich erweitert. Drainagen und Abflusssysteme, die er selbst entworfen hatte, liefen rund um das Gebäude und hielten den Keller trocken. Ein gründlicher Pechanstrich, den das Mauerwerk von außen erhalten hatte, gewährte zusätzlichen Schutz vor Feuchtigkeit. Diese Maßnahmen versetzten Carus in die Lage, im Keller selbst Gegenstände größter Verderblichkeit über einige Zeit lagern zu können.

An der nördlichen Stirnseite des Kellers hatte Carus ein Gelass mauern lassen, in das ein schwerer Eichenholzschrank eingepasst worden war. Auf der gegenüberliegenden Seite gab es einen Ofen, der nicht dazu diente, den Raum zu heizen, sondern – wie der jüngere Marigaux sogleich erriet – das Auskochen von Skeletten, Kleintieren und anderen Präparaten zu ermöglichen. Spezielle Topfdeckel mit trichterförmiger Öffnung leiteten die dabei entstehende Feuchtigkeit über Schläuche und Röhren nach außen ab, so dass die Trockenheit im Keller erhalten blieb. An der breiten Gewölbeseite gab es einen Tisch, der an einen Billardtisch erinnerte, da es um die Tischplatte herum einen Wulst und an jeder der vier Ecken ein Loch gab. Doch statt mit grünem Filz war die Oberfläche hier mit Kupferblech ausgeschlagen. Auf diesem Tisch konnten selbst größere Objekte seziert werden – bis hin zu menschlichen Körpern. Daneben befanden sich ein Stehpult, um Zeichnungen der Forschungsgegenstände im jeweiligen Zustand der Sektion anzufertigen, sowie ein kleineres Tischchen mit einem Mikroskop. An der südlichen Stirnseite, neben dem Aufgang, stand ein Regal, in dem verschiedene Präparate in Spiritus aufbewahrt waren. Darunter Teile der Ausbeute von Carus' ausgedehnter Forschungsreise nach Italien, die er auf Empfehlung Goethes vor einigen Jahren unternommen hatte: Seetiere, Schalentiere, die Verdauungsorgane eines Haies, die elektrischen Organe eines Zitterrochens.

Diese ungewöhnlichen Präparate, die Tiecks Aufmerksamkeit zuerst fesselten, riefen allerdings bei den Franzosen als Bewohnern eines an das Mittelmeer grenzenden Landes kein größeres Erstaunen hervor als die Gesamtverhältnisse des Kellers.

Aber noch hatte Carus nicht das Herzstück des Laboratoriums vorgeführt: Das Gelass zur Aufbewahrung von Gegenständen, die gekühlt werden mussten, um nicht zu verderben – die gemauerte Nische an der Nordseite des Kellerraumes, passgenau ausgefüllt durch einen eigens gezimmerten Eichenholzschrank.

Mit gravitätischer Geste zog Carus einen Schlüssel aus der Rocktasche, öffnete das Bügelschloß und klappte die Eichenholztüren auseinander. Die Gelehrten und Tieck drängten sich dicht hinter Carus, um einen Blick zu erhaschen. Allein, es gab nichts zu sehen außer einem feinen, weißen Nebel, der unten heraussickerte. Und ein Hauch von Eiseskälte war zu spüren, als die Eichentüren aufschlugen.

Mit siegessicherem Lächeln langte Carus in den dunklen, kalten Schlund und holte ein flaches Glasschälchen heraus, auf dem, sorgfältig zur Pyramide gestapelt, ein Haufen kleiner, fester, weißer Kügelchen lag: Hagelkörner.

Carus, der sich schon seit längerer Zeit mit dem Problem der Beschaffenheit des Hagelkorns beschäftigte, hatte der flüchtigen Natur des Forschungsgegenstandes ein Schnippchen geschlagen. Die Hagelkörner gebärdeten sich nämlich als Gegenstand wissenschaftlicher Neugier äußerst widerspenstig. Im Winter, also zu einer Zeit, da sie aufgrund der äußeren Verhältnisse leicht zu konservieren und untersuchen gewesen wären, pflegten sie nicht aufzutreten. In den übrigen Jahreszeiten, insbesondere im Frühjahr und Sommer, wo der Hagelschlag vermehrt in Erscheinung trat, waren die Bedingungen seiner Erforschung ungünstig. Denn kaum hatte das Hagelkorn den Erdboden und damit den Wirkungsbereich menschlicher Neugier erreicht, schmolz es dahin und taugte nicht länger zum Forschungsobjekt. Der gemeine Wassertropfen war ja längst erschöpfend erforscht.

Die Franzosen schwiegen verblüfft und Tieck runzelte die Stirn, als Carus erläuterte, dass diese Hagelkörner durch einen wöchentlich erneuerten Eisblock, herbeigeschafft aus den fernen Gletschern der Alpen, in ihrem Zustand erhalten wurden. So dass Carus sicherlich als einziger Forscher des gelehrten Europa jederzeit und völlig unabhängig vom Wetter in der Lage war, diese überaus flüchtigen und dennoch hochinteressanten Wetterphänomene zu untersuchen.

Tieck spürte die peinliche Verunsicherung der Franzosen und merkte verschmitzt an, ob denn der große Aufwand, den Carus betrieb, um ein solch winziges Ding wie das Hagelkorn zu untersuchen, durch die zu erwartende Erkenntnis überhaupt gerechtfertigt sei – seines Erachtens reiche es völlig aus, zu wissen, dass Hagel kalt, weiß und rund sei.

Carus wies den kaum verhohlenen Anwurf empört von sich: Die Beschaffenheit des Hagelkornes, das habe selbst der selige Goethe ihm in einem früheren Briefwechsel bestätigt, lasse mit einiger Sicherheit Aussagen über die Beschaffenheit der atmosphärischen Schichten zu, die die Erde umgeben. Seine Theorie sei die, dass das Hagelkorn aus einer besonders hohen Schicht stammen müsse, in der es außergewöhnliche Druckverhältnisse gab. Denn die Oberfläche des Hagelkorns weise, im Gegensatz zum Schnee, der ihm ansonsten recht ähnlich sei, eine Stauchung der Kristallstruktur auf. Auch scheine es plausibel, dass Gewitterwolken durch ihre außergewöhnliche Höhe eine Brücke durch die verschiedenen Schichten der Atmosphäre schlagen und somit dem Hagelphänomen, das normalerweise in den oberen Schichten gefangen sei, den Weg zur Erdoberfläche öffnen konnten. Das erkläre die Tatsache, dass Hagelschlag immer im Zusammenhang mit einem Gewitter auftrete.

An diesem Punkt des Vortrags angelangt, nahm Carus mit einer Pinzette eines der Hagelkörner vom Haufen und platzierte es sorgfältig unter dem Mikroskop. Er forderte die Gelehrten auf, einen Blick durch das Okular zu werfen, um seine These zweifellos bestätigt zu sehen. Allerdings gemahnte er zur Eile, denn erfahrungsgemäß überdauere ein Hagelkorn, einmal der schützenden Kälte entrissen, nur wenige Minuten.

Stumm vor Erstaunen warfen die drei Wissenschaftler einer nach dem anderen einen Blick in das Mikroskop. Nachdem auch Tieck einen flüchtigen Augenschein auf den Wassertropfen geworfen hatte, der gerade eben noch ein Hagelkorn gewesen war, schaute Carus erwartungsvoll in die Runde.

Ein wenig verlegen schauten die Gelehrten zurück. Der älteste von ihnen, der weißhaarige Monsieur D. scharrte gar mit der Spitze seines Schnallenschuhs auf dem Fußboden umher.

Nach einer unerträglich peinlichen Zeit des Schweigens räusperte sich der ältere Marigaux und richtete einige Worte an Tieck. Tieck nickte eifrig und beeilte sich zu übersetzen. Doch Carus hatte bereits verstanden.

»Wir hatten erwartet, in Carl Gustav Carus einen berühmten Gelehrten auf dem Gebiet der Frauenheilkunde und Geburtshilfe anzutreffen. Wenn wir geahnt hätten, dass er seinen Ehrgeiz neuerdings auf das Gebiet der Wetterkunde geworfen hat, so hätten wir gewiss einen Wetterkundler zu unserem Reisegefährten erkoren. Uns interessiert, mit Verlaub, vorrangig Ihre bedeutende Forschung auf dem Gebiet der Schnittentbindung, wenngleich uns Ihre wetterkundliche Vorführung sehr beeindruckt hat.«

Gekränkt und enttäuscht von der wissenschaftlichen Beschränktheit und Engstirnigkeit der Kollegen schloss Carus geräuschvoll die Türen des Eichenholzschrankes. Er bedauerte im Stillen die neuere Entwicklung der Wissenschaft, die Universalität, auf die Goethe noch so großen Wert gelegt hatte, vermissen ließ und stattdessen ihren Blick immer starrer auf einen einzigen Gegenstand heftete. Dabei musste doch zwangsläufig die Überschau der großen

Zusammenhänge verloren gehen! Nun denn. Er ließ den Schlüssel in seine Tasche gleiten.

»Ich war bemüht, Ihnen diejenigen meiner Forschungen zu präsentieren, auf die ich im Moment den größten Eifer verwende und bei denen ich die größten Fortschritte zu verzeichnen habe. Auf dem Gebiet des Kaiserschnitts befinde ich mich erst am Anfang und bin noch völlig unsicher über den Fortgang der Sache.«

Als das Gespräch nun die Wendung nahm, die der ältere Marigaux sich ersehnt hatte, war er ganz bei der Sache. »Wie uns Kollege Naegele in Heidelberg versicherte, halten Sie es für möglich, die Bedingungen der Schnittentbindung so weit zu verbessern, dass man mit größerer Hoffnung auf Erfolg diesen Eingriff durchführen könnte? Man vielleicht sogar eines Tages zu einem regelmäßigen Überleben der Mutter gelangen würde?«

Carus wartete geduldig, bis Tieck übersetzt hatte, und antwortete dann kühl: »Erst kürzlich konnten wir eine Frau, an der wir die Schnittentbindung durchführten, nach zehn Tagen aus unserer Obhut entlassen. Allerdings wurde sie nicht von einem lebenden, gesunden Kinde entbunden. Das Becken der Frau war derart rachitisch missgebildet, dass jede Entbindung auf dem natürlichen Wege außer Frage stand. Wenngleich die Mutter unerträgliche Schmerzen durchzustehen hatte, da ihr nicht die Gnade einer Ohnmacht zuteil wurde, muss man doch von einer gelungenen Operation sprechen – zumindest in dem Sinne, dass die Mutter am Leben blieb. Das Kind allerdings war bereits verstorben, bevor wir es aus dem Leib der Mutter entwickeln konnten. Ohne diesen Schnitteingriff aber wäre das Leben der Frau zweifellos nicht mehr zu retten gewesen. Nichtsdestotrotz bleibt der Erfolg dieser Sectio so erschreckend selten, dass wir bislang nicht wagen, die Schnittentbindung regelmäßig durchzuführen.«

Nun mischte sich der junge Marigaux mit einer Vehemenz ein, die seine langen, bis auf die Schulter reichenden braunen Locken in Wallungen brachte: »Unser König, seine Majestät Louis Philippe ist äußerst interessiert an dieser Art chirurgischer Operation. Seitdem seine Lieblingsmätresse verstarb, weil ein missgebildeter Fötus nicht entbunden werden konnte, bittet er alle auf diesem Gebiet tätigen Gelehrten seines Königreichs, die Bedingungen des Unterleibsschnittes so zu verbessern, dass gesunde Frauen nicht an einer monströsen Leibesfrucht zugrunde gehen. Doch leider haben sich die gelehrten Köpfe Frankreichs seit einiger Zeit eher der Verbesserung der Embryotomie verschrieben, als die Prognosen für *beide* Betroffenen zu verbessern. Man opfert das Kind bestialisch, um die Mutter zu retten!

Zu allem Überdruss gibt es aber in Frankreich eine breite Abneigung gegen die chirurgische Operation an der Mutter. Erst kürzlich diskreditierte der große Charles Pajot diese Technik mit der pikanten Äußerung, die Schnittentbindung erinnere an die Mentalität von Wilden, die den Baum fällen, um die Frucht zu ernten.«

Wieder wartete Carus, obwohl er verstanden hatte, mit der Antwort ab, bis Tieck übersetzt hatte. Dieser Moment der Verzögerung war ihm höchst willkommen, um sich eine treffliche Antwort zurechtzulegen.

»Was diese Richtung betrifft, so kann ich überhaupt noch keine sichere Auskunft geben. Wir beginnen gerade erst, über die Probleme nachzusinnen und praktische Versuche durchzuführen. Gleichwohl können wir uns rühmen, einige erfolgreiche Schnittentbindungen durchgeführt zu haben.«

»Können Sie uns diese praktischen Versuche schildern, von denen Sie sprachen?«, fragte der dritte der Gelehrten, der sich bislang bedeckt gehalten hatte, aber von allen dreien die würdevollste Ausstrahlung besaß.

Carus überlegte einen Moment. Dann sagte er: »Nun,

angesichts Ihres nachdrücklichen fachkundigen Interesses würde ich es vorziehen, Ihnen am passenden Ort, nämlich in meiner Entbindungsanstalt, eine lebensechte Anschauung von den Dingen zu geben.«

Tieck, an dessen Nasenspitze sich ein Rotztropfen von beträchtlicher Größe gesammelt hatte, stimmte eifrig nickend zu; dabei löste sich der Tropfen vom Riechorgan und flog in hohem Bogen auf den Steinfußboden: »Nichts lieber als das. Diese Kühle, so zuträglich sie der Erforschung des Hagelphänomens sein mag, so schädlich ist sie für meine kranken Glieder.«

Carus ließ dem alten Dichter den Vortritt, und man folgte dem Pochen seines Stockes die Treppe hinauf. Oben angekommen strebten die Kellerbesucher schnurstracks der geöffneten Flügeltür des Salons zu, die zum Garten hinausführten. Von draußen lockte die herrlichste Maisonne, und die Aussicht, sich ihren wärmenden Strahlen auszusetzen, übte eine beinahe magnetische Anziehung auf die Gelehrten aus. Während Carus sich beeilte, den Gästen in den Garten zu folgen, nahm ihn seine Frau zur Seite: »Ein Billet von der Hand einer gewissen Friederike Mathilde Bernstein wurde vor einer halben Stunde von einem Chaisenträger hier abgegeben.«

Carus überließ die Gäste der wohltuenden Wirkung des Sonnenlichts und überflog die schön ausgeschriebenen Zeilen: »Ich muss Sie unbedingt sprechen. Ich werde Sie zur elften Stunde in der Anstalt, der Sie vorstehen, aufsuchen. Es geht um Leben und Tod.« Unterzeichnet hatte die Hofschauspielerin mit ihrem vollen Namen.

Karoline sah ihn von der Seite an. »Ein dringendes Anliegen?«

Carus zögerte zu nicken. Er nahm die Uhr aus der Westentasche und schaute auf das Zifferblatt: halb elf Uhr am Vormittag. Er ging festen Schrittes in den Garten und eröffnete den Gästen, dass eine dringende Angelegenheit umgehend seine Anwesenheit im Entbindungsinstitut erfordere. Es sei ihnen freigestellt, sich auf dem Fuße mit ihm dorthin zu begeben, oder ihm nach einer kleinen Erfrischung, die ihnen seine Frau gerne im Garten darreichen werde, nachzufolgen.

Die französischen Gelehrten nickten verständnisvoll. Hatten sie ihr Leben doch demselben Metier gewidmet wie Carus und sich auf diese Weise einer unendlichen Kette dringender Angelegenheiten verschrieben.

Es war Tieck ein Leichtes, die Gäste davon zu überzeugen, dass die Erfrischungen in der Villa Cara einen kurzen Aufschub der wissenschaftlichen Neugier wert seien, und Carus verließ das Haus ohne Begleitung.

Der Arzt durchmaß den Innenhof der Entbindungsanstalt mit entschlossenen Schritten. Die zweckmäßige und überaus durchdachte Anlage dieses Gebäudes erfüllte ihn mit Stolz. Die vier gleichmäßigen Flügel der Anstalt waren, nach seinen Angaben, um einen Lichthof herum gebaut, der auch zu den nach innen gelegenen Zimmern genügend Sonnenlicht hereinströmen ließ. Denn das Sonnenlicht, so Carus' tiefste Überzeugung, war ein wahrer Balsam für die Gesundung strapazierter Glieder und Körper. Und die Strapazen, denen die meist ärmlichen Patientinnen dieses Hauses ausgesetzt waren, waren die heftigsten, die der gesunde Organismus über sich ergehen ließ: die Qualen einer Geburt.

Die Damen der höheren Gesellschaft riefen Carus nach wie vor in ihre Häuser und Palais. Dieses unter russischer Besatzung eingerichtete und vom sächsischen König nach seiner Rückkehr aus der Gefangenschaft aufrechterhaltene Entbindungsinstitut war den Fräuleins, Frauen und Weibern vorbehalten, deren häusliche Verhältnisse keinen glücklichen Ausgang einer Geburt auf dem heimischen Lager erwarten ließen; außerdem Frauen, die einer ständigen

Betreuung und Beobachtung bedurften, weil die Kondition ihres Körpers einer Geburt nicht zuträglich war. Und zu guter Letzt den Frauen, welche die Geburt eines Kindes aus wenig ehrenvollen Gründen verheimlichen mussten. Dies waren Carus die schmerzlichsten Fälle.

Doch diese medizinische Anstalt war Carus' Heimat, und selbst die Dienstzimmer in den verschiedenen Palais und Schlössern der königlichen Familie konnten Carus nicht so zur Heimat werden wie dieses Institut – eine Heimat der Schmerzen und der Tränen. Bis zu seiner Ernennung zum Leibarzt des Königshauses hatte er mit seiner Familie sogar hier gewohnt – in einer Zimmerflucht im dritten Stock, direkt unterhalb des hoch aufragenden Dachstuhls.

Carus schritt über die Schwelle des Nordflügels, der sich längs der Elbe erstreckte, und bog ein auf den Gang, der zu seinem Dienstzimmer führte. Noch bevor er die Tür zu seinem Bureau erreicht hatte, flog ihm förmlich die Demoiselle Bernstein entgegen. Carus versteinerte ganz und gar, denn es hatte den Anschein, als wollte sie ihm um den Hals fallen. Doch dicht vor ihm hielt sie abrupt inne, machte einen höflichen, schüchternen Knicks, ohne ihm die behandschuhte Hand zu einem Kuss zu reichen; nur der Duft ihres Parfüms – Lavendel, wie der Arzt sogleich erriet – umhüllte Carus und betörte ihn. Ihre natürliche Gesichtsfarbe war ungleich liebreizender als das kalte, harte Theaterweiß. Ohne die Schminke gewahrte Carus, dass die junge Frau beinahe noch ein Kind war. Und kindlich war auch ihre Anmutung. Gleichwohl gab sich Carus ein Gesicht von Strenge.

Obwohl der Arzt etwa so groß war wie die Demoiselle, bemühte er sich, auf sie hinabzublicken. »Mein Fräulein! Offenbar neigen Sie nicht nur auf der Bühne zu dramatischen Auftritten. Was soll das Geschreibe von ›Leben und Tod‹?«

»Hofrat Carus, Sie wissen doch um meinen Zustand!«

Carus wandte sich ab und zog den Schlüssel zu seinem Dienstzimmer aus der Rocktasche.

»Schauen Sie sich um in diesem Hause. Beinahe alle Frauen befinden sich hier in dem von Ihnen als so dramatisch empfundenen Zustand. Gleichwohl erhalte ich nicht von jeder dieser Patientinnen Billets, die eine Lebensgefahr heraufbeschwören!«

Carus drehte den Schlüssel im Schloss. Er drückte die Klinke, ließ die Tür aufschwenken und betrat sein Bureau, ohne der Schauspielerin den Vortritt zu lassen. Die junge Dame schlüpfte hinter ihm in die Kammer. Obwohl draußen die Sonne schien, war der Raum, da er sich auf der Nordseite der Anlage befand, nicht besonders hell. Doch Carus hatte sich für den Ausblick entschieden, der ihm die Elbe zu Füßen legte.

Der Schauspielerin entfuhr ein leiser, ehrlicher Laut des Erschreckens. Sie war der Schädel und Skelette ansichtig geworden, die an den Wänden auf offenen Regalen aufgereiht waren und die Eintretenden förmlich umzingelten. In stockendem Tonfall bemühte sie sich, tapfer zu sein. »Und doch scheint es bei Ihnen auf Leben und Tod zu gehen – wobei der Tod, wie ich sehe, überwiegt.«

»Der Mensch ist sterblich, verehrtes Fräulein Bernstein. Ein guter Teil der von Ihnen auf die Bühne gebrachten Komödien macht sich lustig über diese Sterblichkeit. Deshalb sollten Sie nicht in Ehrfurcht vor diesen Hohlköpfen erstarren. Sie dienen der wissenschaftlichen Forschung und der Erkenntnis, die unser aller Leben dereinst verlängern wird, da sie die Schicksalhaftigkeit der körperlichen Gebrechen zu mildern vermag.«

Mit einem scheuen Seitenblick auf die Gebeine ringsumher nahm die Aktrice auf dem ledergepolsterten Stuhl Platz, der vor Carus' Schreibtisch stand. Carus blieb am Fenster stehen und sah hinaus auf den Botanischen Garten, der sich zwischen Anstalt und Elbe erstreckte.

»Aus diesem Grunde bin ich hier, ehrwürdiger Medizinalhofrat.«

Carus wandte sich zu ihr um und beäugte sie mit festem Blick: »Nun kennen Sie also meine Wirkungsstätte und meinen Titel. Sie haben Erkundigungen über mich eingeholt?«

»Ihr Name war mir schon vorher ein Begriff«, schmeichelte die Schauspielerin und ein leichtes Rot flog auf ihre Wangen, um sogleich wieder zu verblassen. »Man spricht doch in der ganzen Stadt von den mutigen und treuen Diensten, die Sie nicht nur den ehrbarsten Kreisen der Stadt, sondern sogar der königlichen Familie selbst leisten.«

Carus betrachtete sie von oben bis unten: »Sie verstehen es, artige Komplimente zu machen, mein Fräulein! Ich hoffe, Sie schmeicheln mir nicht nur, um mich Ihren Wünschen gnädig zu stimmen?«

Carus vermaß sie mit den Augen, um ihren Charakter zu erforschen. Der Kopf war schmal, aber nicht besonders hoch, die Stirn fliehend. Allzu klug schien die Demoiselle nicht zu sein, nach allen Maßstäben, die ihm die moderne Schädelforschung an die Hand gegeben hatte. Kein Vergleich zur hohen, edlen Schädelausformung einer Dorothea Tieck. Jedoch ließ die Bernstein das breite, bäurische Antlitz vermissen, das viele Damen, selbst aus den besten Kreisen der sächsischen Residenz, in eine direkte Ahnenreihe mit der Landbevölkerung stellte. Runde Schädel waren Carus zuwider und nur in der edlen, machtvollen Ausprägung eines Ludwig Tieck zu ertragen.

Die Bernstein blickte zu Boden. »Es gehört kein Mann von Ihrem Geist dazu zu erraten, weshalb ich die Bitte um Hilfe und Rat an Sie richte.«

Carus wandte sich wieder der Sicht auf die blühenden Pflanzen des Botanischen Gartens zu. Eine einzige Woche wärmsten Frühsommerwetters hatte genügt, die fröhlichsten Farben aus dem braunen Geäst zu treiben. Carus sehnte sich nach Farbpigmenten, Leinöl und Palette, um diesen bunten Lichterrausch in einem Gemälde festzuhalten. »Wenn Sie um meinen Rat, um meine Hilfe gar ersuchen, war es kein gutes Beginnen, den ersten Rat, den ich Ihnen gab, in den Wind zu schlagen.«

»Welchen ersten Rat?«, fragte die Bernstein so aufrichtig verblüfft, dass sie es tatsächlich nicht zu erraten schien. Oder sie war als Schauspielerin begabter, als Carus ihr zugetraut hätte.

»Den Ratschlag, den ich Ihnen am gestrigen Abend gab: Ihren trächtigen Leib nicht dermaßen einzuschnüren, dass Ihnen die Luft ausbleibt. Auch jetzt sind Sie schon wieder ganz kurzatmig. Ein Geringes an Aufregung wird ausreichen, Sie erneut Ihres Bewußtseins zu berauben.«

Die Demoiselle Bernstein rückte auf die vorderste Kante des Stuhles. Unter ihrem hellen, geblümten Kleid zeichneten sich die spitzen Knie ab. Sie standen breiter auseinander, als es für ein junges Fräulein schicklich war. Allein dies hätte dem geübten Betrachter genügt, hinreichenden Aufschluss über ihren Zustand zu geben. Die Bernstein seufzte flach und flüsterte mit kaum hörbarer Stimme: »Herr Medizinalhofrat, Sie wissen um meinen Stand. Ich bin Schauspielerin. Ich bin unverheiratet. Ich bin Bedienstete des Hofes. Sie wissen, was mit solchen Weibsbildern geschieht, wenn sie ein Kind erwarten?«

Carus riss sich von dem berückenden Anblick des erblühenden Gartens los und wandte sich der geknickten Knospe vor seinem Schreibtisch zu: »Ich weiß. Und auch Sie hätten es wissen müssen, als Sie sich leichtfertig der Sünde hingaben.«

Nun schoss die Röte mit neuer Heftigkeit auf ihre Wangen. Sie sprach, indes sie das Fensterkreuz hinter Carus' Kopf fixierte: »Herr Hofrat! Ich war, nein, ich bin aufrichtig in Liebe entflammt. Ist es des Menschen Schuld, in welchen Widerpart er sich verliebt? Und ist es mein Verfehlen, wenn mein liebster Widerpart nicht nur vergeben, sondern alles andere als in der Lage ist, in eine öffentliche Verbindung mit mir einzutreten?«

Carus schüttelte unwillig den Kopf. Solcherart Geständnisse waren ihm fade und überaus geläufig. Außerdem missfiel ihm der Theaterton, der sich in die Rede des Fräuleins geschlichen hatte. Sie schien nicht geübt im freien Vokabular der Liebe. Hölzern rezitierte sie die Sprachmuster der Stücke, die von Liebe und tiefen Gefühlen handelten. Carus räusperte sich. »Dies sind Dinge, die Sie mit Ihrem Beichtvater aushandeln sollten, Demoiselle Bernstein – so Sie denn einen haben. Ich bin Arzt. Ich kann nicht mehr für Sie tun, als Ihnen zu raten, Ihren Leib nicht länger zu verzurren wie einen Kaffeesack. Zu gegebener Zeit wird Ihnen in meinem Institut ein Lager bereitet werden, wie jedem armen Geschöpf dieser Stadt, auf dem Gottes Sonne und die Gnade der Wettiner ruhen. Im wievielten Monat Ihrer Schwangerschaft befinden Sie sich?«

»Wenn ich das so genau zu bestimmen wüsste!«

Carus' Zeigefinger schoss auf sie zu. »Sie scheinen ein Privatleben zu führen, das dem Leumund Ihres Berufsstandes mehr als gerecht wird«, konstatierte er empört.

Die Bernstein, sprang von ihrem Sitz auf: »Herr Hofrat! Urteilen Sie nicht vorschnell über ein armes Geschöpf, das nichts weiter verbrochen hat, als dem Ruf des Herzens zu folgen! Und sich im Zustand der Liebe so treu und aufopfernd verhält wie eine angetraute Ehefrau!«

»Sehr löblich«, konterte Carus spöttisch. »Dann wird es Ihnen ein Leichtes sein, Ihre Verhältnisse in Ordnung zu bringen und das Kind als Gattin des Erzeugers zu entbinden – oder wenigstes als Gattin eines Mannes, der den Wechselbalg an Kindes Statt annimmt.«

Die Bernstein ließ den Kopf sinken. Die Hände fielen kraftlos in die Falten ihres Kleides zurück.

»Unmöglich. Es ist ganz und gar unmöglich. Ich kann es nicht.«

Carus ging zur Tür und legte die Hand auf die Klinke. »Sie werden entschuldigen, aber ich erwarte in Kürze den Besuch ehrenwerter Herrschaften, die einen weiten Weg auf sich genommen haben, um die Einrichtungen dieser Entbindungsanstalt kennen zu lernen. Falls Sie Krämpfe im Bauch oder in den Beinen verspüren sollten, regelmäßige Verhärtungen der Muskeln, lassen Sie es mich wissen. Wir werden eine saubere Bettstatt für Sie herrichten und auf einen glücklichen Ausgang der Entbindung dieses unglücklichen, vaterlosen Kindes hoffen.«

»Aber Herr Medizinalhofrat, ich hatte bereits Krämpfe! Auch gestern Abend. Die Schmerzen waren so stark, dass sie mich übermannten. Das war der eigentliche Grund, warum ich ohnmächtig zusammengesunken bin.«

Carus ließ die Klinke los. Sie schnellte wieder nach oben. »Sie hatten bereits Wehen?«

Die junge Frau nickte. »Außerdem ist mir seit einigen Tagen so übel wie seit Monaten nicht mehr.«

Carus überschlug im Kopf, wie lange Tieck und seine Begleiter brauchen würden. Sicherlich ließ der gichtkranke Dichter eine Droschke bestellen, da er unmöglich den weiten Weg von der Villa Cara bis in die Anstalt zu Fuß auf sich nehmen konnte. Carus zog die Uhr aus der Westentasche und warf einen Blick darauf. Er entschied, dass es die Zeit wohl erlaubte, die junge Frau einer ersten Untersuchung zu unterziehen.

»Mademoiselle. Auch wenn ich Ihre innere Einstellung den Dingen gegenüber zutiefst missbillige, bin ich doch Arzt und um die Gesundheit eines jeden, ich sage eines jeden Menschen ohne Ansehen von Stand oder Rang besorgt. Haben Sie sich schon einmal einer Untersuchung der inneren Gebärorgane unterzogen?«

Die junge Frau schüttelte zögerlich den Kopf. Carus

seufzte schicksalsergeben. »Nun denn, ich werde Ihnen alles Notwendige zuvor erklären. Ich habe meiner Oberhebamme einige Anweisungen zu erteilen. Wenn Sie sich bitte in der Zwischenzeit von den Verschnürungen befreien würden?«

»Ich soll mich entkleiden? Hier?«

»Sie sollen sich der Unterleibsbandagen entledigen, damit ich mir einen unverfälschten Eindruck von Umfang und Stadium Ihrer Trächtigkeit machen kann. Ihre Kleidung können Sie selbstverständlich anbehalten. Haben Sie gefrühstückt?«

»Nicht viel.«

»So ist es notwendig, dass Sie versuchen, sich zu entleeren.«

»Ent – ?« Die Frage blieb der Schauspielerin vor Empörung im Hals stecken.

Carus legte einen geschäftsmäßigen Ton an den Tag. »Ganz recht. Die Gebärorgane befinden sich in unmittelbarer Nachbarschaft der Dauungsorgane. Ich möchte Ihnen lediglich ein peinliches Malheur ersparen. Vertrauen Sie mir!«

Die Schauspielerin fügte sich in ihr Schicksal. Sie begann, die obersten Knöpfe ihres Kleides zu öffnen und Carus wandte sich zum Gehen. Normalerweise hätte er die Gegenwart einer weiblichen Verwandten der Patientin zur Voraussetzung für die Untersuchung gemacht. Aber in diesem Fall legte die zu Untersuchende selbst größten Wert auf Heimlichkeit – und wie es hieß, stand das Mädchen ganz allein in dieser Welt. Allerdings gab Carus nicht viel auf Gerüchte.

Die ganze Angelegenheit war ihm äußerst unangenehm. Und doch zog ihn irgendetwas an diesem Fall an. Er spürte, dass es mit dieser Leibesfrucht etwas auf sich hatte. Etwas, dass diesen Fall gewöhnlicher Fleischesschwäche von anderen, ebenso banalen Fällen unterschied.

Näheren Aufschluß musste die Untersuchung geben. Höchste Einfühlsamkeit war aufgrund der Unerfahrenheit und Jugend der Patientin geboten – eine Sachlage, die Carus' ärztlichen Ehrgeiz herausforderte.

Nachdem Carus die Oberhebamme Dinkelroth konsultiert und erfahren hatte, dass in der vorangegangenen Nacht keine der anwesenden Frauen niedergekommen war, besuchte er gemeinsam mit der stämmigen Matrone eine junge Frau vom Lande, ebenfalls unverheiratet, aber wenigstens im Zustande der Verlobung mit dem Gesellen eines Schmiedes befindlich. Sie lag bereits in den Eröffnungswehen. Carus hoffte innigst, dass sich die Geburt frei von Missgeschicken vollziehen würde, so dass er sich ganz seinen Gästen widmen konnte. Für gewöhnlich waren die Hebammen der Lage vollauf gewachsen. Die unterstützende Hilfe bei einer Geburt war eine der ältesten Aufgaben menschlichen Zusammenlebens, und mit einiger Wahrscheinlichkeit war diese Aufgabe seit jeher Frauen zugefallen. Gleichwohl hatten auch die Ärzte, und das war Carus' tiefste Überzeugung, ihre Bestimmung in dieser von Frauen beherrschten Sphäre. Denn wie oft kam es vor, dass eine Entbindung ihren natürlichen Verlauf nicht nehmen konnte, dass eine Missbildung oder falsche Körperlage des Fötus beider Leben, das der Mutter und das des ins Dasein drängenden Kindes, gefährdete? Solcherlei Zuständen fanden sich die Hebammen völlig hilflos gegenüber, und nur der Arzt – dessen war sich Carus sicher –, nur der Arzt würde sich einst durch genaue Beobachtung und die auf Erfahrung und Vernunft fußende Weiterentwicklung der chirurgischen Methoden in die Lage versetzt sehen, auch in Fällen schwerster Komplikation beiden Teilen das Überleben zu ermöglichen. Zum Glück war es den Ärzten in neuerer Zeit gelungen, sich dank männlicher Tugenden, eines eifrigen Studiums der Materie und bahnbrechenden

Erfindungen wie der verbesserten Geburtszange, einen schmalen Korridor auf diesem Terrain zu erobern – gegen den heftigen Widerstand der Hebammen.

Durch diese leidenschaftlichen Gedanken war Carus so sehr in Anspruch genommen, dass er, als er das Dienstzimmer wieder betrat, die Schauspielerin beinahe vergessen hatte.

Doch als sie nun vor ihm stand, mit halb geöffnetem, auf dem Rücken auseinanderklaffenden Kleide, dessen Taille für ihren nun klar ins Auge springenden Zustand viel zu eng geschneidert war, mit leicht verschwitztem und gerötetem Gesicht und einem Ausdruck äußerster Verunsicherung, mit der nicht enden wollenden Bandage, die neben der Schauspielerin auf dem Stuhl lag wie ein bleicher Haufen ausgespiener Gedärme, ergriff ihn unsägliches Mitleid. Dieses Fräulein war womöglich eine Sünderin in den Augen des Beichtvaters, aber eine durch und durch verderbte Person war sie nicht! Deren hatte Carus so manche kennen gelernt. Hier stand ein jung gestiegenes und rasch gefallenes Mädchen, deren Lage nicht anders als verzweifelt genannt werden konnte. Die Bernstein sah ihn mit ängstlichem Augenaufschlag an, und Carus wich ihrem Blick aus. Er wusste aus Erfahrung: Den Peinlichkeiten und Intimitäten, den Verletzungen der innersten Gefühle, die nun folgen mussten, war jeder Blickkontakt abträglich. Ein Höchstmaß an Sachlichkeit und Anonymität erforderte die innerliche Austastung, die von vielen Frauen rundheraus abgelehnt wurde und die Carus nur dann anwandte, wenn sie unabdingbar war.

»Ich werde nun versuchen, den Umfang Ihrer Leibesfrucht sowie die Gegebenheiten Ihrer Gebärorgane zu ertasten, um mir einen präzisen Eindruck über Ihren Zustand zu verschaffen. Leider ist dies, um größtmögliche Gewissheit zu erlangen, nicht anders möglich als durch die unmittelbare Berührung.«

Die Schauspielerin nickte und schluchzte auf. Carus gewahrte, wie sie am ganzen Leibe zitterte. Ihr Körper strahlte Hitze aus, die Hitze abgrundtiefer Scham. Carus rieb die Handflächen kräftig gegeneinander, um ein Erschrecken durch die Kälte der ersten Berührung zu vermeiden.

»Den meisten Frauen ist es angenehm, wenn sie sich mit der Hand seitwärts gegen die Wand stützen. Versuchen Sie, sich etwas breitbeinig hinzustellen und so bequem, wie es Ihnen nur möglich ist.«

Carus hatte den Hinweis auf andere Frauen bewusst eingeflochten, um der ganzen Sache den größtmöglichen Anschein von Routine zu geben. Die Schauspielerin folgte denn auch seinen Anweisungen. Carus zog einen Tiegel hervor und öffnete ihn. Mit einer intensiv nach Tannennadeln riechenden Salbe, die nach seinen eigenen Anweisungen auf der Basis von Gänseschmalz gemischt wurde, fettete er sich sorgfältig Zeige- und Mittelfinger ein. Dann trat er von vorn an die Schauspielerin heran. Sie verbarg ihr Gesicht auf dem Arm, mit dem sie sich abstützte. Die Augen hielt sie geschlossen. Carus ließ sich auf sein rechtes Knie nieder, hob mit der linken Hand den Saum ihres Kleides und fuhr mit der rechten darunter. Er hatte die Rechte zur Faust geballt, Zeige und Mittelfinger umschließend, um ihre Unterröcke nicht zu beschmutzen. Behutsam fuhr er an ihrem linken Schenkel hinauf, einen ersten leichten Kontakt mit ihrer Haut suchend, um sie an das Gefühl zu gewöhnen. Den Kopf hielt er abgewandt in der Bemühung, die Falten ihres Kleides nicht mit seiner Wange zu berühren. Der Saum des Kleides legte sich in seine Armbeuge, der Stoff knisterte, als sich das Kleid beim Hochfahren über seinem Arm raffte.

Als Carus' Faust in der Schamfuge angelangt war und er die eingeschlossenen Finger behutsam entfaltete, schluchzte die junge Frau erbärmlich auf und verkrampfte sich. Carus fühlte sich bemüßigt, etwas zu sagen, obwohl er hoch konzentriert war.

»Ich werde jetzt zunächst die Größe Ihres Beckens und des Geburtskanals austasten, um herauszufinden, ob einer Geburt auf dem natürlichen Wege nichts entgegensteht.«

»Ich will es nicht!«, schrie die Schauspielerin.

Carus zog seine Hand augenblicklich etwas zurück. »Wenn Sie es nicht ertragen können, werde ich die Austastung sofort einstellen.«

»Untersuchen Sie, untersuchen Sie. Tun Sie, was nötig ist. Es ist das Kind. Ich will es nicht. Ich will es nicht. Es verursacht mir nur Pein und Qualen!« Die Schauspielerin biss sich auf die Lippen. Sie war zu stolz, um sich vor Carus vollständig gehen zu lassen. Sie stieg in seiner Achtung.

Carus fuhr fort, ihr Becken abzutasten. Nun nahm er seine linke Hand zur Hilfe und legte sie auf den Beckenansatz des Rückgrats. »Die äußere Beschaffenheit Ihres Beckens steht einer gefahrlosen Geburt anscheinend nicht entgegen«, beruhigte Carus die Patientin. »Ich werde nun die innere Beschaffenheit zu erkunden versuchen.«

Die junge Frau verlagerte ihr Gewicht von dem linken auf das der Wand zugewandte rechte Bein, als Carus mit Zeige- und Mittelfinger zugleich in sie eindrang. Carus ertastete, dass sie noch nie zuvor niedergekommen war. Auch die sonstige Beschaffenheit ihrer Organe ließ nicht auf einen ausschweifenden Lebenswandel schließen. Man konnte sie beinahe jungfräulich nennen. Die Gewohnheiten dieser jungen Frau waren wohl nicht die einer Nonne, aber den Vorurteilen und Gerüchten, denen ihr Berufsstand ausgesetzt war, entsprachen sie offenbar auch nicht. Carus war erleichtert.

Seine Finger waren nun so weit vorgedrungen, dass er die Schädelkalotte des Kindes ertasten konnte. »Da ist es, Ihr Kind! Ich fühle es!«, rief er aus.

Die Schauspielerin heulte auf. »Reißen Sie es heraus! Tun Sie es sogleich!«

»Das wird nicht notwendig sein. Es liegt bereits mit dem Kopf nach unten. Die Geburt wird nicht mehr lange auf sich warten lassen«, stellte er freudig fest. Doch seine Begeisterung trieb die junge Frau nur tiefer in die Verzweiflung. »Wenn dieses Kind auf die Welt kommt, bin ich tot. Ist es das, was Sie wollen? Eine Tote für ein neues Leben?«

Carus antwortete nicht. Er hatte etwas ertastet, das ihn misstrauisch machte. Der Schädel des Kindes war außergewöhnlich groß – ganz außerordentlich groß – und wies eine Einkerbung auf, die Carus nie zuvor gefühlt hatte. »Es ist riesig«, murmelte er vor sich hin.

Er betrachtete ihren Leib. Mit der Linken tastete er den Bauch ab. »Andrerseits ist die Schwellung Ihres Bauches beinahe gering zu nennen. Es scheint nur der Schädel zu sein, hmmm ... nur der Schädel ... «

»Was meinen Sie?«, fragte die Schauspielerin besorgt.

Carus schüttelte entschieden den Kopf. Ein Gedanke hatte sich ihm aufgedrängt, doch er war nicht bereit, ihn anzunehmen. »Es kann sein, dass die Entbindung schwierig wird – der Kopf ist sehr groß, von außerordentlichem Umfang!«

In diesem Moment klopfte es an der Tür. Carus hielt mit der Untersuchung inne, ohne seine Hand zurückzuziehen. »Ich wünsche nicht gestört zu werden, ich befinde mich mitten im Touchement.«

Durch die Tür drang die kräftige Stimme der Oberhebamme. »Herr Tieck in Begleitung einiger Herren, die ein Kauderwelsch von sich geben, wie ich es noch nie gehört habe!«

Carus war verärgert, dass er sich hatte hinreissen lassen, die Untersuchung zu diesem ungünstigen Zeitpunkt vorzunehmen. »Haben Sie einen Augenblick Zeit?«, rief er durch die geschlossene Tür. »Können Sie die Herrschaften ein wenig herumführen, ihnen die Schlafsäle zeigen?«

Carus gewahrte ein unwilliges Grummeln jenseits der Türe. Doch dann entfernten sich die Stimmen. Er beeilte sich, die Untersuchung abzuschließen. Zwischen Zeige- und Mittelfinger maß er nochmals die Ausdehnung der Schädelkalotte. Er wog bedächtig den Kopf. Die Breite musste an der stärksten Stelle mindestens fünf Zoll betragen – ein gefährliches Hindernis für eine Geburt auf dem natürlichen Wege!

Carus zog seine Hand behutsam zurück. Wortlos erhob er sich und ging hinüber zum Waschtisch. Er tauchte seine Hände in die schneeweiße Schüssel mit Laubrankenrelief – Meißner Porzellan, ein Geschenk des Königs anlässlich seiner Ernennung zum Leiter der Entbindungsanstalt. Während er sich sorgfältig die Hände wusch, richtetete er, ohne sie anzusehen, seine Worte an die Schauspielerin: »Es werden noch mehrere Untersuchungen notwendig sein, um letzte Sicherheit zu erlangen. Ich würde gerne eine Auskultation vornehmen, um das Vorhandensein der Herztöne zu ermitteln. Spüren Sie gelegentlich, wie sich das Kind bewegt? Strampelt es? Tritt es?«

Die Schauspielerin stand noch immer gegen die Wand gelehnt, den Kopf auf den Oberarm gebettet und die Augen geschlossen. »Jaja, ich spüre es – ich hasse es. Dies Kind bringt kein Leben und keine Freude, dieses Kind bringt Marter und Verderben. Es ist ... ein Monster!«

Carus trocknete sich die Hände ab. Eine fast zärtliche Milde legte sich auf sein Gesicht: »Es ist ein Kind, es wird ein Kind sein. Und Sie werden seine Mutter sein.«

Die Schauspielerin stöhnte auf. Dann löste sie sich aus ihrer Erstarrung, tat einen entschiedenen Schritt auf Carus zu und fiel jählings vor ihm auf die Knie. Sie ergriff seine Hände, die noch in das Handtuch gewickelt waren, und schüttelte sie.

»Man sagt, dass Sie Wunder vollbrachten, dass es nichts gibt im Bereich der menschlichen Organe, was Sie nicht kurieren können. Heilen Sie mich von dieser Wucherung, von dieser Ausgeburt eines sündigen Augenblicks!«

Carus schüttelte ihre Umklammerung ab, wie man Wassertropfen abschüttelt. Das Handtuch fiel zu Boden. Er hob es auf und verwendete größte Sorgfalt darauf, es zu falten und über ein Holzgestell zu hängen, das neben dem Waschtisch stand.

»Ein Kind, das kurz vor seiner Geburt steht? Wie stellen Sie sich das vor? Eine Austreibung in diesem Stadium ist beinahe schwieriger als die Geburt selbst.« Carus stutzte. Im nächsten Moment ärgerte es ihn, dass er ihr überhaupt die Möglichkeit eines Eingriffes zu erkennen gegeben hatte. Und natürlich ergriff die Schauspielerin den Strohhalm der Hoffnung. Sie bekam erneut seine Hände zu fassen und zog ihn zu sich herunter. »Schauen Sie auf mich. Ich lebe. Ich leide. Dieses Wesen in meinem Bauch, es weiß noch nichts von Glück oder Unglück. Sollte es nicht eher im Zustand der Unschuld ins Himmelreich eintreten, als in diese Welt, in der es keinen Ort gibt für ein unstatthaftes Geschöpf? Es wird auf die Welt kommen, um nicht nur Unglück zu erfahren, sondern selbst das Unglück zu sein! Wenn es doch eine Möglichkeit gibt, die richtige Ordnung wiederherzustellen, unsägliches Leid zu verhindern, warum verwehren Sie sie mir?«

Carus sah ihr in die Augen, zum ersten Mal seit der Untersuchung. Er sah, dass sie sich die Lippen blutig gebissen hatte. Das war kein Theater. Das war tiefste Verzweiflung. Sie war bereit, sich ihm vollständig zu unterwerfen, allein in der Hoffnung auf Erlösung, auf Wiederherstellung ihrer Möglichkeit, ein würdiges Leben zu führen. Carus spürte seine Macht und erschauerte. Dann befreite er sich erneut aus ihrem Griff, behutsam, aber mit Nachdruck, und wandte sich ab.

»Ich bin Arzt. Ordnung ist nicht meine Aufgabe. Meine Aufgabe ist die Heilung. Sie sind nicht krank, Sie sind nur unglücklich. Und Sie haben das Unglück selbst verschuldet. Solches Missgeschick lässt sich mit den Mitteln der Medizin, so wie ich sie verstehe, nicht beheben.«

Die Aktrice kniff ihre verweinten Augen zusammen. Plötzlich aufwallender Hass trübte ihren Blick. »Sie sind grausam!«

»Irgendwann werden Sie vielleicht erfahren, vor welcher Grausamkeit ich Sie zu bewahren versuche.« Carus ging zur Tür. »Und nun entschuldigen Sie mich. Ich habe Besucher zu empfangen. Wenn Sie wünschen, dass ich mich weiterhin um einen geregelten Ausgang Ihrer Schwangerschaft bemühe, dann machen Sie mir morgen um die nämliche Zeit Ihre Aufwartung. Ich werde tun, was in meiner Macht steht.«

»Das werden Sie nicht«, stieß das junge Fräulein wutentbrannt hervor. »Sie haben es mir soeben versagt.«

Carus schüttelte resigniert den Kopf und ging hinaus.

2. Kapitel

Als Carus nach einer großzügig bemessenen Zeitspanne in sein Dienstzimmer zurückkehrte, war die junge Frau verschwunden. Nur ihr Duft hing noch im Raum, der flüchtige Hauch einer Sommerblüte – Lavendel.

Carus war froh, dass er ihr nicht mehr begegnet war. Ohne Eile krempelte er die Ärmel herunter, verschloss die Manschetten und zog den braunen Samtrock mit dem breiten Kragenaufschlag über, der ihm die liebste Alltagskleidung war. Die Dinkelroth war mit den Gästen noch beschäftigt, es blieb also ein kurzer Augenblick, um sich vorzubereiten. Das Dienstzimmer des königlichen Leibarztes Carl Gustav Carus sollte keinen geringen Eindruck auf die weit gereisten Fachleute machen; vielmehr einen Eindruck, der seinen Ruhm mehren und über die sächsischen Landesgrenzen hinaus verbreiten half.

Carus sah sich prüfend um. Mit spitzen Fingern rückte er den Schädel des bosnischen Räubers in der Glasvitrine zurecht, eine Errungenschaft seiner ersten, vom sächsischen Königshaus geförderten Forschungsreise nach Italien vor beinahe zehn Jahren. Carus betrachtete den sauber skelettierten Schädel. Er glitt mit den Fingerspitzen über die Nähte der Knochenplatten, die die Schädelkalotte unterteilten und gleichzeitig vereinten, und zwar in solch vollkommener Schönheit, dass sie eine leise Ahnung des göttlichen Plans verrieten. Carus schloss die Augen und rief sich die Hässlichkeit ins Gedächtnis, welche die äußere Gestalt des dazugehörigen menschlichen Subjekts ausgezeichnet hatte: Den schwarzen Haarzopf, der wie eine Garbe geschnittenen und gebündelten Kornes aus dem Zenit des kahl geschorenen Schädels stach; die fleckige, stoppelige Haut, die sich an der Stelle, an der das Henkersschwert das Haupt des Räubers sauber vom Rumpf getrennt hatte, wulstig aufgeworfen hatte. Welch ein Gegensatz: tiefste menschliche Verwirrung im Leben, Sinnbild göttlicher Vollkommenheit im nunmehrigen, leblosen Zustand. Wie erbärmlich zeigte sich manchmal das Leben gegenüber der Erhabenheit des Todes!

Carus befand, dass die Knochen, der Knochenbau der edelste und vollkommenste Anteil des menschlichen Körpers, ja überhaupt der Natur seien. Er nahm sich vor, demnächst eine Abhandlung darüber zu schreiben.

Carus riss sich vom Anblick des schneeweißen Schädels los, denn er hörte Schritte nahen. Er zog den Kragenaufschlag seines Rockes glatt, zurrte den kunstvollen Knoten der Halsbinde zurecht und stellte sich in Positur, die eine Hand lässig auf die dem Eintretenden zugewandte Ecke des Schreibtisches gestützt, die andere wie zufällig auf die Hüfte gelegt.

Es klopfte, und er gewährte mit fester Stimme Einlass. Es war Tieck, der seinen gewaltigen Schädel zuerst durch die Tür schob. Carus nahm sich vor, ihn bei passender Gelegenheit zu fragen, ob er seinen Schädel nach seinem Tode der Wissenschaft vermachen wolle. Welch ein Prachtstück würde der Tiecksche Schädel in seiner kranioskopischen Sammlung abgeben! Wenn er auch ein wenig der Theorie entgegenstand, der Umfang des Schädels lasse auf das Gemüt des Inhabers schließen. Bei diesem Umfang hätte Carus eher einen märkischen Bauern vermutet als einen romantischen Dichter! Wenigstens eine Totenmaske würde er anfertigen lassen, wenn der Freund dereinst einmal das Zeitliche segnete. Doch heute schien Tieck weiter denn je von diesem Moment entfernt. Eine überschäumende Lebensfreude strahlte aus seinem Lachen, das Carus unwillkürlich erwidern musste. Nun trat auch der ältere der Marigaux' über die Türschwelle, ihm folgte sein Sohn und schließlich vervollständigte der rätselhafte Begleiter, der sich ›Monsieur D.‹ nannte, die Gruppe.

Carus gab der Oberhebamme, die vor der Tür stehen geblieben war, schnell einige Anweisungen. Dann wandte er sich seinen Gästen zu. Nach einem ausführlichen Lob der Einrichtung des Entbindungsinstituts, von dem sie ja bislang nur die Schlafsäle zu sehen bekommen hatten, ergingen sie sich in Ausdrücken der Begeisterung über die Sammlung von Schädeln und anatomischen Präparaten, mit denen Carus' Zimmer angefüllt war. Dabei handelte es sich hier doch nur um den kleineren Teil der Sammlung. Der Rest wurde daheim in der Villa Cara in seinem häuslichen Studierzimmer verwahrt.

Die Franzosen wanderten von Ausstellungsstück zu Ausstellungsstück und Tieck konnte gar nicht genug deutsche Ensprechungen finden für die Komplimente, die ihnen mit französischer Nonchalance über die Lippen sprudelten. Der Dichter schwitzte heftig unter der Mühe, die ihm das Französische nach den Anstrengungen des Tages bereitete. Doch er hielt sich wacker.

Der Schädel des bosnischen Räubers machte wie stets Sensation, denn Carus schilderte recht anschaulich die Geschichte der Hinrichtung auf einem oberitalienischen Richtplatz, deren Augenzeuge er gewesen war. Wie er, da ihm der Schädel bereits von höchster Obrigkeit versprochen, inbrünstig gebetet hatte, der Scharfrichter würde seine Sache sauber und schnell machen, damit das gute Stück erhalten bliebe. An dieser Stelle gelang Tiecks Übersetzung prächtig, denn die Gelehrten lachten herzlich, und der alte, mit dichtem grauem Haar verschwenderisch ausgestattete Marigaux zwinkerte Carus mit seinen noch immer jungen und neugierigen Augen mehrmals zu.

Nachdem Carus geendet hatte, kommentierte der alte Marigaux die Begebenheit mit einem Bonmot, das Carus sich vornahm, bei nächster Gelegenheit niederzuschreiben: »Nicht wahr, werter Carus, es heisst, die Wissenschaft der Anatomie gehe über Leichen. Das trifft die Verhältnisse nicht ganz: Sie geht an keiner Leiche vorüber«, übersetzte Tieck, und alle brachen in befreites Lachen aus. Des älteren Marigaux' spitzer Bauchansatz hüpfte munter auf und ab, und selbst der geheimnisvolle Monsieur D. schmunzelte still vor sich hin.

Carus taute mehr und mehr auf, und ungeachtet des schwitzenden und mit immer schwerer werdender Zunge dolmetschenden Freundes gab er eine Anekdote nach der anderen zum Besten. Von denen bot vor allem seine erste Reise über die Alpen eine reiche Ausbeute. Freund Tieck kannte die meisten, was ihm die Arbeit allerdings kaum erleichterte.

Gelöst wanderte man weiter zur Abteilung der Meeresgeschöpfe, die in einer eigenen Vitrine versammelt waren, und unter zustimmendem und mitfühlendem Gelächter erzählte Carus, wie der Wirt eines besseren Genueser Hotels ihn nach einer Woche des Sezierens, Skelettierens und Zeichnens von Meeresgetier, das Carus vom Fischmarkt oder direkt von den Booten der Fischer erstanden hatte, auf Knien angefleht hatte umzuziehen, da einige Gäste bereits gegen den bestialischen Gestank protestiert hatten oder gar unter wütenden Beschimpfungen ausgezogen waren. So war er denn mit dem zeichnenden Freund Diez ins Dachgeschoss des Gasthauses verbannt worden, wo sich der pestilenzartige Gestank erst recht unerträglich ausbreitete. Denn bekanntlich ist auch in den mittelmeerischen Ländern unter den Dächern die Hitze am größten.

In das Gelächter hinein schlug die tiefe Stundenglocke der Frauenkirche die zweite Stunde des Nachmittags, und Carus war ein wenig beunruhigt, da man immer noch am Anfang des Besichtigungsganges durch die Entbindungsanstalt stand. Also bot er untertänigst an, sich nun gemeinsam auf einen Rundgang zu begeben, an dessen Ende man hierhin, in das Bureau, zurückkehren und bei einem bis dahin bereiteten Souper sich dem einen oder anderen Exponat ausführlicher widmen könne.

Begeistert willigten die Gäste ein, und Tieck atmete sichtbar auf, denn der Rundgang würde ihm eine Verschnaufpause gewähren – so hoffte er. Als sie aus dem Arbeitszimmer heraustraten und sich in Richtung der Schlafsäle wandten, nahm Carus den Dichterfreund beiseite.

»Werter Tieck, ich weiß gar nicht, wie ich Ihnen für Ihre Dienste danken kann.«

»Aber ich weiß es«, keuchte Tieck, der nur mühsam mit der Gruppe Schritt hielt. »Lass mich nachher, wenn wir zum Soupieren übergehen, still und schweigend genießen. Ich nehme an, du willst einige Leckerbissen aus dem Lager unseres Freundes Chiappone herbeischaffen lassen?«

Carus nickte. Tiecks Augen glänzten: »So ist das Lohn genug für mich. Wenn ich denn Ruhe zum Soupieren finde, und nicht fortlaufend parlieren muss.«

»Nun gut«, willigte Carus ein, »so werden Sie gewiss nichts dagegen haben, wenn ich nun, beim Durchwandern der Gänge, damit beginne, den ehrenwerten Gästen die Grundzüge meiner vergleichenden Anatomie darzulegen?«

Tieck seufzte tief, fügte sich aber in sein Schicksal. Carus hub also an, die steinernen Gänge vervielfachten seine dünne Stimme, und so sehr Tieck sich auch abmühen musste, das präzise Deutsch des Gelehrten in ein halbwegs melodisches Französisch zu verwandeln, desto mehr spürte Carus doch, dass selbst Tieck sich von den anatomischen Erläuterungen mitreissen ließ.

Schnell durchmaß man die Schlafsäle, die man bereits in Begleitung der Oberhebamme inspiziert hatte. Wie beim Spießrutenlaufen eilte die Gruppe unter den Blicken der Frauen hindurch, die in ihren Betten der Entbindung harrten. Ebenso durch den Schlafsaal der Wöchnerinnen. Man warf einen Blick auf den Gebärsaal, der ebenso vernünftig wie zweckmäßig eingerichtet war, in nächster Nähe zum Innenhof und dem Röhrenbrunnen, aus dem stets frisches Wasser lief. Denn sauberes Wasser blieb, das war Carus' feste Überzeugung, nächst eines gut sortierten chirurgischen Instrumentariums die erste Bedingung für eine gelungene Entbindung.

Unmittelbar neben dem Gebärsaal befand sich, durch eine schmale, unauffällige und schmucklose Holztür verbunden, das anatomische Theater. Hier ließen die französischen Herren Ausdrücke der ehrfürchtigsten Bewunderung vernehmen, die Tieck nicht weiter zu übersetzen brauchte. Das anatomische Theater war die Besonderheit des Institutes, denn obwohl Carus keinen regulären Universitätsbetrieb in seiner Anstalt unterhielt, so gab er doch interessierten Kollegen und Forschern die Gelegenheit, seinen Arbeiten beizuwohnen. Das galt auch für Studenten der Königlichen Kunstakademie, die nur ein paar Schritte entfernt gelegen war. In seltenen Fällen nahmen sogar Mitglieder der Leipziger medizinischen Fakultät die beschwerliche ganztägige Kutschfahrt auf sich, um auf dem anatomischen Theater einer Entbindung beizuwohnen, welche Carus gelegentlich unter Einwilligung der Frauen an diesem Orte durchführen ließ. Und es war ein offenes Geheimnis, dass selbst Mitglieder des Königshauses bereits heimlich an der einen oder anderen Vorführung ärztlicher Kunst teilgenommen hatten.

Der Saal war gewiss nicht von der Größe eines anatomischen Theatrums an den berühmten medizinischen Fakultäten von Bologna, Padua oder Leiden. Jedoch stiegen die drei Reihen Holzpodeste, die sich wie Sitzreihen einer antiken Arena um den marmornen Tisch herum staffelten, atemberaubend steil an, so dass man selbst vom höchstgelegenen Podest noch einen ausgezeichneten Blick auf das Operationsfeld erlangen konnte. Jeder der drei Ränge war nach vorne durch ein umlaufendes Schreibpult begrenzt, das zum Stehen zwang.

Der Seziertisch selbst, aus echtem italienischem Marmor, der dem Altar eines Domes zur Ehre gereicht hätte, zog die Blicke der Forscher augenblicklich auf sich. In den ebenmäßigen, polierten Rand des Marmors war eine Rinne eingelassen, die schnelles und kontrolliertes Ablaufen der Körperflüssigkeiten ermöglichte. Auch hier lobten die Franzosen die Zweckmäßigkeit und Rationalität der Anlage, was Carus die Röte des Stolzes auf die Stirn trieb. Denn wie das ganze Institut war selbstverständlich auch die Anlage dieses Saales nach seinen ureigenen Plänen ausgeführt worden. Carus nutzte das sprachlose Staunen der Reisenden, um zum Kernstück seiner anatomischen These vorzustoßen: »Die Erkenntnisse der modernen vergleichenden Anatomie lassen keinen anderen Schluss zu, als dass in der Natur alle vergleichbaren Glieder und Organe aller Rassen und Arten einem allen Lebewesen gemeinsamen Plane folgen. Der organische Bau eines niederen Wesens trägt den Bauplan des höchsten bereits in sich. Die drei Arten der Glieder – Flosse, Flügel und Hand – weisen nicht nur große anatomische Ähnlichkeiten auf, sondern sind Ausdruck ein und derselben Idee. Das heisst«, und hier machte Carus eine bedeutsame Pause, »das heisst, dass Erkenntnisse, die an niederen Lebewesen gewonnen wurden, unter Berücksichtigung aller Fortentwicklung durchaus auf den Menschen übertragen werden können.«

An dieser Stelle des Vortrages entstand ungläubiges Geraune unter den Besuchern. Auch Tieck zog die Stirn in Falten. Der Sohn des alten Marigaux, dessen Kopfbehaarung nicht weniger üppig als die des Vaters ausgefallen war und der sich deshalb regelmäßig die widerspenstigen Strähnen aus dem Gesicht streichen musste, äußerte den Zweifel als erster, und Tieck suchte nach einleuchtenden Worten, um seine Rede zu übersetzen: »Wollen Sie etwa behaupten, dass ein Hund«, und hier hüstelte Tieck, denn er zog die Katzen den Hunden entschieden vor, »nach den gleichen anatomischen Gesetzmäßigkeiten funktioniert wie ein Mensch? Die Pfote des Hundes wollen Sie der menschlichen Hand gleichsetzen?«

Carus schüttelte den Kopf. »Nicht gleichsetzen. Aber der Bauplan, der dem Ganzen zugrunde liegt, ist durchaus vergleichbar. Die Gliederung der Hundepfote ist im Grundsatz der Gliederung der menschlichen Hand ähnlich. Mit dem Unterschied, dass der Hund auf seinen Fingerspitzen läuft – in menschlichen Maßstäben ausgedrückt. Demzufolge finden sich die den Handwurzelknochen vergleichbaren Knochen beim Hund im Bein, genauer gesagt im Gelenk. Es ist alles etwas verrückt, aber auf das Wesentliche reduziert ist es das Gleiche.«

»Verrückt können Sie diese These wohl nennen, lieber Freund. Aber wo sind die Beweise?«, äußerte Tieck seine eigenen Bedenken auf Deutsch. Ohne Carus' Antwort abzuwarten, beeilte er sich, den französischen Gelehrten die eigenen Sätze verständlich zu machen.

Carus wartete ab, bis Tieck übersetzt hatte, und fügte dann, ohne auf die Einwände einzugehen, hinzu: »Diese grundsätzliche Erkenntnis versetzt uns in die Lage, schwierigste Operationen, die wir beim Menschen noch nicht wagen oder nur mit geringem Erfolg und in hoffnungsloser Situation durchzuführen uns getrauen, am tierischen Exempel erproben, ja regelrecht üben und die notwendigen Handgriffe vervollkommnen zu können. Einige Tierarten sind aufgrund ihrer anatomischen Nähe zum Bauplan des menschlichen Körpers mehr, einige weniger geeignet, solche exemplarischen Forschungsobjekte abzugeben. Am geeignetsten erscheinen mir, nach allen mir bekannten Erkenntnissen, die Affen und unter ihnen die Menschenaffen, die einen dem Menschen beinahe identischen Bauplan der Glieder aufweisen. Da aber Affen in unseren Gefilden nur sehr schwer und unter hohen Kosten zu beschaffen und kaum eine Zeit lang zu erhalten sind, führe ich meine operationstechnischen Versuche an einer anderen Tierart durch.«

Carus wartete ab, bis Tieck seine Rede bis zu dieser Stelle übersetzt hatte. Denn er war sich sicher, dass das nun Folgende den schärfsten Protest hervorrufen würde.

»Welche?«, fragte Tieck eigenmächtig und zum Bersten neugierig.

»Das Schwein.«

Tieck brauchte nicht zu übersetzen. So viel Deutsch verstanden die Franzosen, und auch Carus, obwohl des Französischen nur wenig mächtig, hätte diesen Ausdruck auf Französisch sehr wohl verstanden.

»Les cochons? Incroyable!« In ratloser Empörung schauten die Franzosen von einem zum anderen, dann richteten sie ihre Blicke vorwurfsvoll auf Carus.

»Sie behaupten, ein Schwein sei auf die gleiche Art und Weise zu kurieren wie ein Mensch?«, fragte der jüngere Marigaux ungläubig und strich sich erregt die Locken nach hinten.

Carus entschied sich, die Frage zu überhören und in seinem Vortrag fortzufahren: »Insbesondere die weiblichen Fortpflanzungs- und Gebärorgane der Schweine ähneln denen des Menschen in frappierender Weise. Das Lebendgewicht einer ausgewachsenen Sau ist dem Gewicht einer erwachsenen Frau sehr nahe. Die Blutmenge im Organismus und auch die Menge der übrigen Körperflüssigkeiten entspricht in etwa der des Menschen. Und das Schwein hat die gleiche Ernährungsgrundlage wie der Mensch: Alles, was dem Menschen mundet, verschmäht auch das Schwein nicht.«

»Aber eine Sau gebiert meines Erachtens ein Dutzend Ferkel auf einen Wurf«, dolmetschte Tieck für Monsieur D., den wortkargsten der drei.

»Auch beim Menschen sind Mehrlingsgeburten nichts Ungewöhnliches«, wehrte Carus ab. Und fügte hinzu: »Sie werden es kaum für möglich halten, aber auf diesem marmornen Tisch wurden mehr Säue seziert als Menschen!«

Carus wartete die Wirkung der Worte ab. Offenes Entsetzen hatte sich nun unter die Neugier gemischt, mit der die vier Gäste den Seziertisch betrachteten. Schweine und Menschen, zerlegt auf ein und demselben Tisch, das war ein unerhörter Gedanke!

Der alte François Marigaux richtete eine Frage an Tieck, und vermied es, anders als sonst, Carus dabei anzusehen. Tieck nickte verständig und übersetzte dann: »Bedeutet das, dass Sie Ihr Zutrauen in das mögliche Gelingen der Schnittentbindung, insbesondere der Sectio Caesarea, all Ihre Thesen, Ihre Hoffnungen auf die Lebensfähigkeit der derart entbundenen Säuglinge und ihrer Mütter, dass Sie, rundheraus gesprochen, all Ihre wissenschaftliche Zuversicht auf das Fundament von ... Schweinen gebaut haben?«

Während Tieck übersetzte, ließ Marigaux Carus nicht aus den Augen. Der Arzt hielt dem skeptischen Blick stand und triumphierte mit einem Lächeln: »Genau das heisst es!«

Carus löste sich vom Rande des Marmortisches, an dem er gelehnt hatte, forderte die Gelehrten durch einen Wink auf, ihm zu folgen und schlüpfte dann durch eine unauffällige Holztür aus dem Anatomiesaal. Die Gelehrten folgten ihm auf dem Fuße, als Letztes stöckelte Tiecks spanisches Rohr durch die Gänge.

Der mannshohe, gemauerte Durchlass, durch den sie jetzt einer nach dem anderen schritten, weitete sich zu einem schmalen Raum, in dem Bürsten, Wascheimer und Zuber sowie Lappen und Lumpen trockneten und ein System von Abflussrinnen und -kanälen im Boden darauf hindeutete, dass hier mit Wasser gearbeitet wurde.

In der Mitte dieses Raumes blieb Carus stehen und wandte sich an die Gruppe, die sich mit offenen Mündern um ihn scharte. »In diesem Gelass«, hub Carus an, »werden die Säue auf das Sorgfältigste gewaschen. Sauberkeit ist nach meiner Überzeugung eine der wesentlichen Vorbedingungen für einen chirurgischen Eingriff von der Schwere eines Kaiserschnitts und trägt dazu bei, das Auftreten des Kindbettfiebers zu reduzieren und die Überlebensprognose bedeutend zu verbessern.«

Carus hatte Tieck noch nie so verunsichert gesehen. »Mein lieber Carus«, – der Dichter suchte nach Worten –, »ich hatte ja keine Ahnung, dass du dich zum Wohle der Wissenschaft in die Niederungen des Metzgerhandwerks begibst. Lass es mich ganz durchdringen: Du entbindest die Ausgeburt gewöhnlicher Säue durch eine komplizierte chirurgische Operation, um dadurch die Kenntnisse über ähnliche Möglichkeiten am Menschen zu vermehren?«

Carus nickte. Er setzte sich in Bewegung, schritt weiter den wieder enger werdenden Gang hinunter, stieß eine Türe auf, und geblendet vom Licht des frühen Nachmittags stand die gelehrte Versammlung wieder im Freien. Der Blick reichte bis hinunter an die Elbe, die träge wie stets vorbeifloss. Doch zwischen ihnen und dem Fluss, zur Rechten wie zur Linken, erstreckten sich Schweinekoben, so weit das Auge schweifen konnte, bis an die Lattenzäune des Botanischen Gartens.

Rings um sie war ein einziges fleischfarbenes Gewimmel und Gegrunze, zufriedene Tiere, zweifellos, denn die Schweine der Carusschen Entbindungsanstalt waren glückliche Wesen. Sie ahnten nicht, welches Schicksal ihrer nach gründlicher Waschung harrte.

»Dort hinten, meine Herren, die sechs Ferkel im Schatten der Weide, die sich an den Zitzen der Sau gütlich tun, dies sind sämtliche Ausgeburten einer geglückten Sectio Caesarea. Die Sau ist natürlich nicht ihre Muttersau, sondern eine Nährsau – sozusagen eine Amme. Die Muttersau, verehrte Kollegen, die Muttersau, die die Sectio glücklich überstanden hat, befindet sich hier, in diesem speziellen Areal.«

Carus deutete auf einen besonderen Koben zu seiner Rechten. Der Schweinepferch war mit Basaltsteinen gepflastert, die Fugen mit Mörtel ausgeschmiert. Darin lag auf einem trockenen und sauberen Strohlager die Sau, unfähig, sich zu bewegen. Sie atmete schnell und rasselnd und streckte alle viere von sich. Ihre Augäpfel waren hervorgetreten. Am hinteren Bauch war deutlich ein etwa zeigefingerlanger Schnitt zu sehen, der mit einem schwarzen Faden sorgfältig vernäht war. »Der Zeitpunkt ist zu früh, um zu beurteilen, ob sie überleben wird. Ich habe sie vor drei Tagen operiert. Sie erhält dreimal täglich Brühe von fetter Mastgans und auch gekochtes Fleisch zum Fraße. Einmal am Tag wird die Wunde gewaschen. Auf diese Art ist es mir gelungen, von dreißig Säuen zweiundzwanzig länger als zehn Tage nach der Schnittentbindung zu erhalten. Achtzehn springen munter zwischen den anderen umher – Sie können gerne die Narben inspizieren. Drei von dreißig sind nach der Schnittentbindung erneut trächtig geworden.«

Tieck schüttelte den Kopf. »Ich wusste, dass dein Handwerk ein blutiges ist, lieber Carus. Aber ich ahnte ja nicht, wie blutig! Doch das klingt mir jetzt sehr nach den Schildbügern: Gesunde Säue aufzuschlitzen, um gesunde Ferkel auf die Welt zu holen? Ihre Bäuche wieder zuzunähen, anstatt schmackhafte Schnitzel aus ihnen zu fabrizieren? Wozu das alles?«

»Um irgendwann einmal Mütter *und* Kinder am Leben zu erhalten – Menschenmütter und Menschenkinder!«

»Hilf mir auf die Sprünge, junger Freund, das sind alles zu viele, zu überraschende Erkenntnisse für einen alten Mann wie mich. Sind die Frauen nicht von Natur aus dazu ausersehen, auf natürliche Weise natürliche Kinder – Menschenkinder – zur Welt zu bringen?«

Carus verneinte entschieden: »Sie kennen gewiss eine Vielzahl solch glücklicher Fälle. Auch Ihre eigenen Töchter sind ja – dem Himmel sei Dank – auf natürliche Art zur Welt gekommen. Jedoch – nicht allen Frauen ist solches Glück vergönnt. Einige – und in neuerer Zeit wächst ihre Zahl zusehends – leiden unter missgestalteten Becken, die eine natürliche Entbindung ganz und gar unmöglich machen.«

Tieck versank in mitfühlendes Schweigen. Auch er selbst hatte unter einer krankhaften Missbildung des Knochengerüstes zu leiden und wusste, welche Qualen daraus erwuchsen.

Der jüngere Marigaux nutzte die Pause des unübersetzt gebliebenen Geplänkels, um Zweifel an Carus' Standpunkt anzumelden: »Ist es die Anstrengung und die Lebensgefahr der Mütter wert? Ist es nicht der zuverlässigere Weg, in solch traurigen Fällen das gefahrlosere Mittel der Embryotomie anzuwenden, das die Mütter unverletzt lässt?«

Hier waren sie an dem Punkte des Disputs angelangt, in dem Carus seine leidenschaftlichsten Überzeugungen ins Feld führen musste. Er warf sich ins Zeug.: »Ist es ein gottgefälliger Weg, ein armes, unschuldiges, noch nicht zur Welt gekommenes, jedoch in den meisten Fällen durchaus lebensfähiges Geschöpf mit martialischen Werkzeugen zu durchtrennen, zu zerreißen, zu zerstückeln? Ist es nicht Sünde an Gottes Geschöpf, es noch im Mutterleib, ungetauft und ungeprüft, dahinzumetzeln?«

Der Begleiter der Marigaux räusperte sich, um einen Einwand zu formulieren, den Tieck rasch übersetzte: »Ihren Forschungen und auch der mutigen Vorgehensweise der tierischen Vorerkundung gebührt alle Ehre, werter Carus. Aber sollte man auf die regelmäßige Anwendung der Schnittentbindung nicht so lange verzichten, bis für die

Frauen ein glücklicherer Ausgang zu erwarten ist? Denn selbst wenn von dreißig operierten Frauenzimmern zwanzig glücklich überleben, so sind es doch derer zehn, die den Ausgang dieses Eingriffs als weniger gelungen beurteilen werden. Und sollte nicht dem währenden Leben ein höherer Wert beigemessen werden als dem werdenden?«

»Auch die Embryotomie fordert ihre Opfer unter den Müttern«, konterte Carus. »Nicht immer können alle Teile des Fötus glücklich auf natürlichem Wege extrahiert werden. Auch sind häufig innere Verletzungen der Patientinnen zu beklagen, schwere Verletzungen der Gebär- oder der Dauungsorgane, die unbeabsichtigt von den Zerstückelungsinstrumenten herbeigeführt wurden und nicht selten zum Tode führen!«

»Die aber für gewöhnlich nicht so verheerend sind wie diejenigen, die Sie äußerlich in voller Absicht mit dem chirurgischen Besteck beibringen«, warf der jüngere Marigaux erregt ein.

»Auch hier habe ich die Technik durch das an Säuen gewonnene Wissen verfeinert. So bin ich, um ein Exempel zu geben, zu der Erkenntnis gelangt, dass es nicht notwendig ist, einen Schnitt von der Körpergröße des Kindes vorzunehmen. Ein Schnitt von dreieinhalb Pariser Zoll reicht häufig aus.« Carus zeigte die Länge des Schnittes mit der Hand, da er sich nicht sicher war, ob die Übertragung der Maßeinheit Tiecks Fähigkeiten womöglich überforderte. Außerdem wusste Carus nicht mit Bestimmtheit, in welcher Einheit man zur Zeit in Paris die Länge maß.

Der alte Marigaux, der sich bislang zurückgehalten hatte, mischte sich nun vorwurfsvoll in den Disput: »Ehrwürdiger Hofrat, Sie scheinen durch die regelmäßigen Übungen an Säuen allzu leicht das Dahinschlachten bejammernswerter menschlicher Geschöpfe in Kauf zu nehmen. Durch Ihre Metzeleien haben Sie augenscheinlich die Achtung vor dem Leben eingebüßt!«

Carus reagierte mit ungewohnter Heftigkeit auf den Vorwurf: »Ich trauere um jede Seele, bei der es mir misslungen ist. Jedoch, ich schildere den betroffenen Weibsbildern zuvor, welchen Eingriff ich ihnen empfehle, welche Möglichkeiten es im Übrigen gibt, und welche Schmerzen sie im einen wie im anderen Fall zu gewärtigen haben. Ich überlasse ihnen die freie Wahl und mache ihnen keine falschen Hoffnungen – eine Vorgehensweise, die ich sehr im Einklang mit den Erfordernissen der aufgeklärten, modernen Zeit sehe, in der der Wille jedes menschlichen Individuums auf Erden zunächst über sein Schicksal entscheidet. Dass es mitunter der göttliche Wille ist, der andere Vorsehungen getroffen hat, kann auch ich nicht außer Kraft setzen.«

Der junge Marigaux wollte etwas erwidern, doch der Vater brachte ihn mit einer Handbewegung zum Schweigen. Dann richtete er selbst erneut das Wort an Carus. Tieck übersetzte: »Werter Hofrat. Da Sie selbst Ihre Kenntnisse vor allem praktischen Übungen verdanken und Sie über ein so hervorragendes und wohl eingerichtetes anatomisches Theatrum verfügen, wäre es nur billig, uns eine Vorführung Ihrer chirurgischen Technik zu geben. Falls sich zur Zeit kein geeignetes Weibsbild finden sollte, nähmen wir auch mit einer Sau vorlieb. Denn freilich können Sie uns viel von Ihren enormen Verbesserungen berichten; der einfachste Weg, unsere Bedenken zu entkräften, ist jedoch der einer anschaulichen Demonstration. Falls es Ihnen glückt, uns einen gangbaren Weg zu präsentieren, wie Mutter und Kind diese äußerst riskante Operation mit gleicher Hoffnung auf Weiterleben überstehen können, werden wir gerne den Ruhm des großen Mediziners und Gelehrten Carl Gustav Carus in die interessierte französische Welt tragen. Denn auch unser Land hat, wie Sie sicherlich wissen, viele nicht gering zu schätzende Mediziner wie etwa den berühmten Baudelocque hervorgebracht.«

Carus stimmte eilfertig zu, obwohl er insgeheim der Überzeugung war, dass die Franzosen die glanzvollsten Epochen ihrer medizinischen Forschung bereits durchschritten hatten. »Ich bin ein großer Verehrer Baudelocques, und durchaus ein Anhänger seines Vorschlags, die Gebärmutter nach der Schnittentbindung nicht zu nähen, sondern ihre Verheilung der Natur und der Gnade Gottes zu überlassen. Jedoch –« Carus stockte. Dann behielt er den Rest des Satzes für sich. Denn leider verfügte man im Augenblick in der Anstalt über keine Sau, die sich im geeigneten Stadium der Trächtigkeit befand. Doch einen solch erbärmlichen Einwand gegen eine praktische Vorführung vorzubringen, wollte Carus sich nicht getrauen. Allzuleicht konnte der Einwand als Ausflucht erscheinen. Irgendwo in der Stadt würde sich schon eine trächtige Sau auftreiben lassen.

Ein frischer Wind kam von Norden her auf und vertrieb die frühsommerliche Hitze, die sich im Elbtal gestaut hatte. Der alte Marigaux musste seinen Zylinder, den er die ganze Zeit über auf dem Kopf behalten hatte, festhalten. Carus wandte sich von den Schweinekoben ab und winkte die Reisenden zwischen den Türpfosten hindurch, ehe er sich selbst in den schmalen Gang begab. »Ich werde versuchen, so bald als möglich ein geeignetes Objekt auf den Eingriff vorzubereiten«, schlug er vor.

Der ältere Marigaux nickte beifällig. »Wir wollen in zwei Tagen abreisen. Eine Vorführung am morgigen Tag würde unseren Reiseplan auf das vorzüglichste ergänzen«, übersetzte Tieck, und fügte in eigenem Interesse hinzu: »Und ich hoffe sehr, dass du bei der Operation einen Dolmetscher benötigst. Ich merke gerade, was ein alter Dichter alles in einer Welt versäumen kann, in der die Wissenschaften schneller voranschreiten als die Jahreszeiten!«

Carus tätschelte Tieck mit Rücksicht auf seine Gichtschmerzen sachte die Schulter. »Aber natürlich, mein

Freund, ich brauche Sie für diese Vorführung nötiger, als Sie ahnen. Jetzt aber lassen Sie uns hineingehen.« Er fingerte seine Uhrkette aus der Westentasche. »Halb fünf, Zeit für ein kleines Souper. Was sind Ihre Pläne für den heutigen Abend?«, fragte Carus und wandte sich wieder den Gästen zu.

»Sie werden einer Vorführung der Hofbühne beiwohnen. Die ›Minna von Barnhelm‹ mit der mannstollen Gruber in der Rolle der Minna«, gab Tieck bereitwillig Auskunft.

»Ist auch unsere arme Friederike Mathilde Bernstein in diesem Stücke beschäftigt?«, fragte Carus, selbst überrascht, welche Laune der Gedanken ihm diese Frage eingegeben haben mochte.

»Selbstverständlich«, nickte Tieck. »Sie gibt, ihrem Rollenfach gemäß, die jugendfrische und leichtfüßige Franziska, die Dienerin der Minna. Warum interessieren Sie sich für sie?«

»Ich interessiere mich nicht für sie«, verteidigte sich Carus heftiger als notwendig. Tieck zwinkerte ihm verschwörerisch zu. »Kann es sein, dass ich besagte junge Aktrice vorhin auf dem Korridor Ihres Instituts erspäht habe?«

Carus spürte, dass er rot wurde und verfluchte sich, weil er selbst die Sprache auf das unglückliche Geschöpf gebracht hatte. Er überging Tiecks Frage geflissentlich, dessen Neugier damit sicherlich mehr anstachelnd als entschärfend, schritt voran und rief den vor ihm zügig ausschreitenden Gästen in stockendem Französisch zu: »Wenn Sie diesem Gang folgen, gelangen Sie in den Saal, den Sie zuvor so bewunderten. Dort werden Sie die köstlichsten Speisen und erlesensten Spezialitäten finden, die zu uns nach Sachsen gelangen.«

»Hoffentlich nicht allzu blutige«, merkte Tieck trocken an und lächelte unschuldig vor sich hin.

Der Dichter Tieck, dessen sechzigster Geburtstag nicht mehr allzu fern war, ließ sich ächzend auf den Stuhl auf der anderen Seite des Schreibtisches nieder. Die durchreisenden Gelehrten hatten die Entbindungsanstalt verlassen, und Tieck spürte die Erschöpfung des Tages in all seinen gebrechlichen Knochen und knirschenden Gelenken. Ungeachtet dessen hatte er den Gästen versprochen, sie beim abendlichen Besuch des Theaters zu begleiten. Auch wenn er sich seit dem Zerwürfnis mit dem Intendanten Wolf Adolph von Lüttichau geschworen hatte, das Hoftheater nicht mehr zu betreten, so war doch die Aussicht, sich vor den reisenden Franzosen als Theaterkenner, begnadeter Dramaturg und ätzender Kritiker des neueren deutschen Theaters zu präsentieren, eine zu reizvolle, als dass Tieck sie ungenutzt verstreichen lassen konnte. Ludwig Tieck war ohnehin keiner, der Schwüren eine allzu große Bedeutung zumaß, schon gar nicht, wenn sie im Theater abgelegt worden waren.

Durch das Sprossenfenster fiel ein letzter verirrter Sonnenstrahl des Frühlingsabends auf das kantige, aber nicht grob zu nennende Gesicht des Dichters. Er stützte die gichtigen Hände behutsam auf den Silberknauf seines spanischen Rohres und sah Carus aus seinen angriffslustig blitzenden braunen Augen an.

»Junger Freund, ich weiß nicht, was mich mehr beeindruckt hat: Die Offenbarungen, die ich heute über die Ausübung deiner Kunst erhalten habe, oder die Kaltschnäuzigkeit, mit der du deine abenteuerlichen Theorien vor Angehörigen eines Volkes vertreten hast, das zu den eifrigsten Geistesvölkern unserer Zeit zu zählen ist.«

Carus lief unruhig vor den Fenstern auf und ab, die nach dem Botanischen Garten hinausgingen. »Die Theorien sind nichts weniger als abenteuerlich! Ich bin überzeugt, dass es möglich ist, selbst eine so schwerwiegende chirurgische Operation wie den Kaiserschnitt mit glücklichem Ausgang für –«

Tieck winkte ab. »Ich habe dein Anliegen wohl verstanden. Aber auch die Skepsis deiner Kollegen ist mir einleuchtend. Genug. Ich harre ungeduldig der Vorführung, die du – vielleicht vorschnell? – angekündigt hast.«

Mit säuerlichem Gesichtsausdruck wandte sich Carus zu Tieck um. Die Leichtfertigkeit, mit welcher der Dichter genau das aussprach, was sein Innerstes gerade bewegte, brachte ihn gegen den väterlichen Freund auf. »Sie sollten sich in die Pflege Ihres Haushaltes, vorzüglich Ihrer schlauen Tochter Dorothea begeben. Wenn Sie die französischen Gäste heute Abend ins Hoftheater begleiten wollen, müssen Sie sich wiederherstellen. Sie sehen erschöpft aus.«

»Danke für das Kompliment, mein lieber, mopsfideler Freund. Ich bedauere, dass ich dich in diesem Alter nicht mehr erleben werde, um mich über deine Gebrechen lustig zu machen.«

Carus wollte protestieren, doch Tieck schnitt die Sticheleien mit einer jähen Handbewegung ab. »Vor die Wahl gestellt, mich nach Hause zu begeben und zwei Stunden auszuruhen, oder meinen lieben, tugendhaften, jungen Freund zur Rede zu stellen, was es mit dieser Tändelei mit der talentierten Aktrice Friederike Mathilde Bernstein auf sich hat, muss ein alter, neugieriger Intrigenspinner und Komödiendichter, wie ich es bin, sich für Letzteres entscheiden.«

Carus nahm seinen nervösen Gang vor den Fenstern wieder auf. »Tändelei? Was reden Sie von Tändelei? Was wissen Sie? Hat Ihnen Dorothea etwas erzählt?«

»Nichts«, gab Tieck mit bedauerndem Gesichtsausdruck zu. »Sie schweigt standhaft. Das ist es ja gerade, was mich so überaus neugierig macht. Wenn es denn eine beiläufige und alltägliche Sache wäre, gäbe sie sich nicht solche Mühe, mich von näherem Aufschluss fern zu halten. Aber, und das weißt du, mein Lieber, am besten, ich bin nicht auf der Welt, um mich zu schonen. Also sprich, was es mit dem mysteriösen Leiden der jungen Dame auf sich hat. Hast du dich auf Liebeshändel mit ihr eingelassen?«

»Ich?«, stieß Carus empört hervor. »Sie kennen mich, Freund Tieck. Ich bin nicht das rechte Opfer für Ihre versponnenen Phantasien.«

Tieck lächelte in sich hinein und erklärte mit dem unschuldigsten Gesichtsausdruck: »So müssen denn die zärtlichen Blicke, die du gelegentlich mit der reizenden Baronin von Lüttichau, der Gattin meines Intimfeindes austauschst, einem tieferen Selbst als dem dir bekannten entspringen ...«

Carus lief rot an. Erregt suchte er nach Worten, doch Tieck kam ihm zuvor.

»Du brauchst dich nicht zu erhitzen, mein Lieber. Auch ich war einmal jung, wie du vielleicht schon geahnt hast, und selbst in hohem Alter werde ich mich hüten, den Nutzen einer harmlosen kleinen, Leib und Seele förderlichen Liebelei mit unnötigem Moralisieren zu belasten.«

»Ihre Vermutung trifft nicht zu. Einmal mehr spielt Ihnen Ihre verwinkelte Phantasie Streiche, mein Dichterfreund. Die Demoiselle Bernstein kam mit einem wirklich ernsthaften medizinischen Problem in meine Anstalt.«

»Das Problem, mit dem die Fräuleins in deine Anstalt kommen, lieber Carus, kenne ich wohl: Es ist ein Problem, das Bauch und Brüste schwellen lässt und allzu bald in nächtlichem Gegreine sich erfüllt. Sollte die Bernstein etwa einen Balg erwarten? Soweit ich mit den Verhältnissen der höfischen Schauspieler noch vertraut bin, ist die Bernstein unverheiratet. Sollte es das sein?«, vermutete Tieck und beobachtete Carus listig aus den Augenwinkeln.

Carus wandte sich wütend ab und stierte zum Fenster hinaus.

»Das ist es also! Nun denn. Wer wird denn eine Staatsaffäre daraus machen? In den Kreisen, aus denen unsere Demoiselle stammt, kommt dergleichen alle Tage vor. Die junge Dame ist Schauspielerin, Carus, Schauspielerin! Man applaudiert ihr, schmeichelt ihr – die Herren Redakteure der hiesigen Abendzeitung machen ihr Komplimente; es kommen Versprechungen hinzu, womöglich ein junger Adliger, er redet ihr die schönen Ohren heiß von höchsten Kreisen, höchsten Weihen. Man munkelt sogar, sie habe Kontakt zum Hofe.«

»Ein durch und durch gefährdeter Berufsstand, wenn Sie mir die Bemerkung gestatten, Theaterdichter Tieck. Und sollte es nicht die Aufgabe alter, erfahrener Bühnenleute, wie Sie es sind, sein, die jungen Dinger vor solcherlei Gefahren zu warnen? Denn dies ist gewiss nicht die erste Knospe, die durch den Ansturm eines leidenschaftlichen Herrn vor der Zeit geknickt wurde. Die junge Dame zählt nicht einmal siebzehn Jahre!«

»Lieber Carus, du verwandelst dich gerade vom Gelehrten zum Philister. Solltest du mit den Zuständen im Theater so vertraut sein, dass du dir ein Urteil erlauben kannst? Das Theater ist nicht schlechter als manch angesehener Beruf. Affären gibt es überall – vor allem dort, wo man sich abfällig darüber auslässt.«

»Durch Ihre Nähe zu dieser verderbten Welt der Schaustellerei neigen Sie dazu, die Zustände zu verharmlosen, Tieck. Die junge Demoiselle ist zutiefst verzweifelt, und ich fürchte, sie könnte sich Leids antun – oder antun lassen von ungeübten Kurpfuschern.«

»Sie neigt, wie alle Schauspielerinnen, zum Dramatisieren! Doch warum die Affäre dich, den nüchternen, jedes Problem Schicht für Schicht sezierenden Gelehrten, in eine solche Unruhe versetzt, wage ich nur zu vermuten.«

»Beginnen Sie nicht wieder zu vermuten, Tieck! Sonst kommt noch wer weiß was dabei heraus. Lieber schildere ich Ihnen das Problem. Doch vorher schwören Sie mir beim Grabe Eurer Mutter, dass Sie niemandem etwas erzählen!«

Tieck fügte sich mit einer ergebenen Verbeugung, die

ihm sichtlich Qualen bereitete. Als er sich wieder aufrichtete, war sein Gesicht zur Schmerzgrimasse verzogen.

»Doch glauben Sie mir, Sie werden nicht glücklich mit diesem Wissen. Auch ich wäre glücklicher, hätte ich die Verspätung am gestrigen Abend zum Anlass genommen, gar nicht erst bei Ihnen vorstellig zu werden!«

»Das, lieber Carus, hätte ich dir nie verziehen! Doch sprich frei heraus. Dich scheint diese Affäre weitaus stärker anzugreifen als diesen törichten Backfisch selbst. Was anderes kann deine Aufgabe sein, als der sündhaften Leibesfrucht mit allen Mitteln deiner Kunst ans Tageslicht zu verhelfen?«

»Das ist auch meine Ansicht. Wenn sie im Kreißen liegt, soll man sie in meine Anstalt bringen. Ich werde ihr mit allen Mitteln meiner ärztlichen Kunst zur Seite stehen. Mit allem anderen bleibe man mir vom Leib!«

Tiecks Augen blitzten auf. »Mit welchem ›anderen‹? Was für eine Bitte hat sie an dich herangetragen? Sprich, Carus, es wird dir hernach leichter werden.«

Carus schüttelte den Kopf. Er trat hinter den Schreibtisch und stützte seine Fäuste auf die Holzplatte. »Sie waren vorhin Zeuge eines theoretischen Vortrags gewisser chirurgischer Fertigkeiten, derer ich mich rühmen kann ... «

Tieck legte die Stirn in Falten. »Hilf mir und meinem alten Verstande auf die Sprünge, mein Freund. Wenn ich mich nicht irre, ging es um die Möglichkeit der Schnittentbindung? Warum sollte unsere junge Sünderin sich einer solchen Tortur unterziehen wollen?«

Carus hatte sich wieder aufgerichtet, die Hände hinter seinem Rücken ineinander gelegt und knetete sie. Er scheute sich, den unerhörten Gedanken auszusprechen. »Es geht hier nicht um eine Schnittentbindung. Es geht hier um die Möglichkeit, der unschuldigen jungen Dame –«

»– ganz so unschuldig scheint sie nicht zu sein –«

»– zu ihrer Unschuld zurückzuverhelfen.«

Tieck riss erstaunt die Augen auf.

»Das heißt, genau genommen kann ich die Frucht der Sünde beseitigen.«

»Du meinst, du kannst – in ›lebenden Bildern‹ gesprochen – der Tugend zu ihrer Wiederaufrichtung vor dem Laster verhelfen?«

Carus nickte. »Sie hat mich um einen solchen Dienst gebeten, ach, was sage ich, angefleht!«

»Und weil es mit der Verderbtheit des jungen Dinges doch nicht so weit her ist, könntest du dich dazu hinreißen lassen, ihr den beschriebenen Dienst zu erweisen?« Tieck hob herausfordernd die Augenbrauen.

Carus nickte, ohne ihn anzusehen. Er faltete die Hände vor dem Brustkorb und setzte das Kneten fort. »Nicht, weil ich Hoffnung auf sittliche Besserung der Demoiselle habe. Nein. Aber es gibt Hinweise, dass das junge Ding die Geburt nicht überleben würde. Denn durch eine nähere Untersuchung ihres Zustandes habe ich herausgefunden, dass ihr Kind aller Wahrscheinlichkeit nach missgebildet ist. Der Schädel ist von außerordentlicher Größe. So groß, dass er schwerlich durch den Geburtskanal passen wird. Das würde aller Wahrscheinlichkeit nach eine Embryotomie, einen Eingriff, wie er von meinen französischen Kollegen befürwortet wird, notwendig machen.«

» ... eine Barbarei, die doch der Schauspielerin gewiss mindestens ebenso angenehm, vielleicht sogar angenehmer wäre als die von dir befürwortete Operation. Denn ein lebendes, missgestaltetes Kind wäre der Demoiselle sicherlich weniger hilfreich als ein totes, das man unauffällig beseitigen kann. So unauffällig, als wäre es nie da gewesen.«

Carus nickte. Seine Knöchel waren weiß angelaufen, so heftig bearbeitete er seine Hände. »Eine Schnittentbindung ist im Falle der Bernstein nicht unbedingt anzuraten. Denn für die Entwicklung eines missgebildeten, womöglich gar nicht lebensfähigen Kindes das Leben der Mutter aufs Spiel zu setzen, ist ungleich fragwürdiger als für die Entbindung eines gesunden Kindes. Wenngleich eine schwache Hoffnung besteht, dass der Fötus lediglich einen krankhaft vergrößerten Kopf besitzt, aber ansonsten wohlauf ist.«

»So wirst du denn der Demoiselle eine Schnittentbindung zur Lösung ihrer Nöte vorschlagen, oder?«

Carus wog bedächtig den Kopf. »Ich fürchte, wenn ich ihr den Fall – wie ich es als meine Pflicht betrachte – auf das Genaueste darlege, ihr die damit verbundenen Torturen schildere, wird sie gewiss die barbarische, doch weniger schmerzhafte und gefährliche Alternative der Embryotomie bevorzugen –«

»– und damit Wasser auf die Mühlen der wissenschaftlichen Gegenpartei sein«, vervollständigte Tieck den Satz. Da Carus schwieg, nahm er sich die Freiheit, den Gedanken zu Ende zu bringen: »Andernfalls aber, falls die Schauspielerin in die Schnittentbindung einwilligen würde, hätte man ein mehr als geeignetes Objekt der Demonstration in der Art, wie es sich die durchreisenden Forscher erhoffen – und im günstigsten Fall sogar einen lebendigen Beweis für deine These, habe ich Recht?«

Carus nickte stumm. Nun war es heraus. Was er vorschlug, war nicht weniger, als die unglückliche Lage des armen Dinges für seine wissenschaftlichen Zwecke auszunutzen.

Während Carus noch von ärgsten Gewissenszweifeln geplagt wurde, schritt Tieck bereits ohne Zögern auf dem eingeschlagenen Pfad voran. »Nun hängt alles daran, die Demoiselle dazu zu bewegen, sich der schmerzhafteren und unsichereren der beiden Prozeduren zu unterziehen – jedoch ohne ihr zu verschweigen, dass es eine andere Möglichkeit gäbe, habe ich Recht?«

Carus nickte wieder. Tieck verfiel in nachdenkliches Schweigen. Dann entschied er: »Du brauchst eine Vermittlerin, eine Dame, die dir ebenso nahe steht wie der jungen Aktrice. Denn nur ein Frauenzimmer ist geeignet, einem anderen Frauenzimmer solcherlei Dinge auseinander zu legen, sie darin zu beraten und behutsam in die von dir erstrebte Richtung zu manövrieren. Wäre nicht Ida von Lüttichau ein geeignetes … ?«

»Keinesfalls!«, fuhr ihm Carus wütend ins Wort. »Lieber vertraue ich meinem Einfühlungsvermögen als Arzt!«

Tieck tippte mit dem spanischen Rohr auf die Dielenbretter und verzog im nächsten Moment vor Schmerz das Gesicht. »Glaube mir, Carus, du brauchst eine weibliche Mittlerin in dieser Affäre. Denn du hast nur einen Versuch. Sollte sie dein Ersuchen beim ersten Male ablehnen, so musst du deinen Ehrgeiz darauf richten, bis morgen eine trächtige Sau zu finden.«

»Wenn wir noch mehr Personen einweihen, weiß es bald die ganze Stadt. Nein, nein, wir müssen die Sache unter uns ausmachen! Ich werde gleich morgen früh mit ihr sprechen und sie zu überzeugen versuchen. Sie ist ohnehin bei mir einbestellt – auf elf Uhr.«

Tieck maß Carus von oben bis unten. Wäre Tieck nicht verkrüppelt gewesen, er hätte den Arzt um Haupteslänge überragt. Doch nun blickte er voller Hochachtung zu ihm auf.

»Teufel auch, Carus, du beherrschst Künste, die man in früheren Zeiten nur im Bunde mit dem Teufel auszuüben im Verdacht stand.«

Carus senkte den Kopf: »Aberglaube! Ich hoffe, die Gnade Gottes liegt auf meinem Werk. Wie viele Menschenleben könnten gerettet werden, falls es gelingt, diese gefährliche Operation so zu verbessern, wie ich es mir erhoffe!«

Es klopfte. Carus gewährte, berauscht von dem Enthusiasmus, der ihn nun wieder erfasste, in energischem Tonfall Einlass. Einer der wenigen männlichen Bediensteten der

Entbindungsanstalt meldete, dass die Baronin Ida von Lüttichau auf dem Hof warte und Carus zu sprechen wünsche. Carus wies den Bediensteten an, ihr auszurichten, dass er sich sogleich zu ihr begeben werde.

Carus vermied es, Tiecks Blick zu begegnen. Auch ohne es zu sehen, wusste er, dass das wohlbekannte spöttische Lächeln breit auf dem Gesicht prangte.

»Da spricht es nun selbst vor, das geeignete Frauenzimmer, das man in die Affäre einweihen und um überzeugungskräftige Mithilfe bitten könnte! So viel ich weiß, stand Ida von Lüttichau als Gattin unseres geschätzten Hoftheaterintendanten das ein oder andere Mal mit der Aktrice in engerem Kontakt.«

»Auf gar keinen Fall werde ich die Baronin in diese Affäre einbeziehen, auf gar keinen Fall! Ich wünsche keine weiteren Mitwisser!«, beteuerte Carus. »Und ich bitte Sie, als mein Freund, meinem Wunsch unbedingt zu entsprechen.« Er hatte ein entschlossenes Gesicht aufgesetzt, das selbst Tieck beeindruckte. »Unsere Freundschaft ist keinen Pfifferling wert, wenn Sie mein Vertrauen enttäuschen, Tieck. Ich bitte Sie nachdrücklich, zu niemandem auch nur ein Wort zu verlieren. Das arme Ding wäre am Hoftheater untragbar, würde ihr Zustand bekannt, das wissen Sie so gut wie ich! Und die Chance, eine Einwilligung von ihr zu erlangen, wäre dahin, wenn das Kind bereits im Brunnen läge – bildlich gesprochen.«

Tieck stimmte den Ausführungen des Arztes nickend zu. »Sicher, sicher. Die Bewunderung des Publikums ist eine ganz und gar idealische. Es wünscht keine Befleckung der hehren Gestalten, deren vorzügliche Taten und edle Gesten es auf der Bühne bewundert. Doch immer noch scheint es eine Vielzahl männlicher Kandidaten in diesem ehrwürdigen Publikum zu geben, die ihre moralischen Maßstäbe zusammen mit der Unterbekleidung vor der Bettkante ablegen.«

Vom Turm der Frauenkirche hörte man die sechste Stunde schlagen. Tieck unterbrach seine Litanei abrupt und beeilte sich aufzubrechen. »Nun haben wir beim Verhandeln dieser Affäre die Zeit vergessen, Carus. Schlag sieben beginnt die Vorstellung, und ich werde mich hüten, unseren Gästen im selbigen Aufzug gegenüberzutreten, in dem ich ihnen den ganzen Tag erschienen bin.« Tieck lächelte vieldeutig. »Gewiss werde ich die Zofe Franziska in der ›Minna von Barnhelm‹ heute mit ganz anderen Augen sehen.«

»Irre ich mich, oder haben Sie geschworen, das Hoftheater niemals wieder mit Ihrer Anwesenheit zu beehren?«

Tieck warf Carus einen spöttischen Blick zu: »Allein um den französischen Herrschaften einen Gefallen zu erweisen, den du ihnen ausgeschlagen hast, lieber Carus, allein darum.«

Carus entschuldigte sich erneut mit dem Hinweis auf die Arbeiten und Pflichten, die sich an diesem Tag des Müßigganges aufgehäuft hatten und erledigt werden wollten. Doch die wartende Baroness ließ diese ›Pflichten‹ in einem ganz und gar schiefen Licht erscheinen, und Tieck quittierte die Ausflucht mit einem gönnerhaften, zweideutigen Lachen. Carus gab es auf, sich zu erklären, und schob Tieck so schnell es eben ging zur Tür.

Als er sie öffnete, um Tieck hinauszugeleiten, stand Ida bereits davor. Sie hielt sich ein parfümiertes Taschentuch vor die Nase und wollte soeben Anstalten machen anzuklopfen.

Tieck ergriff sogleich ihre grazile Hand – diejenige, die, gerade eben noch zum Pochen erhoben, nun bestimmungslos in der Luft schwebte – und hauchte ihr einen Kuss auf den Handschuh. Ida von Lüttichau war atemberaubend schön an diesem Abend. Sie hatte einen Hauch Puder aufgelegt und sich Wangen und Lippen dezent rot geschminkt.

Das Kleid, das sie trug, war von der Farbe besten französischen Champagners, ganz aus Seide, und von einer Schmiegsamkeit, die ihre schlanke Figur auf das wirkungsvollste zur Geltung brachte. Ihre Unterarme waren von Handschuhen bedeckt, nur die schlanken Ellenbogen stachen keck zwischen dem Schaft des Handschuhs und dem kurzen, gebauschten Ärmel des Kleides hervor. Ihre dunkelbraunen Haare hatte sie zum allergrößten Teil unter einer Art Turban verborgen -- nur die Schläfenlocken baumelten unter dem gepluderten, gleichfalls champagnerfarbenen Stoff hervor. Vorwitzig ragte eine einzelne weiße Schwanenfeder aus der eigenwilligen Kopfbedeckung.

Idas Schönheit war von einer Reife, die der jungen Demoiselle Bernstein, die gewiss nicht für hässlich gelten konnte, ganz und gar abging. Jede Bewegung der Baroness war voller Anmut und ungezwungener Selbstbewusstheit – und Ida war von äußerst beweglicher Natur.

Carus brachte vor Verblüffung kein Wort heraus, wobei Tieck nur erahnen konnte, ob die Verblüffung von Idas berückender Schönheit herrührte oder von der Tatsache, das sie ihn bis hierher, bis in die Katakomben seiner beruflichen Geheimnisse verfolgte.

Tieck hielt die Hand der Baronin einen Moment länger als notwenig und sah ihr aus seiner gebückten Haltung heraus tief in die Augen: »Zu jugendfrisch und hübsch sind Sie, wohlgeborene Baronin von Lüttichau, als sich dieser Atmosphäre von Spiritus und pestilenzialischer Luft auszusetzen. Selbst ich, der ich ein alter, gebrechlicher Mann geworden bin und nicht mehr allzu viel vom Leben zu erwarten habe, betrete diese Hallen nur, wenn es sich nicht vermeiden lässt. Leicht legt sich der Pesthauch dieser Örtlichkeit als Leiden auf die Brust.«

»Die Brustleiden schrecken mich wenig, Herr Tieck«, sprach die Baronin durch das vorgehaltene Taschentuch, »weiß ich mich doch in der Nähe eines vorzüglichen Arztes, der sich auf die Heilung der Krankheiten des schönen Geschlechts so hervorragend versteht.«

Ida von Lüttichau schaute Carus mit einem entzückenden Augenaufschlag an. Sie ließ das Taschentuch sinken und zeigte im breiten Lächeln die vollzählige Reihe ihrer Zähne. Ihre natürliche, ungezwungene Schönheit verlieh selbst diesem kargen Ort einen Zauberglanz.

Tieck sah von Carus zur Baroness, von der Baroness hinwiederum zu Carus, der vor Verzauberung wie versteinert stand, und empfahl sich: »Dann möchte ich dem Fortgang der Heilung nicht im Wege stehen. Sicherlich ist es ein sehr geheimnisvolles Leiden, dessentwegen Sie unseren Freund aufsuchen.« Wie ein Lausbub kichernd humpelte er über die Schwelle und schloss die Tür hinter sich.

Als Tieck den Raum verlassen hatte, legte sich eine peinliche Stille zwischen den Arzt und die Baronin. Carus hing seinen Gedanken nach, während die jugendliche Gattin des Hoftheaterintendanten ungewohnt scheu begann, sich umzusehen. Nur schwerlich konnte sie sich an den schreckenerregenden chirurgischen Instrumenten und den grässlichen Totenschädeln, die sie ringsumher von den Regalen anstarrten, ergötzen. Doch schließlich obsiegte ihre angeborene Neugier, und sie trat näher an einen der Schädel heran, um ihn eingehend zu betrachten. »Mit merkwürdigen Gesellen umgeben Sie sich da, mein lieber Hofrat!«

»Ein verspielter alter Dichter, der die besten Jahre seines Genius wohl überschritten hat, jedoch aufgrund der literarischen Produktion früherer Tage dereinst in einem Atemzug mit Goethe genannt werden wird!«

Die Baronin lachte auf. »Ich meine doch nicht den alten Quälgeist Tieck! Ich meine Ihre knöchernen Zaungäste, die mich hier schamlos und ohne einen Anflug von Peinlichkeit anglotzen!«

»Scham dürfen Sie von diesen Gesellen nicht erwarten«,

konterte Carus, »wobei es sich in diesem speziellen Fall um eine Gesellin handelt!«

Ida von Lüttichau wich einen Schritt zurück. Mit einem Mal war ihr bewusst geworden, dass in diesem Schädel einst Leben gewesen war, Gedanken, Erinnerungen, Gefühle ...

»Es war einmal ... eine Frau?«

Carus nickte. »Eine Selbstmörderin, die sich in einem Wassertrog für Pferde entleibte, da sie von ihrem Herrn eines Diebstahls bezichtigt worden war. Die Bezichtigung stellte sich nach ihrem Tod freilich als Irrtum heraus. Als wahrer Dieb einer wertvollen Kette musste ein dreijähriges Kind festgestellt werden, das sich so sehr an den bunt glitzernden Steinen erfreut hatte, dass es das Geschmeide seiner Mutter eines Ehrenplatzes in seinem Bette für würdig erachtete – unter seinem Kopfkissen nämlich. Wo man es auch fand – drei Tage, nachdem die Unglückliche sich einer ungerechten Bestrafung durch Ersäufen entzogen hatte. Die Kette wanderte zurück in die Schmuckschatulle, das Kind wurde ordentlich durchgewalkt und einige Stunden im Weinkeller des Hauses arretiert, der Schädel der Unglücklichen aber wurde Teil meiner Sammlung. Auch ihre Dauungsorgane erhielten die höheren Weihen der Wissenschaft. Sie sind in einer geheimeren Abteilung meiner Sammlung aufbewahrt.«

Die Baronin legte eine Hand auf ihr Brusttuch. Der helle Handschuh leuchtete im Dämmerlicht. Carus öffnete ein Fenster, denn er befürchtete, sie werde in Ohnmacht fallen.

»Sie werden mir unheimlich, Carus«, gestand sie mit einem Anflug von Kälte, »dass Sie so teilnahmslos über die Dramen des Lebens Auskunft geben und ihre kläglichen Überbleibsel horten wie andere Exemplare Ihres Geschlechts Pfeifenköpfe oder Ordensbänder.«

»Die Teilnahmslosigkeit ist mühsam erarbeitet, teure Freundin. In diesem Hause laufen zu viele Schicksalsfäden zu einem unentwirrbaren Knäuel zusammen. Jeder für sich genommen ergäbe bereits ein Dutzend gruseliger Theaterstücke nach Kotzebueschem Strickmuster. Würde ich jeden dieser Fäden aufnehmen und dessen Windungen bis zum Anfang verfolgen, würde ich gewiss bald selbst den Weg der Verzweiflung einschlagen, wie jenes arme Geschöpf!«

»Ich bewundere Ihren Mut und Ihre Aufopferung für die Ärmsten, teurer Freund.«

Sie betrachtete ihn mit einer Mischung aus Hochachtung und Stolz, und allein für diesen Blick wäre er bereit gewesen, zahlreiche neue Qualen auf sich zu nehmen.

»Ich hoffe, Sie können auch der armen Friederike Mathilde Bernstein helfen«, setzte die Baronin unvermittelt hinzu.

»Deren Schicksal scheint ja allgemeinste Aufmerksamkeit zu erfahren«, bemerkte Carus, wobei ihm ungewollt ein bitterer Tonfall über die Lippen kam.

Die Baronin pflichtete ihm bei: »Sie hätte keine geeignetere Bühne für ihr effektvolles Niedersinken finden können als den weltläufigen Salon Ihres Freundes und Stadtkauzes Tieck.«

»Hier ging es ganz und gar nicht um Effekthascherei. Die Demoiselle Bernstein ist ernsthaft erkrankt. Ihre Krankheit birgt derlei Ohnmachtszustände in sich, und sie kann deswegen nicht anders als unglücklich genannt werden.«

Ida von Lüttichau trat einen Schritt näher an Carus heran. Sie strich sich die mit dem Brennstab in Form gezwirbelten Schläfenlocken aus dem Gesicht und sah ihn aus großen Augen an. Die hereinbrechende Dämmerung hatte die Kammer beinahe vollständig verdunkelt.

»Bitte sagen Sie mir, an welchem Übel sie leidet«, flehte die Baronin. »Vielleicht kann ich ihr helfen?«

Carus schwankte einen Moment, die Tieckschen Empfehlungen noch im Ohr, doch dann riss er sich zusammen und antwortete mit fester Stimme: »Der Aktrice ist am ehesten geholfen, wenn man sich über ihre Krankheit allgemein ausschweigt und sie nicht zum Logengespräch eines eintönigen Theaterabends macht. Ich habe ihr ein Versprechen gegeben, und das beabsichtige ich zu halten.«

Die Baronin legte ihm zärtlich die Hand auf die Schulter. »Carus«, sagte sie schmollend, »ich dachte, wir befänden uns in einem Verhältnis, das keine Geheimnisse kennt.«

Carus riss sich los und wandte sich von ihr ab. »Ida«, seufzte er, und der Klang ihres Vornamens verstörte ihn, »ich habe meine ärztlichen Pflichten heute sträflich vernachlässigt, meinen Tagesplan gänzlich über den Haufen geworfen. Ich bin im Begriff, mich doppelt und dreifach zu versündigen. Ich brauche Zeit, um meine Gedanken zu ordnen und einige wichtige Entschlüsse zu fassen.«

»Oh ja, das ist die reine Vernunft, die aus dir spricht, Freund Carus. Der Wissenschaftler, der die Hinterzimmer der sichtbaren Welt mit purer Logik durchkämmt. Kaum zu glauben, dass jemand, der zu solch vernünftiger Rede fähig ist, zur gleichen Zeit die Nerven der Frauen mit den zärtlichsten Fingerspitzen zu kosen vermag, die jemals meine Haut berührten …«

Die Baronin trat noch einen Schritt näher. Ihr Parfüm umfing ihn ganz und gar: Lavendel. Sie bevorzugte den gleichen Duft wie die unglückliche Schauspielerin.

Carus schloss die Augen, als Ida seine Wange mit dem Handrücken streifte. Der Stoff ihres Handschuhs fuhr Carus leicht und knisternd übers Gesicht. Und drängte ihm ins Bewusstsein, dass er sich am Morgen nicht rasiert hatte. Er wandte sich ab und floh hinter den Schreibtisch.

»Dann werde ich heute Abend meine Loge im Theater allein einnehmen müssen?« Ihre Frage glich einer Feststellung.

»Ich habe in der Tat einiges zu arbeiten«, entgegnete Carus abweisend und begann, auf seinem Schreibtisch Papiere zu ordnen. »Außerdem gebührt der freie Platz in der Loge Ihrem Gatten.«

Die Baronin beobachtete ihn eine Weile schweigend. »Wenn ich Ihnen einen Rat geben darf, verehrter Gelehrter, entzünden Sie ein Licht, das Arbeiten fällt Ihnen dann umso leichter«, bemerkte sie mit spöttischem Unterton.

Carus ärgerte sich über die mit solcher Leichtigkeit ausgespielte Überlegenheit, die dieses Weib ihm gegenüber an den Tag legte. War es die Sicherheit des Standesunterschiedes, die sie ihn spüren ließ? War sie die gelangweilte Adlige, die im Begriff war, sich ein bürgerliches Schoßhündchen zuzulegen, um ihm nach Gutdünken Nasenstüber zu verpassen? Nein, damit tat er ihr entschieden Unrecht! Carus verfluchte sich für seine verräterischen Gedanken. Hörte das denn nie auf, dieses Zerpflücken, dieses Sezieren?

Als sie schon fast zur Tür hinaus war, drehte sie sich noch einmal um. »Ach, übrigens, Friederike Mathilde Bernstein steht heute Abend als ›Franziska‹ auf der Bühne des Hoftheaters. Gehört das auch zur Kur Ihres schwerkranken Schützlings?«

»Soweit ich weiß, hat Ihr Gatte, Baron Wolf Adolph von Lüttichau, drakonische Strafen für Akteure und Aktricen und überhaupt sämtliche Bedienstete des Theaters eingeführt, die unentschuldigt dem Dienst fernbleiben.«

»Die meisten Krankheiten sind eine gute Entschuldigung, wenn sie von einem angesehenen Arzt festgestellt und beglaubigt werden. So wenigstens sind die Verhältnisse an den sächsischen Hofbühnen, nicht zuletzt dank meines beständigen Einsatzes für eine aufgeklärte Ordnung«, konterte die Baronin. Carus sah ein, dass er ihr an Spitzfindigkeit heute nicht gewachsen war.

»Es war ihr sehnlichster Wunsch, heute Abend in diesem Stücke aufzutreten«, log Carus. Es war so dunkel, dass er hoffte, seine Verlegenheit würde unbemerkt bleiben. Doch er hatte nicht mit Idas Feingefühl gerechnet.

»Diese Affäre wird immer geheimnisvoller, Carus.« Und sie räusperte sich, um in das Dunkel hinein zu drohen: »Nun schwindelst du auch noch für sie, mein Lieber. Du, der rechtschaffenste aller Rechtschaffenen! Aber es wäre dies das erste Geheimnis in dieser Stadt, das vor mir verborgen bliebe. Rechnest du ernsthaft damit, Carus?«

Carus schwieg verlegen. Er suchte in der Ofenglut nach einem Span, mit dem er den Spiritusleuchter auf dem Tisch entzünden könnte. Als Carus einen Splint gefunden, angeblasen und endlich das bläuliche Licht entflammt hatte, war die Baronin verschwunden. Sie hatte die Tür so geräuschlos ins Schloss gezogen, dass Carus es nicht bemerkt hatte.

3. *Kapitel*

Nach einer kurzen Rast in seiner Wohnung an der Kreuzgasse, die hauptsächlich dazu diente, seine Toilette dem Anlass anzupassen, war Tieck ins Theater geeilt. Er hatte die Träger der Mietchaise angewiesen, den kürzesten Weg zu nehmen, und nicht, wie es sonst seine Gewohnheit war, den Weg am Ufer des Flusses entlang. Von Tiecks Wohnung bis zum alten Hoftheater am Zwinger, das mit seiner Fachwerkfassade den Charme eines zu groß geratenen Heuschobers ausstrahlte, waren es mit der Portechaise im gemächlichsten Schritt zehn Minuten. Für ein gutes Trinkgeld legten die Chaisenträger die Strecke im Lauf in weniger als fünf Minuten zurück. Tieck entschied, dass diese übermäßige Ausgabe heute angebracht war.

Vor dem Eingang für das Bühnenpersonal, der zur Flussseite hin gelegen war, setzten die Chaisenträger die Trage ab, und Tieck trat aus dem Verschlag. Der muskulöse Arm des vorderen Trägers stützte ihn beim Aussteigen. »Gutes Gelingen, Herr Hofdramaturg«, wünschte der Bedienstete, nicht wissend oder wissentlich unterschlagend, dass Tieck diesen Titel nicht mehr trug. Oder wusste er, wie man es von Chaisenträgern erwartete, bereits mehr als alle anderen, und Tieck war wieder in Amt und Würden?

Tieck machte sich keine weiteren Gedanken über die Äußerungen eines Mietbediensteten, sondern nahm die wichtigsten Dinge zuvörderst in Angriff. Er zog den Hut vom Kopf, um sich die Peinlichkeit zu ersparen, von einem launischen Frühjahrswind seiner Kopfbedeckung beraubt zu werden. In die schwieligen Hände des Trägers ließ er den fälligen Zins klimpern und schritt über das Pflaster.

Der Rohrstock, der seit einigen Jahren zu seinem ständigen Begleiter geworden war, schlug den Takt auf das Pflaster – und diesmal war es ein energischer, kampfeslustiger.

Noch war der Theaterplatz menschenleer. Keine halbe Stunde später würde es hier wimmeln von reich beschlagenen Geschirren und zornigen Rufen der Kutscher, die sich in dem ungeordneten Aufmarsch der Kaleschen nur auf rüde Weise ihr Recht verschaffen konnten. Mitunter nahm das Gewimmel der Equipagen derart überhand, dass die Wagenlenker durch die offene, unvollendet gebliebene Flanke in den Hof des Zwingers hinein auswichen und dort mit ihren eisenbeschlagenen Rädern die Blumenrabatten durchpflügten. Auch hatte man an so manchem Theaterabend schon Kutschgäule im Hof des Zwingers grasen sehen – im Schatten des würdigen, von einem eleganten Zwiebelturm und einer goldenen Krone bekrönten Zwingertores, des weithin sichtbaren Hoheitszeichens der Wettiner in der Stadt. Schon lange erwog die städtische Polizeibehörde deshalb, den Theatervorplatz für Fuhrwerke aller Art zu sperren, nur den wendigen, leicht zu manövrierenden Tragchaisen unmittelbaren Zugang zu gestatten, und sämtliches Pferdevieh zu verbannen. Und neuerdings munkelte man, dass der modern und aufgeklärt denkende Mitregent Friedrich August den von seinem Schwager, dem Preußenkönig Friedrich Wilhelm IV. empfohlenen Berliner Baumeister Karl Friedrich Schinkel insgeheim beauftragt habe, einen Abschlussflügel nach neuester Mode für die Zwingeranlage zu entwerfen, der dem unwürdigen Treiben der Kutscher im barocken Geviert ein Ende setzen sollte. Doch verbat gegenwärtig die politische Situation im sächsischen Königreich solcherlei Prachtbauten, würden sie doch unweigerlich Volkes Zorn heraufbeschwören.

Tieck schritt energisch auf den jämmerlich schiefen und roh gezimmerten Holzvorbau zu, der den flussseitigen Eingang zum Bühnenhaus darstellte. Franz, einer der älteren

Theaterdiener, die noch wussten, was sich gehörte, machte eine tiefe Verbeugung vor dem Dichter und strahlte: »Das ist aber eine Freude, dass Sie uns die Ehre erweisen, Herr Hofdramaturg!« Dem erfolgreichen, doch in Unehre entlassenen Theatermann, der der Dresdner Hofbühne wahrhaft glanzvolle Zeiten beschert hatte, zollte das Bühnenpersonal nach wie vor höchsten Respekt. Man betrachtete allgemein die zunehmende Pein der Gicht, die Tieck noch vor dem dreißigsten Lebensjahr ereilt hatte, als den Grund, warum der Dichter sich aus dem Theaterleben zurückgezogen und auf die Verfertigung von eigenen Texten, bisweilen bissigen Kritiken und die kleinen, mittlerweile zu einem Anziehungspunkt für Publikum von nah und fern sich entwickelnden privaten Vorlesungen seiner Lieblingsdramen beschränkt hatte. Der tiefere Grund allerdings war den meisten Kennern der Bühne nicht verborgen geblieben: Unüberbrückbare Meinungsverschiedenheiten mit der administrativen Leitung des Theaters, verkörpert durch den Hoftheaterintendanten Generaldirektor Wolf Adolph Baron von Lüttichau.

Tieck nickte dem Bühnendiener wohlwollend zu und betrat den engen Gang, der zu den Garderoben führte. Er hielt, so schnell es die Schmerzen nur erlaubten, auf die Kammer der Bernstein zu. Sein Instinkt trieb ihn an, der Instinkt des passionierten Voyeurs, der zur rechten Zeit am rechten Ort sein wollte. Bis zur Vorstellung war es noch eine halbe Stunde. Dennoch war der Garderobenbereich verwaist. Unter seinem Regiment hätte es einen solchen Schlendrian nicht gegeben! Anscheinend war der Theaterkarren mit dem Bühnenpersonal noch nicht eingetroffen, hatte sich womöglich in einer der unbefestigten Gassen der Vorstädte in einem Schlammloch festgefahren. Doch irgendetwas sagte ihm, dass er die Demoiselle Bernstein bereits antreffen würde.

Als Tieck sich der Garderobe näherte, meinte er, ein

Geräusch aus dem Inneren der Kammer zu vernehmen. Er verlangsamte seine Schritte und setzte den Gehstock so sachte als möglich auf. Es war nicht ratsam, sich auf solch verräterische Art und Weise anzukündigen – schon gar nicht, wenn man in delikater Angelegenheit unterwegs war.

Als der Türknauf zur Garderobe der Aktrice zum Greifen nahe war, hielt Tieck inne. Er glaubte, hinter der Tür eine Stimme vernommen zu haben. Nicht die Stimme der Bernstein, sondern eine tiefe, männliche Stimme. Eine sanfte, eindringliche, indes Ehrfurcht gebietende Stimme. Eine Stimme, die ihm geläufig vorkam …

Tiecks wache Augen blitzten. Sollte er durch Zufall Zeuge einer Szene werden, die endgültigen Aufschluss über die Hintergründe der Affäre bot? Tieck bemühte sich, flach zu atmen – durch den Mund, denn sein prächtiger Zinken neigte zu Pfeifgeräuschen. Er warf einen Blick den Gang entlang: Niemand war in der Nähe. Das grobe, nur mit einem dünnen, schmucklosen Kalkanstrich versehene Holz der Garderobentür war Tieck Verheißung. Denn durch dieses Holz drang eine Geschichte zu ihm. Ein Skandal. Womöglich ein wunderbarer Stoff für eine weitere schamlose, genialisch-ironische, decouvrierende, wahrhaft tiecksche Novelle?

Tieck legte sein Ohr an das Holz. So sehr er sich auch bemühte, ein Geräusch zu erhaschen, es blieb still in der Kammer. Er nahm sich vor, bei Carus die Erforschung anzuregen, ob das Schmatzen eines Kusses mittlerer Heftigkeit durch Holztüren dieser Stärke dringen konnte. Doch im nächsten Moment zuckte er zurück, denn die Worte, die er nun klar und deutlich vernahm, waren zweifellos Worte des Abschieds:

»Ich muss fort. Es wäre fatal, würde man uns hier in trautem Gespräche aufstöbern. Alles, was ich dir nicht zu sagen vermochte, steht in dem Brief. Es sind dies die letzten Worte, die ich persönlich an dich richten kann, mein liebes Kind. Von nun an werde ich schweigen immerdar. Adieu.«

Wäre da nicht dieser ehrlich verzweifelte Unterton gewesen, Tieck hätte es für die Privatprobe eines Rührstücks gehalten. Und auch die Replik der Bernstein, ein steinerweichendes, herzzerreißendes Aufschluchzen, hätte dieser Gattung zur Ehre gereicht. Allein Tieck hatte keine Muße, die lebensechte Kostprobe zu genießen. Er hatte genug damit zu tun, den Rückzug anzutreten. Die Tür wurde geöffnet, schwenkte geradewegs auf ihn zu. Tieck stolperte rückwärts, drückte sich, so eng er es vermochte, an die Wand und erstarrte. Aus der offenen Türen erscholl ein markerschütternder Schrei: »Ich bin verloren!« Das war die Bernstein, jeder Zweifel ausgeschlossen! Der unbekannte Galan schien einen Moment lang unentschieden im Türrahmen zu verharren. Dann trat er hinaus auf den Gang. Tieck hielt den Atem an. Wenn er die Hand ausstreckte, hätte er ihn am Kragenaufschlag packen können. Doch der Dichter verhielt sich still. Zu seinem tiefsten Bedauern ließ seine Perspektive kaum Rückschlüsse auf die Person zu. Zudem zog sich der unbekannte Herr nun einen Hut auf, dessen Krempe weit über den Nacken ragte. Doch soviel zumindest hatte Tiecks Blick erhaschen können: Eine edle, wohl gekleidete, überaus schlanke Gestalt mit leicht ergrautem Haar. Von der Art gab es in Dresden wohl einige hundert.

Vom Vorderhaus her näherten sich Stimmen, alarmiert durch den verzweifelten Ausruf der Schauspielerin, der gar nicht zu der Rolle passen wollte, die sie am heutigen Abend zu verkörpern hatte.

Wenn sich der Fremde Richtung Vorderhaus gewandt hätte, hätte er Tieck unweigerlich entdecken müssen. Doch die Stimmen, die sich von dort näherten, kamen dem Dichter unbeabsichtigt zu Hilfe. Ihnen ausweichend schlug der

Fremde den entgegengesetzten Weg ein. Einmal mehr verfluchte Tieck sein Gebrechen. Es war ihm schier unmöglich, ihn zu verfolgen – erst recht nicht mit der notwendigen Geschwindigkeit –, ohne mit seinem Gehstock die Geräuschkulisse eines paradierenden Kürassierregiments zu entfachen. Ihm blieb nichts weiter, als dem Fliehenden und dessen Rockschößen gebannt hinterherzustarren.

Dann traf ihn ein Geistesblitz: Ein edler Herr, und um einen solchen handelte es sich zweifellos, war bestimmt nicht zu Fuß unterwegs. Irgendwo wartete eine Kutsche auf ihn. Und die meisten Kutschen ließen Rückschlüsse auf ihre Besitzer zu. Tieck drehte sich um, in einem Tempo, das er sich schon längst nicht mehr zugetraut hatte, und humpelte den Gang entlang, in entgegengesetzter Richtung. Es kam ihm allerhand Theatervolk entgegen, die Darsteller des heutigen Stückes, der ›Minna‹, viel zu spät, aber in gemächlicher Konversation begriffen, als hätten sie alle Zeit der Welt. Als Tieck einige von ihnen beinahe überrannte, ertönten ein großes Hallo und Aussprüche der Verwunderung, was der mit dem Bannschwur Belegte wohl im Theater zu schaffen habe? Doch Tieck ging nicht darauf ein, er beeilte sich, unbeschadet durch die Menge zu hasten. Vorn gab es einen Seitenausgang, der direkt auf den elbseitigen Vorplatz hinausführte, einen Seitenausgang für die Besucher des Parketts für den Fall eines sich rasch ausbreitenden Feuers.

Tieck humpelte und hastete. Beinahe wäre er über ein hoch stehendes Dielenbrett gestolpert. »Holla, Herr Dramaturg, holla! Wohin so stürmisch?! Zu Ihrer Liebsten? Zu welcher von den dreien?«, spottete jemand hinter ihm her. Da war die Tür – endlich! Tieck schwitzte unter seinem eng geknöpften Kragen. Er drückte die Klinke. Verschlossen. Mit aller Gewalt warf sich Tieck gegen die Tür, schrie auf vor Schmerz und Wut, dann wurde der Einsatz belohnt: Mit einem ächzenden Knarren gab sie nach. Nein, nicht verschlossen war das Biest, nur im Rahmen verklemmt gewesen!

Die frische, klare Luft des Frühlingsabends schlug ihm entgegen. Er kniff die Augen zusammen, um besser sehen zu können, denn die Elbe funkelte gleißend in der Abendsonne. Und tatsächlich, dicht vor dem schillernden Band des Flusses bog eine Kutsche, die von der rückwärtigen Seite des Theaters kam, in einer weiten Kurve auf den Uferpfad ein. Ein geschlossener Landauer mit hohem Aufbau, ohne Lakaien. Schon schwang der Kutscher die Peitsche und ließ sie über die schweißglänzenden Rücken zweier Rappen klatschen. Wie in einem märchenhaften Schattenspiel zog die Silhouette der Kutsche vor dem Lichterband der Elbe vorüber, flussaufwärts. Tieck beschattete die Augen. Zu viel Licht in der untergehenden Sonne, zu viel Licht. Kein Wappen war zu erkennen, kein Hoheitszeichen auf den Geschirren, nicht einmal ein Brandzeichen auf den Kruppen der Pferde. Die tanzenden, schillernden Lichtreflexe der Elbe hüllten die Kutsche in undurchdringlichere Schleier, als es die Nacht je vermocht hätte. Die Kutsche verschwand hinter der Uferböschung. Tieck vernahm noch das Getrappel der Pferde, die sich nun in schnellerer Gangart entfernten. Als das Geräusch schon längst verklungen war, blinzelte Tieck immer noch mit tränenden Augen in die Abendsonne.

Tieck eilte wieder nach drinnen, um am Vordereingang die Franzosen zu treffen. Doch als der Dichter das geräumige Foyer des Theaters betrat, erblickte er schon von weitem das champagnerfarbene Kleid und die lebhafte Gestikulation der Baronin von Lüttichau. Den Turban mit der Schwanenfeder, den er früher am Abend gar nicht an ihr wahrgenommen hatte, fand er geckenhaft. Sie stand vor einem der schlanken hölzernen Pfeiler, die den prächtigen, mit allegorischen Theaterszenen ausgemalten Himmel des

Foyers stützten und unterhielt, wie es ihre Art war, ein halbes Dutzend Kavaliere. Ihr Gatte, Baron von Lüttichau, war nirgends zu erspähen. Der Theaterbaron war bereits in die Jahre gekommen, in denen sich der Haarschopf lichtet und der Rücken krümmt, vermutlich vermochte er den amourösen Ehrgeiz einer temperamentvollen jungen Frau nicht mehr so recht zu befriedigen. Doch was, so fragte sich Tieck, fand die aparte Baroness nur an Freund Carus, der dürr, ohne Leidenschaft und voller tugendhafter Gedanken war?

Tieck wollte sich, da er die Franzosen hier nirgends erspähte, ohne Aufsehen zu erregen auf die andere Seite des Foyers schleichen, als sie ihn entdeckte. Sie löste sich aus dem Kreis der Verehrer, eilte auf ihn zu und ermahnte ihn mit gesenkter Stimme: »Wenn mein Gatte Sie hier entdeckt, wird er Sie dem Hohngelächter der gesamten Abendgesellschaft aussetzen! Ich fordere Sie im Namen meines Gatten und unserem gemeinsamen Freund Carus zuliebe auf: Verlassen Sie das Theater!«

»Unmöglich«, beschied Tieck, »ich habe Gäste zu betreuen, die der deutschen Zunge nicht mächtig sind.«

Ida von Lüttichau sah auf ihn herab. Die grausame Krankheit hielt Tieck in stetiger Verbeugung vor jedwedem Gegenüber befangen. Selten ärgerte ihn diese Tatsache so sehr wie in diesem Moment.

»Gäste wollen Sie betreuen, in diesem Aufzug?«, höhnte die Baroness.

Tieck sah an sich hinunter und merkte jetzt erst, dass er völlig derangiert war. Der Kalkanstrich der Türen und Wände, an denen er im Laufe des Abends gelehnt hatte, hatte ein hanebüchenes Muster heller Flecken auf seinen dunkelgrauen Rock gezeichnet.

»Wenn Sie sich nicht dem Gerede der Stadt aussetzen wollen, Herr Tieck, dann sollten Sie sich so schnell wie möglich an einen Ort begeben, an dem Sie vor den Blicken des Publikums sicher sind!« Ida von Lüttichau sah ihn kalt und herausfordernd an.

»Eine ausgezeichnete Idee, werte Baronin!« Tieck wand sich in eine Verbeugung, die alle Schmerzen der Hölle auf den Plan rief. Dann strebte er zügig den engen, dunklen Aufgängen zu, die auf die Logengänge führten. Er musste die Franzosen vorläufig sich selbst überlassen, um sich aus der Schusslinie zu bringen. Ungläubig rief ihm Ida von Lüttichau hinterher: »Sie wollen sich tatsächlich hineinbegeben? Mein Gatte wird Sie hinausbefördern, sobald er Ihrer ansichtig wird! Und vorher wird er Sie vor dem ganzen Haus bloßstellen.«

»Die Worte sind mein Panier, werte Baronin. Und, mit Verlaub, ich habe Grund anzunehmen, dass meine Worte aufgrund täglicher Übung in weit besserem Zustand sind als die Ihres verehrten Herrn Gatten«, antwortete Tieck und setzte den Stock auf die unterste Stufe. Der Theaterdiener machte ihm wie selbstverständlich Platz, obwohl Tieck nicht Inhaber eines Logensitzes war. Gravitätisch schritt der König der Romantik die Treppen hinauf, ohne sich umzusehen. Die messerscharfen Blicke der Empörung ließ er mühelos an seinem gerundeten Kreuz abprallen.

Die ehemalige Theaterkönigin Josefine Bauer war stolze Inhaberin eines Logenplatzes im königlich-sächsischen Hoftheater. Virtuose Vorgängerin der jetzigen ersten Liebhaberin an der Dresdner Bühne, der eher skandalumwobenen als talentierten Sophie Amalie Gruber, war sie seit ihrer Heirat mit dem preußischen Diplomaten Graf von und zu Bunzlau in die höheren Schichten der Dresdner Gesellschaft aufgestiegen. Demnach war sie dem Stande nach würdig, von Gleich zu Gleich am sächsischen Hofe zu verkehren. Die Klatschmäuler und Gerüchteköchinnen der höheren Kreise indes wussten die eheliche Verbindung der Schauspielerin, die schon damals die Blüte ihrer Jahre wie die ihrer Schauspielkunst überschritten hatte, jedoch die schmachtenden Blicke alternder Herren mit einem letzten Aufblühen zu fesseln wusste, anders zu bewerten: Der preußische Gesandte musste ein – wenngleich hoch dekorierter – Narr sein. Mittlerweile ließ sein Auftreten in der Öffentlichkeit der sächsischen Residenz und am Hofe keinerlei Zweifel mehr daran. Die unverhohlene Eifersucht, mit der er seine nicht gerade frühlingsfrische Angetraute verfolgte, sorgte sogar am Hofe für mannigfaches Kopfschütteln und Getuschel. Der Graf von Bunzlau war nämlich selbst ein alter Heißsporn, seit jeher bekannt für Amouren auch jenseits des guten Geschmacks, denen die Heirat mit der verblühten Aktrice nur die Krone aufgesetzt hatte.

Die eigene Loge im königlichen Theater war ein Geschenk des Königs anlässlich ihrer Vermählung und gleichzeitig Ausdruck tiefsten Bedauerns. Denn laut Ehevertrag war die Heirat auch Zeitpunkt des unwiderruflichen Rücktritts der Josefine Bauer von der Bühne. Der König hatte die Bauer aufrichtig bewundert: ihre Kunstfertigkeit, selbst aus dem konventionellsten Stück und dem knöchernsten Text anrührende, ›natürliche‹ Gesten zu entwickeln, die Macht und Inbrunst ihrer Darstellung, ihre voluminöse, wohlklingende Alt-Stimme, die manchen männlichen Kollegen mit Leichtigkeit übertönte. Tatsächlich, der greise König Anton selbst gehörte zu den Kavalieren, die die Aktrice Josefine Bauer aus einer jungenhaften Unbeschwertheit ihres Herzens heraus bewunderten, auch wenn ihre Taille jeden Umfang, der noch schmetterlingshaft genannt werden konnte, längst gesprengt hatte.

Den Grafen von Bunzlau bewunderte Anton nicht. Hätte ein König das Recht gehabt zu hassen, so wäre Hass das richtige Wort gewesen. Bunzlau war ihm zu manieriert, zu affektiert, ja man könnte fast sagen: zu schauspielerhaft. Zu sehr vornehme Larve, zu wenig Fleisch und Blut. Tatsächlich konnte man, wenn man den Grafen auf offiziellen Anlässen beobachtete, meinen, er habe das Rollenfach des preußischen Gesandten am sächsischen Hofe inne. Doch wenn die Fassade fiel, kam ein roher, gewalttätiger Mensch ohne jegliche Selbstbeherrschung zum Vorschein. Leider war der Graf kein Hochstapler, den man lediglich enttarnen musste, um ihn loszuwerden, sondern Spross einer alten, hoch angesehenen ostelbischen Adelsfamilie, die ihren Stammbaum mit Deutschordensritterblut zu veredeln gewusst hatte. Und er war Gesandter einer benachbarten europäischen Großmacht am sächsischen Hofe, einer Macht, von deren Gnade die sächsischen Herrscher allzu oft abhängig gewesen waren.

Doch so ungehobelt und rüpelhaft der Graf sich auch benehmen mochte, so dünkelhaft er daherstolzierte, der größte Makel – so sah es die gehobene Dresdner Hofgesellschaft – war die Verehelichung mit dieser Hofschauspielerin – rechtmäßig, zur rechten Hand!

Josefine Bauer war empfindsam genug, sich das Gerede zu Herzen zu nehmen. So schmeichelhaft und nützlich ihr die Verbindung mit dem preußischen Gesandten zunächst gewesen war, so sehr hatte sie nun unter der Verachtung zu leiden, die solchen Verbindungen zweiten Grades entgegenschlug.

Die Loge der Bauer befand sich auf dem ersten Rang rechts, auf derselben Höhe wie die derer von Lüttichau, nur weiter vom König entfernt. Die Vorstellung hatte noch nicht begonnen, und Josefine streckte genüsslich ihre gepuderte, zwischen freundlichen Pausbacken ruhende Nase in die geliebte Theaterluft. Durch den alles übertünchenden Gestank der Talg- und Wachslichter hindurch war sie in der Lage, die ausgewählten Parfüms und Puder der Damen, die Rosenöle und Rosmarinsalben, zu wittern.

Außer von Gerüchen war die Luft geschwängert von Stimmengewirr. Dieses gedämpfte Geraune war die Musik ihres Herzens, war der Klangteppich des Fiebers, das man hinter dem Vorhang durchlitt, in der erregenden Erwartung, in wenigen Sekunden dieser staunenden und starrenden Menge gegenübertreten zu müssen. Auch wenn sie nicht mehr wie die anderen hinter dem Vorhang auf ihren Auftritt wartete, das erwartungsvolle Fieber durchlitt Josefine gemeinsam mit den Kollegen, wann auch immer sie an einem solchen Abend einen Ort besuchte, wo eine Bühne zur Welt wurde.

Es konnte nicht mehr lange dauern. Im Orchestergraben hatten die Musiker ihre Instrumente gestimmt, die nervöse Kakophonie, die dem ersten sauberen Akkord stets vorausging, war verklungen. Josefine Bauer lehnte sich, so weit es eben schicklich war, über die gepolsterte Brüstung. Zu ihrem Ärger wurde die Sicht aufs Parkett durch die teils abenteuerlich mit Federbüschen, Rüschenkränzen und bisweilen riesigen Schleifen geschmückten Hüte der Damen erheblich behindert. Niemand kam auf den Gedanken, sie im Theater abzunehmen, benötigte man doch Stunden, Haare und Kopfschmuck wieder zurechtzudrapieren. So mancher Zwist, so manche Beleidigung, die in früheren Zeiten unweigerlich eine Duellforderung nach sich gezogen hätte, entzündete sich an überdimensioniertem Kopfschmuck.

In dem Moment, da sie im Parkett unter einer heuchlerisch-züchtigen Haube eine ehemalige Geliebte ihres Gatten ausgemacht hatte, klopfte es an der Logentür. Noch ehe sie antworten konnte, wurde die Klinke niedergedrückt, und ein atemloser, schwitzender, kalkbefleckter, mit einem Worte: nicht gesellschaftsfähiger Tieck schlüpfte durch den Spalt. Ohne auch nur die geringsten Regeln des Anstands zu wahren, ließ er sich schwerfällig auf einen der Logensitze nieder.

»Mein lieber Tieck, Sie sollten die Antwort abwarten, ehe Sie eine Privatloge betreten – manch peinliche Situation bliebe Ihnen erspart.«

»Sie sind allein, Gott sei Dank!«, atmete Tieck auf.

»Nun nicht mehr. Sie werden mir doch die Ehre erweisen und mich der Unannehmlichkeit entheben, ein langweiliges Theaterstück *da solo* anschauen zu müssen?« Die Bauer liebte es, italienische Versatzstücke aus ihrer umfangreichen Arienkenntnis in die Konversation einzuflechten.

»Ich komme nicht wegen des Stückes vor dem Prospekt, sondern wegen desjenigen dahinter, das man alles andere als langweilig nennen muss. Es kann sich an dramatischer Qualität mit der Lessingschen ›Minna‹ in mehr als einer Weise messen.«

Die Bauer zog die dünnen, aber verwegen geschwungenen Augenbrauen in die Stirn und bog die Mundwinkel zu einem maliziösen Lächeln. »Sie machen mich neugierig, liebster Tieck. Umreißen Sie mir kurz den Inhalt? Doch nein, nennen Sie mir zunächst das Genre: Ist es eine Posse? Eine Komödie? Ein abenteuerliches Ritterstück?«

Er lehnte sich verschwörerisch zu ihr hinüber: »Ist Ihr werter Gatte im Theater? Hat er die Absicht, im Laufe des Abends in dieser Loge zu erscheinen?«

Die Bauer legte ihre Hand auf die seine, die auf dem Knauf des Stockes ruhte. Das Silber schimmerte zwischen seinen krummen Fingern hervor.

»Seien Sie unbesorgt, lieber Tieck. Mein Gatte fühlt sich ganz und gar unpässlich. Wie so oft. Es trafen am Vormittag ungünstige Nachrichten aus Potsdam ein. Ich bin also am heutigen Abend ganz und gar verstrohwitwet.«

Sie ließ ihre Hand auf der seinen ruhen, und sah ihn auf die herzlichste Weise aus ihren großen, smaragdgrünen Augen an. Von den Augenwinkeln strahlten Lachfältchen aus. Sie sangen das hohe Lied der Lebensfreude, der die Bauer immer gehuldigt hatte – im Rahmen des Schicklichen und nicht so freigebig und verschwenderisch wie ihre Nachfolgerin auf der Bühne, die Madame Gruber.

Doch die Schatten unter den Augen kündeten von einer traurigen Wendung, die ihr Schicksal genommen hatte. Und Tieck wusste, dass diese ursächlich mit der Verehelichung an den Grafen Bunzlau zu tun hatte.

Der Dichter seufzte aus gequälter Brust. Ach, könnte er doch diese Krankheit, die nicht für eine Sekunde des Tages ihren marternden Griff lockerte, davonjagen wie einen unverschämten Gassenjungen!

»Liebste Freundin. Sie begehren des Stückes Exposition zu erfahren? Nun denn: Jugendliche Unschuld wird von älterem Edelmann verführt. Und die Verführung zeitigt den entsetzlichsten aller Effekte ... «

Die Bauer lachte hell auf. Tieck zog sich in den Schatten der Loge zurück. Es war verfänglich genug, dass er sich hier aufhielt. Die Eifersucht des preußischen Gesandten war stadtbekannt. Gewiss fände sich unter den anwesenden Damen der höheren Gesellschaft eine Zunge, die ihm liebend gern dieses heimliche Tête-à-tête geschildert hätte!

»Verzeihen Sie, *mio carissimo*, ich schätze Ihre weithin gerühmte Phantasie. Doch diese Geschichte schmeckt fade, langweiligste Bürgerküche. Es fehlt die Würze.«

Tieck schüttelte den Kopf und verzog gleich darauf den Mund, denn nach den Anstrengungen dieses Tages bereitete ihm jede noch so kleine Bewegung Schmerzen. »Die Würze befindet sich bereits in der Hand des Koches. Wenn Sie nicht ständig unterbrechen würden, schwämme sie bereits in der Suppe.«

»*Scusame carissimo*, fahren Sie fort, ich werde versuchen, meine Lust zum *Extempore* im Zaume zu halten.«

Die Theaterdiener begannen, die Wachslichter der Kristallleuchter im Zuschauerraum zu löschen. Die Musik hub schmissig an zu einer Ouvertüre, die der Kapellmeister vom Schönenbaum eigens für das Lessingsche Drama komponiert hatte. Dunkelheit, durchzogen vom beißenden Qualm der verglimmenden Lichter, senkte sich über das

Parkett. Nun rückte Tieck seinen Logensessel nach vorn und nahm Seite an Seite mit der Gräfin Platz, nahe der Brüstung. Er räusperte sich.

»Teuerste Gräfin, von Bürgerküche kann gar keine Rede sein«, flüsterte er, »die Frucht der Sünde trägt allem Anschein nach Adelsabzeichen. Was auch, wenn nicht glänzende Zukunftsaussichten, sollten einem jungen Ding einen alten, schrumpeligen Verehrer schmackhaft machen?«

»Sind Sie jung genug, solch lästerliche Bemerkungen über das Alter zu machen, *Ludovico*?«

»Jung nicht, aber ehrlich genug. Weiter: Nachdem er ihr zunächst Versprechungen gemacht hat, die auf eine Legalisierung des Kindes hoffen ließen, lässt der Verehrer sie in letzter Minute fallen, bricht jegliche Verbindung ab ... «

»Das klingt schon besser, *carissimo*: ein dramatisches Rührstück, das das Zeug zum Schauermärchen hat. Wann und wo wird es in Szene gesetzt und zur Katastrophe geführt werden?«

»Hier und jetzt, der Vorhang nach dem ersten Akt ist schon gefallen. Das letzte Bild hat eine neue Figur auf die Bretter gebracht – meinen geschätzten Freund Carus!«

Die Bauer lachte spitz auf. Tieck sah, wie einige Zuschauer im Parkett versuchten, den Grund der Heiterkeit zu erspähen. Er zog sich rasch ein wenig zurück und verbarg sich seitlich hinter dem Vorhang des Logenportals.

Züchtig legte Josefine ihre Hände in den Schoß: »Wie wollen Sie mit solch einer – mit Verlaub gesagt – drögen Figur Dramatik erzeugen? Und was in Dreiteufels Namen hat ein braver Hofarzt in diesem Handel zu schaffen?«

Die Bauer hatte laut gesprochen, viel zu laut für Tiecks Geschmack. Denn die Musik der Ouvertüre war verklungen, und alle Lichter, außer dem Halbrund der Talglichter an der Rampe, waren gelöscht. Der Vorhang hob sich und im Zentrum der Bühne, an einem Tisch auf seinen Unterarm gesunken saß Just, laut und vernehmlich schnarchend.

Vereinzelte Lacher. Das allgemeine Geraune im Publikum hatte nur wenig nachgelassen. Der Beginn des Stückes wurde wie üblich ignoriert – eine Angewohnheit des Hoftheaterpublikums, die Tieck seit jeher auf das schärfste missbilligte. Doch heute hatte er nicht die Muße, sich darüber zu ärgern. Er rückte so nah an die ehemalige Hofschauspielerin heran, dass ihm ihr Veilchenparfüm in die Nase zog. Den Geruchssinn hatte der körperliche Verfall noch nicht in Mitleidenschaft gezogen. Tieck atmete gierig ihren Duft ein und senkte die Stimme. »Die jugendliche, nicht mehr ganz unschuldige Unschuld hat ihn ersucht, den Wechselbalg, der mehr als geeignet ist, sie ins tiefste Unglück zu stürzen, kraft seiner chirurgischen Kunst aus dem Leib zu entfernen!«

Nun gefror das Lächeln auf dem Gesicht der Bauer. Ihre Stirn umwölkte ein tiefer Ernst. Probleme dieser Art waren ihr nicht fremd, und mangelndes Mitgefühl mit unglücklichen Vertreterinnen ihres Geschlechts konnte man ihr nicht nachsagen. »Ein Ersuchen, das unser ehrwürdiger Hofrat selbstverständlich in Bausch und Bogen abgelehnt hat?«

Tieck wog bedächtig den Kopf: »Er schwankt noch. Doch er ist nicht abgeneigt, der Sünderin den Wunsch zu erfüllen. Kommt er doch seinem eigenen Anliegen ganz gut zupass, gewissen Herrschaften eine anschauliche Demonstration seiner chirurgischen Künste zu geben. Allein –«

Die Bauer warf sich ins Zeug: »Allein das ist ein Skandal! Diese Art der Schicksalskorrektur sollte nicht die Aufgabe eines Medizinalhofrats sein, sondern eines Kräuterfräuleins aus dem Tharandter Wald! Wenn ruchbar wird, dass ein Leibarzt des Königs jeder dahergelaufenen Grisette aus der selbst verschuldeten Sündenpatsche hilft.« Die Augen der Bauer glänzten. Wenn es für eine Dame schicklich gewesen wäre, hätte sie sich die Hände gerieben. »Welch ein Skandal!«

Auf der Bühne hatte das Palaver zwischen Just und dem Wirt eines Gasthofs im preußisch-sächsischen Grenzgebiet seinen Ausgang genommen. Hans Christian Kreisner erschien mit klirrendem Degen und wallendem Federbusch als Major von Tellheim. Für einen Moment ebbte das Gemurmel im Publikum ab, Kreisner wurde mit einigen Hochrufen begrüßt. Er trat zu einer kurzen Verbeugung an die Rampe, schritt dann mit präzise gezirkelten Schritten in den Bühnenraum zurück und nahm seinen Text mit deklamatorischem Timbre auf: »Just, ich glaube, du zankst!«

Die Bauer wandte sich vom Bühnengeschehen ab und ergriff Tiecks Hände. Der Dichter zuckte zusammen.

»*Ludovico*, Sie müssen mir ein Eintrittsbillet für den nächsten Akt des Stücks verschaffen. Zu gern wäre ich Zeugin, wenn man dem jungen Ding den Adelsbalg aus dem Leib zerrt. Was für ein *spectaculo*!«

Tieck zog mit schmerzverzerrtem Gesicht seine Hände zurück: »Sie scherzen, Gräfin! Der Ausgang der blutigen Vorführung ist durchaus ungewiss. Womöglich endet sie mit dem Tod der armen Sünderin!«

»Sind dies nicht die erhabensten Werke der Dramatik, die den Tod zu ihrem eigentlichen Gegenstand haben?«

Tieck sah die Gräfin forschend an. »Gewiss. Doch dies ist ein Stück, in dem die Hauptperson nicht zum Applause wiederaufersteht, sollte sie tatsächlich im letzten Akte niedersinken.«

Mit einem in ungewisse Ferne gerichteten Blick starrte die Bauer durch Tieck hindurch.

»Wie verzweifelt muss dies arme Geschöpf sein! Sie ist bereit, ihr Leben aufs Spiel zu setzen, anstatt die Sache heimlich in einer verschwiegenen Hütte außerhalb der Stadt zu Ende zu bringen und das Kind dann seinem Schicksal zu überlassen! Kennen Sie ihren Namen?«

Tieck schwieg genüsslich. Er beherrschte die Mittel virtuos, durch welche die Spannung des Publikums ins schier

Unerträgliche gesteigert werden konnte. Als hätte er die Frage überhört, beugte er sich, auf den Knauf seines Rohres gestützt, ein wenig über die Brüstung, um pflichtschuldig Ausschau nach den französischen Gelehrten zu halten. Sicherlich waren sie ob seines Fernbleibens beunruhigt. Doch das, woran es Tieck nun gelegen war, war wichtiger als das Amüsement einiger Reisender. Das Schicksal hatte ihm Fäden in die Hand gelegt, und er musste bemüht sein, sie zu einem dichten dramatischen Gespinst zu ordnen und fest zu verknüpfen.

Das Geraune hatte sich ein wenig gelegt, die Qualität des Stückes fesselte nun doch die Aufmerksamkeit der Zuschauer. Das, so hatte Tieck schmerzlich an eigener Haut erfahren müssen, war nicht selbstverständlich. Wenn es dem Publikum beliebte und ein ergiebiges Thema im Raume lag, schwatzte es vom ersten bis zum letzten Akt durch. Und verließ während des Nachspiels bereits den Saal, um sich im Foyer oder bei schönem Wetter auch auf dem Vorplatz in weiterer Geschwätzigkeit zu ergehen.

Während Major Tellheim der armen, verwitweten Madame Marloff die Schulden erließ, um dem geschätzten Publikum wahre Ritterlichkeit vor Augen zu führen, beugte sich die Bauer zu Tieck hinüber und bemühte sich, die Stimme zu senken – ein schwieriges Unterfangen für eine, wenn auch ehemalige Schauspielerin.

»Nun sagen Sie schon, teuerster Freund, um wen handelt es sich bei der jugendlichen, nicht mehr ganz unschuldigen Unschuld? Sprecht den Namen aus, damit ich ihn auf immer in meinem Herzen begraben kann!«

Tieck lehnte sich in seinen Sessel zurück, so bequem es eben ging: »Diese Frage beantworten Sie sich selbst, werte Gräfin. Ich bin sicher, Sie wittern den Namen bereits. Den letzten Hinweis gebe sie Ihnen selbst! Doch so viel sei gesagt: Sie werden sie heute Abend noch zu Gesicht bekommen.«

»Eine der Aktricen?«, vermutete die Gräfin sofort. Doch Tieck schwieg und schloss zufrieden die Augen. Auch der Bauer blieb nichts weiter übrig, als für den Rest des ersten Aufzugs in nachdenkliches Schweigen zu verfallen. Tieck hatte es sich in dem gepolsterten Logensessel so bequem gemacht, dass er nach kurzer Zeit ein tiefes, gleichmäßiges Schnarchen von sich gab, welches auch bald die Aufmerksamkeit der benachbarten Logen auf sich zog. Doch die Gedanken der Gräfin waren zu sehr mit der phantasievollen Ausschmückung des Gehörten befasst, als dass sie sich am Gezischel der Logennachbarn gestört hätte.

Der Vorhang zum Ende des ersten Aufzugs war gefallen. Die Umbaupause setzte das Geraune im Zuschauerraum erneut in Gang, kaum übertönt von den flotten Klängen des musikalischen Intermezzos. Im Hintergrund der Loge klopfte jemand an die Tür, doch die Gräfin öffnete nicht. Sicherlich die Logennachbarn, die sie auffordern wollten, die Quelle des Schnarchens zu verstopfen. Die Gräfin lachte still in sich hinein. Sie hatte mit der feinen Dresdner Gesellschaft endgültig gebrochen, und alles, was sie tat, diente dazu, sich im Gespräch zu halten. Das war die einzige Möglichkeit, ihrer misslichen gesellschaftlichen Stellung Bedeutung zu verleihen: Solange man sich über sie empörte, war sie jemand. Erst wenn man begann, über sie den Mantel des Schweigens zu breiten, wurde es gefährlich. Sollten die Herrschaften doch vermuten, dass es der Graf sei, der durch sein Schnarchen die Kulissen zum Wackeln brachte, und ihren Zorn auf ihn richten. Der hatte es beileibe verdient!

Die Bauer bemerkte, dass sich im Zuschauerraum Unruhe breit machte. Das Zwischenspiel war seit geraumer Zeit beendet, die Musiker hatten ihre Instrumente beiseite gelegt und verharrten in stiller Erwartung. Doch die voluminösen Falten des blutroten Bühnenvorhangs hingen steif und starr und ließen nicht im mindesten erkennen, ob sie sich bald öffnen würden oder auf immer geschlossen blieben. Die Bauer beugte sich weit über die Balustrade, um zu erkunden, was im Parkett vor sich ging. Tieck schnarchte weiterhin vernehmbar in der Deckung des Logenvorhangs. Erst als ein Bühnendiener an den Orchestergraben trat und den Kapellmeister zu sich winkte, entschied die Bauer, dass es an der Zeit sei, Tieck zu wecken. Mit einem gehörigen Schrecken fuhr er hoch.

»Was ist? Bin ich eingeschlafen?«

»Ich dachte, Sie würden es mir übel anschreiben, würde ich Sie mutwillig den zweiten Akt des Stückes versäumen lassen.«

»Aber der Vorhang ist doch geschlossen!«

»Ich rede nicht von dem Stück vor dem Prospekt, sondern von dem dahinter.« Die Gräfin lächelte verschmitzt, und Tieck bemerkte, dass wahrhaft Ungewöhnliches vor sich ging. Der Kapellmeister vom Schönenbaum nickte im Gespräch mit dem Bühnendiener so heftig, dass seine wilden schwarzen Locken durcheinanderflogen. Dann hob er den Taktstock, wartete ab, bis die Musiker die Instrumente wieder angesetzt hatten und ließ die Zwischenmusik *da capo* herunterspielen. Doch auch nach dem zweiten Durchgang blieb der Vorhang geschlossen.

Tiecks Augen waren nun hellwach. Mehr zu sich als zur Gräfin sagte er: »In der Tat. Ich glaube, wir werden soeben Zeugen einer dramatischen Zuspitzung!«

Nun kam Bewegung in die starren, wie Säulen stehenden Vorhangfalten. In der Mitte des riesigen Bühnenportals öffnete sich ein schmaler Spalt, und Hoftheaterintendant von Lüttichau trat mit ernstem Gesichtsausdruck an die Rampe.

Einige Zuschauer riefen laut nach der Gruber. Die Minna war ihre Triumphrolle, mit ihr hatte sie sich in die Herzen des sächsischen Publikums gespielt. Pflegte sie doch die Figur des sächsischen Edelfräuleins obzwar mit den Lessingschen Worten, doch mit sächsischem Zungenschlag zu geben. Die Grubersche Minna sprach breitesten Dialekt, und das war es, was das Publikum der sächsischen Residenz schier aus dem Häuschen brachte – ein billiges Kabinettstückchen, so recht nach dem Geschmack der Gruber.

Ihre Partnerin aber, Friederike Mathilde Bernstein, die die Zofe Franziska geben musste, hatte diese Rollenauffassung stets zur Weißglut gebracht, denn sie war des Sächsischen nicht mächtig. Zwar hatte sie es versucht, aber es klang immer nach einem erbärmlichen parodistischen Dilettantismus, also replizierte sie die deftige, volkstümliche Rede der Minna in geschraubter hochdeutscher Gegenrede, so dass das Publikum in arge Zweifel darüber geriet, wer hier das Edelfräulein und wer die Zofe war.

Unvermittelt ergriff die Bauer Tiecks Arm. »Nein, nicht die Gruber ist es, die diesen Auftritt verzögert. Nicht die Minna ist unpässlich, sondern ihre Jungfer!« Ihre Stimme überschlug sich vor Eifer: »Die Demoiselle Bernstein! Jawohl, sie ist die Hauptperson in dem von Ihnen angerissenen Rührstück. Obwohl«, die Gräfin stutzte, und ihr Blick schweifte wieder in ungewisse Ferne, »ich kenne keine unschuldigere, tugendhaftere Person in unserem Metier als die Bernstein. Es ist unmöglich!«

Tieck blickte verächtlich auf seinen Intimfeind, den Hoftheaterintendanten, der an der Rampe hin- und herlief und mit hilflosen Gesten um Ruhe bat. In seinem aufgeregten Bemühen trat er versehentlich gegen eines der Talglichter, das augenblicklich über den Bühnenrand schlitterte und klirrend im Orchestergraben zu Bruch ging. Ein aufmerksamer Bühnendiener sprang herbei, um das Licht zu löschen, bevor es größeren Schaden anrichten konnte.

»Schauen Sie hin, werte Freundin, schauen Sie auf diese Versammlung lachhafter Gestalten in ordengeschmückten Röcken! Was halten Sie für unmöglich? Dass ein Hofrat und Generaldirektor der höfischen Bühnen einen Tanz aufführt wie ein Waschweib, das von einer Wespe gejagt wird? Ist es unmöglich, dass ein tugendhaftes Geschöpf der Sünde anheim fällt wie der Bär dem Honig? Dass ein Mitglied der ehrwürdigsten Kreise dieses kleinen Landes eine nichtswürdige Schauspielerin schwängert? Schauen Sie nur hin! Sie werden nichts entdecken, was nicht möglich ist! Denn die Welt ist Theater!«

»Meine Damen, meine Herren, hochverehrte und hochwohlgeborene Theatergäste«, hub Baron von Lüttichau an, nachdem er sich eine passable Verminderung der Geräuschkulisse erkämpft hatte. »Ich bedaure zutiefst, Ihnen untertänigst mitteilen zu müssen, dass der heutige Theaterabend einem Anschlag der Schicksalsgötter zum Opfer gefallen ist.« Das war ein trefflicher Beginn und sorgte endlich für angespannte Ruhe im Publikum. Die Stimme des Direktors zitterte, fing sich jedoch wieder. »Eines unserer hoffnungsvollsten Talente, das unserem verehrten Publikum bestens bekannte und hoch geschätzte Fräulein Friederike Mathilde Bernstein, hat sich soeben im Hinterbühnenbereich, als sie völlig überstürzt zu ihrem Auftritt eilen wollte, an einer Kulisse aus dem dritten Aufzug gestoßen und«, hier zögerte von Lüttichau einen kurzen, verräterischen Moment, den Tieck mit einem triumphierenden Seitenblick auf die Bauer quittierte, »sich im Sturze das Bein gebrochen.« Großer Aufruhr im Publikum, nicht enden wollende Rufe nach der Gruber, nach der Gruberschen Minna, die der Generaldirektor des Hoftheaters mit Gesten kaum niederzuringen vermochte.

»Unsere junge, allseits beliebte Nachwuchskraft befindet sich bereits in guten Händen. Die Auslagen für das Eintrittsbillet werden Ihnen selbstredend erstattet. Ich flehe Sie untertänigst an, uns diese Unbill nicht zur Last zu legen. Treue Besucher unseres Hauses wissen, dass das Schicksal stets dort mit größter Härte zuschlägt, wo man es am wenigsten erwartet. Als gleichwohl unzulängliche Entschädigung wird Ihnen nun die Kapelle unter der Leitung unseres geschätzten Hofkapellmeisters vom Schönenbaum ein Potpourri aus den bezauberndsten Opernmelodien, die das hiesige Theater gehört hat, zur Aufführung bringen.« Mit einer tiefen Verbeugung verließ von Lüttichau die Bühne. Man hörte vereinzelt Applaus, den Tieck Ida und ihrer Entourage zuschrieb, die in der Intendantenloge residierte. Der Qualm der Theaterlichter hatte den Innenraum bereits so stark vernebelt, dass Tieck die Gattin des Hoftheaterintendanten auf der gegenüberliegenden Seite der Logengalerie nur schemenhaft erkennen konnte.

Der Dichter hatte der Rede des Theaterdirektors mit angehaltenem Atem gelauscht. Seine Augen waren hellwach, beobachteten selbst die beiläufigsten Erscheinungen in Gestik und Mimik seines ehemaligen Vorgesetzten, und noch ehe von Lüttichau ganz abgegangen war, hatte Tiecks rasch und verlässlich arbeitendes Hirn einen Schluss aus alledem gezogen. Er wandte sich der Bauer zu, die sich von ihrem Platz erhoben hatte, um den missmutigen Auszug des um sein Abendvergnügen gebrachten Publikums besser beobachten zu können. Mit einer schnellen, schwungvollen Melodie hub die Kapelle zu dem angekündigten Potpourri an, das keineswegs dazu angetan war, die Leute auf ihren Sitzpolstern zu halten. Tieck erhob sich ebenfalls von seinem Sessel.

»Wenn wir uns sputen, teuerste Freundin, kommen wir rechtzeitig, um den Wahrheitsgehalt dieser improvisierten Rede zu überprüfen. Auf, auf, zu den Garderoben, denn gewiss wird die unglückliche Demoiselle Bernstein dort aufbewahrt! Schauen wir, ob es sich wirklich um die Auswirkungen eines gebrochenen Beines oder nicht vielmehr um die eines gebrochenen Herzens handelt.« Und schneller, als die Bauer es ihm zugetraut hätte, war Tieck aus der

Loge geschlüpft. Sie warf sich eine leichte Stola über und folgte ihm.

Als Tieck und Josefine Bauer, verheiratete Gräfin von und zu Bunzlau, zur Garderobe der Bernstein vordringen wollten, trafen sie auf das noch vollständig kostümierte Personal der ›Minna von Barnhelm‹ – und allesamt hielten sie Maulaffen feil. Im Türrahmen stand der imposante Darsteller des Riccaut de la Marlinière, den Federbusch in den zitternden Händen, und renkte sich fast den Hals aus, um noch etwas von der Szene zu erhaschen. Tieck schob ihn zur Seite. Als er weiter vordrang, musste er den untersetzten Darsteller des Just mehrmals ermahnen, ihnen Platz zu machen, und den knienden, herzerbärmlich schluchzenden Kreisner – Major von Tellheim – so lange mit dem spanischen Rohr in die Rippen stupsen, bis auch dieser endlich zur Seite rutschte. Kreisner gab den Weg frei zu der in ihrem Stuhl zusammengesunkenen Bernstein. Hinter dem Stuhl machte sich die Gruber derart an der Rivalin zu schaffen, dass sie ihr eine Backpfeife nach der anderen verpasste und wüst auf sie einschimpfte: »Steh auf, Dirne. Wirst mich nicht um meinen Erfolg bringen. Das könnte dir so passen, mir meinen Auftritt als sächsisches Edelfräulein zu vermasseln!«

Der rechte Unterarm der Bernstein hing schlaff über die Stuhllehne herab, der linke lag in ihren Schoß gebettet, in die spitzenbesetzte Schürze, die die Bernstein über ihrer Alltagskleidung zu tragen hatte, da sie das einzige vorgesehene Kostüm der ›Franziska‹ darstellte. Aus beiden rann spärlich, doch stetig Blut. Beide Unterarme waren dicht unter den Ellenbogen mit weißem Stoff abgebunden, die Handgelenke mit dem gleichen Stoff umwickelt. Auf dem Schminktischchen vor dem Spiegel, mitten auf dem Rollenauszug der ›Franziska‹, lag ein Messer, das Tieck bekannt vorkam: ein Küchenmesser, wie man es auch in seinem

Haushalt benutzte. Die Schneide war blutig. Tieck runzelte die Stirn.

Die übrige Szene sprach eine eindeutige Sprache: Die Bernstein hatte versucht, sich das Leben zu nehmen. Sie war jedoch in diesem Versuch nicht sehr weit gelangt, da sie in frühem Stadium von einer Ohnmacht übermannt worden war. Die Blutspritzer ringsumher waren nicht groß, aber zahlreich. Selbst auf dem Garderobenspiegel zog ein Blutstropfen seine traurige Bahn über das Spiegelbild der Szene. Die weißen Binden um ihre Handgelenke waren bereits blutdurchtränkt, und die Blutflecken in der Schürze und zu Füßen des Stuhls vergrößerten sich stetig.

Neben der rasenden Gruber gestikulierte der alte Theaterdiener und wandte sich jammernd an unterschiedliche Adressaten im Raum. »Ich wollte sie auf Geheiß des Direktors zu ihrem Auftritt rufen«, schilderte er, gewiss nicht zum ersten Male, die Ereignisse. »Ich klopfte mehrmals, rief ihren Namen, doch niemand gewährte mir Eintritt. Dann legte ich, der Herr verzeihe mir meine Neugierde, das Ohr an die Tür und hörte ein Stöhnen. Mit einem Stoßgebet auf den Lippen öffnete ich die Tür und sah sie in ihrem Blute liegen. Das Messer noch in der Linken, doch die Rechte hing bereits kraftlos über der Stuhllehne. Aus den Armen strömte ihr das Blut und troff über den Schminktisch auf Kleidung und Möbel. Ich nahm ihr das Küchenmesser aus der Hand und suchte nach einem geeigneten Stoff; fand ein Kleid auf der Garderobenstange und schnitt mir mit Hilfe des Messers Bahnen zurecht, um den Blutstrom zu unterbinden. Dann stand auch schon Herr Kreisner im Zimmer und schalt mich einen Halunken, einen Mörder!«

Kreisner bekam einen hochroten Kopf und fühlte sich aufgefordert, sich zu rechtfertigen: »Was sollte ich denken? Meine Verlobte liegt in ihrem Blute, dem Tode nahe, und der hier macht sich mit einem Messer in der Hand an ihr zu schaffen? Wer hätte ihn nicht für einen Mordgesellen gehalten?«

»Ich bin ebenso wenig ein Mordgeselle wie Sie ihr Verlobter sind, Herr!«

Kreisner sprang auf die Beine und hob die Hand, als wolle er dem Theaterdiener, der zehn Jahre älter sein mochte als er selbst, eine Backpfeife verpassen. In dem Moment trat die Bauer dazwischen. »Meine Herren, meine Herren. Sie werden Ihre Auseinandersetzung auf einen späteren Zeitpunkt verschieben müssen. Dieses junge Fräulein braucht Hilfe, und zwar nicht die Art Hilfe, die Sie ihr gewähren können, sondern die Hilfe eines Arztes.«

Tieck hatte indes flink und mit einer erstaunlichen Kraft die Gruber am Handgelenk gepackt: »Hören Sie endlich auf, das arme Ding zu traktieren. Sie werden Ihre sächselnde Minna schon wieder geben können. Die Frage ist, ob dies arme Ding jemals wieder die Franziska geben wird.«

»Das hoffe ich nicht«, bemerkte die Gruber herzlos und wandte sich ab.

Kreisner heulte auf und war nahe daran, seinerseits die Gruber anzufallen. In dem Moment war die energische Stimme des Intendanten zu hören, der den Gang herunter kam. Wie Tieck es vordem getan hatte, bahnte er sich seinen Weg durch das gaffende Bühnenpersonal.

Als von Lüttichau Tieck neben dem leblosen Körper der Bernstein erblickte, schoss ihm das Blut in den Kopf: »Was machen Sie denn hier, Herr Tieck? Immer zur Stelle, wenn es Sensationen gibt? Ich möchte Sie bitten, mein Theater zu verlassen!«

Tieck ließ sich auf keinerlei Disput ein: »Dieses unglückliche Fräulein, das sich, so möchte ich unterstellen, als Darstellerin des Hoftheaters unter Ihrer Obhut befand, hat versucht, sich zu entleiben. Ich nenne das nicht Sensation, ich nenne das Skandal!«

Wolf Adolph von Lüttichau schnappte nach Luft. Hinter ihm traute sich Ida hervor, die sich bislang hinter seinem Rücken verborgen gehalten hatte. »Dies ist ein schlechter Zeitpunkt, alte Sträuße neu zu fechten, meine Herren«, gab sie zu bedenken, »die Demoiselle Bernstein bedarf dringend der Hilfe eines Arztes, eines vorzüglichen Arztes, um ihr Ansinnen zu vereiteln!«

Josefine Bauer nickte zustimmend.

»Die Anstalt unseres Freundes Carus befindet sich unweit von hier«, kam Tieck Ida zuvor. »Es wird ein Leichtes sein, den anwesenden vornehmen Herrn eine Equipage abzuverlangen, um das Fräulein in ärztliche Verwahrung zu bringen.« Tieck wollte sich umwenden, um seine Worte in die Tat umzusetzen, doch die Bauer hielt ihn zurück: »Oh nein, den Part übernehme ich, ehrenwerter Freund. Wie ich Sie kenne, werden Sie den Fall über die Maßen dramatisieren und den Menschenauflauf hier nur vergrößern – was die Bergung der Unglücklichen weiter erschweren würde. Nein, nein, ich werde mich um ein geeignetes Fuhrwerk bemühen, während Sie den Transport des Fräuleins zum Ausgang beaufsichtigen. Ich erwarte Sie am elbseitigen Bühneneingang.«

Die Worte der Bauer hatten Gewicht. Alle im Theater, selbst die Gruber, empfanden Respekt vor ihr, denn sie hatte ihren gesellschaftlichen Aufstieg teuer erkauft. Jeder der Anwesenden wusste, dass sie ihre Seele dafür hergeben würde, wieder auf diese Bretter steigen zu dürfen.

Einzig der Hoftheaterintendant meinte, gegen ihr Wort aufbegehren zu müssen. »Dies ist mein Theater, und ich werde entscheiden, was zu tun ist«, polterte Baron von Lüttichau. Doch Ida zupfte ihn an den Tressen seiner Galauniform zu sich hinunter und schlug ihm mit gesenkter Stimme vor, die Bergung der Verwundeten zu decken, wie es seine soldatische Pflicht sei. Der Baron ließ sich von der Gattin besänftigen und ging augenblicklich dazu über, die gaffende Meute von Theatermenschen, die zu einer beträchtlichen Größe angeschwollen war und den schmalen Garderobengang völlig zu verstopfen drohte, mit markigen Befehlen zu zerstreuen.

Die Bauer enteilte in Richtung des Vorderhauses. Indes blieben Tieck und der anhängliche Kreisner bei der Bernstein. Als sich die Menge auf dem Garderobengang in die Korridore des alten Theaterhauses zerstreut hatte, wies Tieck Kreisner an, die Bernstein vorsichtig in seine Arme zu nehmen.

Wie ein schlafendes Kind trug der Schauspieler die zerbrechliche Gestalt, deren Haut mittlerweile eine wächserne Färbung angenommen hatte, vor sich her. Tieck schritt voraus, Kreisner folgte ihm, stolz erhobenen Hauptes ob seiner hehren Bürde. Die Bernstein schien überirdisch leicht, leichter als eine Feder – dem dürren, hoch aufgeschossenen Kreisner, der gewiss nicht kräftig war, war jedenfalls keinerlei Anstrengung anzusehen.

Als Tieck vor den Brettervorbau des elbseitigen Bühneneingangs trat – diesmal ließ sich die Tür mit Leichtigkeit öffnen –, lief ihm die Bauer mit hochrotem Kopf entgegen. Außer sich, teils vor Anstrengung, teils vor Empörung, streckte sie ihm die leeren Hände entgegen. Sie hob die Schultern und ließ sie kraftlos wieder sinken. Zornig schlug Tieck seinen Stock auf das Pflaster, ignorierte den Schmerz und fuhr die Bauer an: »Wo zum Teufel ist das Fuhrwerk?«

Die Bauer schüttelte den Kopf. »Keiner unserer vornehmen Dresdner wollte, als ich die Verlegenheit der jungen Demoiselle schilderte – unter Benutzung der Lüttichauschen Legende und Zurückhaltung allzu decouvrierender Details –, auch nur einen alten Karren zur Verfügung stellen. Fürchten, dass ihnen die Verletzte die Polster beschmutzt oder den Ruf. Lassen sie lieber in ihrem Blut liegen! Pack, hochfahrendes!«

Die Bauer warf einen Blick auf die Bernstein, die ihren Kopf stöhnend an Kreisners Brust schmiegte. Einen kurzen, sehr kurzen Moment sah selbst der Komödiendichter und Märchenerzähler, der für gewöhnlich jeder noch so verzweifelten Geschichte eine glückliche Wendung zu verschaffen wusste, einigermaßen ratlos aus. Doch als handele es sich um eine seiner Geschichten und nicht um das wahre, wirkliche Leben, bog just in diesem Moment ein Ochsenkarren um das Theatergebäude. Und dank einer glücklichen Fügung war der Karren unbeladen. Entschlossen ging Tieck auf den Kutscher zu. Er brauchte nicht lange, bis jener, ein gutmütiger Weinbauer aus der Meißner Gegend, sein Fuhrwerk bereitwillig neben Kreisner zum Stehen gebracht hatte. Kreisner bettete die Unglückliche behutsam auf die Pritsche, er strich ihr zärtlich über das dünne braune Haar, das sie, wie es sich für die Kammerzofe der Minna geziemte, unter einer Spitzenhaube hochgesteckt hatte. Tieck wollte Kreisner fortschicken, nachdem dieser seine zierliche Last abgelegt hatte. Doch als er den Schmerz und die ehrliche Anteilnahme des Mannes sah, brachte er es nicht übers Herz. Dann rutschte Tieck auf die Pritsche und ließ sich neben den Füßen der Bernstein nieder. Die Bauer kletterte zum Winzer auf den Kutschbock, um ihm den Weg in die Carussche Anstalt zu weisen. Würdevoll zu Fuß einherschreitend beschloss Kreisner den traurigen Zug.

4. Kapitel

Wie durch einen dichten Schleier vernahm Carus das ungeduldige Pochen an der Pforte der Entbindungsanstalt. Jemand klopfte, doch nicht mit dem Knöchel seiner Hand, sondern mit einem Gegenstand. Die saubere, schnörkellos sachliche Schrift der Oberhebamme verschwamm vor seinen Augen. Die Liste der gewünschten Anschaffungen durchzusehen, an der einen oder anderen Stelle etwas hinzuzufügen oder zu korrigieren, einen ungefähren Kostenrahmen zu setzen, das war die abschließende Aufgabe, die Carus sich an diesem mehr als ausgefüllten Tag auferlegt hatte. Immerhin war er in seinem Fleiß so weit vorgedrungen, dass er am nächsten Tag wie gewohnt mit dem Inspizieren der in der Nacht niedergekommenen Frauenzimmer beginnen konnte. Es pochte wieder, mit einigem Nachdruck. Carus erhob sich und nahm sich vor, dem so dreist Einlass Erzwingenden die Leviten zu lesen – wenn es sich denn nicht um einen Notfall handelte. Doch nach stundenlangen Kämpfen das siebente Kind einer ausgemergelten Strumpfwirkerin mit der Zange auf diese Welt zu zerren, das war nicht gerade das, wonach Carus sich jetzt sehnte.

Als er über die geschwungene Freitreppe ins Vestibül hinunterstieg, vernahm er bereits Tiecks aufgeregte Stimme: »Carus, schnell! Wir müssen zu Carus!«

Carus blieb wie angewurzelt stehen, als sich die Szene vor ihm eröffnete: Die Demoiselle Bernstein leblos in den Armen Kreisners, mit dem er sich schon am vorangegangenen Abend ein Wortgefecht geliefert hatte, um ihn von ihrer Seite zu reißen. Tieck, der wie eine riesige, hinkende Fliege die Leblose umschwirrte. Und die abgetretene Theaterkönigin Josefine Bauer, eine Person, von der Carus schon vieles gehört hatte, vieles, das ihn innerlich die Nase rümpfen ließ, ohne dass er wusste, was man davon für wahr zu halten hatte. Erschöpft stützte sich Carus auf die Brüstung der Treppe.

Die Dinkelroth, die das Portal geöffnet hatte, starrte mit offenem Mund auf den leblosen Körper der Bernstein – noch immer gewandet in die Schürze der Franziska. Von den Bandagen, mit denen ihre Gelenke behelfsmäßig verbunden waren, troff unaufhörlich Blut. Die linke Hand hing schlaff herab, ihr unnatürlich überstreckter Winkel erinnerte Carus an eine der manierierten Theatergesten, die noch vor einigen Jahren die Darstellungen der Bühne bestimmt hatten. Carus erriet augenblicklich, an welchem Ansinnen die Bernstein sich erprobt hatte. Offenbar hatte sie sich den Schnitt mit solch entschiedener Kraft versetzt, dass sie sich die Sehne durchtrennt hatte. Die Schlagadern aber, denen der Anschlag wohl gegolten hatte, schienen weitgehend verschont geblieben, sonst hätte sie die bewusste Schwelle längst überschritten.

Tieck rief Carus zu: »Sie hat versucht, sich zu entleiben! Carus! Du bist der Einzige, der dem jungen Ding auf Erden noch helfen kann!«

Carus überhörte nicht den fordernden Unterton, den Tieck in den Satz gelegt hatte, und kam mit schweren Schritten die Freitreppe herunter. Er gab der Oberhebamme Anweisungen, wie mit der Bernstein zu verfahren sei. Zwar zierte sich die Dinkelroth, verwies auf den langen Tag und auf ihren Ehemann, der in der Wohnung im dritten Stock der Anstalt gewiss seit Stunden ihrer harrte und sich die harte Wartezeit mit Gerstensaft verdünnte, doch Carus blieb unerbittlich. Die anderen Hebammen und die Hebammenschülerinnen hatten sich zu dieser Stunde längst zurückgezogen. Er selbst und die Dinkelroth waren die einzigen, die sich noch in der Pflicht befanden.

Zunächst einmal sei sie von dem Kostüm und den Bandagen zu befreien, die sie sicherlich wieder angelegt habe, und dann am ganzen Körper zu waschen – eine Aufgabe, die außer der Dinkelroth niemand der Anwesenden verrichten könne. Die Oberhebamme rümpfte die Nase. Für gewöhnlich oblag diese niedere Arbeit den Schülerinnen. Zudem war die Bewußtslose als Schauspielerin erkannt – ein Menschenschlag, für den die Oberhebamme keinerlei Mitgefühl erübrigen konnte. Sie wollte ihre Existenz unter Gottes Sonne beenden? Sollte sie! Gab es ihrer doch mehr als genug!

Carus wiederholte die Anweisungen auf eine Art, die keinen Widerspruch duldete. Wenn das junge Ding derart vorbereitet sei, werde man sich die Schnitte an den Handgelenken genauer anschauen. Fürs Erste ordnete er Kompressen mit in Essig getauchten Schwämmen an, um die Blutung zu stillen.

Carus winkte Tieck, ihm zu folgen. Die Bauer wiederum folgte Tieck. Im Gehen wandte sich Carus noch einmal zur Dinkelroth um: »Und sagen Sie dem jungen Herrn, er solle sich trollen. Seine Gegenwart ist partout nicht vonnöten.«

Wie ein getretener Hund sah der Schauspieler Kreisner mit wässrigem Blick von einem zum anderen. Die Dinkelroth stemmte die Fäuste in die Hüften. Kreisners Mienenspiel war abzulesen, wie sehr er mit sich kämpfte. Carus wandte sich ab. Er war sicher, dass die Dinkelroth ihn unverzüglich vor die Tür befördern würde. In seinem Tellheim-Kostüm sah er doch zu lächerlich aus!

Mit gesenktem Kopf und schweren Schritten stieg Carus die Treppe hinauf. »Sie hat wohl endgültig mit dem gottgefälligen Leben abgeschlossen«, murmelte er vor sich hin.

»Du hörst dich ja unbarmherziger an als dein griesgrämiger Malerfreund Friedrich. Ich hoffe, das Schicksal wirft dir niemals einen Stock zwischen die Beine, und du wirst immer von deiner Kanzel der Reinheit und Weisheit herunterschauen können auf uns arme, fehlbare Kreaturen.«

Carus wandte sich um, um dem älteren Freund direkt in die Augen blicken zu können. Dabei entdeckte er die Bauer, die sich dicht hinter Tieck hielt.

»Ich dachte, ich hätte Sie zu einem Gespräch unter vier Augen gebeten?«, bemerkte Carus barsch. Die Bauer sah ihn aus lodernden Augen an. Tieck drehte sich zu ihr um, wechselte besänftigende Worte mit ihr, dann wandte auch sie sich widerwillig zum Gehen. Sie zog sich die Stola enger um die Schultern und verabschiedete sich mit mühsam im Zaum gehaltener Häme: »Völlig zu Recht rühmt man Sie wegen anderer Qualitäten als Ihrer Höflichkeit, Hofrat Carus!«

Carus war zu erschöpft, um sich zu erregen. Er stieg weiter die Treppe hinauf, und Tieck beeilte sich, ihm humpelnd zu folgen. »Carus«, warf er dem jüngeren Freund mit gesenkter Stimme in den Rücken, »begreifst du nicht, welche Möglichkeit dir das Schicksal hier vor die Füße gelegt hat?«

Carus hielt inne. »Eine Möglichkeit? Den wenig gottgefälligen Abtrittsversuch eines sündigen Lebens nennen Sie eine Möglichkeit? Das arme Ding hat sich endgültig aus dem Regelwerk sittlicher Maßstäbe verabschiedet! Wir sollten trauern, nicht frohlocken!«

Tieck schüttelte den Kopf. »Oh Carus, wenn du noch ein paar Jahre jünger wärst, würde ich deine verstockte Haltung deiner Unsicherheit und Unerfahrenheit zuschreiben. Aber du bist ein reifer Mann, du hast gewiss viel Leids gesehen, da du dein Metier selbst in den ärmsten Quartieren dieser Stadt auszuüben gewohnt bist. Aber ziehe nicht sogleich das moralische Leichentuch über diese junge Frau. Du hast, wie du mir selbst auseinander gelegt hast, Möglichkeiten, sie gänzlich wiederherzustellen – körperlich ebenso wie sittlich.«

»Ich verstehe nicht recht?«

Tieck und Carus standen immer noch auf der Freitreppe. Da Tieck den Hall des Vestibüls fürchtete, trat er auf Carus zu. Der Arzt wich zurück.

»Wenn ich mich recht entsinne und den Vorgängen, derer ich heute Zeuge werden durfte, die rechte Bedeutung in der göttlichen Ordnung zumesse, so bietet sich in der Demoiselle nach wie vor ein geeignetes Demonstrationsobjekt für deine These der glücklichen Schnittentbindung«, säuselte Tieck.

Carus runzelte die Stirn. »Wollen Sie mir medizinische Ratschläge erteilen, mein Freund?«

Tieck lächelte unschuldig: »Das liegt mir fern. Ich bin nur ein alter Komödiendichter. Und als solcher habe ich ein Gespür für Wendungen und Auswege, die das Schicksal unverhofft darbietet. Du kannst der armen, in ihrem tiefsten Wesen sicherlich tugendhaften Demoiselle Bernstein einen hehren Dienst erweisen. Denke dich einmal an ihre Stelle: Sie erwacht aus der Ohnmacht in der Erwartung, sich in der Hölle wiederzufinden. Stattdessen befindet sie sich noch immer in der guten, biederen Residenzstadt Dresden, mit all ihren Schnörkeln, Ziergiebelchen und Sittenwächtern – jedoch befreit von aller Misslichkeit, aller Sorge – und in der Lage ein neues, auf feste moralische Fundamente gegründetes Leben zu beginnen, das selbst den strengen Maßstäben der wohlanständigen Dresdner genügt.«

Carus schüttelte entschieden den Kopf und lief den Gang hinunter. »Sie sehen die Sache, mit Verlaub, zu spielerisch. Das ist kein munteres Kegelschieben! Hier geht es um ein Schicksal!« Wie eine Maus ihr Mauseloch versuchte er, sein Studierzimmer zu erreichen. Mühsam blieb ihm Tieck auf den Fersen. In den dunklen Gang hinein mahnte er: »Eben, Carus! Das verwirkte Schicksal dieses Mädchens zum Guten zu wenden, liegt in deiner Hand!

Dies ist doch ein Institut für Geburten – sollten Wiedergeburten etwa verpönt sein?«

Carus öffnete die Tür zu seinem Dienstzimmer. Im Türrahmen wandte er sich zornig zu Tieck um. »Nur die schiere Unkenntnis der medizinischen Voraussetzungen entschuldigt Ihren Vorschlag! Wären Sie ein Fachmann, ich würde Ihnen nicht länger Gehör schenken. Die Auswege, die Sie dreist in Erwägung ziehen, haben nur in der Phantasie eines Dichters Bestand!«

Carus schlüpfte in seine Kammer. Bevor er die Tür schließen konnte, drängte Tieck hinterher.

»So setze einem Laien wie mir die Gründe auseinander, die das Beschreiten dieses Weges verhindern! Ich verstehe nicht, warum du dich so sträubst; vorhin schienst du wenig abgeneigt?«

»Schweigen Sie!«, fuhr Carus Tieck an. »Sie haben ja keine Ahnung! Die Demoiselle ist in schlechtem Zustand. Eine chirurgische Operation von solcher Schwere erfordert eine gute Kondition der Patientin. Vor allem aber erfordert sie ihre innere Bereitschaft, ihr Einverständnis!«

Tieck umkreiste Carus, während er auf ihn einredete: »Nun, was das Erste anbelangt, so kannst du ihrer gewiss sein. Hat sie dich nicht gebeten, sie von dem Kind zu befreien? Hat sie dich nicht selbst darum angefleht?«

»Mit keinem Wort hat sie darum gebeten, eine Schnittentbindung vorzunehmen. Und ganz gewiss hätte sie es abgelehnt, hätte ich nur die Gelegenheit gehabt, ihr die näheren Umstände auseinander zu legen.«

Carus flüchtete sich hinter seinen Schreibtisch und ordnete ziellos Papiere. Mit Entschlossenheit stieß Tieck das spanische Rohr auf die Dielen. Er blickte Carus fest in die Augen: »Das junge Ding schwebt zwischen Diesseits und Jenseits. Willst du sie in die Ausweglosigkeit ihrer irdischen Existenz zurückstoßen? Soll sie die Augen aufschlagen und sich im gleichen Dilemma wiederfinden, dem sie verzweifelt zu entfliehen versuchte? Gelingt die Operation, ist das Leben für das Mädchen voller Hoffnung und Glanz. Misslingt sie, hast du nichts weiter getan, als ihr den letzten irdischen Wunsch zu erfüllen.«

Carus stierte paralysiert vor sich hin. »Was Sie mir einreden wollen, Freund Tieck, verstößt gegen sämtliche Prinzipien eines respektvollen Umgangs des Arztes mit seinen Patientinnen! Es ist der reine Frevel!«

Ein leises Lächeln hatte sich zwischen Tiecks Mundwinkel geschlichen, denn er sah, dass Carus wankte. Ohne zu zögern stieß er nach: »Richtig, es ist die reine Form des Frevels, es ist der Frevel, der Leben retten kann, der Frevel, den man wagen muss, um Wunder zu vollbringen!«

Carus schwieg. Nachdenklich riss er sich von den Papieren los und wandte sich von seinem Schreibtisch ab. Er erhob sich, blickte aus dem Fenster, hinaus in die schwarze Nacht. Er stieß einen tiefen Seufzer aus. »Ich bin erschöpft. Es ist Nacht. Niemand ist im Hause. Keine guten Bedingungen für ein solch waghalsiges Unterfangen!«

Tieck überlegte fieberhaft. Jetzt kam es auf jedes Wort an. »Wie lautet die Prognose für die junge Frau, die Operation zu überstehen?«

Carus wog bedächtig den Kopf: »Unter besseren Bedingungen würde ich sagen: eins zu zwei.«

»Und unter diesen gegebenen Bedingungen?«

»Schlechter, aber nicht wesentlich schlechter.«

»Also eins für die Möglichkeit, sie zu neuem Leben zu erwecken ohne die Last der Sünde, unter der sie brach. Und zwei für die Möglichkeit, das zu vollenden, was sie aus freien Stücken begann?«

Carus nickte. Er starrte unverwandt auf seine Finger, die schlank, aber nicht lang waren. »Ich bin müde«, seufzte er.

Tieck war hellwach. »Wir haben keine Zeit zu verlieren! Noch befindet sich die Demoiselle in der Gnade der Bewußtlosigkeit. Doch ich bin mir sicher, selbst wenn sie erwachte, würde sie unserem Plan zustimmen.«

Carus nickte geschlagen. Zweifellos würde es Tieck gelingen, auch ihr seinen Willen aufzuschwatzen. Er fragte sich, was eigentlich der Dichter sich von der Sache versprach. Oder tat er das alles nur, um seine unstillbare Neugier zu befriedigen?

»Ich werde die Franzosen benachrichtigen, auf dass sie sich unverzüglich auf dem anatomischen Theater einfinden mögen. In der Zwischenzeit ruhst du dich ein wenig aus, mein talentierter, lebenspendender Freund!«

»Ausruhen?«, fragte Carus spitz. »Sie und Ihre Dichterphantasien! Gerätschaften müssen vorbereitet werden. Solch eine Operation erfordert einiges an Instrumentarium – es muss herbeigeschafft, es muss zurechtgelegt sein!«

»Lass es die Hebamme herbeischaffen!«

»Die Dinkelroth? Oh nein. Nicht noch mehr Zeugen! Nein, wir müssen das mit den Kräften bewerkstelligen, die uns zur Verfügung stehen!«

»Mit den Franzosen sind wir fünf. Darunter die besten Ärzte zweier Königreiche!«

»Holla, holla, Tieck. Versteigt Euch nicht zu Komplimenten, die ihre Empfänger mehr peinigen als ehren«, beschwichtige Carus.

»Wenn ein jeder tatkräftig zur Hand geht, sehe ich nicht, wie unser Plan scheitern kann!«

»Wir müssen in der Lage sein, ihre Gliedmaßen zu beherrschen, ihre Position zu fixieren, für den Fall, dass sie vor der Operation oder unterdessen aus der Ohnmacht erwacht.«

Tieck nickte. Allmählich ahnte er die Ausmaße des Eingriffs. Dennoch unternahm er einen neuen Anlauf: »Meine Freundin Josefine Bauer wäre sicherlich Manns genug, einem solchen Schauspiele beizuwohnen!«

Carus sah ihn unverwandt an: »Sie verstehen nicht,

Tieck! Dies ist kein Schaustück. Es ist ein Kampf auf Leben und Tod. Keine Weibsbilder! Selbst die Hebammen, die in den Jahren ihres Dienstes einiges gesehen haben, werden gelegentlich schwach angesichts einer solchen Leibeseröffnung. Und es darf keinesfalls geschehen, dass das, was sich hier zuträgt, später Gegenstand öffentlicher Erörterungen wird. Über diese Nacht muss, ganz gleich wie sie verlaufen wird, ein Mantel der Verschwiegenheit gebreitet werden, absoluter Verschwiegenheit. Sonst sind die Tage der medizinischen Forschung in dieser Stadt gezählt.«

Tieck wandte sich ab: »Treffe du deine Vorbereitungen. Ich werde eilen, um die Gäste auf diese außergewöhnlich günstige Gelegenheit einzustimmen. Ich bin sicher, in weniger als einer halben Stunde werden sich alle hier eingefunden haben.«

Carus unternahm noch einen schwachen Versuch, Tiecks Euphorie zu dämpfen: »Lassen Sie mich zunächst das junge Ding untersuchen, ob sich ihre Kondition tatsächlich so weit gefestigt hat, dass wir auf einen günstigsten Ausgang hoffen können!«

Tieck war schon auf der Türschwelle: »Untersuche du, untersuche! Ich bin mir sicher, du wirst zu einem hoffnungsvollen Ergebnis kommen. Allein, wir dürfen keine Zeit verlieren!«

Schon war Tieck entschwunden. Carus hörte die Stockspitze sich auf dem Gang entfernen. Während er hinüberging zur Waschschüssel, krempelte er sich die Hemdsärmel hoch. Dann tauchte er die weit von sich gestreckten Hände ein. Das Wasser benetzte seine Handteller. Er ließ sie tiefer sinken, und die Umrisse der Hand, die Linien, aus denen zweifelhafte Subjekte die zukünftigen Schicksalsläufte zu lesen behaupteten, verschwammen allmählich. Dann beugte er seinen Kopf über die Schüssel und sprengte sich Wasser ins Gesicht. Die Kühle tat ihm gut. Er stützte seine Arme auf den Waschtisch und betrachtete die Wellen, die seine Hände ins Wasser geschlagen hatten. Durch die Wand der Schüssel wieder und wieder gegeneinander geworfen liefen sie kreuz und quer durcheinander, durchdrangen sich, überrollten sich – ein Spiegelbild seiner Gedanken. Plötzlich fühlte er sich angezogen, seinen Kopf ganz hineinzutauchen in das Wasser, unter Wasser, nichts mehr zu hören, die Augen zu schließen und –

»Carus! Was zum Teufel treibst du da?«

Carus schreckte hoch. Im Türrahmen stand Ida von Lüttichau.

»Die gleiche Frage möchte ich Ihnen stellen«, stammelte er verlegen.

»Die Tür stand offen. Dein kauziger Freund versäumte offenbar, sie zu schließen!«

»Sie sind Tieck begegnet?«

»Ich habe gesehen, wie er aus der Anstalt hastete, als sei der Leibhaftige hinter ihm her! Dass ein alter Mann mit seinen Gebrechen überhaupt so schnell von der Stelle kommt!«

Die Baronin lächelte. Die Schläfenlocken baumelten ihr schelmisch ins Gesicht. Um ihre Windungen nicht zu zerstören, strich sie sie vorsichtig zurück.

Carus flüchtete sich in Konvention: »Verehrte Freundin, was führt Sie zu mir zu so später Stunde?« Ida von Lüttichau schlenderte um seinen Schreibtisch herum, das ein oder andere medizinische Instrument mit dem behandschuhten Zeigefinger streifend, wie Charlotte, Carus' älteste Tochter, es hin und wieder tat, wenn sie ihren Vater bei der Arbeit besuchte.

»Warum so förmlich, lieber Carus?«

Carus beobachtete mit offenem Mund, wie leichtfüßig die kokette Baronin durch seine Arbeitsgruft tänzelte. Ihm kam es vor, als wolle jeder Gegenstand, den sie mit dem Zeigefinger beiläufig berührte, vor Freude schier zerspringen. Er spürte sein Herz schneller schlagen.

»Teure Baronin, so geschätzt mir Ihre Gegenwart ist, ich muss Sie bitten, mich schleunigst wieder zu verlassen!«

»Du willst mich loswerden, Carus? Warum? Willst du allein sein mit deinen toten Gesellen? Willst du nicht lieber das pulsende Leben spüren?«

»Ihr Gatte wird Sie vermissen, zu nachtschlafener Zeit«, meinte Carus voller Hoffnung.

Ida von Lüttichau lächelte. »Der Anlass meines Besuches ist ein hochoffizieller. Im Namen des Hoftheaterintendanten soll ich Erkundigungen einholen, wie es um die Gesundheit des Hoftheatermitglieds Fräulein Friederike Mathilde Bernstein steht.«

»Gerade um das herauszufinden, muss ich Sie bitten, mich allein zu lassen.«

»Du hast es bisher versäumt, sie zu untersuchen?«

»Ich habe sie einer oberflächlichen Inspektion unterzogen und sie dann in die Obhut meiner ersten Hebamme gegeben. Ich befand mich gerade auf dem Weg zu ihr.«

»Tatsächlich?«, bemerkte sie spitz. »Sollte ich Sie dabei überrascht haben, ihr auf dem unseligen Wege der Selbstentleibung nachzufolgen? Irre ich mich, oder wollten Sie sich gerade in die Waschschüssel versenken, Carus?« Die Gräfin war zum förmlichen ›Sie‹ zurückgekehrt, das Carus ihr gegenüber nie verlassen hatte. Sie schien ernsthaft gekränkt.

»Was hat das zu bedeuten, Carus? Warum so verzweifelt? Sollte mir in dem jungen, törichten Ding eine Rivalin erwachsen sein? Was hatten Sie mit ihr zu schaffen?«

Carus schüttelte sprachlos den Kopf ob dieser Verdächtigungen. Zu ungeheuerlich waren ihm die Gesichte, die eine entfesselte Phantasie heraufbeschwören konnte.

Ida von Lüttichau schürzte beleidigt die Lippen, da er ihr eine Antwort schuldig blieb. Sie schlenderte auf den Leibarzt zu, betrachtete ihn abschätzig von oben bis unten, wie er hilflos, mit nackten, triefenden Unterarmen an der Waschschüssel stand.

Dann drängte sie sich nah an ihn heran. »Bevor Sie zu ihr eilen, untersuchen Sie mich, Carus«, hauchte sie ihm zu. »Ich bin sterbenskrank – vor Sehnsucht.«

Carus prallte zurück und hätte beinahe die Waschschüssel vom Tisch gestoßen.

Sie nutzte den Moment der Verwirrung, ergriff seine nasse Hand und presste sie auf ihren Bauch. »Herr Medizinalrat, ich spüre ein starkes Drängen – hier, genau hier!«

Carus zog gewaltsam die Hand zurück. Er schlug einen Haken, um der prekären Enge zwischen Waschtisch und Baronin zu entfliehen. Ida von Lüttichau ließ ihn gnädig Abstand gewinnen. Lauernd sah sie zu ihm hinüber. Carus' Atem flog. Das Wasser hatte die Umrisse seiner Hand auf den makellosen Stoff des Kleides gezeichnet – dunkel, verräterisch.

»Werte Freundin«, hub Carus mit fliegendem Atem an, »Sie sollten keinen Unfug mit mir treiben. Ich eigne mich im Augenblick schlecht zum Gegenstand Ihrer Kapriolen.«

Die Baronin zog die Augenbrauen zusammen und blickte ihn vorwurfsvoll an. »Was nennen Sie Kapriolen? Sie sind nicht nur Arzt, Sie sind mein Freund – so schimpften Sie sich zumindest noch vor wenigen Augenblicken. Warum verweigern Sie mir Linderung meiner Schmerzen? Sie liegt in Ihrer Macht!«

Carus sah ihr offen ins Gesicht. Er spürte die verschämte Hitze seiner Haut. Mit Genugtuung betrachtete die Baronin seine Verlegenheit. Carus raffte sich auf, strich seine sanft gewellten, blonden Haare mit den nassen Händen glatt und nahm Haltung an. »Eine junge Dame, fast noch ein Mädchen, liegt wenige Schritte von hier entfernt. Es ist gut möglich, dass sie noch in dieser Nacht vor ihren Schöpfer tritt. Da fällt es mir nicht ganz so leicht wie Ihnen, geschätzte Freundin, kapriziöse Spiele zu spielen. Ich muss Sie mit Nachdruck auffordern, mich jetzt zu verlassen. Ich will mich der armen Aktrice mit allen meinen Kräften widmen.«

Die Baronin zog einen Schmollmund. Sie strich sich ihr Kleid glatt, der dunkle Fleck auf ihrem Bauch verblasste allmählich. »Sehen Sie, Carus, nichts weiter wollte ich von Ihnen erfahren, als wie es um das arme Ding steht«, befand sie kühl. »Die Ärmste wird heute Nacht das Zeitliche segnen? Das ist eine Auskunft – wenn auch eine äußerst bedauerliche! Sehen Sie, mein Ehegatte hat ein eifriges Interesse an der jungen Dame – rein beruflich versteht sich. Denn die ›Minna von Barnhelm‹ ist für zwei Wochen *en suite* am hiesigen Theater angeschlagen – und ohne ihre tapsige Kammerzofe ist die arme Minna aufgeschmissen.«

»Ich hoffe nicht, dass das Schlimmste eintritt. Jedoch ist im Moment nicht daran zu denken, dass die Aktrice jemals wieder eine Bühne betritt.« Mit entschlossenem Griff zog Carus seinen Überwurf vom Garderobenhaken. Ein weites, bis über die Hüften reichendes Hemd aus schwarzem Kattun, geräumig wie ein Nachthemd, jedoch am Ärmel eng gerafft, um bestmögliche Handfreiheit zu gewähren. Carus hatte sich diesen Kittel nach dem Beispiel seines Freundes und Meisters in der Kunst der Ölmalerei, dem hiesigen Landschaftsmaler Caspar David Friedrich, anfertigen lassen. Jener trug zur Ausübung seines Berufes einen ganz ähnlichen Kittel, der die Alltagskleidung vor Farbspritzern schützte. Carus trug das Kleidungsstück bei schwierigeren Untersuchungen, Aderlässen und sonstigen komplizierteren Eingriffen zu einem ganz ähnlichen Zweck. Nur waren es in Carus' Fall nicht Farbspritzer, die die Toilette bedrohten, sondern Blut und andere menschliche Ausscheidungen.

Ida von Lüttichau beobachtete mit unverhohlener Neugier die Verwandlung des Arztes in einen schwarzen Engel. »Wie ich hörte, trägt sie einen Balg unter ihrem Herzen?«, bemerkte sie so beiläufig als möglich. Carus wandte sich kopfschüttelnd ab. Er musste sich eingestehen, längst nicht mehr Herr der Lage zu sein.

»Carus, antworte mir!«, forderte die Baronin mit Nachdruck.

Carus seufzte schicksalsergeben. »So viel ist gewiss: Sie hat sich selbst schwere, womöglich tödliche Wunden beigebracht. Aus welchem Grund – ich weiß es nicht. Doch schwanger ist sie, das lässt sich nicht leugnen, und das macht den Casus nicht einfacher. Doch nun muss ich Sie wirklich bitten ...«

Die Baronin von Lüttichau ließ den Kopf sinken. Einen Moment lang schlich sich ein Anflug echter Trauer auf ihr Antlitz. Der Anblick berührte Carus so eigentümlich, dass er ihr augenblicklich das ungestüme Drängen verzieh. Beinahe verspürte er den Wunsch, sie tröstend in die Arme zu nehmen. Doch im nächsten Moment kehrte ihre Unbekümmertheit zurück. »Doch warum soll nicht der einen Unglück der anderen zum Glücke gereichen?«

Carus prallte zurück. Verständnislos sah er ihr zu, wie sie in einer Tasche ihres Umhangs nestelte und nach einigem Bemühen ein paar zusammengerollte Bögen Papier zu Tage förderte. Carus blickte genauer hin und glaubte, seinen Augen nicht zu trauen. Auf dem Papier waren Spuren von Blut, Blutspritzer, über den gesamten Bogen verteilt!

»Um des lieben Herrgotts willen, was haben Sie da?«, flüsterte er tonlos.

»Den Rollenauszug der Franziska aus der ›Minna von Barnhelm‹. Fünf Bögen. Ich fand ihn in ihrer Garderobe. Es wird zu schaffen sein, das bis morgen zu lernen. Ich kenne die Rolle wohl, habe sie auch das ein oder andere Mal schon vortragen gehört. Soll ich dir eine Kostprobe geben?«

Carus wehrte ab: »Ich danke. Sie haben mir oft genug mit Ihrer Komödiantenkunst die Sinne verwirrt! Ich muss jetzt wirklich –« Er packte sie am Unterarm und drängte sie zur Tür.

Die Baronin ließ sich gegen leichten Widerstand abführen, presste das blutgetränkte Papier an die Brust und reckte das spitze Kinn in die Luft. »Nicht wahr, Carus? Ich bin ein Bühnentalent, wie es dieses verschlafene Dresden noch nicht gesehen hat! Ich werde eine Franziska geben, dass sich selbst der alte Adel in den Logen aus den Dekolletés seiner Maitressen herausschälen wird, um zu sehen, welch strahlende Künstlerin da die Bühne betreten hat.«

»Sicher, sicher ...«, murmelte Carus. Wie glücklich konnte er sich schätzen, eine liebe, zurückhaltende Gattin sein Eigen zu nennen, die sich in der Pflege der Familie und des Hausstandes so ganz und gar entfaltete. Und doch – Carus seufzte.

»Lieber Freund, du wirst der Erste sein, dem ich die Rolle vorspreche.«

»Nicht doch«, wehrte Carus ab.

»Keine Widerrede. Du hast ein Gesicht, das nicht zur Verstellung taugt. Ich kann dir an den Augen ablesen, ob ich bei dir reüssiert habe oder nicht.«

»Hochwohlgeborene Baronin, Sie reüssieren täglich bei mir, aber nun muss ich wirklich meine Pflicht tun. Ein Leben will davor bewahrt sein abzutreten.« Carus mühte sich, sie über die Schwelle zu schieben. Sie trat mit einem Fuß nach draußen, aber nur, um ihn umso schneller wieder zurückzuziehen. »Oh nein, du wirst dir jetzt und hier eine erste Kostprobe anhören müssen!« Schon wirbelte Ida die Bögen des Rollenauszugs durcheinander und suchte eine passende Stelle. »Hier, die gefällt mir besonders!« Sie legte die Hand in dramatischer Pose auf das Brusttuch und deklamierte: »Das Herz, gnädiges Fräulein? Man traue doch ja seinem Herzen nicht zu viel. Das Herz redet uns gewaltig gern nach dem Maule. Wenn das Maul ebenso geneigt wäre, nach dem Herzen zu reden, so wäre die Mode längst aufgekommen, die Mäuler unterm Schlosse zu tragen.«

Während die junge Baronin die ersten Lessingschen Zeilen noch mit gewaltiger Inbrunst und entschieden zu laut gesprochen hatte, verstummte sie auf der Schlussstrecke beinahe. Denn während sie deklamierte, hatte sich aus den papierenen Bögen des Rollenauszuges ein anderes, ungleich kleineres Dokument gelöst, ein Papier von feinerer Qualität und mit einer zarteren Anmutung als die groben Bögen der Abschrift. Reste von rotem Siegellack klebten auf der Rückseite des seidendünnen Blattes.

Diesmal war es Carus, der zuerst reagierte. Er bückte sich und hob den Brief vom Dielenboden auf. Im Gegenzug ließ die Baronin ihre Rolle achtlos zu Boden fallen.

»Zeig schon her, Freund Carus. Ein Brief? Ein Liebesbrief etwa?«

Carus legte das Papier, das sich im Flug entfaltet hatte, entlang der vorgegebenen Falten wieder zusammen.

»Carus, du wirst doch kein langweiliger Tugendwächter sein?«, stieß die Baronin erbost aus.

Carus' Gesichtsausdruck ließ keinen Zweifel an seiner Entschlossenheit. »Und wenn ich der Letzte in dieser Stadt sein sollte. Ich nehme an, Sie haben den Rollenauszug unrechtmäßig aus der Garderobe entwendet? Ich denke, Ihr Sündenregister ist für den heutigen Tag zu Genüge strapaziert! Hören Sie meinen Ratschlag: Nehmen Sie auf dem Rückweg in Ihr fürstliches Palais den Umweg über eine Kirchenbank und bitten Sie um Sündennachlass. Ich werde den Brief so lange verwahren, bis ich ihn der rechtmäßigen Adressatin aushändigen kann.«

»Die rechtmäßige Adressatin liegt im Sterben, Carus.«

»Dies festzustellen, werde ich nun keinen Moment länger zögern.« Mit letzter Entschlossenheit schob er sie hinaus auf den Flur.

»Und wenn sie stirbt?«

»So werde ich den Brief ihren Erben übergeben.«

»Sie hat keine Erben. Sie ist völlig ohne Familie, ohne Bindung –«

»Ganz ohne Bindung wird sie nicht sein, denn sie empfängt Briefe.«

»Du erlaubst, werter Freund, meine Rolle!« Die Baronin drängte sich an Carus vorbei zurück ins Zimmer und klaubte mit zornigen Griffen die Bögen zusammen. Dabei hielt sie abrupt inne und nahm einen letzten Anlauf, indem sie ihm einen herzerweichenden Augenaufschlag zuwarf. »Und wenn du den Brief auf dem Schreibtisch liegen lässt, während du zur Untersuchung der unseligen Kreatur eilst? Ich schwöre, Carus, ich werde ihn sorgfältig wieder zusammenlegen, und du wirst gar nicht merken, dass ich ihn ganz beiläufig überflogen habe. Carus! Du willst dich doch weiterhin meinen Freund nennen?!«

Carus blieb standhaft. Umständlich raffte er seinen Überwurf hoch und steckte das Couvert in die Westentasche. »Ich möchte mich weiterhin einen Ehrenmann nennen. Sie werden Ihre Neugier so lange im Zaume halten müssen, bis Sie die rechtmäßige Empfängerin darum bitten können, Ihnen den Inhalt zur Kenntnis zu bringen.«

Ida von Lüttichau hatte die Papierbögen nachlässig zusammengerollt und sie in den Taschen ihres Umhangs verstaut. Sie warf Carus einen stolzen und zugleich zornigen Blick zu: »Du bist genau so ein ehrpusseliger Langweiler wie mein Gatte. Du hast keinen Sinn für die kleinen Abenteuer des Lebens. Aber was will man auch erwarten von einem, der tagaus, tagein Kreaturen aufschneidet und in ihren blutigen Leibern wühlt?«

»Schluss jetzt!«, fuhr Carus sie zornig an. »Sie werden augenblicklich meine Anstalt verlassen. Mit Verlaub, Ida,

Sie haben eine Art, die mich an den Rand der Fassung bringt!«

»Das will ich hoffen! Denn anders bist du zu nichts zu bewegen«, stieß sie hervor und wandte sich mit einem Ruck herum, dass ihr der Saum des Umhangs mit Schwung um die Hüften flog. Dann stapfte sie entschlossenen Schrittes hinaus. Carus sah ihr hinterher und biss sich auf die Lippen. Er wartete, bis er ihre Schritte auf den steinernen Stufen der Freitreppe vernahm. Dann endlich hastete er den Gang hinunter zu der Kammer, in der die Bernstein aufgebahrt lag.

Mit einigem Glück hatte Tieck die Franzosen in ihrem Quartier im Hotel Stadt Berlin, vis-à-vis der Frauenkirche angetroffen und sie angewiesen, sich für den baldigen Aufbruch bereitzuhalten. Sie machten ihm höflich, doch unmissverständlich Vorwürfe, dass er sich nicht wie verabredet im Theater eingefunden hatte. Die Vorgänge dort hätten unbedingt der Erläuterung bedurft und sie ganz und gar ratlos zurückgelassen. Tieck versprach vollste Aufklärung noch im Laufe dieser Nacht. Allerdings habe er zuvor noch ein dringendes Anliegen zu erledigen und bitte daher um Nachsicht und Geduld.

Die Aussicht, noch in derselben Nacht einer Schnittentbindung nach Carusscher Manier beizuwohnen, hatte die Franzosen euphorisiert. Es versprach, eine ganz außergewöhnliche Nacht zu werden. Tieck aber war nochmals hinüber geeilt in das Hoftheater.

Seine Hoffnung hatte ihn nicht getäuscht, der Bühneneingang war unverschlossen, einige der Theaterdiener hielten sich noch bei Branntwein und lauthals herumgereichten Theateranekdoten im Hause auf. Tieck hastete so schnell es ihm möglich war durch die dunklen Gedärme des knarrenden Gebäudes. Vom Chaisenträger hatte er sich eine der Blendlaternen erbeten; sie warf ihren unruhigen

Widerschein auf die Wände. Dann drang Tieck zum zweiten Mal an diesem Abend in die Garderobe der Bernstein ein. In seinem Kopf hallte ein Wort nach, das aus den Niederungen des Gedächtnisses gerade im rechten Moment wieder aufgetaucht war; ein Wort, das einigen Aufschluß über die Affäre versprach und ihn, so hoffte er, in die Lage versetzen würde, die Fäden des Schicksalsgespinstes fester zu knüpfen. Es war das Wort ›Brief‹ – ausgesprochen von jenem unbekannten Kavalier in ebendieser Garderobe. Wenn Tieck nicht alles täuschte, sollte sich dieser Brief noch am Ort befinden!

Die Laterne überzog den Schauplatz mit einem so gespenstischen Geflacker, dass die Szenerie dem dritten Akt eines schaurigen Ritterstückes zur Ehre gereicht hätte. Der Garderobensessel, auf dem die Bernstein zu sitzen pflegte, wenn sie die weiße Schminke auftrug und die roten Flecken ihrer jugendfrischen Wangen aufmalte, der Sessel, auf dem sie sich die todversprechenden Schnitte zugefügt hatte, war umgestürzt. Das musste geschehen sein, als Kreisner sie herausgehoben hatte. Seltsamerweise konnte Tieck sich allerdings nicht an den Moment des Umstürzens erinnern.

Die Schminktiegel standen offen, die Deckel lagen auf dem Garderobentischchen verteilt. Für einen kurzen Moment war der Dichter versucht, sich eine Maske aufzulegen. Wie gerne wäre er Schauspieler geworden, hätte in eigenen Stücken auf der Bühne reüssiert! Doch die vermaledeite Krankheit hatte ihn in eine Statur gepresst, die alles andere als bühnentauglich war. Seit den Zeiten des großen Eckhoff hatte kein verwachsener, missgestalteter Darsteller mehr auf der Bühne wahrhaft Ruhm ernten können. Die Mode der Zeit verlangte nach kraftstrotzender Jugendfrische, nach makelloser Schönheit. Hässlichkeit wurde allein zu dem Zweck auf die Bretter gestellt, um sie der Lächerlichkeit preiszugeben. Und um die Rolle buckliger, alter Käuze zum Amüsement eines verachtungswürdigen Publikums vorzustellen, dafür war er sich zu schade. Dafür gab es wahrlich genug alt und hinfällig gewordene ›jugendliche Liebhaber‹ im fahrenden Volk. Tieck blickte in den Spiegel und lächelte bitter. Sein Quadratschädel lag zwischen den Schultern wie eine Flasche besten italienischen Rotweins bei Chiappone im Regal – gut gebettet, doch bar jeder Bewegungsmöglichkeit. Wollte Tieck den Kopf wenden, musste er es gleich mit dem ganzen Oberkörper tun. Aber seine Stimme war eine Bühnenstimme, tief und wohlklingend, von gutem Volumen; mit ihrer Hilfe konnte er volle Säle dazu bringen, atemlos zu lauschen – welchem Text auch immer. Wie wirkungsvoll hätte er sie in einem passenden Körper zum Einsatz bringen können! Er war nicht aus Neigung Theaterdichter geworden, sondern aus Mangel an anderen Gelegenheiten. Das unterschied ihn vom großen Goethe: Goethe war ein leidenschaftlicher Schreiber gewesen, eine Feder in seiner Hand war das höchste Glück, das ihm auf Erden beschieden war – gefolgt von einem Ministerposten am Weimarischen Hofe und einer hübschen jungen Frau in seinem Federbett. Doch Tieck konnte sich tausend Dinge vorstellen, die ihn schneller und gründlicher zufriedenstellen konnten als dieses leidige Herumgekratze auf schlechtem Papier, das er nun seit beinahe vierzig Jahren betrieb. Angefangen bei einem knusprig gebratenen Wachtelkeulchen und aufgehört beim hingebungsvollen Seufzer einer reifen, möglichst lange verheirateten Dame aus gutem Hause unter dem Griff seiner knorrigen, doch immer noch kraftvollen Hände. Genau genommen gab es nur einen Aspekt, der Tieck am Schreiben fesselte: Die Dinge in der Hand zu halten. Die Schnüre zu fädeln, die in harmloseren Fällen zu Stolperfäden, in weniger harmlosen zu Galgenstricken werden konnten. Auf der Bühne folgten die Geschöpfe seinem Plan, seinem Ratschluss, seiner Laune. Und was gab es Edleres, Erregenderes als das tiefe Empfinden der Allgewalt des Schicksals?

Und hier, an diesem Ort, der so viele hohle, auswendig gelernte Worte der Liebe und des Schmerzes vernommen hatte, hier hatte das Schicksal mit ungestümer Macht zugeschlagen. Blutspritzer an den Möbeln und auf dem Spiegel legten eindrucksvoll Zeugnis ab. Selbst das Küchenmesser, das Tieck so seltsam vertraut war, lag noch an dem Ort, an dem es den kraftlosen Händen der Unglücklichen entglitten war: auf dem Boden. Seine Spitze wies auf die Blutlache auf den Dielenbrettern, dorthin, wo sich das Blut der Schauspielerin aus dem baumelnden Handgelenk gesammelt hatte. Tieck folgte der Richtung, die das Messer ihm wies, schaute, starrte und trat dann einen Schritt vor, um sich über die rote, geronnene Pfütze zu beugen. Mitten in der Lache, beinahe eins geworden mit dem schweren Blut und doch ein wenig aus der Flüssigkeit sich aufwölbend, hatte er etwas entdeckt. Er richtete den Lichtkegel der Laterne darauf. Ein Stoffband. Die Farbe war etwas dunkler als das Rot des Blutes, ein Ton, der sich aus der ursprünglichen Farbe des Stoffes und der des eingesickerten Körpersaftes ergeben hatte. Das Band war zwei Finger breit und von der Länge eines Schnürsenkels. Für eine Haarschleife war es nicht lang genug.

Tieck nahm seinen Stock zu Hilfe, um den Stoff aus der Blutlache herauszustochern, und tatsächlich entdeckte er etwas, das ihm ein Lächeln tiefster Befriedigung auf die Lippen zauberte: das Bruchstück eines Siegels. Mit einiger Mühe gelang es ihm, das Band über die Spitze seines Stockes zu schieben und es auf dem Garderobentisch abzulegen. Auf diese Art in seine Reichweite befördert, konnte Tieck das Wachsbruchstück genauer beäugen: Der Buchstabe ›J‹ war vollständig zu entziffern, ein zweiter Buchstabe, der dem ›J‹ folgte, war nur noch Fragment: ein schräger Strich von links oben nach rechts unten verlaufend, allerdings nur etwa halb so groß wie das ›J‹. Womöglich der erste Strich eines ›V‹ oder eines ›W‹ – ›J. v‹ womöglich? Tieck runzelte die Stirn, wickelte das Bruchstück sorgfältig in ein Taschentuch und steckte es in die Rocktasche. Auch das Küchenmesser, an dem Tieck meinte, Besitzrecht anmelden zu können, folgte dorthin. Der alte Dichter nickte zufrieden. Hatte er den erwähnten Brief zwar nicht gefunden, so war er ihm doch auf der Spur, dem Geheimnis der Demoiselle Bernstein auf der Fährte. Doch wo befand sich das Schriftstück, das vermutlich das Ende einer Affäre anzeigte und Anlass wurde zu dieser überaus drastischen Vorgehensweise der Schauspielerin? Wo war der Brief, der so sorgfältig vor unerwünschten Mitwissern verschlossen und versiegelt worden war? Versiegelt von einem mysteriösen ›J. v.‹?

Langsam drehte sich Tieck um die eigene Achse. Er ließ den Lichtkegel schweifen und fixierte mit wachen Augen jeden Gegenstand, der auch nur den leisesten Anschein machte, aus Papier zu sein. Doch der Brief blieb verschwunden. Und noch etwas blieb verschwunden, wie Tieck jetzt bemerkte: Von dem blutbefleckten Rollenauszug, der vorhin noch auf dem Garderobentisch gelegen hatte, fehlte jede Spur. Es gab keinen Zweifel, jemand war in der Garderobe gewesen, hatte sich hier zu schaffen gemacht, als alle anderen sie längst verlassen hatten! Wer konnte das gewesen sein? War derjenige am Ende noch im Raum? Tieck kniff die Augen zusammen. Plötzliche Beklemmung drohte ihm die Luft zu nehmen und er begann, durch den geöffneten Mund zu atmen. Erneut ließ er den Blick durch die Kammer schweifen, sorgfältig. Und dann vermeinte er, dicht unter den baumelnden Kleidern auf der Garderobenstange zwei Hosenbeine über einem Paar altmodischer Schnallenschuhe ausmachen zu können. Schwarze Hosenbeine, so weit Tieck dies im flackernden Licht erkennen konnte. Hosenbeine, die gewiss nichts in der Garderobe einer Schauspielerin zu suchen hatten. Tieck wandte sich augenblicklich zum Gehen. Er vermied es, sich noch einmal umzusehen und schritt steif wie ein Stock zur Tür hinaus. Erst, als er sie hinter sich geschlossen hatte, wagte er wieder zu atmen. Doch gönnte er sich keine Zeit zu verschnaufen. Er beeilte sich, die Lampe zu löschen und dicht hinter der Tür wieder in Deckung zu gehen, ganz so, wie er es an diesem Tage schon einmal mit Erfolg getan hatte. Und auch diesmal gelang der Schachzug. Tieck brauchte nicht lange zu warten, bis die Garderobentür erneut von innen geöffnet wurde, langsam, zögerlich.

Er wartete mit angehaltenem Atem einen günstigen Moment ab. Die Tür schloss sich, der Dichter war seiner Deckung beraubt. Vor ihm erhob sich die schwarze Kontur einer schlanken Gestalt, nicht besonders kräftig, nur unwesentlich größer als Tieck. Sie schien unschlüssig, wohin sie sich wenden sollte. Vielleicht hatte sie ihn bemerkt, witterte ihn schon, ihn und seine Angst? Tieck zögerte nicht und rammte dem unbekannten Gegenüber die eiserne Spitze des spanischen Rohrs dorthin, wo er die Rippen vermutete. Ein kehliger Aufschrei, der Ton des nackten Entsetzens, mit sehr hoher Stimme. Eine Frau?

Tieck nutzte den Moment der Überraschung und brüllte mit seiner dröhnendsten Stimme:

»Erkläre dich, Spitzbube: Wie ist dein Name?«

»Joseph Maria vom Schönenbaum, ergebenst. Musikdirektor am Hof zu Dresden, bitte schenkt mir das Leben«, antwortete das Gegenüber in schrillem Tonfall. Das spanische Rohr übertrug das Zittern seines Körpers und rüttelte Tiecks Hand durch. Tieck zog augenblicklich den Stock zurück und rief verdutzt aus: »Teufel auch, Herr Hofkapellmeister! Was haben Sie hier in der Dunkelheit wie ein Räuber herumzuschleichen?«

Vom Schönenbaum schwieg und versuchte wohl, sein Gegenüber in der Dunkelheit auszumachen. Tieck drang weiter in ihn: »Was suchen Sie in der Garderobe der Bernstein? Ihren Brief? Wollen Sie verräterisches Zeugnis beiseite schaffen? Ist es das?«

»Brief, von welchem Brief redet Ihr? Wer seid Ihr?«, fragte Schönenbaum zurück.

Tieck versuchte, sich einen Reim zu machen: Das Siegel, das er in der Garderobe entdeckt hatte – ein ›J‹ und – vermutlich ein kleines ›v‹. Joseph vom Schönenbaum! Das passte! »Sie sollten sich schämen, ein unschuldiges Ding in solches Unglück zu stürzen!«, empörte sich Tieck.

Der Hofkapellmeister zögerte. »Ich kenne Eure Stimme ... Ihr seid jemand aus dem Theater – natürlich! Wie sonst wäre es möglich, dass Ihr Euch zu so später Stunde hier aufhieltet?«

Tiecks erste Erregung hatte sich gelegt. In entschlossenem Tonfall forderte er vom Schönenbaum auf: »Heute Nacht werden Sie zu Ende bringen, was Sie unter schlechtem Stern begonnen, ehrenwerter Hofkapellmeister!«

»Tieck, natürlich, Sie sind Tieck!« Erleichterung drang durch die hohe, fast frauliche Stimme des Hofkapellmeisters. »Sie reden in Rätseln und Symbolen, aber das sind wir ja von Ihnen gewohnt!«

Tieck lachte auf: »Üben Sie sich bloß nicht in Frechheit, Herr Musikdirektor! Die Frechheit wird Ihnen in dieser Nacht noch aus dem Leibe fahren, dessen können Sie versichert sein!«

Tieck trieb ihn mit dem spanischen Rohr vor sich her, hinaus aus dem Theater. »Sie werden mich begleiten zu Ihrer Angebeteten!«

»Sie bringen mich zu ihr?«, fragte Schönenbaum ungläubig.

»Allerdings«, sagte Tieck. »Doch bevor wir uns an ihr Krankenlager begeben, werden wir noch einige weitere Gehilfen ausheben.«

»Gehilfen? Wozu?«, fragte vom Schönenbaum, der

mehr und mehr dazu überging, die Vorgänge als Traum zu betrachten.

»Gehilfen bei dem blutigen Geschäft, das Unglück, das Sie in die Welt gesetzt haben, in glücklichere Bahnen zu lenken.« Tieck kujonierte vom Schönenbaum mit dem Stock so lange, bis sie vor der Chaise standen. Der erste Träger öffnete die Tür. Tieck wies den Kapellmeister an, auf einer der Polsterbänke Platz zu nehmen, während er selbst sich auf der gegenüberliegenden niederließ. Dann zog er zur Sicherheit die Vorhänge vor die Fenster. Vom Schönenbaum schüttelte ratlos den Kopf. »Mit Verlaub, Herr Dramaturg, ist dies eines Ihrer Stücke, das Sie abseits der Bretter in Szene setzen, weil man Sie auf den Brettern nicht mehr lässt?«

»Wenn es Ihnen die Sache erleichtert, betrachten Sie es von der theatralischen Seite, Herr Hofkapellmeister«, beschied Tieck dem verdutzten Musiker.

Von ferne rief ein Nachtwächter die zehnte Stunde aus. Die Chaise setzte sich schwankend und schwerfällig in Bewegung. Die Fuhre zweier erwachsener Insassen bereitete selbst den muskelbepackten Trägern einige Mühe. Es würde ihnen nichts weiter übrig bleiben, als vom ›Hotel Stadt Berlin‹ aus zu Fuß die wenigen Schritte zur Anstalt hinüberzulaufen, schloss Tieck mit Bedauern. Denn zwei weitere Chaisen, um die französischen Herrschaften aufzunehmen, waren um diese fortgeschrittene Nachtzeit nicht mehr aufzutreiben. Doch was war dieser kurze, unbequeme Fußweg gegen die Aussicht des einzigartigen Schauspiels, dessen Zeuge er noch in dieser Nacht werden sollte? Zudem hatte sich das Blatt so überaus glücklich gewendet, dass der kränkliche, weichliche Hofkapellmeister, Wortführer aus dem Lager seines Erzfeindes von Lüttichau, sich als der schändliche Sündenbold decouvrierte! Derjenige, der von Lüttichau bei jeder sich bietenden Gelegenheit eingeflüstert hatte, dass ein Hofdramaturg zu nichts nütze sei, als den Einfluss des Intendanten zu untergraben! In der Tat, er hatte einen trefflichen Jagdzug getan! Für den Rest des Weges verfielen sie in eisiges Schweigen.

Die Kammer, in die man die Bernstein gebettet hatte, war nicht viel mehr als ein Verschlag. Eine Nische für das Himmelbett, ein schlichtes Kreuz an der gegenüberliegenden Wand, zwei grob gezimmerte, ungepolsterte Stühle. Für gewöhnlich war es der Aufbewahrungsort für diejenigen Frauen, die die letzte Reise antraten. Frauenzimmer, die in ihren letzten Stunden von einer größeren Schar Angehöriger beweint wurden, waren in Carus' Institut die Ausnahme. Ungleich häufiger handelte es sich um solche, von denen niemand wissen wollte, wo sie sich im Augenblick befanden – und für diese genügte gemeinhin der Alkoven unter der Treppe.

Die übrigen Frauen waren in Schlafsälen untergebracht, Schwangere und Wöchnerinnen getrennt, wie es die neuere medizinische Ansicht für zweckmäßig befand. Der größere der beiden Säle, der Wöchnerinnensaal, fasste zwanzig Betten, doch es traf sich, dass niemals mehr als zehn zugleich belegt waren. Carus war stolz darauf, dass er sich mit seinem Entbindungsinstitute auf der Höhe der medizinischen Forschung befand, und er zweifelte nicht daran, dass man vom Dresdner Institut alsbald als von einem vorbildlichen Muster der neueren Frauenheilkunde und Entbindungskunst reden würde.

Noch bevor Carus die Tür zum Alkoven geöffnet hatte, drang ein lautes und kräftiges Schnarchen an sein Ohr. Ein Lächeln zuckte über sein müdes Gesicht. Dies durchdringende Geräusch, das die Wände des Verschlags schier erzittern ließ, konnte unmöglich dem zierlichen Leib der Bernstein entstammen. Carus schob sachte die Tür zum Gelass auf und entdeckte die Dinkelroth auf dem einzigen

Stuhl, zusammengesunken im tiefen Schlummer. Die Brave war trotz ihrer Erschöpfung der armen Sünderin nicht von der Seite gewichen. Die Oberhebamme, die sowohl an Körperumfang als auch an Wissen und Erfahrung zwei ihrer Untergebenen ersetzte, war eine Seele von Mensch. Mit Härte und Entschiedenheit, gegen alle gleichermaßen streng wie gegen sich selbst, führte sie die kleine Schar der Hebammen und die größere Schar der Hebammenschülerinnen des Instituts, mit denen Carus selbst kaum in Berührung kam. Die Kunst der Hebamme unterschied sich doch so vollkommen von der des Arztes. Folgten die Hebammen der Intuition und einem Wissensschatz, der von Generation zu Generation über Jahrhunderte hinweg unverändert weitergetragen wurde, so hatte der Arzt der Vernunft zu folgen – und den Ergebnissen der jeweils neuesten Forschung. Denn auch die Alten – das hatte sich mehr als einmal erwiesen – konnten irren. Dies hatte zu mancherlei Unstimmigkeiten zwischen Carus und der Dinkelroth geführt, und obwohl er die Hebamme gelegentlich vom Nutzen seiner Vorschläge hatte überzeugen können, zweifelte Carus nicht daran, dass sie vor ihren Schülerinnen nach wie vor die jahrhundertealten Meinungen vertrat und weitergab. Doch dies schien das allgemeine Schicksal der Entbindungskunst zu sein: Das Ringen zwischen der ererbten Natur, den Instinkten des Menschen, die in einem urnatürlichen Vorgange wie der Geburt mit Macht hervorbrachen, und der erlernten Vernunft des Menschen, die dazu berufen war, die animalische Natur zu überwinden und diese zum leiblichen Wohle und sittlichen Fortschritt des Menschen so gut es ging außer Kraft zu setzen. Ließe man der Natur ihren Lauf, so wäre die Demoiselle Bernstein zum Tode verurteilt.

Carus musste Gewissheit haben. Er würde sie nochmals untersuchen, auch wenn es gegen seine tiefsten Überzeugungen verstieß, es ohne ihre Einwilligung zu tun. Doch auf ihr Erwachen zu warten, hieße womöglich, ihrem Tod freien Lauf zu lassen.

Carus rüttelte leicht an der Schulter der Dinkelroth, die augenblicklich aufschreckte.

»Ich muss eingeschlafen sein, entschuldigt vielmals, Herr Hofrat.«

Carus schloss milde die Augen und nickte: »Ich an Ihrer Stelle wäre gleichfalls eingenickt. Gehen Sie nach oben und schauen Sie, ob Ihr Ehemann noch auf Sie wartet.«

Die Dinkelroth erhob sich und strich ihre weiße, von verblichenen und frischen Flecken gesprenkelte Schürze über der schwarzen Hebammentracht glatt. Im Stehen füllte sie mit ihrem gewaltigen, jedoch nicht plump zu nennenden Leib den Alkoven beinahe aus, so dass Carus sich unversehens auf das Lager der Bernstein gedrängt sah. Er ließ sich auf der Bettkante nieder. Die Dinkelroth hatte Hände wie Schöpfkellen, ihre Arme strotzten vor Kraft, ohne ungeschickt zu sein. Carus hatte sie mehr als einmal ein Kind mit bloßen Händen aus dem Geburtskanal zerren sehen, für das er selbst zweifellos die Zange benötigt hätte.

»Ich habe die Essigkompressen angelegt, aber den Verband seitdem nicht wieder gewechselt. Sie ist nicht erwacht, doch sie atmet ruhig.«

Die Hebamme wollte mit dem Rapport fortfahren, aber Carus unterbrach sie mit einer Handbewegung. Er hatte ohnehin vor, die Patientin sorgfältig zu inspizieren. Mit einer Kopfbewegung schickte er die Oberhebamme nach oben, unters Dach, wo sie ihre Wohnung hatte, unmittelbar neben den Kammern der Hebammenschülerinnen. Auch Carus hatte einst mit seiner Familie, Vater und Mutter eingeschlossen, in der Anstalt gewohnt, auf engstem Raume in fünf Kammern, die zudem durch den allgemein zugänglichen Korridor getrennt waren. Einige Jahre hatten sie so gehaust, bis der König ihn zum Leibarzt ernannt und mit einem Salär ausgestattet hatte, das den Erwerb einer eigenen Villa vor den Toren der Stadt erlaubte. Auch zog die Reputation eines königlichen Leibarztes so manchen Einsatz in den gut betuchten Villen und Palais der Stadt nach sich, so dass Carus sich mittlerweile mit Fug und Recht als wohlhabenden Mann bezeichnen konnte. Auf sein nachhaltiges Bitten und Drängen hin durfte er, entgegen den höfisch-sächsischen Gebräuchen, weiterhin die Leitung der Anstalt innehaben, um seine Forschungen fortsetzen zu können. Die gesamte administrative Arbeit wurde indes von der Oberhebamme und ihrem Mann absolviert, einem früheren Buchbindermeister, der die stupide Schreibarbeit der Bestandslisten, der Zu- und Abgänge an Waren und Personen gerne auf sich genommen hatte.

Als die Dinkelroth den Verschlag verlassen hatte, verlor Carus keine Sekunde. Die Franzosen konnten jeden Moment eintreffen, bis dahin musste Carus zu einem reifen Urteil gelangt sein. Er schlug die Bettdecke zurück und raffte das grobleinene Anstaltshemd nach oben, das die Dinkelroth der Patientin nach dem Waschen übergestreift hatte. Nicht höher als bis zum Nabel, wie er es den Studenten empfahl. Er tastete mit den flachen Händen ihren Unterbauch ab, um etwaige Kindsbewegungen zu erfühlen. »Die äußere Palpation ist unbedingt zu empfehlen, wenn man sich der Beschaffenheit, der Größe und der Lage des Kindes versichern will«, referierte er im Geiste.

Carus fühlte die Position des Kindes. Es lag unverändert mit dem Kopf nach unten und hatte sich bereits in das Becken gesenkt, jedoch nicht so weit, dass der Kopf bereits auf den Muttermund drückte. Dies bedeutete, dass sich die Schwangerschaft in einem fortgeschrittenen Stadium befand – eine Erkenntnis, die Carus zuversichtlich stimmte. Denn nur so war, nach allgemein anerkannter medizinischer Auffassung, eine Möglichkeit gegeben, das Kind mit guten Überlebenschancen auch auf unnatürlichem Wege aus dem Mutterleib zu entwickeln.

Die Größe des Kindes machte den Eindruck vollständiger Reife, wenn dem auch die äußeren Ausmaße der Trächtigkeit widersprachen. Womöglich hatte die fortwährende Einschnürung des Leibes eine völlige Entfaltung der Frucht verhindert.

Die genauen Ausmaße des Kopfes waren äußerlich nur schwer zu ertasten. Er würde die Untersuchung innerlich fortführen müssen. Carus zog aus der Tasche seines Überwurfs einen Tiegel ungesalzenen Gänseschmalzes und fettete sich die Finger der rechten Hand ein. Erneut ertastete er die Ausmaße des Beckens, die man normal nennen musste, wenngleich eine der engeren Varianten. Von rachitischen Verwachsungen war die Schauspielerin verschont geblieben. Das sprach für eine reichhaltige, vernünftige Ernährung. Womöglich stammte sie doch aus besserem Hause?

Als Nächstes widmete Carus seine Aufmerksamkeit dem kindlichen Schädel. Es bestand kein Zweifel: Er war von außerordentlicher Größe. Nicht so groß wie der eines wasserköpfigen Kindes, das Carus einmal auf normalem Wege entbunden hatte – allerdings nicht ohne vorher die Schädelkalotte des Fötus aufzubohren, den Inhalt zu entfernen und die Knochenplatten zu zerbrechen, so dass ein Durchziehen der Frucht durch den Geburtskanal möglich war. Müßig zu erwähnen, dass der absonderliche Schädel nach einer solchen Embryotomie für die Wissenschaft gänzlich verloren war.

Während Carus mit der rechten Hand von innen den Schädel ertastete, versuchte er mit der Linken von außen Kindsbewegungen wahrzunehmen – vergeblich. Er zog ein Stethoskop unter seinem Umhang hervor, dieses neuartige, überaus nützliche Lauschrohr, das einmal mehr einem Franzosen zu unsterblichem Ruhm verholfen hatte, und begann, die Herztöne des Kindes unter dem Trichter zu suchen.

Das Kind lebte. Der Herzschlag war wie gewöhnlich

etwa doppelt so schnell wie der der Mutter, wenn auch etwas unregelmäßig. Zufrieden richtete Carus sich auf und zog der Frau das Hemd wieder hinunter, bis die Knie bedeckt waren. Dann zog er ihr die Wolldecke bis zum Kinn und drückte sie mit Bedacht an allen Seiten ihres Leibes fest, damit sie nicht fror. Carus betrachtete ihre kindlichen Gesichtszüge, die einen friedlichen, entspannten Ausdruck angenommen hatten. Es konnte kein Schlaf sein, sonst hätte sie die Untersuchung aufgeweckt. Sie war noch nicht wieder aus der Ohnmacht erwacht. Doch im Schein der Kerze konnte Carus ausmachen, dass die Wangen von einem rötlichen Schimmer überzogen waren. Es war ein gesundes Rot, kein Fieberrot. Carus legte ihr die Hand auf die Stirn – von Fieber keine Spur. Womöglich hatte ihr die Blutung sogar gut getan? Alles deutete darauf hin, dass sie an einer übermäßigen Menge Blutes litt: das leichte Erröten, die häufigen Ohnmachten, der reichliche Blutfluss aus den Wunden an den Handgelenken, aus Wunden, die, wie Carus meinte, nicht so schwer waren, dass sie einen solch heftigen Blutfluss begründet hätten. Vielleicht hatte sie sich mit den Schnitten lediglich den längst fälligen Aderlass selbst beigebracht?

Carus löste die Essigkompressen, die ihr die Dinkelroth an den Handgelenken angelegt hatte. Falls die Blutungen andauern sollten, war eine Schnittentbindung ganz und gar unmöglich, entschied Carus. Den beiden ungestillten eine weitere und weitaus schwerere Schnittwunde hinzuzufügen, würde der jungen Frau gewiss den Todesstoß versetzen. Wenn sie jedoch leidlich wiederhergestellt war, ja, der selbst beigebrachte Aderlass eine allem Anschein nach günstige Wirkung auf den Organismus gezeitigt hätte, könnte man die Operation wagen. Dann war die Bewusstlosigkeit des Frauenzimmers in der Tat eine Gnade, die vieles vereinfachen konnte. Carus gelangte allmählich zu der Überzeugung, dass der ungünstigeVerlauf vieler Schnittentbindungen allein darauf zurückzuführen war, dass sich die Frauen über die Maßen wehrten; einige der schwersten chirurgischen Verletzungen lagen allein in dem allzu lebhaften Gebaren der Patientinnen unter der Operation begründet. Anstatt sich möglichst ruhig und gottergeben abwartend zu verhalten, massakrierten sie sich im ungünstigsten Falle unter den Konvulsionen des Schmerzes selbst.

Auch an seinen tierischen Patienten sah Carus die Beobachtung bestätigt, dass, wenn einer Patientin die erlösende Ohnmacht während der Operation verwehrt blieb, sie ungleich schlechtere Aussichten auf Heilung genoss. Insofern war die bis dato gängige Verfahrensweise, eine der Ohnmacht anheim gefallene Patientin sogleich wieder aufzuwecken, um sich ihrer Lebendigkeit zu versichern, unbedingt zu verwerfen. Carus nahm sich vor, so bald als möglich eine Abhandlung darüber zu schreiben.

Er löste den letzten Wickel der Kompressen am linken Handgelenk. Das in Essig getränkte Schwämmchen fiel herunter, und Carus konnte den Schnitt begutachten. Am linken Handgelenk war die Blutung unterbunden. Die Wundränder waren blutleer und aufgeworfen, ein gutes Zeichen! Der Schnitt war nur einen guten Zoll lang und konnte nicht besonders tief sein, sonst wäre die Blutung längst nicht zur Ruhe gekommen. Carus beeilte sich, das rechte Handgelenk zu entwickeln. Hier war der Schnitt zwar länger, aber die Blutungen hatten ebenfalls aufgehört. Carus betastete die Schnittwunde, drückte vorsichtig, doch die Blutung schien nachhaltig versiegt.

Carus ließ sich auf den Stuhl zurücksinken und knetete nachdenklich die Finger. Der unnatürlich vergrößerte Schädel ließ zweierlei Vorgehensweisen zu: Embryotomie – ein Eingriff, den er verabscheute und im Angesicht der Franzosen am Nachmittag desselben Tages noch vehement verurteilt hatte, oder aber die Sectio Caesarea. Diese war zwar gefährlicher als jene, nahm sie doch als conditio sine qua non eine starke Verwundung der Mutter in Kauf. Diese wurde bei der Embryotomie vermieden. Stattdessen zerstückelte die Embryotomie auf barbarische Weise unnatürlich groß geratene Föten, um sie durch den natürlichen Ausgang, den Geburtskanal nämlich, zu entfernen – und bewahrte dabei im glücklichsten Falle die körperliche Unversehrtheit der Mutter. Doch wenn die Bedingungen für einen Kaiserschnitt gut waren und die Ausführung sorgfältig, dann – und das war Carus' aufrichtige Überzeugung – gab es für die Mutter Anlass zur Hoffnung. Und man hatte gute Aussichten, ein lebendes Kind zu entwickeln, ein Kind mit einem zweifellos außergewöhnlich geratenen, intakten Schädel!

Carus schlug sich aufmunternd auf die Oberschenkel. Er war entschlossen, den Eingriff zu wagen! Die Schauspielerin hatte ihn mit der Bitte, das Kind aus dem Leib zu entfernen, ausreichend legitimiert. Wenn es denn lebensfähig war, würde man es stillschweigend einem Findelhause oder einer wohlmeinenden, gottesfürchtigen Familie anvertrauen. Damit mochte der Schauspielerin ebenso gut gedient sein, als wenn das Kind während oder kurz nach dem Eingriff verstarb.

Doch Carus rechnete nicht damit, dass der missgebildete Fötus seine Geburt lange überleben würde. Vielmehr erwartete er, den absonderlich geratenen Schädel möglichst bald seiner wissenschaftlichen Sammlung zuführen zu können.

Carus erhob sich mit einem Ruck. Es war recht. Er musste Tieck im Nachhinein zustimmen. Er erfüllte nichts weiter als den ureigenen Willen der jungen Frau! Und zudem diente der Eingriff der Wissenschaft und der Erforschung der menschlichen Natur in einem Maße, das dieses Wagnis mehr als rechtfertigte. Die Vorgänge der Nacht würden seinen Namen über die Grenzen dieses engen Landes hinaustragen, und seinen Erkenntnissen Bahn brechen – zum Wohle ungezählter Frauenzimmer!

Er wandte sich um, ohne die Schauspielerin noch einmal anzuschauen. Jeden Augenblick konnten die Gäste eintreffen.

Carus hatte soeben das letzte Wachslicht des großen Leuchters über dem marmornen Seziertisch entzündet, als er vielfache Schritte auf der Freitreppe vernahm. Er zog den Leuchter über eine Seilwinde an seine Position über dem Tisch und augenblicklich war der Saal von gleißendem Licht erfüllt. Dank der Hohlspiegelkonstruktion, die an der Decke angebracht war und dort, wo der Leuchter hing, das Licht nach dem Prinzip einer Blendlaterne dutzendfach und fokussiert zurückwarf, war der Raum von einer Helligkeit, die direkter Sonneneinstrahlung gleichkam. Denn der anatomische Saal lag, und das hatte auch Carus aufgrund der Gegebenheiten nicht günstiger einrichten können, in südwestlicher Richtung. Unmittelbare Sonneneinstrahlung war erst spät am Tag gegeben, und spät am Tag war, das zeigte die Erfahrung, ein sehr ungünstiger Zeitpunkt für beinahe alle Verrichtungen. Körper und Geist waren erschöpft von den Geschäften des Tages, und erst nach dem Souper, nach einer belebenden Tasse heißen Kaffees, war eine deutliche Verbesserung der Konstitution und Aufnahmefähigkeit zu spüren. Auch war direkte Sonneneinstrahlung dem Malen wie dem konzentrierten Operieren gleichermaßen ungünstig, da sie das Auge zu sehr irritierte und ermüdete. Direktes Sonnenlicht musste, wie Carus es beim Maler Friedrich gelernt hatte, durch Bedecken und Beschatten so vermindert werden, dass es alle ermüdende Schärfe einbüßte. Carus ließ gelegentlich sogar am Tage die Fensterläden schließen, um ganz auf das künstliche Licht zu vertrauen. Es erstaunte ihn immer wieder, wie viele befruchtende Anregungen die Kunst der Malerei der Kunst der Chirurgie zuführen konnte.

Der Spiegelleuchter schwankte noch an der Decke, als François Marigaux eintrat. Er prallte zurück, überwältigt von der Pracht und Helligkeit des Leuchters, der am Vormittag wegen des lichten Sonnentages nicht bemerkt worden war. Das Weiß des Marmortisches stach in die Augen, und die glitzernden chirurgischen Instrumente, die Carus auf einem englischen Teewagen aufgereiht hatte, ähnelten dem Weihebesteck eines heidnischen Priesterkultes. Der Altar war abgewaschen und bereit, das Blut des Opfertieres zu empfangen. Und Carus in seinem schwarzen Überwurf war der Hohepriester.

Nachdem die Gäste sich ehrfürchtig über die Schwelle geschoben hatten und kaum wagten, weiter in den Raum hinein vorzudringen, schob Tieck eine schmächtige Gestalt durch die Tür, die Carus die Zornesröte ins Gesicht trieb. »Was erlauben Sie sich, Tieck? Ich sagte doch: Keine weiteren Zuschauer!«

Mit triumphierendem Gesichtsausdruck trat Tieck hinter dem Hofkapellmeister in den Raum.

»Dies ist kein Zuschauer, sondern der Übeltäter persönlich!«

Vom Schönenbaum stand wie erstarrt, überwältigt und eingeschüchtert von dem Anblick des anatomischen Saales. Er kam mehr und mehr zu dem Schluss, der Aufwand gelte ihm und seine geheime rituelle Hinrichtung sei geplant. Womöglich die grausame Rache für seine Teilnahme an der Intrige gegen Tieck? Er stieß unzusammenhängendes Gestammel aus.

Carus schoss auf Tieck zu, als wollte er ihn am Schlaffittchen packen. »Der Übeltäter sind Sie, wenn Sie mir nicht sofort dartun, welch perfider Plan Sie dazu trieb, ein vollkommen überflüssiges Subjekt in dieses hochsensible Unterfangen einzuführen!«

Die Franzosen sahen verdutzt von einem zum anderen. Sie konnten die Ursache des Streits nicht deuten. Sicherlich hatte Tieck auf dem Weg in die Anstalt eine wunderbar zusammengereimte Fabel erfunden, die die Anwesenheit des Hofkapellmeisters zur Zufriedenheit der Gäste erklärte. Der Kapellmeister selbst hatte derweil, da er sich als ›vollkommen überflüssiges Subjekt‹ tituliert sah, die Worte wiedergefunden: »Ich muss doch sehr bitten, Herr Medizinalhofrat!«

»Erklären Sie sich«, fuhr Carus Tieck an, ohne auf die Empörung des dürren Musikers auch nur im Geringsten zu achten. »Dies ist mein Institut, und ich entscheide, wen ich dulde und wen ich vor die Türe befördere!«

Tieck wich zurück, denn er sah, dass Carus' Zorn heftig und aufrichtig war. »Holla, holla, Freund Carus! Urteile nicht vorschnell über einen alten Mann, der selbst Opfer des Schicksals ist. Mitnichten hatte ich beabsichtigt, den Herrn Hofkapellmeister zu dieser Übung hinzuzuziehen. Aber die Umstände ergaben, dass ich justament in ihm denjenigen ergreifen konnte, der an der unglücklichen Situation der armen Bernstein vermutlich die Schuld trägt.«

Carus begriff und sah das dünne Männchen, das sich allmählich berappelte und Rock und Halskrause in Ordnung brachte, abschätzig an. »Sie wollen behaupten, dieser da habe die Bernstein geschwängert?«

Vom Schönenbaum zuckte zusammen, dass seine Halskrause augenblicklich wieder in Unordnung geriet. »Wie bitte?«

»Leugnen Sie es nicht, Kapellmeister!« Tieck legte sich ins Zeug, als stünde er vor den Schranken eines Gerichts. »Die Indizien sind erdrückend: Ich fand Hinweise auf einen Liebesbrief, den Sie der Unglücklichen persönlich ausgehändigt haben und der allem Anschein nach unmittelbaren Anlass zu ihrer versuchten Selbstentleibung gegeben hat. Gesiegelt mit den Initialen ›J. v.‹, der Rest ist verschollen. Und, so frage ich Sie, Joseph vom Schönenbaum: Was sonst hatten Sie in der Garderobe der Unglücklichen zu schaffen, wenn Sie nicht auf der Suche nach dem verräterischen Brief waren?«

Vom Schönenbaum senkte verlegen den krausen, schwarzen Lockenkopf. »Ich gebe zu, dass ich die gnädige Demoiselle heimlich und aus der Ferne verehrt habe. Ja, ich gebe zu, dass ich gerne in nähere Verhältnisse mit ihr getreten wäre. Was soll man machen, wenn man dieses liebliche Geschöpf Abend für Abend aus dem Orchestergraben heraus ansehen muss? Ist es denn möglich, nicht durch ihre Schönheit und jugendliche Unschuld gefesselt zu sein? Aber Liebesbriefe? Pah!« Der Musiker hob sein Haupt und reckte es stolz in die Höhe, dass die Locken erzitterten. »Ich pflege meinen Gefühlen nicht in Worten Ausdruck zu verleihen. Meine Sprache ist die der Musik. Ein Liebesduett habe ich ihr gewidmet, das ich ihr bei geeigneter Gelegenheit vor die Füße gelegt hätte. Aber von dem Unaussprechlichen, das der Herr gewesene Hofdramaturg mir so dreist und sorglos unterstellt, bin ich weit entfernt. Es sei denn, die Biologie des Menschen wäre in der Lage, allein durch begehrliche Blicke Nachkommen zu zeugen. Doch so weit meine Kenntnisse diesbezüglich reichen, ist das nicht der Fall – oder irre ich mich, Herr Medizinalhofrat?«

Die Franzosen hatten derweil ihre Scheu vor der erleuchteten Pracht des Saales verloren und sich zaghaft auf den ersten Reihen der Zuschauerränge niedergelassen. Der eifrige Disput zwischen den drei Streithähnen ließ sie ganz und gar unbeteiligt, und sie begannen, auf Französisch ein eigenes Gespräch, das offenbar der Einrichtung dieses Saales galt, denn hin und wieder zeigten sie auf den ein oder anderen Gegenstand.

Carus befand, dass die Komödie nun ein Ende haben musste. Ganz gleich, in welcher Beziehung vom Schönenbaum zu der Schauspielerin gestanden hatte, er war nun hier, und diese Tatsache war unverrückbar. Carus entschied, dass seine Entfernung vom Ort des Geschehens ein größeres Risiko darstellte, als ihn in den Vorgang einzubeziehen. Und ein sechstes Paar Hände würde man gut gebrauchen können, für den Fall, dass die Bernstein unter der Operation erwachte.

»Sie werden uns helfen!«, beschied Carus dem Hofkapellmeister.

»Wobei?«, fragte jener, dessen Ratlosigkeit sich in der gleichen Geschwindigkeit vergrößerte wie sein allmählich sich erholender Hochmut. »Haben Sie vor, eine schwarze Messe zu feiern, einen Satanskult aus der Taufe zu heben?«

»Wir werden die Demoiselle Bernstein von einem Kind entbinden.«

Der Musiker und Komponist wurde blass. »So ist es wahr, was man sich allerorten erzählt.«

Carus nickte. »Sie befindet sich in höchster Gefahr. Daher müssen wir noch in dieser Nacht einen Eingriff auf Leben und Tod vornehmen, denn sonst ist sie zweifellos dem sicheren Tode geweiht!«

Tieck schaute Carus fragend an, und Carus blickte entschlossen zurück. Es war gut, sollte dieser Blick sagen, ihm nicht allzu viel anzuvertrauen. Tieck schwieg zustimmend. Die Blamage mit dem vorschnell arretierten Musiker war ihm in die gequälten Knochen gefahren. Bei näherem Beschau musste Tieck einsehen, dass vom Schönenbaum durchaus nicht derjenige welcher sein konnte. Entsprach er doch ganz und gar nicht der Statur und den Merkmalen des Mannes, den er am früheren Abend, obwohl schon zum Greifen nahe, hatte entrinnen lassen müssen. Und war vom Schönenbaum ein Mannsbild, in das das wählerische Fräulein sich hätte verlieben können? Hatte er nicht selbst die Vergeblichkeit seiner Bemühungen am deutlichsten ausgesprochen? Tieck ärgerte sich, einer Laune seiner eigenen Ränkeschmiede aufgesessen zu sein, die ihm den Kapellmeister so eindringlich und überaus naheliegend als den Schuldigen präsentiert hatte. Wäre es doch allzu praktisch gewesen, die Scharte der verlorenen Theaterintrige auf diese Weise auszuwetzen. Nun denn, missglückt.

»Und da Sie nun einmal hier sind«, fuhr Carus an Schönenbaum gewandt fort, »können Sie uns auch beistehen. Wir können jede helfende Hand gebrauchen. Denn Hilfe in größter Not gebietet die missliche Lage der unglücklichen Aktrice.«

Schönenbaum versuchte, sich unmerklich in Richtung Ausgang zu schieben. »Aber ich bin gänzlich unerfahren in medizinischen Dingen. Außerdem neige ich zu Ohnmachtsanfällen, wenn ich nervlich strapaziert bin.«

Tieck hob seinen Rohrstock und versperrte vom Schönenbaum den Fluchtweg.

»Nichts da«, entschied Carus. »Sie werden bleiben und uns helfen. Das fordert allein die Menschlichkeit!«

Schönenbaum war nicht gerade für seine Verschwiegenheit berühmt. Ein Mann, selbst ein unzuverlässiger Mann am Orte, eingebunden in das Geschehen, war erträglicher, als ein Mann, der hinausging und das hier Gesehene in der ersten besten Wirtschaft oder – schlimmer noch – in Kreisen des Hoftheaters zum Besten gab, dachte Carus.

Er forderte Tieck auf, den jüngeren Marigaux zu bitten, ihm zu folgen. Dann wandte er sich an Schönenbaum: »Ich darf Sie ebenfalls bitten, mich zu begleiten!«

»Wohin gehen wir?«, fragte Schönenbaum misstrauisch.

»Wir holen die Patientin!«, antwortete Carus. Die drei traten hinaus auf den Gang.

»Zu dritt?«, fragte Schönenbaum überflüssigerweise, und Carus bereute bereits, dass er ihn nicht gleich hinausgeworfen hatte.

»Ja«, antwortete Carus, und fügte dann hinzu. »Sie befindet sich noch immer in einem Zustand, in dem sie nicht selbstständig einherschreiten kann.«

Der schmächtige Kapellmeister schluckte und folgte den beiden Ärzten mit hängendem Kopf, dass die Locken ihm tief ins umwölkte Gesicht baumelten.

Eine einsame Kerze war die einzige Lichtquelle, die die schmale Kammer der Schauspielerin erhellte. Friedlich lag sie unter ihrer Decke, ganz so, wie Carus sie zurückgelassen hatte. Die Männer drängten sich in der Enge des Alkovens dicht aneinander. Carus schritt ohne Zögern zur Tat, er schlug die Bettdecke zurück. Schönenbaum wankte, musste sich einen kurzen Moment an der Wand abstützen, tief atmend und die Augen gen Himmel verdrehend, als er seiner verehrungswürdigen Bühnenfee im schlichten Leinenhemd und bar aller Strümpfe ansichtig ward. Ohne Umschweife ergriff Carus ihre nackten, kaum behaarten Beine, der jüngere Marigaux nahm sich ihres Oberkörpers an, und bald schon baumelte die Bernstein zwischen den beiden Männern. Schönenbaum tänzelte aufgeregt um die Gruppe herum, ehe er begriff, dass er sich ebenfalls nützlich machen sollte. Er öffnete die zu passierenden Türen, vergaß sie zu schließen, und verbreitete Unruhe, indem er bald vor, bald hinter der Gruppe herlief. So bewegte man sich mühsam, aber zielstrebig auf den Saal zu, in dem das anatomische Theater untergebracht war.

Schönenbaum stieß die beiden Flügel der Saaltür auf, und das Aroma der Wachslichter schlug ihnen entgegen. Der rätselhafte Monsieur D. und der Vater des jungen Marigaux hatten es sich nebst Tieck auf dem untersten Zuschauerrang bequem gemacht. Monsieur D. hatte Zeichenblock und Kohlestift gezückt. Er starrte auf sein Papier und beteiligte sich nicht an der angeregten, mitunter von Gelächter durchbrochenen Konversation, die Tieck und der ältere Marigaux entfacht hatten. Die beiden schienen sich prächtig zu verstehen. Sie verstummten allerdings schlagartig, als der ernste Zug den Saal betrat. In feierlicher Stille hoben Carus und der jüngere Marigaux den leblosen Körper auf den Marmortisch. Zuvor musste sich der jüngste der Gäste allerdings erst die langen braunen Haare aus dem Gesicht pusten, um freie Sicht zu erlangen. Als die Schauspielerin ausgestreckt dalag, strich Carus ihr Leinenhemd über dem Körper glatt. Die Geste war keinem unmittelbaren Zwecke dienlich, doch Carus vollführte sie sorgfältig und mit Bedacht. Niemand wagte auch nur einen Ton zu sagen. Carus hob den Kopf der Patientin leicht an und legte ein gefaltetes Wachstuch darunter. Ein weiteres Wachspolster schob er ihr unter das Kreuz, um den Unterleib zu entspannen. Der ältere Marigaux hatte die Schnittwunden am Handgelenk entdeckt und tuschelte dem Begleiter etwas zu. Carus ermunterte Tieck, den Franzosen weitere Aufklärung über die Vorgeschichte der Patientin zu geben. Er hörte Tieck französische Sätze flüstern, doch konnte er nicht beurteilen, ob die Geschichte stimmte, die der Dichter den Gästen auftischte. Mochte er doch eine Erklärung finden, wie er wollte, Carus konzentrierte sich auf die Handgriffe, die er nun vorzunehmen gedachte. Er rückte die Instrumente, die als erste benötigt würden, auf dem Teetisch zurecht: die Skalpelle – ein bauchiges und ein flaches Bistouri, Klinge und Schaft bereits ineinandergesteckt –, eine Handvoll Haken, großer und kleiner, zum Fixieren der Wundlefzen, des Weiteren Arterienhaken, Pinzetten, gewachste Fäden. Daneben zwei Schüsseln, die eine mit Wasser, die andere mit Essig gefüllt, Schwämme und Lappen. In Tiegeln und Töpfen befanden sich Gänseschmalz, etwas Öl, Alaunpulver, Gummi arabicum und Colophonium, um stärkere Blutungen zu stillen. Außerdem waren da Nadeln mit breiter Öse und lanzettförmiger Schneide, die die Haut beim Einstich nicht zu sehr strapazierten, und schließlich Kompressen und eine breite Binde mit über Kreuz verlaufenden Schnüren, die später hinter dem Rücken der jungen Frau verschnürt werden würden. Später, wenn alles vorbei war.

Über den Instrumententisch gebeugt wartete Carus ab, bis Tieck seine Erklärungen zu Ende gebracht hatte. Dann bat er vom Schönenbaum und den jungen Marigaux, am Kopf und an den Füßen der Ohnmächtigen Aufstellung zu nehmen. Schönenbaum sollte ihr den Kopf halten.

»Pressen Sie Ihre Handteller fest auf die Schläfen der Patientin. Falls sie aufwachen sollte, verhindern Sie, dass sie den Blick auf die Wunde richten kann«, instruierte Carus den Komponisten. Schönenbaum nickte. Seine Gesichtshaut hatte eine Farbe angenommen, die ihn ungleich hinfälliger erscheinen ließ als die Patientin auf dem Tisch. Der jüngere Marigaux hatte als erfahrener Fachmann und Schüler seines brillanten Vaters die notwendigen Dinge längst eingesehen; er hatte die Fußgelenke der Schauspielerin ergriffen und presste sie fest auf die Steinplatte des Seziertisches.

Carus wandte sich nun mit einer angedeuteten Verbeugung an die Zuschauer auf der Tribüne. Mit fester Stimme hub er an: »Falls die junge Dame während des chirurgischen Eingriffs aus ihrer Ohnmacht erwachen sollte, möchte ich Sie bitten, so schnell wie möglich zu Hilfe zu eilen, um sie auf dem Tische festzuhalten. Wie die Erfahrung lehrt, verschlechtert eine jegliche Bewegung des Körpers unter der Operation die Prognose.«

Die älteren Herrn auf der Tribüne nickten zustimmend. Tieck strich unruhig über den Silberknauf seines Stockes. In sachlichem Tonfall fuhr Carus fort: »Bei Operationen an der wachen Patientin achte ich peinlichst darauf, dass die betreffende Person ihre Verdauungsorgane vor Beginn des Eingriffs entleert hat. Denn auch dies lehrt die Erfahrung: Jegliche Verunreinigung der Wunde vermehrt die Gefahr eines unglücklichen Ausgangs. Leider befindet sich die Patientin seit dem Abend in einer tiefen, doch allem Anschein nach heilsamen Ohnmacht. Daher ist eine Befragung über ihren Zustand unmöglich, und wir müssen hoffen, dass die Dauungsorgane entleert sind. Auch wurde die Patientin vor wenigen Stunden am ganzen Körper mit warmem Kamillenwasser abgewaschen.« Zustimmendes Nicken beim älteren Marigaux. Dessen Begleiter meldete sich mit einer Frage zu Wort. Tieck wollte übersetzen, doch Carus antwortete bereits: »Die Verletzungen am Handgelenk sind nicht besonders schwer. Sie haben meines Erachtens keine ungünstigen Auswirkungen auf die Konstitution der Patientin. Im Gegenteil scheinen sie die begünstigende Wirkung eines Aderlasses gehabt zu haben. Beachten Sie die frische Gesichtsfarbe der Frau, die gute Durchblutung des gesamten Organismus.«

Der ältere Marigaux und Monsieur D. tuschelten erneut miteinander. Carus fühlte sich ermuntert fortzufahren: »Mit Ihrer gnädigen Anteilnahme werde ich nun die Eihäute sprengen.«

Tiecks Übersetzung rief lebhaften Protest hervor. Während Carus das Hemd der Schauspielerin anhob und bis zum Nabel zurückschlug, erläuterte er: »Das Sprengen der Häute und das Ablassen des Fruchtwassers erlaubt mir eine sehr genaue Austastung der Lage des Kindes.«

»Aber erhöhen Sie damit nicht die Gefahr, das Kind durch den Einschnitt zu verletzen?«, fragte der junge Marigaux. Carus antwortete unverzüglich in stockendem Französisch: »Ganz im Gegenteil. Ich vermindere sie, da ich das Kind unter der erschlafften Eihaut viel besser lokalisieren kann als im prallen Fruchtwasserbehälter. Ich möchte Ihnen einen Fall schildern, der mir vor einiger Zeit persönlich untergekommen: Eine rachitisch verkrüppelte Weibsperson, welche nach eigenen Angaben noch Kindsbewegungen verspürte, war, da die Beschaffenheit ihres Beckens einen natürlichen Durchgang des Kindes partout nicht gestatten wollte, schon zur Ausführung des Gebärmutterschnittes bereit. Wie gewöhnlich sprengte ich, bevor ich den Schnitt unternehmen wollte, die Blase. Ich fand das abgehende Fruchtwasser äußerst trüb, mit Meconium vermischt. Durch diese Erkenntnis nun vom Tod des Kindes fest überzeugt, schritt ich augenblicklich zur Enthirnung. Nach Ausbrechung der Kopfknochen wurde das Kind durch den Geburtskanal entwickelt. Die Mutter verließ nach zehn Tagen die Anstalt.« Der ältere Marigaux nickte zufrieden, und auf den Rängen kehrte wieder Ruhe ein. In die Stille hinein aber fuhr die hohe, schnarrende Stimme des Monsieur D. wie ein Messerstich: »Sie scheuen sich also durchaus nicht, die Embryotomie anzuwenden?«

Carus ließ sich die innere Erregung nicht anmerken: »Wenn über den bereits erfolgten Tod des Kindes kein Zweifel besteht – natürlich nicht.«

Der jüngere Marigaux bat darum, rasch fortzufahren. Schweißperlen hatten sich auf seiner Stirn gebildet, Haarsträhnen klebten ihm auf den Wangen. Er hielt die Fußgelenke der Schauspielerin fest umklammert und hatte den Kopf zur Seite gewandt, um sich keine schamlosen Blicke auf das Geschlecht der Patientin zu erlauben. Ganz im Gegenteil zu vom Schönenbaum, der vom Kopfende her versuchte, möglichst viel von dem zu erhaschen, was am anderen Ende vor sich ging. Tieck betrachtete Carus' Handgriffe mit vorgetäuschtem Gleichmut. Doch der Silberknauf in seiner Hand zitterte.

Als Carus eine spitz zulaufende Hohlsonde, die einer außergewöhnlich dicken Stricknadel glich, einfettete und der Aktrice vorsichtig einführte, wandte Schönenbaum ächzend den Blick ab. Carus arbeitete mit höchster Konzentration und kurze Zeit später ergoss sich das klare, ein wenig gelbliche Fruchtwasser auf den Marmortisch. Die Rinnen sammelten es, lenkten es geschwind in die Ausgüsse, und die französischen Gelehrten staunten nicht schlecht, als Carus kurzerhand in eine Nische in der Marmorplatte griff und einen Glasbehälter hervorzog, in den hinein das Fruchtwasser abgelaufen war. Carus schwenkte das Glas im Licht und analysierte es laut: »Die Fruchtflüssigkeit ist klar, nicht schleimig oder zähflüssig, auch nicht von Blut durchsetzt. Das deutet auf einen gesunden Embryo hin, ebenso wie auf einen intakten Mutterkuchen. Es begünstigt die Prognose für das Kind.«

Carus reichte den Zuschauern den Glasbehälter und schritt um den Operationstisch herum, um die Sonde, mit der er die Blase gesprengt hatte, abzulegen. Er platzierte sie auf einen etwas abseits stehenden Tisch, peinlich darauf bedacht, sie nicht mit ungebrauchten Instrumenten in Berührung zu bringen. Dann tastete er nochmals mit beiden Händen den Unterleib der Schauspielerin ab, um die exakte Lage des Kindes zu ermitteln.

Währenddessen meldete sich der weißhaarige Monsieur D. erneut mit schnarrender Stimme zu Wort: »Mir scheint der Leib der Schwangeren ungewöhnlich flach. Besitzen Sie exakte Kenntnisse darüber, in welchem Monat der Schwangerschaft sie sich befindet?«

Carus antwortete selbst auf Französisch: »Die Schwangere selbst war nicht in der Lage, den genauen Zeitpunkt der Empfängnis zu bestimmen. Doch zeugt die Lage des Kindes im Mutterleib von einem Reifestadium, das der Geburt recht nahe ist.«

Carus runzelte die Stirn. Nicht die Flachheit des Leibes machte ihm Sorgen, sondern das Fehlen jeglicher Kindsbewegungen. Entschlossen schritt Carus hinüber zum Instrumentenwagen und griff den Fetttiegel heraus. Er bot ihn dem jüngeren Marigaux an:

»Bevor ich zum Gebärmutterschnitt schreite, möchte ich meinen jungen Kollegen bitten, sich durch inneres Touchement der Frucht von der Notwendigkeit eines Eingriffs zu überzeugen.«

Der jüngere Marigaux strich sich die Haare aus dem Gesicht, klemmte sie so gut es ging hinter den Ohren fest und salbte sich sorgfältig, mit geübten Bewegungen, die Finger. Carus übernahm währenddessen die Position an den Fußgelenken, und unter den gespannten Blicken aller hob der junge Mann mit dem wallenden Haar den Hemdsaum der Patientin an, um behutsam und konzentriert die innere Austastung an der leblos daliegenden Frau vorzunehmen. Als er die Hand unter dem Kleid zurückzog, konstatierte er auf Französisch eine erhebliche Vergrößerung des kindlichen Schädels, der einem normalen Durchgang durch den Geburtskanal mit großer Sicherheit entgegenstand.

Entschlossen zog Carus der jungen Frau das Hemd wieder herunter und griff sich ein langes, dolchartiges Messer vom Instrumentenwagen. Mit schneller Geste, die Tieck zusammenzucken und Schönenbaum einen spitzen Aufschrei ausstoßen ließ, hatte Carus den Hemdstoff über ihrem Bauch zerschnitten, so dass der trächtige Leib wie ein sanfter Hügel aus einer glatten, faltenlosen Leinenlandschaft herausragte. Die Haut war straff, von gesunder Farbe und glänzte ein wenig. Am unteren Ende des Hügels bauschte sich keck das spärliche Gewöll ihrer Scham. Carus legte den Dolch aus der Hand, um ihn gegen ein weitaus dezenteres, beinahe zierliches Schneideinstrument auszutauschen, das sich auch in der Werkstatt eines Juweliers hätte finden können. Die Klinge des Skalpells blitzte auf im sanften Licht.

»Wollen Sie nicht zunächst die Herztöne abhorchen?«, rief der ältere Marigaux in die Runde. Carus stutzte, doch dann schüttelte er den Kopf: »Vor wenigen Stunden noch, als die Patientin in die Anstalt gebracht wurde, habe ich selbst Kindsbewegungen wahrgenommen. In Anbetracht ihres Zustandes würde ich nun ungern noch mehr Zeit verstreichen lassen. Wenn Sie erlauben …«

»Aber falls das Kind nicht mehr leben sollte, wäre es ein unnötiges Wagnis, das Leben der Patientin zu gefährden –

das haben Sie vorhin selbst bemerkt«, pflichtete der jüngere Marigaux vom Fußende des Tisches bei, wo er seine Position wieder eingenommen hatte.

Carus legte das Skalpell aus der Hand und fügte sich. Er nahm das Stethoskop und horchte die Herztöne des Kindes auf dem gewölbten Leib ab. Was er hörte, alarmierte ihn. Denn er hörte nichts. Lediglich die Herztöne der Mutter und dann, womöglich handelte es sich auch um eine Täuschung, ein schwacher Nachschlag. Das hieß, das Herz des Kindes, gewöhnlich doppelt so schnell schlagend wie das eines Erwachsenen, war zumindest stark geschwächt, hob sich kaum noch vom Herzschlag der Mutter ab. Dem atemlos lauschenden Saal beschied er: »Herztöne sind vorhanden. Das Kind lebt.«

Ohne weitere Umschweife legte er das Stethoskop beiseite, ergriff einen Pinsel und zeichnete mit Tinte die Endpunkte der Linie ein, in der er zu schneiden gedachte. Dann nahm er das Bistouri, trat von der rechten Seite an die Patientin heran, strich mit der linken Hand mit leichtem Druck über den Leib, um die Darmwindungen zurückzudrängen, und setzte das Skalpell am unteren Endpunkt, am Fußende des Bauchhügels dicht über dem Ansatz der Schamhaare an. Er ließ das Skalpell leicht über die Haut gleiten, die sanfte Wölbung hinauf auf den Nabel zu. Ohne Druck, mit der Leichtigkeit eines Pinselstrichs zog er die Klinge und ließ sie ihre Schneidewirkung allein durch sanften Zug entfalten. Wie von selbst senkte sich das blitzende Metall in das Gewebe. Und anmutig wie eine Rose, die ihre Blütenblätter entfaltet, klaffte die Haut unter der Klinge auf.

Hochkonzentriert, beinahe mechanisch, erläuterte er sein Vorgehen: »Gewöhnlich empfehle ich zwecks besserer Übersicht einen größeren, sechseinhalb bis sieben Zoll langen Schnitt in die Bauchdecke. In Anbetracht der Tatsache, dass wir hier mit einem vergrößerten Schädel zu rechnen haben, führe ich den Schnitt in der Linea alba einen guten Zoll höher zum Nabel hinauf als gewöhnlich.« Nun sickerte unter der klaffenden Haut leuchtendes Rot hervor – in einem dramatischen, alarmierenden Farbton, den nicht einmal ein Maler von der Güte des Landschaftsmeisters Friedrich auf seiner Palette erzeugen konnte.

Vom Schönenbaum wurde noch blasser und stierte entsetzt auf das Gesicht der verwundeten Frau, das er zwischen seinen zitternden Händen geborgen hielt. Doch ihre Züge blieben friedlich, ohne einen Anflug von Schmerz. Der ohmächtige Körper wehrte sich nicht gegen die Verwundung. Ihr Gesicht strahlte eine Teilnahmslosigkeit aus, die nicht mehr von dieser Welt war.

»Darf ich Sie bitten«, sprach Carus den jüngeren Marigaux auf Französisch an, »nun, da die Patientin auch durch den Schnittschmerz nicht aus ihrer Ohnmacht zu erwachen scheint, die Position an den Gliedern der Patientin zu verlassen, um mir hier im Bauchbereich zu assistieren?« Marigaux folgte Carus' Anweisung widerspruchslos.

Er entließ ihre Fußgelenke aus seinem Griff und klemmte sich erneut widerspenstige Haarsträhnen hinter das Ohr. Carus drückte ihm Wundhaken in die Hände, um das Operationsfeld freizuhalten. An der Flinkheit und Sicherheit, mit der Marigaux den Anweisungen entsprach, merkte Carus, dass auch der Sohn des Alten bereits als äußerst erfahrener Chirurg gelten musste. Es erleichterte Carus ungemein, einen geübten Gehilfen an seiner Seite zu wissen, der dem weithin gerühmten Geschick seines Vaters wohl in nichts nachstand.

Schweißtropfen kullerten Carus über die Stirn und sammelten sich an seiner Nasenspitze, als er nun, sachte zupfend, die Bauchfalten so weit anhob, dass sich die Bauchwand mit einem schmatzenden Geräusch von den inneren Organen ablöste. Er bestrich sich die gesamte linke Hand mit Öl, führte sie behutsam durch den von Marigaux offen gehaltenen Spalt und setzte den Schnitt von innen fort, indem er der Schneide mit der Fingerspitze vorwegfuhr. Auf diese Weise konnte er einem versehentlichen Einschnitt innerer Organe wie zum Beispiel der Harnblase, die sich gern in das Operationsfeld drängte, vorbeugen. Der jüngere Marigaux äußerte sich lobend zu dieser Verfahrensweise, und Carus lächelte unmerklich.

Mit einigen gemurmelten Hinweisen bedeutete Carus Marigaux, nun mit den Haken die Wunde so weit zu öffnen, dass ein Vorfallen der Gedärme oder des Bauchnetzes gänzlich verhindert wurde. Die Operation näherte sich der entscheidenden Phase. Die Zuschauer auf den Rängen hatten sich weit vorgebeugt, um besser sehen zu können. Der Kohlestift des Monsieur D. fuhrt mit atemberaubender Geschwindigkeit über das Papier.

»Dürfen wir näher herantreten?«, fragte der ältere Marigaux erregt. Carus nickte. Geschwind versammelten sich die übrigen drei um den Tisch, möglichst nahe an der Wunde, um in den Genuss der besten Sicht zu gelangen. Tieck ließ sogar sein geliebtes spanisches Rohr stehen und humpelte gänzlich ohne Hilfe heran. Wenn Carus den Blick von der Wunde hätte abwenden können, hätte er zum ersten und einzigen Male in seinem Leben einen freihändig laufenden Tieck erblickt. Aber Carus fiel es nicht ein, den Blick zu heben. Mit dem Ärmel seines Überwurfs wischte er sich den Schweiß von der Nasenspitze. Marigaux hielt die Wundränder weit geöffnet. Auch die Bauchdecke war fixiert, Darmschlingen und Netz nach oben geschoben. Carus tupfte mit feuchten Lappen das Blut aus der Wunde, so dass allmählich die Wand der Gebärmutter zum Vorschein kam – fein geädert und in kräftigem, majestätischem Blaurot leuchtend. Darunter zeichnete sich eine Kontur ab, die zu einem Füßchen gehören mochte. Die Sicht verschlechterte sich, denn eine größere Vene blutete stark in die Wunde, und Carus nahm einen

Schwamm mit Essig aus der Schüssel. Er betupfte das Blutgefäß und nahm dann einen der gewachsten Fäden vom Instrumentenwagen, um es abzubinden. Die Blutung versiegte. Mit einem Schwamm sog er erneut das Blut aus der Wunde und tupfte die freiliegende Gebärmutterwand sauber.

Carus legte jetzt das bauchige Bistouri beseite und ergriff das flache, um den entscheidenden Schnitt in die Gebärmutterwand vorzunehmen: »Ich trenne nun an der Stelle, die ich als die äußerste obere Grenze des Gebärmuttereinschnittes betrachten will, die Substanz des Uterus bis auf die Fruchthülle. Die Eihäute sind an ihrer weißlichen Farbe gut vom bläulichroten Muskelkörper der Gebärmutter zu unterscheiden. Mit dem flachen Bistouri erweitere ich den Uterusschnitt bis auf etwa vier bis viereinhalb Zoll.«

In diesem Moment lenkte ein heftiges Poltern die Aufmerksamkeit der Zuschauer auf das Kopfende der Patientin. Die Gesichtszüge der Frau waren nach wie vor ohne Regung und von überirdischer Schönheit. Der Kapellmeister vom Schönenbaum allerdings war an Ort und Stelle zusammengebrochen. Er lag lang ausgestreckt hinter dem Marmortisch auf dem Fußboden, sein Gesicht hatte die Farbe von Kalk angenommen, und die Pupillen waren bei geöffneten Augenlidern nach oben weggerutscht.

Carus unterdrückte seinen Zorn nur mühsam: »Tieck, kümmern Sie sich um ihn, halten Sie ihm einen Essigschwamm unter die Nase!« Er hatte den Befehl scharf hervorgezischt, und Tieck beeilte sich, ihm Folge zu leisten.

»Das hat man davon, wenn man Laien hinzuzieht«, ärgerte sich Carus laut. Dann aber wandte er sich wieder der Wunde zu. Tieck tätschelte vom Schönenbaum derweil mühsam die Wange, doch dieser wollte einfach nicht zu sich kommen.

Mit äußerster Vorsicht erweiterte Carus den Gebärmutterschnitt, Zoll um Zoll mit der Linken, während er sich mit der Rechten bereits bemühte, das Kind zu entwickeln. Allmählich schälte sich ein Fuß hervor, dann ein weiterer, gefolgt von einem schmächtigen Unterleib. Es war ein Junge.

Die Nabelschnur wurde sichtbar, und auf Carus' Gesicht machte sich Enttäuschung und Ernüchterung breit. Er war den Tränen nahe. Die Lebensschnur pulsierte nicht, sie war ein schlaffes, erstorbenes Band. Die durchlaufenden Gefäße hatten aufgrund des gerinnenden Blutes bereits eine dunkle Färbung angenommen – das Kind war allem Anschein nach tot, gestorben unter der Operation.

»Il est mort, l'enfant!«, ächzte der jüngere Marigaux, und der ältere warf Carus einen vorwurfsvollen Blick zu.

»Quel malheur!«, stöhnte Monsieur D. und ließ den Kohlestift sinken. Auch Tieck blickte von der Seite des leblosen Musikers auf, um zu erraten, was am Tische vor sich gehen mochte.

Carus ließ sich nicht beirren und mühte sich, das Kind weiter zu entwickeln. Er musste den Schnitt erweitern, um den enormen Schädel herauswinden zu können. Während er mit dem Skalpell den Einschnitt weiter nach oben führte, fuhr er mit der Hand tief in die Wunde und ertastete nun den Kopf des Kindes. Hier war das Gesicht, die kleine Erhebung der Nase – Carus stutzte. Das Blut gefror ihm in den Adern. Er tastete nochmals. Seine Augen weiteten sich vor Entsetzen. Was war das? Eine zweite Nase?

Der Schnitt war groß genug, er zog das Kind nun vollständig heraus. Die Augenzeugen prallten entsetzt zurück. »Il est un monstre celui!« – »Il a deux têtes!«

Carus hielt den Kopf des Kindes in seinen Händen, den Körper auf seine Unterarme gebettet. Er streckte es so weit wie möglich von sich. In der Tat, das Kind hatte zwar einen Kopf, doch auf der Hälfte des Schädels setzte anstatt des Hinterkopfes ein neuer Vorderschädel an. Das Kind besaß wahrhaftig zwei vollständige Gesichter, zwei Nasen, zwei Münder – nur das Ohrenpaar teilten sich Vorder- und Hintergesicht!

Carus hatte von derlei Missgestalten gehört, auch die Abbildung eines doppelköpfigen Mädchens in dem für seriös geltenden Werk ›Anatomic Museum‹ des Engländers Sandifort war ihm bekannt. Er hatte sie aber stets in den Bereich der Fabeln und Legenden verwiesen.

Mit einem entschiedenen Schnitt kappte er die Nabelschnur. Dickes, beinahe geronnenes Blut quoll spärlich heraus. Er trat vom Operationstisch weg. Nachdem sich das erste Entsetzen gelegt hatte, rückten nun auch die französischen Gelehrten näher an Carus heran. Sie beäugten das Kind, hoben mit spitzen Fingern seine Arme und Füße auf, doch die fielen kraftlos wieder auf Carus' Unterarme zurück. Das Kind war zweifellos tot, allerdings noch nicht lange, die *rigor mortis* hatte noch nicht eingesetzt. Von der Missbildung des Kopfes abgesehen machte es einen recht gewöhnlichen Anschein. Der Leib war, im Vergleich zum übermächtigen Kopf, sehr schmächtig und dürr. Das mochte die geringe Ausbildung der Trächtigkeit erklären.

Auch die Franzosen gaben zu, dass sie eine solche Missbildung nie zuvor gesehen, wenngleich davon gehört hatten. Tieck humpelte heran, einen Blick zu erhaschen.

Die Gelehrten betrachteten das missgebildete Kind derart fasziniert, dass sie das Stöhnen in ihrem Rücken überhörten, oder dem wiedererwachenden Schönenbaum zuordneten. Erst als sich ein entsetzlicher Schrei aus einer zweifellos weiblichen Kehle rang, wurden die Ärzte auf die Schauspielerin aufmerksam. Carus wirbelte herum und versteinerte. Die Bernstein hatte sich auf dem Marmortisch aufgesetzt und starrte befremdet auf ihren klaffenden Bauch. Der Schrei hing schwer über der Szenerie und ließ die Spiegel über dem Leuchter erzittern. Woher nahm sie die Kraft für diesen noch immer andauernden Schrei?

Ohne die Wundränder von den spreizenden Haken zu befreien, versuchte sie, das Hemd über die Wunde zu zerren und zu verschließen. Zwecklos. Immer ungeduldiger wurden ihre Bewegungen, immer fahriger. Wütend riss sie sich einen Haken aus der Wunde, der das Schließen des Hemdes verhinderte.

Unbeweglich, wie gebannt starrte Carus auf die Stelle, an der sich unter dem Hemd die Wunde verbarg. Immer deutlicher zeichneten sich die Schlingen der Gedärme unter dem Stoff ab. Schon war der Hemdstoff über der Wunde blutdurchtränkt.

»Carus, faîtes quelque chose!«, zischte der ältere Marigaux dem Arzt zu. Er selbst war jedoch offenbar unfähig sich zu bewegen. Immer noch erklang der unmenschliche Schrei, ließ die Luft vibrieren. Selbst vom Schönenbaum war erwacht. Behende krabbelte der Musiker rückwärts über den Fußboden, wie eine Spinne, nur fort von der Schauspielerin, bis er mit dem Rücken gegen den hölzernen Absatz des ersten Zuschauerranges stieß. Immer noch war der Mund der Schauspielerin weit aufgerissen, der Schrei wollte nicht versiegen. Ihr Gesicht war nass von Schweiß, die Haarsträhnen klebten am Kopf. In diesem Moment riss sich Carus aus seiner Erstarrung und warf sich auf sie. Sie musste so schnell wie irgend möglich wieder in eine liegende Position gebracht werden.

Endlich brach der Schrei ab. Die Bernstein wehrte sich mit ungeahnten Kräften gegen Carus' Handgriffe, wollte ihm mit den Händen an die Kehle. Das Kind, Carus' Händen entfallen, war Schönenbaum vor die Füße gerollt. Der konnte gerade noch seine Füße zurückziehen, um jeglicher Berührung mit dem toten Körperchen zu entgehen, dann sank er erneut in eine willkommene Ohnmacht.

Der jüngere Marigaux eilte Carus zu Hilfe, ergriff die Hände der Bernstein und presste die Handgelenke hart auf den Tisch. Die Schnittwunden sprangen auf und bluteten heftiger, als sie jemals geblutet hatten. Auch aus der Bauchwunde quollen enorme Mengen Blutes.

»Mörder, Mörder!«, schrie die Schauspielerin jetzt, bevor Carus ihr geistesgegenwärtig einen Schwamm in den Mund stopfen konnte. Es war der Essigschwamm, der Schönenbaum wieder aufrichten sollte, und die junge Frau hustete heftig. Die Augäpfel wollten ihr fast aus den Höhlen springen.

In dem Moment erschien schlaftrunken eine weibliche Gestalt in der Tür des Anatomiesaales, in einem Hemd der Anstalt, ähnlich dem der Bernstein. Carus kannte sie nicht, doch es war zweifellos eine der Frauen, die einer baldigen Entbindung in Carus' Institut entgegensahen. Deutlich wölbte sich ihr mächtiger Bauch unter dem Nachthemd, lange, glatte braune Haare fielen ihr bis über die Brüste. Sie hatte wohl im Schlafsaal der Schwangeren geschlafen, unweit des anatomischen Theaters, und die Schreie und das Poltern mussten sie alarmiert haben. Entsetzt schlug die Frau die Hand vor den Mund, ohne einen Ton herauszubringen.

»Tieck, bringen Sie die Frau hier raus, schnell!«, rief Carus seinem Freund zu. Tieck reagierte besonnener, als es in dieser kopflosen Situation zu erwarten war. Er humpelte, immer noch seines Stockes ledig, zur Tür und verstellte der jungen Patientin die Sicht. Entschieden drängte er sie hinaus. »Was geht hier vor?«, hörte Carus die Frau noch fragen, dann hatte Tieck die Tür von außen geschlossen.

Die Bernstein wehrte sich noch immer, sie trat heftig mit den Füßen um sich, die der ältere Marigaux und Monsieur D. zu fassen versuchten. Carus hatte begonnen, die Gedärme der Frau vorsichtig in die Hautspalte zurückzustopfen. Die Wundhaken waren teils abgefallen, teils hatten sie sich in den Stoff des Hemdes verhakt, Haut- und Muskellappen hatten sich über die Wunde gelegt. Aus dem Schnitt quoll in breiten, pulsenden Strömen das Blut. Nun endlich gelang es dem älteren Marigaux, auch die Fußgelenke der Schauspielerin zu ergreifen und auf den Marmortisch zu pressen. Als sie sich völlig gefesselt und jeder Bewegungsmöglichkeit beraubt fand, sank die junge Frau mit einem gottergebenen Stöhnen in die Bewusstlosigkeit zurück. Ihre Glieder erschlafften, ihr Gesicht, das soeben noch hasserfüllt in die Runde gespien hatte, nahm friedliche Züge an, ihre Lippen schürzten sich zu einem kindlichen Schmollausdruck. Und als sie dort wieder brav und wie schlafend auf dem Tisch lag, war der Spuk, der sich soeben zugetragen hatte, kaum noch zu erahnen.

Nachdem er hastig die Plazenta entfernt hatte, beeilte Carus sich, die Wunde zu verschließen. Auch die Gebärmutter nähte er, entgegen seiner ursprünglichen Absicht. Die Franzosen ließen ihn gewähren. Bleierne Erschöpfung hatte sich auf die Gruppe gelegt.

Carus musste sich eingestehen, dass er ernsthaft an einer möglichen Heilung zweifelte. Die Blutmenge, die sie bereits verloren hatte und weiterhin verlor, war enorm. Zwar hatte er die blutenden Gefäße im Bauchraum abgebunden, doch auch die Wunden an den Handgelenken troffen wieder. Der junge Marigaux legte Essigkompressen an.

Die vier Ärzte arbeiteten zielstrebig, mit präzisen Handgriffen und ohne ein Wort zu verlieren. Carus enthielt sich aller Erklärungen. Sein wissenschaftlicher Ruf, so viel war sicher, war in den Augen der Franzosen ruiniert. Wie konnte er die Patientin auch unbeobachtet lassen!

Carus machte sich entsetzlichste Vorwürfe, während er fieberhaft daran arbeitete, die letzten Stiche auszuführen, die Wundränder mit einer Lösung aus Alaun und Gummi arabicum einzureiben und die vorbereitete Binde anzulegen. Nachdem die Wunde verbunden war, hob er gemeinsam mit dem jüngeren Marigaux die Schauspielerin auf und trug sie den Gang hinunter, zurück in den Alkoven.

Die einsame Kerze, die niemand verlöscht hatte, war fast bis auf den Stumpf heruntergebrannt. Allein diese Nachlässigkeit wäre geeignet, die Anstalt ein für alle Mal schließen zu lassen, haderte Carus. Betrübt legte er die Schauspielerin auf das Lager. Nachdem er sich davon überzeugt hatte, dass sie noch lebte, zog er ihr die Decke über den geschundenen Leib und drückte sie an ihren Seiten fest, wie er es früher am Abend getan hatte. Doch waren seine Handgriffe nicht mehr kraftvoll wie zuvor, nicht mehr voller Überzeugung von ihrer heilsamen Nützlichkeit für die Kreatur, sondern schwerfällig und zaudernd.

Der jüngere Marigaux zog sich betreten aus dem Verschlag zurück und trat auf den Flur. Dort traf er auf seine Gefährten, und sie begannen, leise miteinander zu tuscheln. Carus drückte die Hand der Schauspielerin, sprach ein flüchtiges Gebet und gesellte sich dann zu den Besuchern.

Der ältere Marigaux trat mit ernstem Gesicht auf ihn zu: »Monsieur Carus, wir danken Ihnen für diese aufschlussreiche Vorführung. Wir hoffen, dass die Patientin den Weg der Besserung beschreiten kann, obwohl die Voraussetzungen für eine Genesung sicherlich äußerst ungünstig sind.«

Carus sah ihnen geradewegs in die Augen, wobei Monsieur D. seinem Blick auswich. Er wollte keine Prognose wagen. »Ich werde Sie von dem Schicksal der Patientin in Kenntnis setzen. Immerhin lebt sie – keine Selbstverständlichkeit nach diesem Verlauf. Es bleibt abzuwarten, ob sie am Kindbettfieber erkrankt. Wenn Sie mögen, können Sie sich morgen von ihrem Zustand ein Bild machen«, schlug Carus in unsicherem Französisch vor.

Der ältere Marigaux schüttelte den Kopf. »Wir haben unsere Pläne geändert, wir werden morgen in aller Frühe abreisen. Sie werden verstehen, dass wir Ihre Gastfreundschaft nicht weiter strapazieren möchten.«

Carus nickte niedergeschlagen. Desaströser hätte die Nacht nicht verlaufen können.

Allein der jüngere Marigaux drückte ihm zum Abschied die Hand. Seiner Jugend gemäß war ihm die Erfahrung des Scheiterns noch geläufiger als den beiden Alten: »Gewiss werden Sie das Kind sezieren? Womöglich präparieren? Bitte teilen Sie uns doch Ihre Ergebnisse recht anschaulich mit!« Er trat mit einer knappen Verbeugung einen Schritt zurück. Sein Blick war mitleidig. »Bei der Gelegenheit informieren Sie uns dann über die Wendung, die das Schicksal der erbarmungswürdigen Mademoiselle genommen hat.«

Dann wandte er sich von Carus ab. Die beiden älteren Gäste verbeugten sich rasch und machten auf dem Absatz kehrt. Mit zügigen Schritten gingen sie den Gang hinunter.

Als die Franzosen die Tür noch nicht ganz erreicht hatten, hörte Carus Tieck aus der anderen Richtung heranstöckeln. »Carus!«, rief er atemlos, »Carus, komm rasch! Schönenbaum ist kurzzeitig erwacht, doch dann, als er des Kindes ansichtig wurde, erneut in Ohnmacht gefallen! Er röchelt nur noch!«

Carus fühlte sich unsäglich erschöpft. Er wies Tieck an, am Bett der Schauspielerin Wache zu halten, damit sie für den Rest der Nacht von unangenehmen Überraschungen verschont blieben.

Tieck blickte Carus erstaunt an: »Die Demoiselle lebt?«

Carus nickte: »Sie lebt. Noch. Sie hat unglaublich viel Blut verloren.«

»In der Tat. Ich sah die Lachen im anatomischen Saal. Es gleicht einer Metzelei!«

Carus spürte Wut über die abgrundtiefe Niederlage in sich aufsteigen. »Das war es auch«, brach es aus ihm heraus. »Das war es in der Tat! Wie konnte ich so unachtsam sein?« Carus raufte sich mit den Fäusten die Haare. »Ich bin nicht würdig, angehenden Medizinern das Handwerk zu erklären – ich beherrsche es selbst nicht!«

Tieck legte ihm die gichtgekrümmte Hand auf die Schulter: »Gräme dich nicht zu sehr, mein Freund. Denn dein Ansinnen war edel!«

Carus ließ von seinen Haaren ab und wollte stattdessen Tieck an die Kehle. »Ich soll mich nicht grämen?«, schrie er. »Ein totes Kind und eine halb tote Frau? Dabei wollte ich den Gelehrten aus der Hauptstadt des Wissens erklären, wie man beide auf einen Streich rettet? Und Sie sagen, ich solle mich nicht grämen?« Am ganzen Körper bebend stand Carus jetzt sehr nahe vor Tieck. Seine ruhigen, für gewöhnlich ein wenig hochnäsig wirkenden Gesichtszüge waren zur Grimasse entstellt. Tieck wandte sich ab. Er war peinlich berührt.

»Kümmere du dich um Schönenbaum. Ich beaufsichtige derweil das arme Ding.« Der Dichter trat an Carus vorbei in den Alkoven und schloss die Tür hinter sich.

Carus blieb, mit Wut und Enttäuschung allein gelassen, auf dem Flur zurück. Dann kam ihm das Kind in den Sinn. Das Kind mit den zwei Gesichtern. Wenigstens dessen Körper musste für die Wissenschaft gerettet werden! Ja, das war die Aufgabe, die er in dieser Nacht noch zu erfüllen hatte! Er zerrte sich den blutbespritzten Überwurf vom Leib, knüllte ihn zusammen und beeilte sich, in den anatomischen Saal zurückzukehren.

Tieck sah regungslos zu, wie die regelmäßigen Hebungen und Senkungen ihrer Brust mit jedem Atemzug schwächer wurden. Die Kerze war beinahe erloschen, der Docht drohte, sich in der Wachspfütze zu versenken. Die verbundenen Handgelenke lagen auf der Decke, neben ihren Hüften. Tieck hatte sich auf dem Stuhl niedergelassen, beide Hände auf den Knauf des Stockes gestützt. Freie Sicht hatte er nur auf den Verband an ihrer Linken, wo sich der Blutfleck stetig vergrößerte. Das Leben wich Tropfen für Tropfen aus ihr. Der alte Tieck hatte schon oft Menschen sterben sehen, auch nah Vertraute und Anverwandte. So seinen Freund und Geistesgenossen, den Friedrich von Hardenberg, der sich ›Novalis‹ nannte, in blühender Jugend. So seine Eltern. Es zog sich elendig lange hin, das Sterben! Und dabei nahmen die noch Lebenden schrittweise das Aussehen von Toten an. Der Tod kam nicht von einem Moment auf den anderen. Ganz allmählich ergriff er von seinen Opfern Besitz und begann, sie auf unverkennbare Weise zu zeichnen. Der Körper wurde nach und nach, mehr und mehr zum Kadaver.

Die Bernstein war bereits vom Tode gezeichnet. Ihre Nase ragte sehr spitz aus dem Gesicht hervor, die Nasenflügel waren eingefallen. Deutlich zeichneten sich die Wangenknochen unter der Haut ab, die dünn wie Pergament geworden war. Das Haar fiel fahl und ohne Glanz auf die Kissen. Tieck zweifelte nicht daran, dass sie das Tor zum Jenseits noch in dieser Nacht durchschreiten würde.

Die Stundenglocke der Frauenkirche schlug ein Uhr. Einen Moment lang fragte sich Tieck, ob es nötig sei, einen Priester zu benachrichtigen? Doch es würde ohnehin schwierig, wenn nicht gar unmöglich sein, einen zu finden, der bereit war, einer Schauspielerin und Selbstmörderin die Letzte Ölung zu geben. Selbstmörderin! Ja, sie selbst war es gewesen, die sich umgebracht hatte, nicht Carus mit dem Skalpell, nicht er mit seinem zweifelhaften Ansinnen. Doch hatte sie, bevor sie zum Messer griff, nicht längst den Todesstoß empfangen? War nicht der Liebhaber für ihren Tod verantwortlich, der sie so kaltblütig im Stich gelassen hatte? Der Brief, er musste den Brief finden! Wie nutzlos war dieser Tod! Oder konnte man ihm doch einen Nutzen abringen? Eine höhere Bestimmung? Tieck legte die Stirn in Falten. War der Tod dieser Frau vielleicht eine Wendung des Schicksals, die weiteres Unglück zu verhindern vermochte? Oder gar geeignet, dem Glück den Weg zu ebnen? Er spürte, wie eine Idee, ein schwacher Funke nur in ihm erglühte, aufflammte und langsam einen Brand zu entzünden begann.

Tiecks Gedanken hatten sich weit aus der engen Kammer entfernt, so dass er die junge Frau nicht weiter beachtet hatte. Ein tiefes Seufzen machte ihn wieder auf sie aufmerksam. Tieck horchte auf. Das Geräusch erinnerte ihn an den friedlichen Tod seines Vaters. Ja, so klang es, wenn die Seele den irdischen Körper auf immer verließ! Ein Ton, den man nicht imaginieren konnte, so sehr man es auch versuchte. Ein Ton, den nur die Wirklichkeit zu erzeugen vermochte. Sie hatte die Augen geschlossen. Die Lider waren fest zusammengepresst. Die Verbände an den Handgelenken waren so sehr von Blut durchtränkt, dass sie nicht mehr Flüssigkeit aufnehmen konnten. Der rote Lebenssaft sickerte in das Bettlaken und von dort aus in die Strohmatte. Tieck, der sich längst abgewöhnt hatte, an Gott zu glauben, senkte den Kopf und betete ein Vaterunser.

Als Carus wenig später an die Tür des Alkovens pochte, kam von drinnen keine Antwort. Carus und vom Schönenbaum schauten sich an. »Er wird eingeschlafen sein«, vermutete Carus und öffnete die Tür. Tieck stand neben der Schauspielerin am Bett und legte behutsam ihre Hände ineinander. »Sie ist tot.«

»Tot?« Schönenbaums Stimme drohte wieder, ins Hysterische zu kippen. Er wollte sich an Carus vorbei in das Gelass zwängen. Doch Carus verstellte ihm den Weg. »Ich glaube es ist besser, Sie verlassen uns jetzt, Herr Kapellmeister!«, beschied er dem verdutzten Schönenbaum.

»Was zu tun ist, werden wir veranlassen. Ihre Gesundheit ist schwer angegriffen. Sehen Sie zu, dass Sie zu Bett kommen!«

»Tot«, stammelte Schönenbaum mit leerem Blick. Er ließ sich von Carus aus der Tür schieben. Carus manövrierte ihn weiter zum Hauptportal der Anstalt und beförderte ihn über die Schwelle. Grußlos und wie in Trance tapste der Komponist hinaus in die Nacht. Carus wartete ab, bis er hinter der nächsten Straßenecke verschwunden war und eilte dann in die Sterbekammer zurück. Als er eintrat, war Tieck schon dabei, die Schauspielerin in das leinene Laken einzuwickeln.

»Was tun Sie da, Tieck?«

Der Dichter antwortete, ohne sich in seinem Tun zu unterbrechen: »Wir sollten ihren Leichnam so schnell wie möglich verschwinden lassen.«

Carus musste sich am Türrahmen abstützen. War der Freund von allen guten Geistern verlassen? »Wir haben nicht einmal ihren Tod sicher festgestellt!«

»Sie hat Unmengen von Blut verloren, sie atmet nicht mehr, ihr Herz hat aufgehört zu schlagen – wie würdest du einen solchen Zustand nennen, Medizinalhofrat?«

Carus zog eine Daunenfeder aus seiner Westentasche und legte sie ihr zwischen die aufgeworfene Oberlippe und die spitzige Nase. Die Feder lag wie Blei. Er legte seinen Kopf auf ihre Brust und horchte auf Herztöne. Das Stethoskop hatte er im anatomischen Saal zurückgelassen. Nichts. Dann sah er ihr ins Gesicht. Er zwang die Lider auseinander: Ihr Blick war gebrochen.

»In die Elbe mit ihr, bevor sie uns alle in den Abgrund reisst«, zischte Tieck und wollte fortfahren, sie einzuwickeln.

Carus hielt ihn am Arm fest: »Sachte, sachte, sie ist ein bedauerlicher Fall einer erfolglos verlaufenen Operation. In welchen Abgrund sollte sie uns reißen?«

Tieck machte sich los und fuhr fort, die Tote einzuwickeln. »Hast du vergessen, dass sie dich vor Zeugen einen Mörder gescholten hat? Hast du die junge Dame um eine Erlaubnis gefragt, eine nach allgemeiner Ansicht lebensbedrohliche Operation an ihr vorzunehmen? Man wird dir vorwerfen, die Sache allein aus wissenschaftlicher Waghalsigkeit unternommen zu haben, um den Gästen zu imponieren!«

Carus ließ sich kraftlos auf den Stuhl fallen: »Und war es nicht so? Und trägst du nicht einen gewissen Anteil daran?«

»Wir alle tragen Anteil daran«, gab Tieck zu. Mit einer schnellen Geste zog er das Küchenmesser aus der Rocktasche und warf es Carus vor die Füße. Entgeistert starrte Carus auf die blutbefleckte Klinge. »Ich kenne das Messer, doch woher?«

»Es ist ein gewöhnliches Küchenmesser. Es ist eines, wie auch wir es zuhauf in unseren Laden liegen haben. Es ist das nämliche Messer, mit dem sie sich schwer verwundet hat.«

Carus wankte und musste sich erneut abstützen. Seine Stimme überschlug sich: »Ich erinnere mich! Ich selbst habe es ihr an die Hand gegeben! Und ich erhielt es aus der Hand Ihrer Tochter, Tieck!«

»Was hat Dorothea in dieser Affäre zu schaffen?«, fragte Tieck. Sein Kinn zitterte.

»Es ist das Messer, das ich sie holen schickte, um ihr die Bandagen zu zerschneiden! In Ihrer Wohnung!« Carus sank auf die Knie. »Oh mein Gott. Ich ließ es achtlos liegen, sie nahm es auf. Womöglich fasste sie es als Aufforderung auf! Ich bin zerstört! Zernichtet ganz und gar! Mein Ruf, dahin. Meine Ehre …«

Tieck schüttelte den Kopf. Er presste seine Finger fest um den Knauf des Stockes.

»Niemand ist zernichtet. Nichts ist zerstört. Ihr Leben ist zu Ende gegangen, so wie sie es entschieden hat.«

»Der Herr stehe uns bei.«

Mit frischem Mut trat Tieck an den Leichnam heran und schlug die Enden des Lakens über dem Gesicht zusammen. Die Nase stach spitz unter dem weißen Tuch hervor. »Lass doch den alten Herrn aus dem Spiel. Ich stehe dir bei. Komm, hilf mir, den Leichnam auf einen Karren zu verfrachten!«

Carus erhob sich zwar, blieb aber verwirrt im Raume stehen. Er legte die Hand an die Stirn, kniff die Augen zusammen, um sich zu sammeln. Unfähig, sich zum Handeln durchzuringen, sah er Tieck zu, wie er mit flinken Handgriffen den Leichnam im Tuch verbarg. Als hätte er so etwas schon dutzende Male getan.

»Machen wir uns nicht dadurch erst zu Mördern, dass wir sie wie Mordbuben in die Elbe werfen?«

Tieck verneinte entschieden: »Sie ist aufgewacht aus ihrer Ohnmacht, wurde sich ihrer hoffnungslosen Lage bewusst, wankte hinunter zur Elbe und hat dort vollendet, was sie am Vortage ohne Glück begonnen. Dies ist eine Erklärung, die jedermann, der nachfragt, vollkommen zufrieden stellen wird.«

»Wer sollte nachfragen?« Carus wurde blass bei dem Gedanken an Befragungen, polizeiliche Nachforschungen gar. »Du selbst hast gesagt, das arme Ding sei ohne Verwandtschaft in der Stadt.«

»Ihr Dienstherr, unser werter Lieblingsfeind von Lüttichau. Oder das Frauenzimmer, das gesehen hat, wie sie auf dem Seziertisch lag.«

»Eine armselige Bettlerin, irgendwo aus der Pirnaischen Vorstadt. Wer sollte ihr Glauben schenken?«

»Carus! Die Spur des armen Dings führt direkt zu dir. Ich will nichts weiter, als den Pfad weiter zu legen. Willst du all deiner erworbenen Ehren verlustig gehen? Was, glaubst du, hält der König davon, wenn du eine junge Selbstmörderin operierst, in der Absicht, ihr einen unehelichen Balg aus dem Körper zu entfernen? Glaubst du, ein solches Vorgehen würde in seinen Augen Gnade finden?«

Carus schwieg kleinlaut. Dann rang er sich durch zu einem letzten schwachen Versuch der Rechtfertigung: »Ich tat es zum Wohle der Medizin, zur Vermehrung wissenschaftlicher Erkenntnis.«

»Und was glaubst du, bedeutet das für die Reputation eines Leibarztes? Glaubst du, die königliche Familie ist gerne Gegenstand medizinischer Experimente? Nein, Freund Carus, glaube mir, heute Nacht stehst du am Scheideweg: Willst du als Ehrenmann unehrenhaft untergehen oder als Mordbube in Ehre weiterbestehen. Das ist deine Wahl!«

Carus spürte das Verlangen, sich erneut auf Tieck zu stürzen, doch es gelang ihm nur, die Fäuste zu ballen. »Warum bloß haben Sie mir zugeraten?«

Tieck wandte sich ab: »Was weiß ich, welcher Teufel mich ritt. Ich bin ein alter Narr, du solltest nicht allzu viel auf meine Worte geben. Aber eines rate ich dir in vollem Ernst: Vertraue diesen Körper und dein Schicksal der Elbe an. Sonst sind wir unwiderruflich verloren!«

Carus heulte auf. Ein Ton entrang sich seiner Kehle, der alle Enttäuschungen, allen Schmerz, alle Niederlagen des Tages in sich trug. Dann fasste er sich und entschied: »Ich werde einen Karren beschaffen!«

Tieck nickte zufrieden. »Du wirst es nicht bereuen!«

5. Kapitel

Die beiden Freunde waren in schäbige Überwürfe gehüllt, die Carus im Lumpenlager des Hospizes aufgetrieben hatte. In der Eile, die geboten war, hatte sich keine gediegenere Verkleidung beschaffen lassen. Es handelte sich um die Kleidung von Eingelieferten, die nicht wieder entlassen worden waren. Solange deren Nachkommen keine Ansprüche auf die Kleidung stellten, wurde diese in einer Kammer gesammelt und bei Bedarf zu Putzlumpen zerschnitten. Da nur allzu selten männliche Patienten in das Entbindungsinstitut eingeliefert wurden, trug Carus die ärmellose Pelerine einer Frau, deren weiten Kragen er über den Kopf schlagen konnte. Und Tieck hatte sich in einen Kapuzenmantel gehüllt, der ihm das Aussehen eines Mönchs verlieh. Das einstige Aroma eingesickerter Parfüms war längst übertönt durch den feuchten Mief modernden Stoffes. Auch die Mäuse hatten ihren Geruch hinterlassen und große Löcher hineingefressen. Nur aus der Entfernung konnte diese Art Verkleidung ihren Zweck erfüllen.

Jedesmal, wenn sich Carus der Fuhre auf dem Karren bewusst wurde, kroch ihm der Angstschweiß unter den Kragen. Der geschundene Körper lag unter mehreren Lagen Lumpen verborgen. Dort wo ihr Bauch sein musste, schimmerte in den Lumpen bereits ein dunkler Fleck. Sie blutete immer noch. Carus saß erneut die Angst im Nacken. Egal wo sie gefunden wurde – wenn sie denn gefunden wurde –, einer sorgfältigen Untersuchung würde die Ursache ihres Todes nicht lange verborgen bleiben. Und auch die von Tieck brillant ersonnene Erklärung, die schwer Verwundete habe sich nach dem Erwachen aus der Bewusstlosigkeit aus eigener Kraft vom Spital hin zum Fluss geschleppt, um dort ihre Selbstentleibung zu vollenden, würde der näheren Beschau nicht standhalten. Ihr Leib durfte nicht gefunden werden, niemals!

Neben Carus ächzte Tieck. Er hing an der Deichsel wie ein halb toter Klepper, das spanische Rohr unter die Achsel geklemmt. Das Pflaster wurde abschüssig, und die Männer lehnten sich gegen den Schub, den der tote Körper mit einem Mal entfachte. Von der Elbe her schlug ihnen dumpfe Feuchtigkeit entgegen. An dem steil und glatt aufragenden Festungswerk unterhalb des Brühlschen Gartens vervielfachte sich das Poltern des Karrens. Glücklicherweise waren die Räder nicht mit Eisenbändern beschlagen.

Zu ihrer Rechten plätscherte das Wasser des schmalen Hafenbeckens, kläglicher Rest des früheren Festungsgrabens, das zu dieser Zeit verwaist dalag. Die königlichen Gondeln waren weiter flussaufwärts vertäut, in der Nähe der Pillnitzer Sommerresidenz.

Hier hätte man sich der Leiche bereits entledigen können. Aber das kleine Hafenbecken hatte ungünstige Strömungsverhältnisse, die Ausfahrt war zu schmal, um für eine kräftige Abtriebsströmung zu sorgen. Das Wasser war brackig und stank. Die Leiche bliebe am Ende noch hier liegen – zu Füßen der Festung, zu Füßen des Königs.

Der Arzt und der Dichter näherten sich den Fluten über einen schmalen Streifen aufgespülten Strandes unterhalb der Hafenausfahrt, der zu Tageszeiten von Waschweibern als bequemer Zugang zum Fluss genutzt wurde.

Carus und Tieck wendeten den Karren und schoben ihn rückwärts in die Elbe. Je weiter sie kamen, desto mehr mussten sie ihre Kraft darauf verwenden, dass ihnen der Fluss zwar die Fracht, nicht jedoch das Fuhrwerk entrisse. Schon schwappten die Wellen über die Pritsche. Schon schwemmten sie die ersten Lumpen mit sich fort und umspielten die nackten Füße der Unglücklichen. Carus und Tieck wandten sich ab, sie blickten hinauf zur scharfen Kante der Jungfernbastei, die im wolkenzerrissenen Mondlicht lag. Sie klammerten sich an die Deichsel und konnten sich eines Schauderns nicht erwehren, als ihnen die kalte Flut an die Knöchel schlug.

Als die Elbe den Körper verschlang, hörten sie ein leises Gluckern. Sie nahmen es als Signal, den Karren wieder herauszuziehen; Schritt für Schritt in schweren, durchnässten Schuhen den Strand hinauf. Dann erst wagten sie, sich umzudrehen. Sie beobachteten die Lumpen, die auf dem Fluß trieben, unweit der Stelle, an der ihr Körper hinabgesunken war.

Carus hörte Tieck erleichtert aufatmen. Dann sah er ihn zum hinteren Ende des Karrens wanken, taumelnd, tapsig wie ein alter Tanzbär, und sich auf die Pritsche niederlassen. Langsam ließ er den Oberkörper auf die Planken kippen, stöhnend zog er die Beine nach. Er krümmte sich, rollte sich ein, so gut er es mit seinen schmerzenden Gelenken vermochte, und bald lag er auf dem Karren wie ein Kater hinter dem Ofen.

Carus umfasste mit beiden Händen die Deichsel und zog an. Auf dem Sand konnte er kaum einen Schritt vor den anderen setzen. Doch als er das Pflaster erreichte, wurde sein Schritt fester, stetiger. Nur auf dem Herzen lag ihm eine zentnerschwere Last, die sich unendlich viel schwerer fortbewegen lassen würde.

Carus wendete den Karren und schob ihn rückwärts durch die schmale Toreinfahrt in den Innenhof des Hospizes. Beim Überfahren der Schwelle schlug Tiecks Kopf schwer auf die Holzplanken, der Dichter erwachte. Er richtete sich auf, sah sich irritiert um und erblickte dann Carus. Der Schreck fuhr ihm in die Glieder, denn der Freund war unter seiner schweren Kapuze verhüllt wie ein Henkersknecht. Doch der Anblick schien ihm auch die Ereignisse der Nacht jäh ins Gedächtnis zu rufen, denn es kam Leben in den Körper des Alten. »Wie lange habe ich geschlafen, Carus?«

»So lange, wie ein Mann alleine braucht, diesen Karren ohne Hilfe von der Elbe hier heraufzuziehen.«

»Eine halbe Stunde?«

»Nicht einmal.«

»Das ist gut!«

Tieck schob sich ächzend vom Karren herunter, und entledigte sich mit hastigen Bewegungen seines stinkenden Umhangs. »Du musst mich entschuldigen, Freund, ich bin lange aus dem Alter heraus, da ich zu nachtschlafender Zeit zur Hochform auflaufe. Der Abend war erschütternd genug, du wirst es mir nachsehen, wenn ich dich mit deinen Geschäften alleine lasse?«

Carus nickte. Was war noch zu tun? Die Trümmer seines bisherigen Lebens und seiner wissenschaftlichen Selbstachtung mussten beiseite geräumt werden – weiter nichts.

Tieck nahm die Entlassung dankbar an. Er zupfte sich die Ärmel seines Rocks zurecht, zwinkerte Carus aufmunternd zu und entschwand. Er wandte sich nicht einmal um, als er durch den düsteren Torbogen auf die Straße hinaustrat.

Carus blickte ihm nicht lange nach. Er lenkte den Karren gegen die Wand des Westflügels, möglichst dicht, wie es üblich war, damit er nicht dem Tagesgeschäft im Wege stand. Dann raffte er Tiecks Vermummung von der Pritsche, entledigte sich seiner eigenen und brachte sie zurück in die Lumpenkammer.

Schließlich widmete er sich dem letzten und schwierigsten Werk dieser Nacht: der Beseitigung der Spuren im anatomischen Saal.

Carus zündete nur wenige Kerzen an, um die Szenerie zu erhellen. Die spärliche Beleuchtung ließ den Anblick noch gespenstischer erscheinen, als er ohnehin war. Blut, wohin man blickte. Dessen Beseitigung würde den schwierigsten Teil der Arbeit ausmachen. Carus griff nach einem Holzeimer, der in einer Ecke stand. Er lief zum Brunnen im Innenhof, wollte Wasser hineinschöpfen, da gefror ihm das Blut in den Adern. Auf dem Boden des Eimers lag der doppelgesichtige Fötus, blutverschmiert, mit erhobenen Armen, als würde er noch im Tode sich an einen liebenden Menschen zu klammern versuchen. Carus mußte sich am Rand des Brunnens festhalten und tief durchatmen, um nicht auf der Stelle zusammenzubrechen.

Wen wollte Gott strafen? Ihn, Carus?

Der erste Impuls gebot ihm, den Körper des Kindes den gleichen Weg nehmen zu lassen wie den seiner Mutter. Doch als Carus mit dem Eimer schon in der Tordurchfahrt stand, hielt er inne. Er kehrte zurück, setzte den Behälter auf dem Rand des Brunnens ab, hob das Kind behutsam heraus und trug es in sein Arbeitszimmer.

Dort suchte er eilig einige Bögen Papier zusammen und wickelte den Leichnam schließlich in gewachstes Tuch. So konnte er es mitnehmen und zu Hause zur Präparation vorbereiten. Denn so viel stand fest, das Monsterkind musste vor dem Zerfall bewahrt werden, nur konserviert war es der Wissenschaft von Nutzen! Dann ließ er das Paket auf dem Schreibtisch zurück und nahm sein begonnenes Säuberungswerk wieder auf.

Er wusste nicht, wie oft er den Eimer mit eiskaltem Wasser gefüllt, seine Hände hineingetaucht und den blutverschmierten Lappen ausgewrungen hatte. Er arbeitete mechanisch und war keines klaren Gedankens mehr fähig. Die Gelenke schmerzten und die Muskeln zitterten.

Als er sein Werk etwa eine Stunde vor Sonnenaufgang vollendet hatte, waren seine Hände wie Eisklumpen. Er konnte die Finger nur noch mit größter Anstrengung bewegen und abgrundtiefe Erschöpfung war in jedem einzelnen seiner Knochen zu spüren. Dennoch entschloss er sich, den Heimweg zu Fuß anzutreten. Ein Pferd oder Fuhrwerk würde zu dieser Zeit allzu leicht auffallen. Und die Nachtwächter und Laternenwärter hatten gute Augen. Er nahm also das Paket vom Schreibtisch, schob es unter den Arm und machte sich wie ein Nachtwandler auf den Weg.

Als er über den Altmarkt kam und an der nachtdunklen, geduckten Remise der Chaisenträger mit dem stumpfwinkligen roten Giebel vorbei auf die schlanke Silhouette der Kreuzkirche zuging, längst nicht mehr die Deckung der Häuser suchend, sondern nur noch auf möglichst direktem Wege seinem Bette zustrebend, da gewahrte er eine Bewegung auf der anderen Seite des Platzes, just an der Pforte des Eckhauses, in dem Tieck residierte. War das nicht sogar Tieck, der sich da am Riegel zu schaffen machte? Carus kniff die Augen zusammen, um besser sehen zu können, doch da war die Gestalt auch schon durch den mächtigen Portalbogen hindurchgeschlüpft. Carus hätte schwören können, dass er Tiecks Stock erkannt hatte. Und das mächtige, tief in die Schultern eingefasste Haupt. Doch der alte Tieck konnte es wohl kaum gewesen sein. Es musste sich um eine Halluzination gehandelt haben, ein Trugbild der unmenschlichen Erschöpfung, die seine Sinne verwirrte. Tieck lag gewiss seit Stunden in seinem Bett!

Wie ein Schlafwandler lief Carus durch die Straßen der schlafenden Stadt, hinter deren Fenstern sich nach und nach erste Lichter entzündeten.

Als der Himmel im Osten sich in die ersten sanft violetten Töne kleidete, stolperte Carus über die Schwelle der ›Villa Cara‹ und fiel wie ein Toter ins Bett. Doch der Schlaf wollte ihm keine Gnade schenken. Viel zu aufgewühlt war seine Seele, viel zu nagend die Schuldgefühle.

Erst als sich seine Gattin in der Kammer über ihm bereits erhob, um das Tagwerk zu beginnen und die Familie auf die eingetretenen Pfade des Alltags auszusenden, fiel Carus in einen tiefen Schlaf.

Als Carus erwachte, läutete die große Standuhr in seinem Schlafzimmer bereits die erste Stunde des Nachmittags ein. Er räkelte sich, erstarrte dann aber plötzlich, denn ihm wurde bewusst, dass nichts mehr so war wie am vorherigen Tage. Noch im Nachthemd eilte Carus hinunter in den Keller, um den Fötus zu besichtigen und sich zu überzeugen, dass die vergangene Nacht nicht die Ausgeburt eines fürchterlichen Albtraums war.

Das Paket, in das das blutverschmierte Körperchen eingewickelt war, lag immer noch da, in seinem Verwahrschrank, aufgebahrt auf dem Eisblock, der für gewöhnlich die Hagelkörner vom Zerschmelzen abhielt. Doch die Schale mit dem Hagel stand nun abseits, auf ihrem Grunde schimmerte eine klare, kühle Pfütze.

Ehe Carus Vorbereitungen für die möglichst bald auszuführende Präparation des Fötus treffen konnte, rief ihn seine Frau Karoline nach oben. Ein Chaisenträger war mit einem Billet zum Carusschen Haus gesandt worden. Carus entfaltete die Nachricht, deren Inhalt bereits erratend: Er solle unverzüglich in das Institut kommen, etwas Merkwürdiges habe sich zugetragen, ließ ihm die Oberhebamme übermitteln.

Den weiteren Verlauf des Nachmittags erlebte Carus wie durch einen Nebel: Die Dinkelroth, die ihn an das verlassene Bett im Gelass führt. Ihr verzweifelt ratloses Gesicht, als sie erläutert, die Schauspielerin habe ihre Sterbekammer offenbar selbstständig verlassen. Die Suche, die man in der ganzen Stadt nach ihr veranlasst habe, um die Unglückliche aufzufinden. Das schuldbewusste Senken des Kopfes vor Carus, der doch so viel mehr Schuld auf sich geladen hatte als diese brave Frau. Doch das konnte er ihr nicht zum Troste eröffnen.

Kunst des Meisters überlebt hatte. Carus hütete sich zwar, es ihm derart freimütig zu sagen, doch Friedrich war mit einem untrüglichen Gespür für Stimmungen gesegnet, so dass er selbst die verschlossene, abweisende Miene eines Carus durchschauen konnte wie eine Waldlichtung in der Mittagssonne.

Carus schritt die enge Stiege hinauf, die zu Friedrichs Wohnung führte. Sie lag auf der Vorderseite des Hauses, der Elbe zugewandt. Carus klopfte leise an die Tür, bevor er eintrat. Die Wohnungstür stand offen. Hin und wieder, so mochte es der Maler, sollten die Nachbarskinder hereinschwirren und den Klang von Leben in die trostlosen Kammern tragen. Kinder waren die einzigen menschlichen Wesen, denen Friedrich offen und ohne Scheu begegnete.

Geruch von Leim und Terpentin schlug Carus entgegen. Die Wohnung war dunkel, und niemand kam, um dem Besucher die Ehre zu erweisen. Er öffnete selbst die Tür zu Friedrichs Atelier und musste die Augen zusammenkneifen, um den Maler zu entdecken. Nach verbreiteter Sitte hatte Friedrich die Fenster des Ateliers bis auf ein schmales Oberlicht abgedunkelt, um unbeeinflusst von der trügerischen Wirkung direkter Sonneneinstrahlung malen zu können. Friedrich selbst war beinahe begraben unter seinem schwarzen Überwurf, der früher einmal ein Reisemantel gewesen war. Es ging das schamlose Gerücht, dass er weiter nichts trüge als diesen Überwurf, niemals – was zumindest in der Hinsicht zutraf, als ihm der Malkittel zur zweiten Haut geworden war.

Der Maler kauerte auf dem gepolsterten Stuhl, die Fäuste in seinen Backenbart vergraben, und starrte mit großen, dunklen Augen auf die weiße Leinwand vor sich. Die wenigen Strahlen der Nachmittagssonne, die durch das schmale Oberlicht hereinfielen, tauchten die Kammer in ein sanftes Dämmerlicht. Nur die Leinwand erstrahlte in leuchtend weißer Kälte. Sie war frisch und völlig unberührt von Farbe.

»Eis. Darunter liegt alles in tödlicher Stille. Die Leinwand ist die Pforte. Dahinter liegt das Jenseits. Wir malen mit unseren Farben gegen den Sog des großen Nichts an, klammern uns an unser erbärmliches Quäntchen Leben, übertünchen die Pforte, durch die man bequem hinübergelangen könnte. Doch das Edelste, was wir mit unserer erbärmlichen Kleckserei erreichen können, ist, sie den Menschen offen zu halten und ihr den Schrecken zu nehmen.«

Carus fiel vor dem Maler auf die Knie. »Friedrich, ich schätze Euch wie einen Vater, ich brauche Euren Rat. Ich habe Schuld auf mich geladen.«

Friedrich vermied es, ihm in die Augen zu schauen. Sein Blick war starr auf die Leinwand geheftet. »Ich bin selbst nicht ohne Schuld, Carus. Wenn du beichten willst, so beichte Gott.«

»Von allen, die ich kenne, seid Ihr der Mensch, der Gott am nächsten steht. Nicht durch die Zahl der Jahre, sondern durch die Reinheit Eurer Seele. Ihr macht Euch nicht gemein mit den Menschen, Ihr habt Euch abgewandt vom irdischen Leben. Doch ich, der ich Tag für Tag dem niedrigsten Leben gegenüberstehe, mich in den Pfuhl der sterblichen Leiber stürzen muss, ich habe meine Seele beschmutzt.«

»Es ist nicht möglich, durch dieses Jammertal zu wandern, ohne sich sündig zu machen, Carus!«

»Ich weiß, Vater.« Carus griff nach Friedrichs spröder Hand. Der Alte wollte sie zunächst zurückziehen, doch dann ließ er ihn gewähren. Carus betrachtete die faltige Hand liebevoll, strich sachte über ihren Rücken und bettete sie dann in seine Finger. »Ich brauche Gewissheit, dass es recht war, was ich getan.«

»Ich kann dir keine Gewissheit geben. Suchst du Recht, so lege deine Angelegenheit einem Richter vor.«

»Unmöglich!«, entschied Carus.

»So warte das Urteil des höchsten Richters ab. Ich kann weder Recht sprechen noch Gerechtigkeit geben. Doch, Carus, du bist noch jung und hast starke Schultern, du kannst eine Sünde bis in den Himmel hinein tragen; sei zuversichtlich!«

Über Carus' Gesicht rollten Tränen. Er weinte geräuschlos. Friedrich versteinerte. Er starrte auf die Leinwand, als wolle er sie mit seinem Blick durchbohren.

Durch einen Tränenschleier betrachtete Carus den Maler von der Seite, rückte näher und näher heran und versuchte, den Punkt auf der Leinwand auszumachen, den Friedrich so angestrengt fixierte. »Was seht Ihr?«, fragte Carus.

Und Friedrich flüsterte, kaum hörbar, mit einem Zittern in der Stimme:

»Er war nur wenig jünger als ich. Wir gingen zum Schlittschuhlaufen. Es war einer dieser Winter, die einem an der Küste die Worte im Mund gefrieren lassen. Der Greifswalder Bodden war noch zugefroren. Seit zwei Tagen hatte Tauwetter eingesetzt. Der Schnee war feucht, und das Eis stumpf. Die Sonne schien, und die Pfützen auf dem Eis sahen aus wie Löcher im Spiegel des blauen Himmels. Wir hatten soeben erst die Kufen untergeschnallt, als Otto etwas entdeckte: ein Holzfass, eine viertel Meile von uns entfernt, festgekrallt im Eis. Der obere Teil ragte heraus, der Rest lag unter der kalten Decke verborgen. Otto, obwohl der Jüngere von uns, war der Kräftigere und Schnellere. Er hatte das Fass beinahe erreicht und mich weit hinter sich gelassen. Ich jauchzte vor Freude, der Wind pfiff mir um die Ohren, als Otto, keine vierzig Fuß von mir und doch schon eine Ewigkeit entfernt, einsackte. Seine Hände flogen hoch, als wollten sie sich im winterblauen Himmel festkrallen. Ich sah ihn straucheln, mit den Armen wedelnd das Gleichgewicht suchen, dann unaufhaltsam sinken. Das eisige Wasser schwappte über den scharfkantigen Rand des Loches, er strampelte, versuchte im Wasser noch, sich zu mir umzudrehen – zwecklos. Er trug eine graue Filzmütze mit einer roten Borte, die die Großmutter für uns genäht hatte. Drei Geschwister hatten die Mütze vor Otto getragen, auch ich. Sie war das letzte, was ich sah, bevor er versank. Ich tastete mich vorsichtig, Schritt für Schritt vor, musste mich zurückhalten, um nicht ebenfalls kopflos ins Verderben zu rennen.

Die Strömung war so stark, dass sie ihn bereits unter die weite Fläche des Eises gezogen hatte, als ich, die letzten Ellen auf dem Bauch vorwärts robbend und die nasse, matschige Kälte an meinem Nabel spürend, das Loch erreichte. Ich rief seinen Namen und wusste doch, dass er mich nicht mehr hören konnte. Ich drückte mich, immer noch auf dem Bauch, vom Loch weg, erhob mich und begann zu suchen. In immer weiter gezogenen Kreisen stapfte ich über das Eis, die weiße Fläche unter mir mit von Tränen verschwommenem Blick abtastend.

Als ich seinen Schemen fand, war er schon zehn Fuß von der Stelle entfernt, an der es ihn hinabgezogen hatte. Ich wischte mit klammen Handschuhen den Schnee vom Eis, dann sah ich sein Gesicht. Ich hämmerte auf die milchige Fläche ein, die Tränen liefen mir in Sturzbächen die Wangen hinunter, doch an dieser Stelle war das Eis noch armdick und nicht zu durchbrechen. Durch den eisigen Schleier hindurch sah ich in seine großen, weit aufgerissenen Augen. Und der Mund war geöffnet, als wollte er mir einen letzten Gruß zuflüstern.«

Carus erhob sich und legte dem Maler eine Hand auf die Schulter. Der reagierte nicht. Er starrte immer noch gebannt auf das weiße Rechteck.

»Auf jeder Leinwand gibt es diesen dünnen Schleier, durch den ich seine großen, dunklen Augen funkeln sehe. Ich male vorsichtig um sie herum, versuche, sie nicht zu überdecken, nicht zu übertünchen, ihm den Blick offen zu halten. Denn dort ist die Pforte, der Durchschlupf in die andere Welt.«

»Wir werden sein Grab aufsuchen.« Carus versuchte Trost zu spenden.

»Als ich nach Hause zurückkehrte, war die Dämmerung bereits hereingebrochen. Mein Vater zog am nächsten Morgen los, den Leichnam zu suchen. Man verbot mir, die Männer zu begleiten. Sie kannten die Strömungen und Launen der See. Und trotzdem blieb der Leichnam meines Bruders verschwunden. Vier Wochen lang durchlitt ich ein Fieber, das mich oft genug an die Schwelle der Pforte führte. Doch war mir nicht vergönnt, sie zu durchschreiten.

Stattdessen hat der Herrgott mich verdammt, sie ein Leben lang anderen sichtbar zu machen, ihnen eine winzige Ahnung des Jenseits aufzuzeigen, nicht mehr als ein Astloch im unüberwindlichen Zaun, doch genug, um zu hoffen. Schuld ist niemals sinnlos. Denn auch die Schuld kommt von Gott.«

»Sagt, welche Schuld habt Ihr auf Euch geladen? Ist es denn nicht ein Unglück gewesen?«

Friedrich drehte sachte den Kopf, ohne den Blick von dem Flecken auf der Leinwand abzuwenden.

»Ich war der ältere Bruder, ich hätte ihn nicht alleine gehen lassen dürfen. Immer und immer wieder habe ich mir gewünscht, dass ich an seiner Stelle versunken wäre. Doch es war mir nicht vergönnt.«

Friedrich nahm den armlangen Pinsel zwischen Zeigefinger und Daumen der rechten Hand und tauchte die Borsten entschlossen in ein kräftiges Gelb. Dann setzte er einen winzigen gelben Flecken auf die weiße Leinwand, dann erweiterte er ihn mit schnellem, sicherem Schwung zu einem Kringel. Carus drückte dem Maler fest die Schultern, bevor er das Atelier verließ. Er hatte Trost gesucht, und er hatte ihn erhalten.

Carus hatte auch den Rückweg von Friedrichs Wohnung bis zum Entbindungsinstitut zu Fuß zurückgelegt. Der kühle Ostwind hatte nachgelassen. Doch als er von der Elbe weg in die engen Gassen der innersten Stadt trat, war die innere Ruhe, die Carus nach dem Besuch des Malerfreundes verspürt hatte, wie weggeblasen. Dies hier war die Festung, es gab Regeln, ein strenges Zeremoniell, hier war Carus zuallererst Untertan.

Durch den Torbogen gelangte Carus auf den Innenhof seines Institutes. Die Mittagssonne erhellte jeden Winkel. Nicht einmal die Ziergiebel über den Fenstern des ersten Stockwerks warfen einen Schatten. Der Widerhall seiner Schritte füllte den Raum zwischen den aufschießenden Mauern, als er die lichte Fläche durchschritt. Er blieb allein. Niemand trat zu ihm, niemand begrüßte ihn. Aus dem ersten Stock hörte er die Schreie einer Kreißenden. Er hoffte, die Geburt würde sich auf gewöhnliche Art vollziehen und seine Anwesenheit nicht erforderlich machen.

Carus schleppte sich müden Schrittes über die steinerne Freitreppe hinauf in sein Dienstzimmer. Er konnte sich in aller Ruhe den Papieren und Korrespondenzen widmen, die liegen geblieben waren. Ein ansehnlicher Stapel. Welch eine Unordnung war in sein Leben getreten! Als er die Taschenuhr aus der Westentasche ziehen wollte, um sie aufzuziehen, stieß er auf den Brief, den er der Baronin abgenommen hatte. Er wog ihn eine Weile in der Hand, unschlüssig, ob er ihn lesen solle, nun, da die Empfängerin nicht mehr war, oder ob er sich damit erneut an der Toten versündigte.

Carus ließ ihn ungelesen in einer Lade seines Schreibtisches verschwinden. Dann schob er den Stapel der Pflichten beiseite. Stattdessen machte er sich daran, einen Aufsatz für das ›Neue medicinische Kollegium‹ seines Kollegen Kilian zu verfassen, in dem er vehement vor der Anwendung des Gebärmutterschnittes warnte – ja vor der Anwendung eines jeden chirurgischen Schnittes in einen intakten Leib.

Als er den Aufsatz beinahe vollendet hatte, betrat die Oberhebamme das Zimmer. »Die Sperlingsche aus der Seevorstadt hat von einem gesunden Jungen entbunden.«

Carus murmelte ein Lob, ließ sich aber nicht von seinem Aufsatz ablenken.

Die Oberhebamme stand im Zimmer, unschlüssig, ob sie wortlos abtreten oder Carus mit einer weiteren Nachricht belästigen sollte.

Nachdem sie ihm eine Weile schweigend beim Schreiben zugeschaut und Carus sie beinahe vergessen hatte, wurde er, als er die Feder in das Tintenfass tauchte, wieder auf sie aufmerksam. »Was wünschen Sie noch, Oberhebamme Dinkelroth?«

Die Oberhebamme sah ihn verwundert an: »Wollt Ihr denn gar nicht erfahren, was meine Erkundigungen bezüglich der vorangegangenen Nacht ergeben haben?«

Carus legte die Feder aus der Hand und lehnte sich in seinem Sessel zurück: »Doch, doch, gewiss. Ist die Demoiselle wieder aufgetaucht?«

Die Oberhebamme schüttelte den Kopf. »Nein. Sie scheint spurlos verschwunden, obwohl ich die Mägde angewiesen hatte, sich auch auf den Märkten nach ihr zu erkundigen. Doch eines scheint merkwürdig ...«

Carus gab sich nach außen den Anschein von Gelassenheit, doch innerlich tobte ein Orkan der Erregung. »Nun sprechen Sie schon! Was ist merkwürdig?«

»Niemand im Entbindungsinstitute will in dieser Nacht irgendetwas gehört haben.«

»Niemand?« Carus beugte sich in seinem Sessel nach vorne.

»Nein. Niemand. Ich habe alle Hebammenschülerinnen befragt, die Hausdiener, ebenso alle Patientinnen. Niemand hat auch nur irgendetwas Ungewöhnliches gehört.«

Carus atmete geräuschvoll aus und ließ sich im Sessel zurücksinken. Das war schlichtweg unmöglich. Immerhin hatte eine der Frauen den anatomischen Saal betreten, hatte eine Szenerie gesehen, die sich in ihrem Gedächtnis eingebrannt haben musste wie glühendes Eisen! Sein Herz jubelte auf, doch sein Verstand blieb skeptisch.

»Und Sie haben auch alle Patientinnen befragt?«

»Gewiss, ehrwürdiger Hofrat. Jede Einzelne. Außer –«

»Nun kommen Sie endlich zur Sache und hören Sie auf, mir die Erkenntnis tröpfchenweise einzuflößen«, fuhr ihr Carus ungehalten in die Rede.

Die Oberhebamme verzog trotzig den Mund. »Die Sperlingsche, die Strumpfwirkerin, konnte ich noch nicht befragen, da sie in den Wehen lag.«

Carus schlug mit der flachen Hand auf den Tisch. »So befragen Sie sie, wenn sie sich erholt hat. Doch wie es aussieht, hat sich unsere Schauspielerin ganz heimlich und ohne Aufsehen von der Bühne geschlichen.«

»Ihr glaubt, sie habe sich umgebracht?«, fragte die Oberhebamme.

Carus sprach, ohne der Oberhebamme in die Augen zu sehen: »Dies ist keine Frage des Glaubens. Wir alle wissen, mit welcher Entschlossenheit sie es bereits versucht hatte. Es würde mich nicht wundern, wenn man das junge Ding demnächst aus der Elbe fischte.«

»Aus der Elbe?«, fragte die Dinkelroth ungläubig. »Ihr meint, sie hätte es in ihrem Zustand bis zur Elbe schaffen können?«

Carus erhob sich vom Sessel und schaute aus dem Fenster. Die Hände hatte er hinter dem Rücken ineinander gelegt. »Ihr wisst, Sterbende entwickeln mitunter Kräfte, die über das Menschenmögliche hinausgehen.«

»Wenn sie aber ohnehin im Sterben lag, warum sollte sie sich dann in den Fluß stürzen?«, fragte die Dinkelroth ohne jeden Hintersinn, in ehrlicher Verblüffung.

Carus schoss herum: »Was stehen Sie hier herum und philosophieren? Haben Sie nicht der Tagesgeschäfte genug zu erledigen?«

»Recht habt Ihr«, pflichtete ihm die Dinkelroth bei. »Die polizeiliche Untersuchung wird uns ohnehin letzten Aufschluß darüber geben.«

Die Worte ›polizeiliche Untersuchung‹ ließen Carus zusammenschrecken. Doch er gab sich keine Blöße. »Ich zweifle nicht, was das Ergebnis dieser Untersuchung sein wird.« Mit diesen Worten winkte Carus die Oberhebamme ungeduldig aus dem Zimmer. Die Dinkelroth wandte sich grußlos ab. Als sie die Tür schon geöffnet hatte, drehte sie sich noch einmal um.

»Was ich noch vergaß, Euch auszurichten, ehrwürdiger Medizinalhofrat: Die Sau ist krepiert.«

»Welche Sau?«, fragte Carus blass.

»Die Sau, die Ihr letzthin einer chirurgischen Operation unterzogen habt.«

Carus nickte erleichtert. Glücklicherweise hatte die Oberhebamme keine genauen Kenntnisse über die Versuche, die er durchführte. Der Zutritt zum anatomischen Theater war den Hebammen verwehrt.

»Wünscht Ihr, sie wie üblich zu sezieren?«, fragte die Dinkelroth.

»Nein«, entschied Carus, ohne auch nur einen Moment nachzudenken. »Lassen Sie sie auf den Mist werfen. Aber vergessen Sie nicht, sie mit Kalk zu bestäuben.«

Die Dinkelroth zog die Tür hinter sich zu. Carus ließ sich in seinen Sessel fallen und schloss die Augen.

Er wusste nicht, wie lange er so dagesessen hatte, bevor es erneut klopfte. Ohne eine Antwort abzuwarten, schlüpfte Tieck gebeugt, doch so behende wie ein zu groß geratener Jahrmarktszwerg durch den Spalt. Die Vorgänge der letzten Nacht schienen ihn nicht, wie Carus, erschöpft, sondern ganz im Gegenteil belebt und mit neuer Jugendfrische ausgestattet zu haben.

»Nun, Carus, wie fühlst du dich?«, fragte Tieck mit schelmisch aufblitzenden Augen.

»Etwas besser, doch nicht so gut wie Sie, die Sie kaum erschöpft, ja, im Gegenteil, ein wenig aufgekratzt scheinen!«

»Nicht wahr, Carus, es braucht für die meisten Schicksalsschläge dieses Lebens nicht mehr als eine Nacht, um ihnen den ärgsten Schrecken zu nehmen.«

»Ich fand keinen Trost im Schlaf, da ich den Schlaf kaum fand. Doch ich habe mit Friedrich geredet, und er –«

Tieck knallte die Spitze des Stockes auf den Dielenboden, dass Carus zusammenzuckte. »Du warst bei Friedrich?«, fragte er misstrauisch. »Wozu?«

»Eine Schuld wie die, die wir gestern auf uns geladen, kann ich nicht sorglos und vergnügt mit mir herumtragen – ganz im Gegensatz zu Ihnen«, bemerkte Carus nicht ohne Vorwurf.

Tieck humpelte um den Schreibtisch herum und sah Carus forschend in die Augen: »Du wirst ihm doch nichts erzählt haben?«

»Ich habe Trost von ihm erhalten.«

»Nun rede doch nicht um den heißen Brei wie dein hochverehrter Goethe, Gott hab ihn selig!«

»Wenn Sie weiterhin fortfahren, die Toten zu lästern, werfe ich Sie hinaus!«, fuhr Carus den Dichter mit ungewohnter Schärfe an und trat auf ihn zu, als wolle er ihn ergreifen.

Tieck hielt Carus mit dem spanischen Rohr auf Distanz. »Du wirst doch nicht die Nerven verlieren, mein Freund!«

Carus wandte sich unwillig ab. »Ich habe zu tun, ich muss mich neu in meinem Leben einrichten. Geht Eurer Wege, Herr Dichter.«

»Holla, holla, junger Heißsporn. Warum so ruppig? Du wirst meinen freundschaftlichen Rat in dieser Affäre noch brauchen, dessen kannst du gewiss sein!« Tieck bewegte sich langsam auf die Tür zu. Auf halbem Wege drehte er sich um. »Hast du mit der Sperlingschen schon reden können? Erinnert sie sich an die Ereignisse der Nacht?«

»Woher wissen Sie ihren Namen?«

»Ich geleitete sie zurück zu ihrem Lager, wie du dich vielleicht entsinnen kannst, und wie es sich gehört, habe ich mich vorgestellt – natürlich nicht unter meinem richtigen Namen. Jedoch habe ich keine Veranlassung zu glauben, sie könnte mir den ihren verfälscht haben.«

»Die Sperlingsche wurde heute von einem gesunden Jungen entbunden.«

»Das ist ja wunderbar! So wird ihr denn das glückliche Ereignis die furchtbaren Gesichte dieser Nacht aus dem Kopf treiben. Und wir sind einer peinlichen Zeugin ledig.«

Carus schüttelte den Kopf. »Mir missfällt, mit welchem Gleichmut Sie über alle diese Dinge hinwegtänzeln, Tieck.«

Tieck machte einen Schritt auf die Regale an den Wänden von Carus' Arbeitszimmer zu. Sinnend verharrte er vor dem Schädel der Selbstmörderin. »Sollte ich mich in dir getäuscht haben, junger Freund? Solltest du wirklich einer dieser Philister sein, die sich die Moral so hinbiegen, dass sie alle anderen außer sich selbst in das schlechteste Licht setzt? Betrachtest du die Kreatur durch das Mikroskop nicht auch wie durch ein Opernglas? Ist die Wissenschaft der Anatomie so weit von der Wissenschaft der Komödie entfernt, dass du dich in die Schranken des Anklägers stellen kannst?«

»Nun kommen Sie vom Speziellen auf das Allgemeine, Sie reden sich auf höhere Prinzipien heraus, während ich mich auf die tatsächlichen, niederen Vorfälle beziehe!«

»Mir geht es immer um das Allgemeine im Speziellen,

Carus, das solltest du wissen. Denn das ist eine Aufgabe der Komödie wie der Tragödie: Das Spezielle im Vordergrund so zu schildern, dass es das Allgemeine im Hintergrund aufschimmern lässt!«

»Doch das Wesen der Anatomie ist ehrlich. Das Wesen des Theaters ist Lüge. Das Theater lügt, um – im besten Falle, wenn auch keineswegs immer – tiefere Wahrheiten aufzuhellen. Die Anatomie lügt nicht. Sie ist die reine Wahrheit, die reine Erkenntnis«, ereiferte sich Carus.

Tieck trat einen Schritt näher an den Schädel heran. »Wenn ich mich nicht irre, ist dies das nackte Gebein der Magd, die sich im Weintraubschen Pferdetrog ertränkte, richtig?«

Carus nickte. Tieck ließ Carus keinen Moment aus den Augen, als er fortfuhr: »Und welche Wahrheit erfahre ich über das arme Geschöpf? Was sagt mir der Schädel über ihr Leben, über die Art, wie sie endete, über ihre Vorlieben, ihre Geschmäcker, ihre Empfindungen, die Kränkungen, die ihre Seele erfahren hat, den Anlass ihrer Selbstentleibung?« Tieck zögerte nicht, die Antwort selbst zu geben: »Nichts.«

»Die abgeflachte Form des Schädels gibt Aufschluß über ihren einfachen, einfältigen Charakter«, versuchte Carus, sich zu verteidigen.

»Tatsächlich?«, höhnte Tieck. »Aber nur dem, der die Spuren zu lesen versteht – und wenn ich die wissenschaftliche Diskussion recht verfolgt habe, streiten sich noch einige Spurenleser über die rechte Deutung der Fährten. Aber einfachen Menschen, die von der Wissenschaft der Physiognomik nichts verstehen und diesen Raum betreten, denen wird dieser Schädel nichts weiter sagen, als das dies ein gewesener Mensch ist. Nicht, ob dessen Träger unserer Zeit angehörte oder einer fernen Vergangenheit. Nicht einmal dessen Geschlecht wird der Laie erraten können. Aber seine Phantasie wird ihm Dinge einflüstern, viel mächtiger als alles, was du aus diesen toten Knochen jemals herauslesen wirst. Sie wird Gefühle in ihm hervorrufen, Todesahnungen, er wird auch Vermutungen darüber anstellen, wie die Person zu Tode gekommen ist. Zwar sind diese Gedanken, Ideen, Gefühle nichts weniger als wahr, aber doch mehr als lebendig in der Vorstellungskraft desjenigen, der sie anstellt.«

»Wie weit werden diese Gespinste von der wirklichen Wahrheit entfernt sein?«

»Für denjenigen, der diese Betrachtungen vornimmt, sind sie wahrer als wahr, weil es die Bilder sind, die er in seinem Kopfe trägt. Die Phantasie ist die mächtigere Wahrheit, weil sie persönlich ist, individuell.«

»Sie biegen sich die Dinge zurecht, wie Sie sie haben wollen. Das ist der Punkt. Versuchen Sie nicht, Ihre Verbiegungen als eine edlere Form von Wahrheit hinzustellen. Das wird ein Mann der Wissenschaft, wie ich es bin, niemals zulassen.«

Tieck riss sich vom Anblick des Schädels los. »Nun, wir werden sehen, was uns weiter bringt. Meine ungebändigte, haltlose Phantasie ist auf der Suche nach einem Brief. Ein Brief, der zu einer Banderole und einem Siegel passt, das ich in der Garderobe der Bernstein fand. Ein Brief, der die Schauspielerin erreichte, kurz bevor sie ihren ersten Entleibungsversuch vornahm.«

»Ihren ersten und einzigen«, stellte Carus richtig.

»Ach? Bist du da so sicher?«

Carus wollte etwas erwidern, aber Tieck brachte ihn mit einer herrischen Handbewegung zum Schweigen. »Ich bin auf der Suche nach diesem Brief, weil er die Phantasien der Menschen, die ihn zu Gesicht bekommen, in eine Richtung lenken könnte, die mir gar nicht behagt.«

»Können Sie denn gänzlich sicher sein, dass ein solcher Brief nicht allein die Ausgeburt Ihrer Phantasie ist?«, fragte Carus.

»Ich bin im Besitz eines Bandes, eines gesiegelten Bandes, das den Brief vermutlich umfasste, bevor es die Empfängerin zerriss. Außerdem hörte ich den Brief aus dem Mund der beteiligten Person höchstselbst erwähnt. Ich denke, das sind Hinweise, die selbst vor dem gestrengen Auge deiner wissenschaftlichen Erkenntnis einen gewissen Anspruch auf Wahrhaftigkeit erheben können.«

»Wenn der Brief so offensichtlich existent ist, warum haben Sie dann Mühe, ihn zu finden?«, fragte Carus spitzfindig.

»Nun, ich weiß nicht, in wessen Hände er gefallen ist, nachdem er die der seligen Besitzerin verlassen hatte.«

Carus verschränkte zufrieden die Arme. »Und wenn ich Ihnen sage, dass ein Brief, wie Sie ihn beschreiben, sich in meinen Händen befindet?«

Tieck runzelte die Stirn. »Dann frage ich mich, wie er in deine Hände gelangte? Ich bemühe meine Phantasie um Antwort, denn du kannst ihn schwerlich von der Bernstein selbst erhalten haben. Oder trug sie ihn etwa bei sich? Hast du den Brief etwa in ihrem Kostüm gefunden? Womöglich in der Tasche ihrer Schürze? Das wird es sein!«

Carus lächelte siegessicher. »Da sehen Sie, auf welche irrigen Pfade die bloße Spekulation führen kann! Ich erhielt den Brief aus der Hand einer dritten, weitgehend unbeteiligten Person.«

»Die den Inhalt des Briefes kennt?«, fragte Tieck unverzüglich, und die Sorgenfalten gruben sich tiefer in seine Stirn.

Die Siegesgewissheit schwand aus Carus' Miene und wich einer besorgten Nachdenklichkeit.

»Es hatte nicht den Anschein.«

»Du bewahrst den Brief bei dir auf?«, setzte Tieck nach.

»Ja, ich habe ihn hier« antwortete Carus und biss sich im nächsten Moment auf die Lippen. Er fürchtete, Tieck werde die Herausgabe verlangen. Und es würde weitere

Anstrengungen kosten, dem Wunsch des alten Poeten dauerhaft zu widerstehen.

Doch Tieck stutzte nur einen Augenblick, dann nickte er Carus aufmunternd zu. »So bin ich beruhigt. Bei dir, Carus, ist er in guten Händen – in den besten.«

Carus nickte, obwohl er sich nicht sicher war, ob es stimmte. Tieck setzte sich den Zylinder auf sein mächtiges Haupt – er trug ihn stets zur Seite angeschrägt, was ihm einen verwegenen Ausdruck verlieh –, dann ging er zur Tür hinaus. Auf dem Korridor wandte er sich noch einmal um. »Falls es dich interessiert, junger Freund: Die Franzosen sind heute Morgen in aller Frühe mit dem Eilwagen abgegangen. Ihr nächstes Ziel haben sie mit ›Professor Bauer, Wien‹ angegeben. Sie haben anscheinend mit niemandem auch nur ein Wort über den Zwischenfall gewechselt.«

Tieck hatte den Stock schon erhoben, um sich endgültig zu entfernen, da hielt er nochmals inne. »Ach. Das mag dich noch interessieren: Gelegentlich der Nachfrage im Hotel Stadt Berlin erfuhr ich zufällig den Namen des geheimnisvollen Begleiters, ›Monsieur D.‹. Sein voller Name lautet auf ›Dubois‹, ›A. Dubois‹, falls es dir von Nutzen ist.«

Carus fühlte sich elend. Dubois. Antoine Dubois. Mochte es sich um den berühmten Accoucheur der Kaiserin Marie-Louise handeln? Den verwegenen Entbindungsarzt der Gattin Napoleons, der ihr glücklich den ersehnten Thronfolger entwickelte – trotz vertrackter Steißlage, mittels mutiger inleibiger Wendung des Kindes? Von Napoleon selbst aus Dankbarkeit in den Adelsstand erhoben? Er musste es sein! War er doch ein Greis von über siebzig Jahren, und die Beschreibungen, die Carus gelesen hatte, passten im Nachhinein vorzüglich auf Statur und Persönlichkeit des Begleiters der beiden Marigaux'. Wie konnte er so blind gewesen sein! Und dieser famose Arzt hatte sich trotz seines hohen Alters an Carus' Wirkungsstätte begeben, nur damit er sich vor diesem hochberühmten Manne als sträflicher Dilettant erwies? Die Blamage konnte größer nicht sein! Carus beugte sich über den Schreibtisch und verkroch sich zwischen seine Arme.

Das Anwesen derer von Lüttichau lag am äußersten Rande der Stadt, an einer Weggabelung, deren Schenkel nach den Dörfern Räcknitz und Strehlen hinauf führten. Unweit des Anwesens befand sich die Struvesche Brunnen-Anstalt, eine der zahlreichen Trinkkureinrichtungen innerhalb und außerhalb der Stadt, die von den Stadtbewohnern neben den Garten- und Kegelanlagen als beliebtes Ziel ihrer Freizeitgestaltung aufgesucht wurden. Das Besondere an Struves Anstalt war, dass die mineralischen Wasser nicht einer natürlichen Quelle entsprangen, sondern auf chemischem Wege nach einem Verfahren, das Struve selbst entwickelt hatte und streng geheim hielt, mineralisiert wurden. Der Ort war technische Sensation und Gesundbrunnen zugleich.

Carus ließ nach einer Kutsche schicken, die ihn hinausbrachte. Die Chaisenträger verkehrten nicht in den Randbezirken der Stadt, und zu Fuß hätte er für die Strecke mehr als eine halbe Stunde gebraucht. So sehr Carus auch die Wohltat eines Spazierganges an der freien Luft predigte, diese Entfernung wollte er seinem erschöpften Leib an diesem Tage nicht mehr zumuten. Er ließ sich zur Pirnaischen Gasse hinausfahren, dann zwischen Johannis-Kirchhof und dem öffentlichen Trockenplatz hindurch die Lange Gasse hinunter. In den Außenbezirken der Stadt wurden die Häuser ärmlicher. Über einem, höchstens zwei niedrigen Stockwerken gluckten bereits die spitzen, mit Holzschindeln gedeckten Satteldächer. Auch reine Holzhäuser waren darunter, die sich windschief zwischen schlichte Naturstein- und Fachwerkgebäude duckten. Dann wichen die Häuser von der Gasse zurück, ein schmaler Platz öffnete sich, von dem eine blumenrabattenumkränzte Auffahrt zum Gartenpalais des Prinzen Johann hinaufführte. Das Palais war streng und nüchtern in seiner Anmutung, keine verspielten Figurinen auf den Balustraden, die Ziergiebel klassisch schlicht und ohne Reliefschmuck. Nur die türflügelgroßen Fensterläden, die die gesamte Fassade dominierten, gaben dem Palais etwas Leichtes, Südländisches. Dahinter erstreckte sich Prinz Johanns gepflegter und etwas altmodischer, weil nach der längst verflossenen französischen Mode gar zu regelmäßig gestalteter Garten.

Die neueren Gärten legte man nach englischer Mode an, also derart, dass sie einen eher verwilderten und ungeplanten Eindruck machten. Carus schätzte diese englische Gartenmode und genoss es sehr, dass sein eigener Garten ganz nach ihrem Vorbild gestaltet war. Nachteilig an der englischen Form war lediglich, dass sie ihren natürlichen Reiz erst nach einigen Jahren, wenn nicht gar Jahrzehnten entfaltete – nachdem die Anpflanzungen gewachsen waren und die scharfen Linien der planerischen Anlage allmählich verwilderten. Die gezirkelten französischen Anlagen mit ihrer gestutzten und in Form gebrachten Natur entfalteten ihre Wirkung bereits, wenn die Bäume noch nicht mannshoch waren.

Eine Menge Volks erging sich in den Gärten, man nutzte die anhaltend schönen Tage des Mai, denn das übrige Jahr war bislang trüb und nass gewesen. Der Kutscher fuhr über die Planken einer schmalen Brücke über den Kaitzbach hinweg auf direktem Wege nach der Lüttichaustraße. Das war eine der angenehmen Seiten des Siedelns am Rande der Stadt: Dass man gleich die ganze Straße nach seinem Besitz benennen konnte, wenn man einer der ersten war, die sich hier niederließen – und zudem einen so klangvollen Namen wie den derer von Lüttichau vorweisen konnte.

Das Palais stand frei, und Baron von Lüttichau, der etwas auf sich hielt und sich immer bemühte, *à la mode* zu sein, hatte sein Anwesen von wildem Gehölz, ganz englisch, einfassen lassen. Carus hieß den Lohnkutscher vor dem schmiedeeisernen Tor halten und ging zu Fuß den kiesbestreuten Pfad zum Haus hinauf. Das Palais prangte in der Mitte des Anwesens, auf einer künstlichen Anhöhe, ein einziger massiver Mittelbau ohne Querflügel, an den Seiten in vorspringenden, eckigen Erkern auslaufend. Ein runder, massiver Mittelerker markierte den Eingangsbereich, bewehrt mit mächtigen dorischen Säulen, die über alle drei Stockwerke hinaufschossen und ein vorkragendes Dach stützten. Die Fensterflügel waren weit geöffnet, lange Vorhänge flatterten im Frühlingshauch, das Haus strahlte die herzliche Offenheit aus, die das Wesen der Hausherrin ausmachte.

Wie sehr doch die äußere Gestalt der Häuser der inneren Gestalt der Bewohner entsprach! dachte Carus, und er nahm sich vor, dereinst eine genauere Untersuchung dieses Sachverhalts anzustrengen.

Carus ließ sich der Hausherrin melden, und nicht ganz standesgemäß flog ihm die temperamentvolle Baroness über die flachen Stufen der schlichten, nach Weimarischem Vorbild angelegten Treppe entgegen. Carus wollte einen Handkuss anbringen, doch bevor er seine Lippen auf die feingliedrigen Finger hauchen konnte, zog sie ihn an der Hand hinter sich her, die Treppe wieder hinauf.

»Carus, dem Himmel sei Dank, dass du kommst! Endlich jemand, der meine Deklamationskünste beurteilen kann.«

Carus wusste nicht, wie ihm geschah, war auch nach ihrem letzten Treffen auf diesen herzlichen Empfang nicht vorbereitet, und folgte ihren fliegenden, ondulierten Locken willenlos in den Musiksalon. Der Salon im ersten Stock war ganz und gar mit roter Damasttapete ausgeschlagen und machte auf Carus einen denkbar ungünstigen Eindruck. Das kräftige Rot beschwor zu lebhaft die Szenen der vergangenen Nacht. Zudem drückte Ida ihm nun den aufgeschlagenen, blutbefleckten Rollenauszug in die Hand, und die Bilder der tödlich verwundeten, in ihrem Blute liegenden und mit ihren Schmerzen ringenden Schauspielerin drangen mit Macht auf Carus ein. Carus hätte sich gern gesetzt, doch Ida machte keine Anstalten, ihm einen Platz anzubieten. Sie bemerkte nichts von dem Kampf, den der Arzt in seinem Inneren focht. Seine Knie zitterten. Doch Ida legte unbeschwert und grazil ihre Rechte auf den schneeweißen Flügel und bedeckte mit der Linken ihr Brusttuch. Sie holte tief Luft und presste dann, vor Aufregung tremulierend, hervor: »Den Major von Tellheim? Jawohl kenn' ich den braven Mann!«

Carus blickte sie ängstlich an, Ida schaute in freundlicher Erwartung zurück. Nach einer Weile des Hin- und Herschauens verlor ihr Gesichtsausdruck mit einem Male die milde Freundlichkeit, und die Baronin herrschte ihn an: »Was glotzt du mich an, Carus? Dein Stichwort, du musst deinen Text aufsagen, damit ich den meinen anbringen kann!«

Carus ließ den Rollenauszug sinken und fragte einfältig: »Welchen Text?«

»Du sprichst den Werner, Carus, ich gab dir doch die richtige Seite. Du musst nur ablesen!«

Carus nickte, und Ida stellte sich wieder in Positur, die Rechte grazil, die Linke auf dem Busen.

»Den Major von Tellheim? Jawohl kenn' ich den braven Mann«, las Carus hölzern und stockend ab. Das Herz schlug ihm klamm in seiner Brust.

Die Baronin gab sich in übertriebener Verzweiflung einen Klaps auf die Stirn. »Aber Carus, das ist mein Text! Ich sprach ihn bereits! Du musst die nächste Zeile lesen! Und lies doch, bitte schön, mit etwas mehr Inbrunst, sonst kommt's mir vor, als dialogisiere ich mit einer deiner knöchernen Schaufiguren!«

Ohne weiter auf ihre Bemerkung einzugehen, mühte Carus sich mit der folgenden Zeile ab: » … wohl gut?« Carus ließ den Bogen ratlos sinken. »Soll das ein Satz sein, den der geistvolle Lessing schrieb?«

»Carus, Carus«, wies die Baronin ihn in mitleidigem Ton zurecht, »hast du denn überhaupt keinen Schimmer von den Gepflogenheiten der dramatischen Kunst? Hat dir dein Freund Tieck nichts mitgeteilt über sein Metier? Das ist mein Stichwort! Den Text des Werner brauche ich nicht zu kennen, was ich brauche, ist lediglich mein Stichwort.« Und von einem Moment zum nächsten wieder in ihre alte Positur – grazil, Busentuch – verfallend, replizierte sie: »Vom Grunde meines Herzens.« Dabei warf sie Carus einen kecken Blick zu, der ihm bis auf den Grund seines eigenen furchtsamen Herzens hinabfuhr, so dass Carus erneut den Einsatz jämmerlich verpasste. Ungeduldig trommelte die Baronin mit den Fingerspitzen einen Galopp auf den Deckel des Flügels. Nach einer viel zu langen Weile begriff Carus, dass sie auf seinen Text wartete, er suchte die nächsten Worte und rief dann endlich erleichtert aus: » … will erwiesen haben.«

Nun hob die Baronin mit einer Anmut, die ihn die Welt um sich herum vergessen ließ, die Hände in eine neue Positur: geöffnet, mit den Handtellern nach oben, etwa in Schulterhöhe, Ratlosigkeit versinnbildlichend. »Ich wüsste eben nicht; es wäre denn, dass er sich das Gute zuschreiben wollte, welches zufällig aus seinem schurkischen Betragen entstanden.«

Carus versteinerte. Ihm war mit einem Male die Wirklichkeit in diesen feenhaften Moment geschlagen. Mit erschüttertem Gesichtsausdruck fragte er die Baronin: »Glauben Sie, dass es so etwas gibt: ein schurkisches Betragen, das sich zum Guten auswirkt?«

Die Baronin schüttelte den Kopf: »Aber Carus, kennt Ihr nicht die ›Minna von Barnhelm‹?«

»Im wirklichen Leben meine ich, nicht auf dem Theater!«

Die Baronin tat empört: »Aber Carus, ich muss mich sehr über dich wundern. Das Theater ist doch ein Spiegel des Lebens! Lessing war ein Mensch aus Fleisch und Blut, der das Leben und seine Gefühlslagen inwendig kannte!«

Carus trat einen Schritt an die Baronin heran und legte den Rollenauszug auf dem Flügel ab.

»Aber Ida, die Lichter an der Rampe, die alle handelnden Personen in fahle Gespenster mit von Schminke entstellten Grimassen verwandeln, die Pappwälder und Bretterverschläge, die Ritterkostüme und Blechgewitter, dieser armselige Mummenschanz soll ein Spiegel des Lebens sein?«

Ida von Lüttichau schaute den Arzt traurig an. »Ach Carus, was bist du doch nur für ein verstockter Gelehrter. Was weißt du schon von der Dramatik des Lebens? Eine Abhandlung über die Blütenblätter der Rose ist dir lieber als ihr Geruch. Wenn du nur häufiger ins Theater gehen würdest, dann wären dir die wahren und tiefen Gefühle zu vertrauten Gefährten geworden, und du würdest nicht vor ihnen Reißaus nehmen und stets Haken der Vernunft schlagen wie ein Kaninchen unter dem Schatten des Habichts!«

Carus bebte vor Zorn. »Ich kennte nicht die Dramatik des Lebens? Ich, der ich täglich den gefallenen wie den ehrbaren Frauenzimmern in ihrem Kampf auf Leben und Tod beistehe? Ich sollte keine Gefühle kennen, der ich einige Dutzend dieser unglücklichen Geschöpfe auf ihrem letzten Weg begleitet und beweint habe?« Zitternd deutete er auf die blutbesprengten Papierbögen auf dem Klavier: »Mir scheint, Ihr eigenes Leben ist so arm an Dramatik und wahren Gefühlen, dass Sie ihm die Illusionen und Larven des Theaters einzuverleiben gedenken, um Ihren gleichgültigen, gelangweilten Herzschlag um ein weniges zu beschleunigen!«

Carus hatte sich so in Rage geredet, dass er nicht bemerkte, wie sich die Augen der Baroness mit Tränen füllten. Und er hörte nicht auf zu wettern: »Diese Liebesgeplänkel und Eifersuchtshändel, die weit mehr als die Hälfte Ihres Tagesgeschäfts mehr schlecht als recht ausfüllen, sind doch nicht mehr als die Spiele von erwachsen gewordenen Kindern, die ihre Mitmenschen als Puppen betrachten.«

Carus hielt inne, erstaunt, dass sich noch kein Wort des Widerspruchs geregt hatte. Erst jetzt bemerkte er, dass die junge Frau die Hände vor die Augen geschlagen hatte und bittere Tränen vergoss. Dieser Ausdruck rührte ihn so, dass er seine wüsten Einwürfe augenblicklich bereute. Er wäre gern neben sie getreten und hätte sie tröstend in den Arm genommen. Doch seine zornige Rede stand wie ein Eisblock zwischen ihnen. Durch die Kühle des Eises hindurch hauchte sie ihre Frage: »Welches Anliegen, sagten Sie, hat Sie zu mir geführt?«

Carus schluckte, bevor er sprach: »Verzeiht mir meine Grobheit«, flüsterte er und war nicht sicher, ob sie ihn verstanden hatte. Ihr Blick flatterte unruhig durch den Raum. Dann hub er lauter an: »Ich wollte Sie fragen, in welchem Verhältnis Sie zu der unglücklichen Demoiselle Bernstein gestanden haben?«

»So ist es denn wahr, dass sie sich in die Elbe gestürzt hat?«

Nun war es an Carus, bestürzt zu sein: »Woher wissen Sie das?«

»Das ist es, was man sich allerorten erzählt. Trifft es denn zu? Befand sie sich nicht in Ihrer Obhut?«

Carus zögerte. Er fürchtete, noch mehr zu verraten, als man ohnehin schon wusste. Doch das, was man nicht wusste, würde gleichwohl durch ein schiefes Gerücht ausgefüllt. Also tat es nichts zur Sache. »In der Tat, sie ist aus meinem Institute entwichen. Und ja, es hat den Anschein, als habe sie es bis zur Elbe geschafft. Doch noch hat man ihren Leichnam nicht gefunden.« Und hoffentlich möge man es niemals tun, ergänzte Carus im Geiste.

»Das arme Ding«, murmelte die Baronin vor sich hin und Carus meinte, aufrichtige Trauer herauszuhören.

»Kannten Sie sie denn näher?«, wiederholte Carus seine Frage.

»Nein, ich sah sie dutzende Male auf der Bühne, traf sie ein oder zwei Mal auf einem Privatvergnügen, habe wohl auch das ein oder andere Wort mit ihr gewechselt. Allein, sie war sehr verschlossen mir gegenüber, womöglich lag das daran, dass ich nun einmal die Gattin des Theaterintendanten bin, der über Wohl und Wehe ihrer weiteren Bühnenlaufbahn zu entscheiden hatte, nicht wahr?«

»Und ihren Rollenauszug haben Sie – ?«

»– aus ihrer Garderobe entwendet. Das weißt du doch, Carus, ich gestand es dir bereits! Doch was soll dies Fragen? Soweit mir bekannt ist, bist du Medizinal- und nicht Kriminalhofrat. Oder solltest du zum geheimen Rat mit Spezialaufgaben avanciert sein?«

Carus war sprachlos angesichts der Treffsicherheit ihres Instinkts. Oder war es heilloses Einherphantasieren? Er musste jedenfalls mehrmals schlucken, um zu einem halbwegs gleichgültigen Tonfall zurückzufinden.

»So lange die junge Frau nicht wieder aufgetaucht ist, werden Sie verstehen, dass ich mich in gewissser Weise für ihr Schicksal verantwortlich fühle«, sagte Carus ausweichend.

Die Baronin hatte ihre Tränen getrocknet und atmete wieder etwas ruhiger. Sie ließ sich auf dem Klavierhocker nieder und fragte wie beiläufig: »Und der Inhalt des Briefes konnte dir keinen näheren Aufschluß über ihr Schicksal geben?«

»Ich kenne den Inhalt nicht.«

»Du kennst ihn nicht? Was bedrängst du mich mit Fragen, wenn du dieses Zeugnis in den Händen hältst?«

»So lange es nicht feststeht, ob die Demoiselle tot ist oder nicht, werde ich mich hüten, einen Brief zu lesen, der nur für ihre Augen bestimmt war«, log Carus. »Kennen Sie seinen Inhalt?«

Die Baronin belächelte ihn spöttisch: »Ich? Du warst doch Zeuge, wie mir das Briefchen mehr durch Zufall als durch Plan in den Schoß fiel? Ich kenne nicht einmal den Absender!«

»So darf ich Sie untertänigst bitten, sich über das Vorhandensein dieses Briefes vorläufig auszuschweigen?«

Die Baronin sah ihn misstrauisch an: »Holla, Carus! Musst du die Leere deines Tages mit dem Spinnen von Intrigen ausfüllen? Was soll die Geheimniskrämerei?«

»Es handelt sich nicht um Geheimniskrämerei, sondern um die Absicht, Gerüchte zu vermeiden, die ehrbare Personen in ungünstiges Licht stellen könnten.«

Die Baronin nickte verständnisvoll. Sie wollte etwas erwidern, doch in diesem Moment trat ein Diener ein und meldete die Ankunft des Hausherrn. Der Bedienstete hatte sich noch nicht zurückgezogen, da stürmte der Hoftheaterintendant auch schon durch die hohen Türflügel in den Musiksalon. Auch seine Haare waren onduliert, obwohl sie sich weder in Glanz noch in Dichte mit denen seiner Gattin messen konnten. Baron Wolf Adolph von Lüttichau trug seine betresste Uniform mitsamt Orden und Abzeichen. Offenbar kam er vom Hofe. Er bedachte Carus mit einem knappen, abschätzigen Kopfnicken und wandte sich dann augenblicklich seiner Frau zu: »Ich habe Neuigkeiten, die dich erfreuen werden. Wir gehen heute Abend ins Theater.«

Carus sah, wie sich eine böse Vorahnung auf Idas Gesichtszüge legte. »Allerdings gehen wir ins Theater. Ich habe dort eine Rolle zu spielen. Die Rolle der Franziska in der ›Minna von Barnhelm‹. Denn die Demoiselle Bernstein wird sie wohl heute nicht ausfüllen können.«

Der Baron küsste ihr flüchtig die Hand. »Nein, mein Krönchen. Das bleibt uns erspart. Ich habe in Absprache mit dem Hofkapellmeister die ›Minna‹ austauschen lassen durch den ›Eingebildeten Kranken‹, wo die Bernstein nicht beschäftigt war und demzufolge nicht ersetzt werden muss.«

Nun war kein Halten mehr. Die junge Baronin verbarg ihr Gesicht in den Händen und brach in grauenvolles, zweifellos lebensechtes Schluchzen aus. Der Baron trat von hinten an seine Gattin heran, umfasste ihre Schultern und drückte sie fest, wohl um eine aufmunternde und tröstliche Wirkung zu erzielen: »Mein liebes dummes Krönchen. Was weinst du? Sei doch glücklich, dass du dich nicht dem Dresdner Publikum zum Fraße vorwerfen musst!«

Ida hob den Kopf und zeigte ein gerötetes, tränenverschmiertes Gesicht: »Du willst um jeden Preis verhindern, dass ich als Schauspielerin reüssiere!«

Der Baron machte ein Gesicht, als habe er auf eine Zitrone gebissen. »Aber nein«, beteuerte er, »ich möchte nur verhindern, dass dein Name und deine Ehre durch einen ... durch einen Auftritt, der deiner nicht würdig ist, ruiniert wird.«

»Dein Name und deine Ehre!«, schleuderte sie ihrem Mann entgegen. »Das ist es, worum du dich sorgst!«

Carus fühlte sich bemüßigt, der Baronin beizustehen: »Ich bin mir sicher, Ihre werte Gattin würde Ihrem Hause nicht zum Schaden gereichen! Ich durfte selbst Zeuge einiger Kostproben ihrer Deklamationskunst sein, und ich hatte den Eindruck, sie wäre ihrer Aufgabe in der ›Minna‹ vollständig gewachsen!«

Der Baron warf Carus einen verächtlichen Blick zu.

»Das steht nicht zur Diskussion. Die Meute zerreißt sich die Mäuler über die Bernstein und deren Schicksal, an dem Sie, mit Verlaub gesagt, nicht ganz unschuldig sind. Ich werde nicht zulassen, dass meine Gattin Teil dieses unwürdigen Geredes wird! Darauf lauert doch das hiesige Publikum nur: Die Gattin des Generaldirektors, die auf der Bühne ausgepocht wird!«

»Niemand wird mich auspochen«, schluchzte die Baronin auf, »weil ich nämlich meine Aufgabe ausgezeichnet bewältigen werde – nicht wahr, Carus?«

»Du wirst den Beweis für heute schuldig bleiben müssen«, stellte der Baron mit Entschiedenheit fest. Ida raffte ihr Kleid und floh ohne ein weiteres Wort aus dem Salon.

Der Baron sann eine Weile vor sich hin. Carus wagte nicht, sich zu empfehlen. Er stand stocksteif. Dann verlagerte er sein Gewicht, und die Dielenbretter knarrten unter seinen Füßen. Der Baron hob den schmalen Kopf, um ihn mit einem düsteren, hasserfüllten Blick zu belegen. »Was hatten Sie eigentlich bei dieser Sache zu schaffen, Herr Hofrat?«

Carus war durch die abschätzige Behandlung tief getroffen. Lüttichau war kein ernannter, bürgerlicher Adel, sondern alter Erbadel. Dieser klaffende Standesunterschied wurde Carus, obwohl beide den gleichrangigen Hofratstitel trugen, mit einem Male schmerzlich bewusst. Niemals hätte er sich ein solches Benehmen gegenüber einem veritablen königlichen Hofrat gestattet!

»Ich wollte lediglich einige Erkundigungen, die Demoiselle Bernstein betreffend, einholen«, rechtfertigte er sich.

»So sind Sie bei mir an der rechten Stelle, denn ich bin der Hoftheaterintendant. Nicht meine Gattin«, beschied von Lüttichau kühl. Carus hätte ihm wohl gerne einige Fragen gestellt, doch er hatte nicht die Kraft, die demütigende Behandlung länger über sich ergehen zu lassen.

»Da ich Sie nicht antraf, war Ihre Gattin so freundlich, mir weiterzuhelfen.« Carus machte eine knappe Verbeugung, drehte sich auf dem Absatz um und verließ den Salon.

Carus kehrte nicht in das Entbindungsinstitut zurück. Wenn es denn Neuigkeiten gäbe, würde man sie ihm unverzüglich melden. Und Carus war froh, dass es keine Neuigkeiten gab. Wenn die Leiche der Bernstein noch nicht gefunden worden war, so bestand Hoffnung, dass sie ihren Weg die Elbe hinunter und über die Grenzen des Wettiner Landes hinweg genommen hatte. Oder sie lag irgendwo angespült, und es war nur eine Frage der Zeit, bis man sie fand. Wieder kroch Carus die Angst in den Nacken.

Er gab dem Lohnkutscher Anweisung, ihn nach Hause zu fahren, in das teure Heim, das seinem Wesen so sehr entsprach. Er meldete der Mutter, der Frau und den Kindern sein Eintreffen, schlug, zum allgemeinen Bedauern, die Teilnahme am gemeinsamen Abendessen, dem Höhepunkt des Tages aus, und begab sich schnurstracks in seine kühle Forschergruft.

Nachdem er sämtliche verfügbaren Lichter in dem Kellergewölbe entzündet hatte, holte er die Schüssel mit dem kindlichen Leichnam aus dem Eichenholzschrank. Beinahe zärtlich betrachtete er das doppelköpfige Kind. Mit einem Schwamm wusch er das Blut von dem winzigen Körperchen mit dem riesigen Schädel. Carus untersuchte es sorgfältig, er vermaß die Schädelkalotte, fertigte auch eine skizzenhafte Zeichnung aus mehreren Ansichten an.

Er bedauerte außerordentlich, dass es nicht die geringste Möglichkeit gab, diesen außergewöhnlichen Fund einem größeren Kreise bekannt zu machen. Wenn der große Goethe noch gelebt hätte, hätte Carus ihm gewiss eine genaue Beschreibung des Fundes zugesandt. Von Goethe nahm Carus an, dass er ein Geheimnis für sich behalten konnte. Er hatte selbst einst genügend besessen.

Doch verging er sich nicht erneut an der bemitleidenswerten Schauspielerin, wenn er ihr Kind als exemplarisches Beispiel eines missgebildeten Monsters konservierte? Nie hatte sich Carus seiner wissenschaftlichen Neigungen und Interessen so unsicher gefühlt. Hatte er sich nicht oft auf edelste Weise um das Wohl gerade der einfachen und vernachlässigten Kreaturen verdient gemacht? Wog das nicht diesen einen, einzigen, demütigenden Misserfolg auf?

Immerhin hatte er den Eingriff ohne böse Absicht und in gutem Glauben unternommen. Nein, seine ärztlichen Pflichten hatte er nicht verletzt. Und geboten nicht gerade diese Pflichten einen solchen Eingriff? War nicht Asklepios selbst durch einen ähnlichen Schnitt auf die Welt gekommen? Äskulap, der Gott und Patron der Ärzte wurde einst – so wollte es die Legende – eben durch einen Gebärmutterschnitt aus dem Leibe seiner toten, von Apollo, dem Vater, mit einem Pfeil hingestreckten Mutter Koronis geboren. Ein frühes Beispiel einer gelungenen Sectio in Mortua – den Medizinern ins blutige Stammbuch geschrieben.

War nicht das zwiefach mystische Kind, Asklepios und Janus zugleich beschwörend, ein Zeichen, das ihm die Gottgefälligkeit seines Tuns bedeuten sollte? Den Einklang mit der göttlichen Sendung des Äskulap?

Janus war der Gott der Anfänge. Welchen Anfang bezeichnete die Geburt dieses toten Kindes? Welcher Anfang begann mit einem Tod?

Oder brandmarkte das Doppelgesicht den Balg nur mehr als eine Missgeburt der zwielichtigen Welt des Theaters?

Carus wischte die zweifelhaften, spekulativen Ausdeutungen der Geschichte beiseite. Er bemühte sich, festen Grund auf der Rationalität wissenschaftlicher Vorgehensweisen zu finden.

Die Leichenstarre hatte längst eingesetzt, und am Körper des Kindchens bildeten sich dunkle Flecken. Es war höchste Zeit, es in das Spiritusbad zu tauchen. Der süßliche Geruch der wasserklaren Flüssigkeit zog ihm in die Nase, als er den Pfropfen aus der Flasche zog.

Tieck hatte er dies zu verdanken! Die Ängste und Unsicherheiten, die er nun auszustehen hatte. Tieck hatte ihn überredet, den Körper der toten Schauspielerin verschwinden zu lassen. Carus verfluchte sich ob seiner Folgsamkeit. Er musste sich lösen von Tieck, musste endlich dessen Weltverachtung, dessen trostlosen Zynismus in die Schranken weisen! Doch das gemeinsame Geheimnis kettete ihn nun mit ehernen Banden an den weltverspottenden Dichter, fester als je zuvor.

Carus zog das Glas mit der Spiritusfüllung heran. Vorsichtig, um keinen Tropfen der Flüssigkeit zu verschenken, ließ er das Körperchen in den Spiritus gleiten. Die Wölbung des Glases vergrößerte das Kind optisch. Es blähte sich, als werde es von neuem Leben durchströmt. Doch die vier Augen blieben fest verschlossen, die Mienen wie in Stein gemeißelt. Als der Körper zur Gänze untergetaucht war, füllte Carus aus einer Flasche Spiritus nach, bis dicht unter den Rand. Dann verschloss er das Gefäß mit einem breiten Korkpfropfen, in dessen Mitte er mit einer Nadel ein feines Loch gebohrt hatte. Er presste den Propfen so lange auf das Glas, bis er einen winzigen Tropfen Spiritus aus dem Loch emporquellen sah. Nun war keine Luft mehr im Behältnis. Eine Vorsichtsmaßnahme. Er schmolz Siegelwachs und versiegelte die haarfeine Öffnung. Doch anders als gewohnt drückte er nicht mit dem Petschaft seine Initialen in das warme Wachs, sondern ließ das Siegel ungezeichnet.

Durch das Glas betrachtete Carus die seltsame Kreatur. Die Arme des Kindes waren angewinkelt, die Beine in der üblichen Hockstellung. In dieser Position pflegten die alten Völker ihre Toten zu bestatten, in der Hoffnung auf Wiedergeburt. Dieses Kind war wahrlich wiedergeboren, hatte eine neue, eine höhere Existenz gefunden kraft seiner Hände! Es würde auf ewig der Wissenschaft dienen! Carus war sich sicher, wenn er nur lange genug wartete, würde die Zeit kommen, da er dieses Präparat der Öffentlichkeit darbieten konnte. Und es würde nicht geringe Sensation machen!

Der Arzt ordnete seine flüchtigen Skizzen, verbarg sie in einer Mappe und verschloss sie in einer Lade. Das Glas mit dem Embryonen-Präparat schob er in das Eichenholzfach unterhalb des Eisblockes, wo der kalte Nebelhauch die Missgestalt umwaberte. Das Glas verlor seine Konturen im milchigen Nebel, und der Körper des Wechselbalgs schien im Fache zu schweben – auf ihn zu? Jählings verschloss Carus die Türen.

Gerade als er den Schlüssel aus dem Schloß gezogen hatte, hörte er oben eine Stimme nach ihm rufen. Es war die seiner treuen Frau, und Carus eilte ihr entgegen. Karoline, die einfache, gerechte, sich nur wenigen Genüssen des Lebens öffnende Frau, hielt ihm einen Brief entgegen. Ihre milden Augen blickten sorgenvoll, denn sie hatte auf den ersten Blick das Siegel erkannt, und Briefe mit diesem Siegel verhießen für Carus meist nichts Gutes.

»Das Siegel des Königs«, sagte sie und streckte Carus das Schriftstück entgegen.

Carus musste sich an der Wand des Kelleraufgangs abstützen, denn die Knie waren ihm weich geworden. Mit zitternden Händen brach er das Siegel und überflog die Zeilen. Der König befahl ihn nach Pillnitz. Am folgenden Tag. So früh als möglich.

»Ist jemand erkrankt?«, fragte Karoline ahnungsvoll.

Carus schüttelte entschieden den Kopf. »Nein. Nein. Es ist nichts Schlimmes.«

Für den Rest des Abends blieb er schweigsam und in sich gekehrt, und nicht einmal die unbeschwerte Hausmusik seiner ältesten Tochter Charlotte konnte die Trübsal verscheuchen

Carus hätte den Weg lieber auf dem Fluss unter dem schattigen Sonnensegel eines Nachens zurückgelegt, wie es der Hofstaat zu tun pflegte, wenn er die Residenz für die Monate Mai bis September nach Pillnitz verlegte. In prächtigem Festschmuck, mit Fahnen und Wimpeln, Weinlaub und Blüten bekränzt, zogen dann die goldbekrönten Gondeln unter den kraftvollen Ruderschlägen sächsischer Gondoliere und den Hochrufen der Untertanen, die das Flussufer säumten, das seichte, lehmbraune Band der Elbe hinauf. Ein einziges Mal war Carus die Ehre zuteil geworden, an dieser festlichen Fahrt teilzunehmen; es war in dem Jahr gewesen, da er zum Leibarzt der königlichen Familie ernannt worden war. Noch heute konnte er sich, wenn er sich in seinem Lehnstuhl zurücklehnte und die Augen schloss, den Duft jener Stunden lebensecht hervorrufen: Das frische Aroma des sonnigen Frühlingstages, das leicht über dem dahintrudelnden Wasser der Elbe schwebte.

Heute aber hatte ihn ein Cabriolet, ein offener Landauer aus dem königlichen Fuhrpark, an Bord genommen. Bereits in den frühen Morgenstunden hatte Carus das Pferdegetrappel vernommen und eilig die Morgentoilette vollendet. Er hatte die elegante, eng taillierte himmelblaue Weste unter den preußischblauen Überrock gezogen, und eine fröhlich strahlende, seidenweiße Binde um den frisch rasierten Hals gebunden. Er wollte sich nicht anmerken lassen, mit welch finsteren Erwartungen er seinem Herrscher und Dienstherrn gegenübertrat. Sogar das gewellte, blonde Haar hatte er etwas gepudert, obwohl ihm diese Sitte sonst zuwider war. Doch der greise König Anton, der wacker und ohne Anzeichen von Ermüdung auf sein achtzigstes Lebensjahr zuschritt, war nun einmal für seine altväterlichen Sitten und Anschauungen bekannt. Anschauungen, die den fortschrittlichen Ideen, den frischen Gedanken, die der Mitregent Friedrich August in die Regentschaft einzubringen versuchte, diametral entgegenstanden.

Die Maisonne brannte mit ungewöhnlicher Kraft schon am Morgen von einem tiefblauen Himmel, und Carus genoss es, dass der Kutscher das Verdeck des Landauers heruntergeschlagen hatte, so dass die Strahlen seinen morgensteifen Körper durchwärmten.

Zügig lenkte der Kutscher das Gefährt durch die Stadt – gleichwohl erregte die königliche Equipage eine Aufmerksamkeit, die Carus wohl tat. Die Kavaliere parierten ihre Pferde und lüpften den Hut, die Dienstboten traten an die Balustraden ihrer herrschaftlichen Häuser, die zu wienernden Stiefel oder das zu polierende Silber noch in den Händen, und selbst die Kiepenträger mit ihren übermannshohen Gestellen blieben stehen, um zu schauen, wer da unter dem Wappen des Königs vorüber fuhr. Carus war bemüht, würdig dreinzuschauen, und viel zu bald rollten sie über die steinernen Bögen der Augustusbrücke an der Neustädter Wache vorbei auf die rechte Seite der Elbe, die man auch die Neustädter Seite nannte.

Doch je länger die Fahrt andauerte, desto unbarmherziger brannte die Sonne auf den nach bester Hofetikette mit Hemd, Weste und Rock Bekleideten herab, und Carus wollte, um sein sorgfältig arrangiertes Äußeres nicht zu beschädigen, keinesfalls den Rock ablegen.

Durch die Tage der Trockenheit waren die Wege staubig geworden, und der Pfad entlang der Elbe war jedes kühlenden Schattens ledig. Auch die frischen Böen, die die beiden vorangegangenen Tage so angenehm durchlüftet hatten, waren gänzlich erstorben.

Carus sprach den Kutscher an und bat ihn, das Verdeck zu schließen. Doch der ließ sich nicht beirren. Unverrückt saß die breite, gedrungene Gestalt vor ihm auf dem Kutschbock und machte auch auf wiederholtes Anrufen hin nicht die geringsten Anstalten, sich umzuwenden. Auch tat der Wagenlenker nichts, den Gang der Pferde zu beschleunigen, sondern ließ sie im gemächlichen Schritt dahinzockeln. Die Haut des Kutschers konnte ohnehin nicht brauner gebrannt werden, zeichnete sie sich doch bereits durch die bronzefarbene Tönung aus, die der Arzt und Forscher bei den Angehörigen der Völker südlich der Alpen hatte bewundern dürfen. Doch Carus, der Nordmensch, der die schattigen Innenräume seines Institutes oder die Kühle seiner Forschergruft gewohnt war und schätzte, durchlitt, je länger die Fahrt ging, zunehmend Qualen.

Als sie das Fischerdorf Laubegast passiert hatten, dessen rote, spitz zulaufende Dächer von jenseits des Flusses grüßten, wünschte sich Carus einen Mechanismus herbei, den er vor etlichen Jahren einmal an der Kalesche des Fürsten Putjatin hatte bewundern dürfen: Der verschrobene Fürst hatte, um sich selbst zu heißester Sommerszeit bei heruntergelassenem Verdeck eine wohltuende Brise zu bescheren, die Hinterachse seines Gefährts über ein eindrucksvolles Gestänge auf beiden Seiten der Kalesche mit einem riesigen Blasebalg verbunden. Der Blasebalg war hinter den Passagieren auf Stelzen angebracht, die auf dem Trittbrett der Lakaien fußten. Das Drehen der Hinterräder versetzte nun zunächst die Stangen und dann auch den Blasebalg in lebhaftes Auf und Nieder und entfachte einen stetigen Windhauch. Und auf den Polstern des Cabriolets thronte der russische Fürst im Luftzug der schnaubenden und quietschenden Windmaschine wie ein Zaubermeister auf seinem Drachen. Wenn die Fahrt schnell ging, musste er seinen Hut festhalten, damit der künstlich erzeugte Sturm ihn nicht vom Kopfe blies. So fasziniert Carus von dieser kühnen Erfindung gewesen war, so einleuchtend war ihm das Ende, das dieser revolutionäre Apparat später genommen hatte: Ein durchgehendes Gespann hatte den

Windzug derart verstärkt, dass der Zaubermeister mitsamt dem Kutschergehilfen im ungünstigsten Moment von Bord des magischen Gefährts geblasen wurden und die Karosse führerlos in eine Scheune stob. Das war das Ende des Blasebalgs, wenn auch nicht des Fürsten Putjatin, der mit seinen abstrusen Einfällen und Erfindungen den Muff der Dresdner Hofgesellschaft noch lang durcheinanderblies.

Doch der Kutscher, der Carus über die staubige Landstraße chauffierte, hatte nicht die geringste Ähnlichkeit mit dem legendären Fürsten. Wirbelndster Behendigkeit des Geistes stand hier stumpfeste Einfalt gegenüber. Der Kutscher besaß den Querschädel eines Bauern. Kein lohnenswertes Exemplar für seine Sammlung. Wahrscheinlich stammte er aus der Pillnitzer Gegend. Das wenige dort ansässige Personal war nicht so gewandt wie das der Dresdner Residenz. Und Carus hatte immer den Eindruck, es sei in gewisser Weise gleichgültig gegen die Ehre, die ihm das Herrscherhaus angedeihen ließ, indem es Pillnitz zu seiner Sommerresidenz erkoren hatte.

Das ansässige ländliche Personal in Verbindung mit dem weitaus zahlreicheren, das der König aus Dresden mitzuordern pflegte, ergab jedenfalls eine überaus bunte Mischung ländlicher und städtischer Subjekte, die dem Pillnitzer Aufenthalt einen gewissen weltläufigen Reiz verlieh und zu einer etwas zwangloseren Hofhaltung führte. Und auch die verspielte, nach japanischem Vorbild mit vorkragenden Pagodendächlein ausgestattete Schlossanlage mit ihren flachen, lang gestreckten Pavillons, die nur lose miteinander verbunden schienen, prägte die Atmosphäre von Leichtigkeit und Ungezwungenheit.

Carus kannte das kleine Fischer- und Winzerdorf Pillnitz zu Füßen des Borsbergs sehr gut, war es doch seit seiner Ernennung zum königlichen Leibarzt seine Pflicht, die Herrscherfamilie wenigstens hin und wieder und im Falle ernsthafterer Erkrankungen natürlich auf Dauer dort zu besuchen. Er besaß sogar ein eigenes Dienstkämmerlein im Schloss, das ihm in der Zeit, die er auf dem königlichen Sommersitz zubrachte, auch als behelfsmäßige Wohnung diente. Allerdings hoffte er inbrünstig, nicht die Nacht dort verbringen zu müssen. Der wunderbare Blick auf die nahe Elbe und die Insel, die vor dem Schloss im Strom lag, war die einzige Annehmlichkeit, die Carus an diesem herrschaftlichen Sitz genoss.

Mit solcherlei Gedankenflügen versuchte Carus sich vom Leiden auf dem Landpfade abzulenken, denn der Schädel brummte ihm bereits unter der gnadenlosen Sonnenbestrahlung, und die Gesichtshaut spannte sich unter Austrocknung und stetiger Bestäubung mit dem Staub der Straße. Je länger Carus darüber nachdachte, desto unmöglicher erschien es ihm, in diesem erbärmlichen Zustand vor seinen Herrscher und dessen Hofstaat zu treten.

Als die Kutsche endlich polternd auf das Pflaster und in den lang ersehnten Schatten des Pillnitzer Schlosshofes einfuhr, war Carus gründlich in Schweiß gebadet und mit dem Dreck der Straße gepudert. Er versuchte, sich den Staub vom Überrock zu klopfen. Doch der Schweiß hatte den Stoff derart durchtränkt, dass jeder Schlag braune Striemen hinterließ; der Staub war mit dem Schweiß eine fatale, klebrige Verbindung eingegangen, sein blauer Rock ruiniert.

Der Kutscher wandte sich nicht einmal zu ihm um. Wahrscheinlich war er sich der Pein gar nicht bewusst, die er dem Fahrgast bereitet hatte. Der Haushofmeister eilte herbei und wies, ohne Carus auch nur eines Blickes zu würdigen, den Kutscher mit schnellen Gesten, doch ohne ein einziges laut gesprochenes Wort an, die Pferde auszuspannen. Nun erst begriff Carus: Der Kutscher war taub.

Der Arzt beeilte sich, in die kühlen Gänge des Gebäudes zu gelangen. Er trat unter dem nächstbesten Türsturz hindurch, um nur endlich der Hitze zu entfliehen. Und fand sich wieder im Reich der Domestiken.

Obwohl auch die Anlage des Pillnitzer Schlosses nach der Sitte früherer Jahrhunderte äußerst regelmäßig war, kannte Carus sich nicht gut genug aus, um von jedem beliebigen Punkt aus auf dem schnellsten Wege in sein Dienstzimmer zu gelangen. Er wusste zwar, dass es sich in einem Nebenflügel des Gebäudeteils befand, den man die ›Neue Wache‹ hieß. Doch war ihm schleierhaft, wie er dahin gelangen sollte. Und in seine Kammer musste er, denn in dieser Montur konnte er den Regenten auf gar keinen Fall unter die Augen treten.

Carus sprach den erstbesten Diener an, der vorüber eilte. Es war, und Carus beglückwünschte sich insgeheim für dieses Zusammentreffen, einer der Dresdner Domestiken.

»Guter Mann, ich brauche jemanden, der mir den Weg zu meiner Kammer weist.«

Der Diener musterte den Arzt abschätzig von oben bis unten, dann bedeutete er ihm zu folgen. Hintereinander her gingen sie durch die schattigen Gänge. Der Schweiß in Carus' Kleidung begann, seine kühlende Wirkung zu entfalten, und Carus fröstelte.

»Ihr seid Hofrat Carus, nicht wahr?«, fragte der Domestik in den niedrigen, sich endlos streckenden Gang hinein, ohne sich zu ihm umzuwenden.

»Ich bin mir nicht sicher. Bevor ich zu diesem Bauerntrampel in den Wagen stieg, war ich es jedenfalls.«

»Sicher erinnert Ihr Euch nicht mehr an mich. Ich half vor einigen Jahren, den unglücklichen Kaspar aus der Elbe zu ziehen.«

Carus erinnerte sich. Es war im Jahr nach seiner Ernennung zum königlichen Leibarzt, an einem Spätsommernachmittag, in der letzten Woche, bevor der Hof wieder nach Dresden zurückkehren sollte. Einer der Küchenjungen der Dresdner Hofhaltung, ein Bursche von nicht einmal fünfzehn Jahren, war beim Wettschwimmen hinüber zur Elbinsel in den Fluten des Flusses untergegangen und nicht wieder aufgetaucht. Carus war gerade in seinem Dienstzimmer mit dem Zeichnen der Weiden am Fluss beschäftigt, als er die Hilfeschreie unterhalb seines Fensters hörte. Er eilte hinunter, wo die Dienerschar bereits damit beschäftigt war, den leblosen Körper des soeben wieder Aufgefundenen auf das sichere Ufer zu ziehen.

»Wie lange war er unter Wasser?«, fragte er den Nächstbesten. Ehrfürchtig traten die Diener zurück, und es hub ein Geflüster an: »Der Arzt des Königs, der Leibarzt persönlich!«

»So lange, wie ein durstiges Pferd braucht, zwei Eimer Wasser leer zu saufen, ehrwürdiger Herr! Und mindestens ebenso viel muss er gesoffen haben.«

Das Wasser troff dem Jungen, der ihm Antwort gegeben hatte, aus dem Haar und aus den Augen. Er hatte den Freund aus den Fluten gezogen, nachdem er ihn, todbringend vertäut, in den Seilen eines vor langer Zeit versunkenen Frachtkahns aufgespürt hatte. Die Gesichtszüge des weinenden Jungen standen Carus nun klar vor Augen: das strähnige, gelbblonde Haar, die eingefallenen Wangen und die schmalen, blonden Brauen über den braunen, wässrigen Augen. Er erkannte in ihm denjenigen wieder, dem er nun durch die Gänge des Schlosses folgte. Der Bursche hatte sich zum Mann gemausert!

Seinem Freund Kaspar jedoch war damals nicht mehr zu helfen gewesen. Man hatte ihm das Wasser aus der Lunge gepresst, doch das Herz hatte sich geweigert zu schlagen. Er lag auf dem Dorffriedhof in Pillnitz begraben, im Schatten der kleinen, gelbweißen Dorfkapelle, deren schlanker Zwiebelturm sich kaum über die umstehenden Trauerweiden erhob.

»Ihr seid ein guter Mann, Hofrat Carus, ein ehrbarer

Mann«, murmelte der Diener, ohne seine Schritte zu verlangsamen. »Ihr lasst den Menschen Eure Hilfe angedeihen, ohne Ansehen von Geburt und Stand. Und wie ich hörte, begannt Ihr Eure Laufbahn als Armenarzt.«

Carus schwieg. Doch die Erwähnung seiner Verdienste tat ihm gut. Um so mehr im Angesicht der Anwürfe, die er womöglich vom König zu gewärtigen hatte. Der Diener besaß einen weit ausgreifenden Schritt. Carus hatte seine liebe Mühe, ihm zu folgen. Inzwischen befanden sie sich auf der Höhe des Fliedergartens. Carus hätte den Weg nun auch alleine gefunden.

»Gäbe es mehr Männer wie Ihr es seid, das Herrscherhaus wäre womöglich noch zu retten.«

Der Tonfall des Dieners hatte sich verdüstert. Vielleicht hatte ihn auch die Erinnerung an den Verlust des Jugendfreundes melancholisch gestimmt.

»Der Glanz des Hauses Wettin wird bald verblassen. Das Königshaus wird untergehen!«, flüsterte der Diener unheilschwanger.

Carus schwieg. Er war schockiert, dass selbst vor dem Schlosse des Königs die mordlüsternen Ideen radikaler Elemente nicht Halt machten. Carus überlegte, ob es nicht besser wäre, einfach kehrtzumachen und den unheilvollen Gesellen seines Weges ziehen zu lassen. Doch dann besann er sich eines Besseren. »Was lässt Euch so düster über die Zukunft unseres Landes urteilen? Ist es nicht auf gutem Weg, seit Friedrich August, der von allen Mitgliedern des Hauses Wettin als Fortschrittlichster und Aufgeschlossenster genannt wird, vom König selbst zum Mitregenten erhoben wurde? Seit es in Dresden eine Ständeversammlung und einen unter Beteiligung von Bürgern verfassten Gesetzeskodex gibt?«

»Es gibt Zeichen! Dinge geschehen, die so unaussprechlich sind, dass ich sie auf meinem Totenbett nicht preisgeben würde. Und dennoch geschehen sie.«

»Ich gestehe, Ihr macht mich neugierig«, gab Carus zu, und ein Schauder lief ihm über den Rücken; vermeinte er doch zu wissen, von welcher Art Zeichen der Domestik sprach. Er selbst hatte eines in den Händen gehalten: das doppelköpfige Kind – der Anfang vom Ende …

»Wir sind da.« Der Diener hatte vor dem schmalen Eingang einer Kammer halt gemacht und zum ersten Mal seit ihrer zufälligen Begegnung sah er Carus offen ins Gesicht. »Ich gebe Euch einen Rat. Sagt Euch los vom König. Denn Ihr seid ein guter Mensch. Ihr verdient nicht, mit ihm unterzugehen!«

»Und warum befindet Ihr Euch noch in seinen Diensten? Warum tragt Ihr die Kleider eines Herrn, den Ihr dem Untergang geweiht wähnt?«, zischte Carus. Das Band der Verschwörung, das die gesenkte Stimme unversehens zwischen ihnen geknüpft hatte, war Carus zuwider. Auch wenn er um die unglückliche Vergangenheit des Dieners wusste, der Mensch wurde ihm zunehmend unangenehm.

»Ich habe eine Aufgabe zu erfüllen«, sprach der Diener düster. Dann wandte er sich um und ging seiner Wege. Carus versuchte, ihn zurückzuhalten. »Wartet! Ich bin flink im Kleidertausch! Führt Ihr mich zu den Regenten.«

Der Hofbedienstete antwortete nicht, drehte sich nicht einmal um. Carus erzitterte bei dem Gedanken, wie eng sein Dienstherr umgeben war von solch fragwürdigen Subjekten, infiziert vom Virus des Umsturzes! Er nahm sich vor, den Heuchler und Spion demnächst anzuzeigen. Doch dann wurde ihm bewusst, dass er selbst nicht besser war. War er doch im Begriff, den König zu belügen, ihn zu hintergehen! Er ließ seinen denunziatorischen Plan fallen, noch ehe er die Messingklinke zur Kammer gedrückt hatte. »Gleichwohl, habt Dank«, rief er ihm hinterher. Die Schritte des Dieners verhallten in den endlosen, gleichförmigen Fluchten dieses nach außen so verspielt sich gebenden Schlosses.

Carus schlüpfte flink in die Kammer. Während er im Schrank nach dem alten braunen Hofrock suchte, der früheren höfischen Pflichtkleidung, die Friedrich August als eine seiner ersten Amtshandlungen aus Pillnitz verbannt hatte, bemühte er sich, der unguten Gefühle Herr zu werden, die die Rede des Domestiken auf sein Gemüt gelegt hatte. Es gelang ihm nicht. Diese Audienz stand unter keinem guten Stern.

Zu seiner Erleichterung fand Carus den Anzug im Kleiderschrank. Eine Staubschicht ruhte auf ihm. Dieses Kostüm strahlte bei weitem nicht die Heiterkeit und Sorglosigkeit aus, die er durch den blauen Farbton des ruinierten hatte darstellen wollen. Doch immerhin, der Staub ließ sich ohne Mühe abklopfen. Und auch die goldenen Schoßknöpfe, die ihm hochwohlgeborene Hofgören nur allzu gerne abschnitten, ohne dass er es jemals bemerkt hätte, waren vollzählig vorhanden.

Als sich Carus seines durchgeschwitzten Rockes und der Hose bereits entledigt hatte, und im Hemd in der kargen Kammer stand, hörte er Schritte. Sie unterschieden sich deutlich von denen des Dieners. Jener hatte sich gleichmäßig und entschlossen, mit hoher Geschwindigkeit entfernt. Dieser hier schien gemächlich schlurfend, beinahe schleppend seinen Weg zu suchen. Die Schritte kamen zweifellos näher.

»Carus?«, hörte er den Unbekannten seinen Namen rufen. »Carus?«

Er versuchte die Stimme zu identifizieren. Doch der kurze Ruf, noch dazu in unbestimmter Entfernung auf dem Korridor, ließ keine Rückschlüsse auf den Rufer zu.

»Carus?«, vernahm er es wieder, diesmal mit Nachdruck und unmittelbar vor seiner Kammer.

»Ja doch, zum Teufel!«, entschlüpfte es Carus, der Schwierigkeiten hatte, die Knöpfe seines Hemdes zu öffnen, die sich auf magische Weise zu vermehren schienen, je länger Carus sich an ihnen abmühte. Im nächsten Moment flog die Tür zu seiner Kammer auf und vor ihm stand der greise König Anton selbst. Nicht in Uniform, sondern lediglich in einem langen Frack, dessen Schöße ihm bis an die Kniekehlen reichten, und mit einem hohen Kragenaufschlag, der sein schmales Gesicht von unten abzustützen schien. Die Haare, die an einigen Stellen ergraut, an anderen bereits mehlweiß waren, stachen ihm wild vom Haupte ab. In seiner lange zurückliegenden Jugend war er gewohnt gewesen, Perücken zu tragen, und auch heute noch zog er es vor, seine widerborstigen und scheckigen Haare unter einem Dreispitz zu verbergen. Doch jetzt war er jeder Kopfbedeckung ledig.

»Carus«, entfuhr es ihm, und einen Moment lang vergaß der König, seinen schmalen Mund zu schließen. So gut es ging, versuchte Carus, den Hemdstoff, den er nebst den weißen Strümpfen einzig noch am Leibe trug, über seine Nacktheit zu breiten. Der König beobachtete ihn verdutzt bei seinen Bemühungen, dann schien er sich der Ungehörigkeit der Situation bewusst zu werden und wandte sich ab.

»Was schleicht Er sich auch wie ein Dieb in seine Kammer? Wir sahen ihn vorfahren und wunderten uns, warum Er sich nicht, wie Ihm befohlen, unverzüglich bei uns einfand?«

Während Carus vom Haaransatz abwärts errötete, stammelnd nach Worten suchte und sich fühlte wie ein Stück glühender Kohle, kurz bevor es zu Asche zerfällt, hatte sich der König offenbar entschlossen, die näheren Umstände zu ignorieren. »Schweig Er. Wir sehen, dass Er im Augenblick nicht in der Lage ist, uns unter die Augen zu treten.«

Carus senkte Kopf und Oberköper in eine tiefe, ehrerbietige Verbeugung. Die Zipfel seines schweißnassen Hemdes schleiften über den Dielenboden.

»Königliche Majestät, würdet Ihr die Güte haben, mir einen kurzen Augenblick zu gewähren, damit ich meine Toilette vervollkommnen kann.« Ein neuer Hitzestoß durchwallte Carus. Er wusste nicht, was ungehöriger war: Den König darum zu bitten, auf ihn, den Untertan, zu warten, oder weiterhin nicht viel weniger als nackt vor dem Herrscher zu stehen.

Der König zog die Stirn kraus. Er hatte, im Gegensatz zu Carus, dessen Haaransatz dicht auf den Zenit des Schädels heraufgerückt war, noch volles Haar. Nur die Ansätze von Geheimratsecken hatten im Laufe der Jahre zwei spitze Lichtungen in den dichten Haarbusch gehauen. »Papperlapapp. Wir können den Anblick eines Mannes im Hemd ertragen. Es geht ohnehin um eine äußerst delikate Angelegenheit. Ihr müsst unverzüglich nach Dresden zurückkehren.«

Carus konnte nicht verhindern, dass seine Kinnlade nach unten klappte.

»Selbstverständlich nachdem Ihr zuvörderst den Grund Eures Herkommens erfahren habt.« Der König warf einen kurzen, amüsierten Seitenblick auf Carus' spärlich behaarte Oberschenkel. »Wir gestatten Euch, in Eurer Toilette fortzufahren, während wir Euch einen Einblick ... « – und hier räusperte sich der greise König vernehmlich – » ... in gewisse Zusammenhänge gewähren.«

Carus nickte ergeben und versuchte, in die Hose zu steigen, ohne dass die Hemdnaht allzu weit nach oben rutschte.

»Wir sind äußerst beunruhigt«, hub der König an, »über gewisse Vorfälle, die sich in unserem Umkreis zutragen, und uns und unserem Hause, gerade in Anbetracht der gegenwärtigen politischen Lage, zu nicht geringer Unbill gereichen könnten.«

Carus atmete tief durch, hatte er doch nun die Hose fest über die Hüften gezogen und fühlte sich ein wenig sicherer.

Er drehte sich weg, um den Schlitz zuzuknöpfen. Der Blick des Königs schweifte durch das Fenster hinaus auf die schlanken Pappeln der Elbinsel, die in der Windstille wie eine gemalte Kulisse standen, und fuhr fort: »Mein bester Carus, ist Euch ein Frauenzimmer namens Friederike Mathilde Bernstein bekannt, Mitglied der hiesigen Deutschen Komödie?«

Carus, der sich gerade anschickte, die Hosenbeine über den Strümpfen zuzuknöpfen, durchfuhr es heiß und kalt. Die Beine drohten ihm zu versagen, doch seiner Stimme war er mächtig. Ohne den König anzusehen, ganz auf seine Hosen fixiert, gab er zu: »Gewiss. Ein jeder, der die deutsche Komödie hin und wieder zu besuchen pflegt, kennt das Fräulein Bernstein. Sie ist ganz reizend im Fach der Dienerinnen und jungen Fräuleins.«

»Welches sie auch im wahren Leben vorzüglich zu beherrschen scheint«, ergänzte Anton.

Carus beschäftigte sich nun innigst mit dem braunsamtenen Rock und dessen vergoldeten Knöpfen, die allesamt das Wappen des Königs trugen. Er war dankbar, dass er dem Landesherrn nicht ins Gesicht schauen musste. »Auch mir ist zu Ohren gekommen, dass man schlecht über sie redet.«

»Wir fürchten, man wird bald noch viel mehr als nur schlecht über sie reden. Sie ist nämlich verschwunden.«

»Verschwunden?«, wiederholte Carus, die drei Silben kaum herausbringend, denn der Hals war ihm wie zugeschnürt.

»Allerdings, verschwunden. Und Eure Verwunderung darüber verwundert mich wiederum, denn nach allem, was uns aus der Stadt bekannt gemacht wurde, verschwand sie aus Eurer Obhut!«

Carus wollte zu einer Erklärung ansetzen, doch der König verbat sich mit entschiedener Geste jegliche Unterbrechung. Er fuhr fort und fasste Carus dabei fest ins Auge:

»Da aber nach den Gesetzen der Physik und der Logik keine Menschenperson so einfach und ohne Aufhebens verschwindet, möchte ich Euch, meinen lieben, vertrauten Doktor Carus bitten, die näheren Umstände dieses Verschwindens zu erforschen. Denn die Forschung ist ja Euer vorzüglichstes Metier, nicht wahr?«

Carus gelang es endlich, sich den braunen Rock über die Schultern zu werfen und in die Ärmel zu schlüpfen: »Warum gerade ich?«

Der König, wandte sich von Carus ab und blickte versonnen an ihm vorbei aus dem Fenster: »Ihr wisst, in welcher Zeit wir leben. Der Fall ist zu delikat, um auf herkömmlichem Wege abgehandelt zu werden. Die Untersuchungen der Polizeibehörde sind offizielle Untersuchungen, und offizielle Untersuchungen zeitigen ein offizielles Ergebnis. Sind die Dinge erst einmal im Gange, dann sind sie uns entglitten. Was diesen Casus betrifft, ist es jedoch notwendig, nicht nur den Beginn der Untersuchung, sondern auch deren Ausgang in den Händen zu halten. Seit den Tagen dieses unseligen Korsen ist Europa ein Pulverfass, und das Haus der Albertinischen Wettiner soll nicht die Lunte daran sein. Es gibt Hinweise darauf, dass die Hofaktrice Bernstein in Kontakt, in engem, wir meinen engstem ...« – der König suchte im Vorüberschweifen Carus' Blickkontakt –, »Ihr versteht uns, Carus, in innigstem Kontakt zu unserem Hause gestanden.«

Carus' Augen weiteten sich vor Entsetzen, als wollten sie aus ihren Höhlen springen. Die Knie knickten ihm ein, und der Leibarzt musste sich auf einer Stuhllehne abstützen. Der König aber übersah das stumme Leiden seines Arztes: »Wenn herauskommt, dass unser Haus in irgendeiner Art und Weise in Verbindung zu bringen ist mit ...« – der König zögerte einen viel sagenden Augenblick –, » ... mit dem mysteriösen Verschwinden der Aktrice, so könnte dies ebenjene Lunte sein, die das Pulverfass entzündet – und eine Detonation entfacht, die womöglich unser kleines, glückliches Königreich endgültig hinwegfegt.«

Carus' Stimme war rau und trocken, als er zu sprechen versuchte: »Jedoch will mir nicht ganz einleuchten, was ich mit dem Verschwinden der Demoiselle zu schaffen habe? Ist es nicht vielmehr ein Casus für die Polizei, die zweifellos feststellen wird, dass sich das unglückliche Ding selbst entleibt hat?«

Der König legte den schmalen Kopf schräg wie ein lauernder Habicht und sah Carus listig an: »Wie wir sehen, seid Ihr bestens informiert. Das bestärkt uns in der Meinung, dass Ihr der Richtige seid, diesen Fall unter größter Diskretion und unter Beachtung aller Vorsichtsmaßregeln zu verfolgen. Ihr wisst, in neuerer Zeit ist unsere Macht selbst auf dem eigenen Territorium nicht mehr unumschränkt. Sogar vor einem Gericht Anklage gegen uns erheben kann man, dank dieses französischen Tollhauses.« Der König verzog das Gesicht, als wolle er ausspeien. »Wenn wir auch nicht mehr die Macht haben, polizeiliche Untersuchungen zu unterdrücken, so können wir sie doch in Bahnen lenken, die uns angebracht erscheinen. Dafür bedarf es allerdings genauester Kenntnis des Casus. Denn schließlich müssen wir wissen, was – im schlimmstmöglichen Falle – herausgefunden werden kann!«

Carus atmete schwer und suchte fieberhaft nach einem Ausweg aus der Schlinge, die sich unerbittlich um seinen Hals zu legen schien. »Eure Majestät, ich fühle mich durch meine Arbeiten am Entbindungsinstitute und als Arzt Eurer königlichen Hoheiten gänzlich ausgefüllt.«

»Carus«, nahm der greise König einen kindisch-beleidigten Tonfall an, »Ihr werdet uns doch nicht den Kummer bereiten, und eine Bitte, die wir freundschaftlich zu nennen geruhen, abschlagen? Untersucht, denn Ihr könnt trefflich untersuchen, das habt Ihr in Eurem noch jungen Leben bewiesen. Mit Eurem wachen Geist und scharfem logischen

Verstand werdet Ihr herausfinden, was herauszufinden ist. Verschafft Euch Einlass, wo immer Ihr es für notwendig erachtet, jedoch, bleibt stille in Eurem Tun, ganz leis und heimlich. Und bedenkt bei jedem Schritt, den Ihr unternehmt: Nichts wäre schlimmer für die Ruhe in diesem Lande als eine delikate *affaire d'amour* mit tödlichem Ausgang, die unsere Familie in schiefes Licht setzt. Ermesst selbst, wie vollkommen Euer Stillschweigen und Eure Loyalität uns gegenüber sein muss! Carus, wir setzen unser vollstes Vertrauen in Euch!«

Unvermittelt ergriff der König Carus bei beiden Händen. Sein Blick wurde wässrig und einen Moment lang sah es so aus, als wolle das *sentiment* den Alten übermannen. Carus wollte seine Hände zurückziehen, doch die faltigen, von Altersflecken übersäten Krallen des Alten hielten ihn fest umfangen. Einen Moment lang kam es Carus in den Sinn, ob dieses ganze, geheimnisvolle Vorgehen nicht einer Grille des alten Königs entsprungen war? Man war in jüngster Zeit einige Verschrobenheit von ihm gewöhnt. Verschrobenheit, die natürlich das Vorrecht des hohen Alters war.

»Ich gehe doch recht in der Annahme, dass Seine Königliche Hoheit, Prinz Friedrich August, über diesen Casus ins Bild gesetzt wurde und in der Vorgehensweise mit Euch vollkommen übereinstimmt?«, fühlte Carus vorsichtig vor.

Anton sah ihn ernst an. »Nur die innerste Familie. Und Ihr, Carus.«

Carus spürte sein Herz bis in die Kehle schlagen. In jeder anderen Situation hätte er sich über diesen Vertrauensbeweis glücklich geschätzt. Aber musste es ausgerechnet dieser Fall sein, der ihm angetragen wurde? Der ihn ohnehin in tiefste Verlegenheit gestürzt hatte? Musste sich ausgerechnet jetzt eine neue Verwicklung ergeben, jetzt, da er sich einigermaßen glücklich aus der Affäre gezogen wähnte? Oder war das Ganze eine geplante Intrige, die darauf abzielte, ihn gänzlich zu vernichten?

Carus stand unschlüssig neben dem offenen Fenster. Draußen zogen zirpend einige Schwalben ihre waghalsigen Bahnen über den Fluss und waren eifrig damit beschäftigt, ihre Nester unter die geschwungene Traufe des Schlosses zu kleben. Dabei besprenkelten sie sorglos die feinen chinesischen Miniaturen, die die Hohlkehlen schmückten, mit dicken Lehmklumpen.

Der König trat neben ihn und sprach Carus leise von der Seite an: »Eilt, Carus, eilt zurück in die Stadt, lasst keine Zeit verstreichen. Die Pferde sind gewechselt, die Kleider ebenso, kehrt zurück und beginnt unverzüglich mit Eurer Untersuchung. Wir brauchen eine zufriedenstellende Auskunft über den Verbleib dieses schauspielernden Frauenzimmers, und unsere größte Hoffnung ist, dass sie ihrem jämmerlichen und verunglückten Dasein selbst ein Ende gesetzt hat. Sollte auf unser Haus auch nur der fahlste Lichtstreif eines Verdachts fallen, so können die Dinge eine Wendung nehmen, die diesem Land ein anderes Gesicht verleiht.«

»Und meine Arbeit am Entbindungsinstitut?«

Anton warf Carus einen strengen Blick zu: »Was erscheint Euch wichtiger? Die Sorge um die niedrigsten unserer Untertanen? Oder die Sorge um unser Herrscherhaus? Carus, wir schreiben Euer verstocktes Zögern Eurem schwankenden, immer skeptischen und vorsichtigen Charakter zu! Sollten wir uns in Euch getäuscht haben? Ihr habt submissest um die Genehmigung ersucht, ganz gegen die althergebrachten Sitten und Regeln, neben Euren Pflichten als Leibarzt der königlichen Familie die Arbeiten und Forschungen an Eurem Insitute weiter beaufsichtigen zu dürfen. Wir gestatteten Euch dieses Ansinnen gnädigst, unter der Maßgabe, dass diese beiden Pflichten sich durchaus nicht behindern mögen. Sollten wir feststellen, dass

Euch durch diese zwiefache Verpflichtung Verlegenheiten entstehen, so werdet Ihr Euch entscheiden müssen! Und ich zweifle nicht, dass Eure Wahl zum Wohle Eures Vaterlandes ausfallen wird.«

Carus hatte die unverhohlene Drohung vernommen. Seine Zweifel, es möge sich bei dieser Angelegenheit um eine Laune des Königs handeln, waren gänzlich verflogen. Carus verbeugte sich ehrerbietig. Er hörte die Tür knarren und verharrte in seiner Verbeugung, erleichtert, dass der Alte verschwunden war, als er sich wieder aufrichtete.

Als Carus in den Schlosshof trat, tastete er aus Gewohnheit nach den goldenen Knöpfen, die auf den Schößen seines Rockes prangten. Sie waren an ihrem Platz.

Es erwartete ihn derselbe offene Landauer mit demselben Kutscher, der ihm blöde entgegengrinste. Das Verdeck war immer noch zu beiden Seiten heruntergeschlagen. Nur die Rösser waren, wie der König angekündigt hatte, ausgewechselt. Ohne Umschweife ging Carus daran, die beiden Hälften des Verdecks über die Sitzkabine zu spannen. Der Kutscher sah ihm teilnahmslos zu. Erst als er die Intimität der Kabine glücklich wieder hergestellt hatte, stieg Carus in den Wagen. Der Kutscher fuhr augenblicklich an. Carus hörte ihn eigenartig mit der Zunge schnalzen, und die Pferde verfielen in einen schnellen Trab. Offenbar hatte der Taube Anweisungen, den Rückweg forscher zurückzulegen als den Hinweg. Nachdem Carus durch die Fenster beobachtet hatte, wie die Remisen und Stallungen des Schlosses an ihm vorüberzogen und der Wagen die Hand voll Häuser hinter sich gelassen hatte, die das Dorf Pillnitz ausmachten, ließ er sich in die Lederpolster zurückfallen. Selbst das jüngst erworbene eigene Haus am stadtwärtigen Ausgang des Ortes zog unbeachtet am Fenster vorbei, denn Carus war schon längst in Gedanken versunken. Gedanken, die ihm keineswegs zum Wohlempfinden gereichten.

Eine einzige Nacht hatte ausgereicht, ihn aus der Sicherheit und Ehrbarkeit einer würdigen Stellung in das Zwielicht von Heuchelei und Lüge zu stürzen. Er spürte, er hatte den festen Boden unter den Füßen verloren.

Musste seine Untersuchung nicht unweigerlich die Wahrheit ans Tageslicht bringen, ihn im schlimmsten Fall unter Anklage der Tötung der Demoiselle Bernstein stellen?

Ganz gegen seine Art und Überzeugung hatte er sich von Tieck und, wie er freilich zugeben musste, von eigenem Ehrgeiz dazu hinreißen lassen, einen gefährlichen Eingriff ohne Willensbekundung der Betroffenen vorzunehmen. Die Bitte der Demoiselle Bernstein, ihr das Kind auszutreiben, konnte durchaus nicht als Einwilligung in einen Gebärmutterschnitt gelten. Außerdem war diese Bitte mündlich, ohne einen Zeugen oder irgendein Zeugnis ablegendes Schriftstück vorgebracht worden. Sie war rein gar nichts wert, sollte es tatsächlich zu einer Verhandlung gegen ihn kommen.

Das einzige, was ihn womöglich retten konnte, war der mysteriöse Vater des Kindes, der große Unbekannte. Offenbar hatte er etwas mit der königlichen Familie zu tun. Carus wagte kaum, den Gedanken zu Ende zu denken. Hatte er womöglich einen illegitimen Nachkommen des Hauses Wettin in Spiritus konserviert?

Carus sprang der Schweiß auf die Stirn. Er wurde leichenblass und presste sich tief in die Polster. Nie hätte er auch nur im Ansatz erahnt, dass er es einmal bereuen würde, vom Forscherdrang besessen zu sein!

Doch alle Reue half nichts, er musste seine Neugier in eine andere Richtung lenken. Eine kriminalistische Untersuchung hatte er auf höchsten Befehl anzustellen – doch was sollte er untersuchen? Wusste er doch bis ins kleinste Detail, wie die Bernstein zu Tode gekommen und wie sie verschwunden war.

Konnte er dem König und seiner Familie die Wahrheit

anvertrauen? Sollte er sich selbst anklagen und um Gnade flehen? Oder sollte er darauf hoffen, dass die Leiche der Unglücklichen niemals gefunden würde und weiterhin behaupten, die junge Dame habe sich eigenhändig entleibt?

Dies war die stichhaltigste Erklärung – allerdings nur, solange der Leichnam der Aktrice nirgends aufgefunden wurde. Hing er irgendwo im Weidengestrüpp, unweit der Stadt und nur zufällig den Augen der Vorüberreisenden verborgen, so lange, bis der Sommer das Wasser sinken und die sterblichen Überreste Passanten sichtbar werden ließ? Oder war ihr Leichnam bereits außer Landes geschwemmt und befand sich jenseits des Zugriffs sächsischer Gerichtsbarkeit?

Und dann war da noch dieses schreckliche Vorzeichen des doppelköpfigen Monsters! Lag nicht die Möglichkeit des Untergangs des Hauses Wettin schwer und schwül in der Luft? War ihm nicht an diesem Tag bereits zweimal, vom König selbst und von einem seiner niedrigsten Bediensteten diese Gefahr beredt vor Augen geführt worden? Und noch wussten beide nicht, was er wusste: Das göttliche Zeichen, das Menetekel, das Kind, das den Anfang vom Ende bezeichnete, lag in seinem Eichenholzschrank unter einem Eisblock verborgen. Was konnte eine armselige menschliche Hand wie die seine gegen solch übermächtige Zeichen bewirken? Das Kind bedeutete Untergang! Und es war bestens geeignet, diesen Untergang selbst herbeizuführen!

Der greise König hatte Recht. Nur allzu leicht würde der Tod der Schauspielerin auf das Königshaus zurückfallen, wenn denn bekannt würde, dass sie in einem innigen Verhältnis zu einem seiner Mitglieder gestanden hätte. Und er selbst, Carus, war schuld daran!

Carus wand sich in abgrundtiefer Verzweiflung. Eine Verzweiflung, die ihm bekannt war, die immer dann von ihm Besitz ergriff, wenn ihm der Tod einen geliebten Menschen zu entreißen versuchte, und er nicht wusste, wie er ihm begegnen, wie ihn gar besiegen sollte. Welche Rezepturen waren anzuwenden? Kalte Güsse, innerlich und äußerlich? Aderlässe? Mineralische Kuren? Was nützte ihm sein Wissen? Nichts von alledem, was er in langen Jahren wissenschaftlicher Forschung erlernt hatte, war geeignet, ihn aus dieser fatalen Lage zu erretten. Carus stand längst nicht mehr am Abgrund, er befand sich bereits in freiem Fall! Er griff um sich, doch nirgendwo wollte sich ein rettender Halt bieten.

Doch noch gab er sich nicht verloren. Ein Arzt kämpft so lange, bis das Herz des Patienten aufhört zu schlagen. Und Carus spürte sein Herz schneller rasen denn je. Und auch der König war ihm lebendig und frisch erschienen, vom Untergang weit entfernt. Ja, Carus würde untersuchen! So lange, bis er einen Weg aus dem Dilemma gefunden hatte, einen ehrbaren, gangbaren Pfad durch den Sumpf. Er beschwor sich, sich nur an das zu halten, was sichtbar war – wie es ihm sein alter Lehrer, Dr. Joerg in Leipzig, stets geraten hatte.

Was gab es? Den Brief, er musste den Brief lesen! Die Bernstein war tot und Erben waren nicht in Sicht. Keine unnötige Zurückhaltung mehr! Es galt, seine Ehre zu retten!

Carus sprang auf, schob die Scheibe des schmalen Fensterchens herunter und rief dem Kutscher zu: »Zum Entbindungsinstitut, aber flugs!«

Der Kutscher wandte sich nicht einmal nach ihm um.

Als der geschlossene Landauer das Wachhäuschen des Schwarzen Tores passieren wollte, trat ihnen der Torwächter entgegen. Die Kutsche hielt an und Carus wurde aus dem Schlummer gerissen, in den ihn das gleichförmige Rumpeln des Wagens geworfen hatte. Carus hatte kaum seine Gedanken geordnet, als die Tür zur Kabine aufgerissen wurde und der Torwächter seinen Kopf herein streckte: »Hofrat Carus?«

»Wisst Ihr nicht, was sich gehört?«, herrschte Carus den Uniformierten an, mit voller Absicht die Anrede in der zweiten Person Pluralis benutzend, um größtmögliche Distanz herzustellen. »Dies ist eine königliche Karosse!«

Der Torwächter in der Uniform der Kommunalgarde war wenig beeindruckt: »Sie sind angewiesen, sich unverzüglich und untertänigst in der Hauptwache des Polizeikommandanten von Dresden einzufinden.«

Carus sank in die Polster zurück und blieb jede Antwort schuldig. Der Wächter hatte sich bereits mit einem knappen Gruß zurückgezogen und die Kutsche rumpelte durch die eckigen, gemauerten Pfeiler mit dem Wappen der sächsischen Könige, die die Grenze zur Stadt markierten. Woher der Kutscher das Ziel kannte, war ihm schleierhaft. Es dauerte jedoch keine Viertelstunde, da hielt der Wagen vor der Polizeikommandatur.

Kaum hatte Carus die Kabine verlassen, fuhr der Landauer davon. Anscheinend betrachtete der Kutscher seinen Dienst am Leibarzt als beendet. Er machte sich nicht die Mühe, Carus zum Abschied zu grüßen.

Carus zog seinen Zylinder auf und ging mit festen Schritten die wenigen Stufen zum Portal empor. Doch während er stieg, wuchs mit jedem Schritt die Überzeugung: Er war das Opfer einer grauenvollen Intrige geworden! Man hatte es auf nichts weniger als seinen Kopf abgesehen!

Während Carus auf den harten Bänken vor dem Zimmer des Stadtkommandanten Platz nehmen musste, sprach er sich Mut zu. War er doch ein enger Vertrauter des Königs, heute Morgen noch von ihm persönlich mit einer vertraulichen Mission betraut, und trotz aller Freigeisterei, die seit den ersten Volkserhebungen auch in Dresden Einzug gehalten hatte, war der König immer noch der König – wenn auch nur einer von zwei Köpfen der Regentschaft.

Doch was konnte nicht alles in den Stunden seiner Abwesenheit in Dresden vorgefallen sein?! Hatte man die Leiche gefunden? Gab es Aussagen, Gerüchte, die ihn belasteten? War die Wahrheit schon heraus? Er musste mit allergrößter Vorsicht vorgehen!

Der Stadtkommandant ließ ihn eintreten. In der Uniform der städtischen Polizeigarde trat er ihm entgegen, salutierte und gab ihm dann herzlich die Hand. Ein dünnes, an den Rändern gezwirbeltes Schnurrbärtchen, wie es jetzt *à la mode* war, sprang lustig auf und nieder, während der Polizeikommandant auf ihn einredete.

»Ehrwürdiger Hofrat, verzeihen Sie, dass ich Sie nötigen musste, sich in meine Trutzburg zu verfügen. Aber Sie sind schwieriger zu fangen als ein Schmetterling. Seit gestern Mittag rennt Ihnen mein Bote hinterher, immer just zu dem Zeitpunkte an dem Orte eintreffend, den Sie gerade verlassen haben. Ihre Reisetätigkeit ist beachtlich!«

Carus wurde schwindlig bei dem Gedanken, dass ihm seit dem gestrigen Tage jemand auf allen seinen Wegen gefolgt war. Doch dann konnte diesem Boten auch nicht entgangen sein, dass der König selbst ihn zu sich gerufen hatte!

»Sicherlich geht es um das Verschwinden der Demoiselle Bernstein?«, fragte Carus, um die Prozedur abzukürzen. Doch im nächsten Moment fürchtete er, einen kapitalen Fehler begangen zu haben, und zog es vor zu schweigen. Der Polizeikommandant ließ sich nicht anmerken, ob er aus den Worten des Hofrats irgendwelche Schlüsse zog.

»Unbedingt. Die ganze Stadt zerreißt sich die Mäuler.« Der Kommandant verzog unwillig das Gesicht. »Nicht genug, dass uns die fahrenden Truppen im Linckeschen Bade nichts als Ärger bereiten. Nun beginnen auch noch die gut bestallten Akteure und Aktricen der Hofbühne, uns mit ihren Streichen zu beschäftigen. Wenn es nach mir ginge, würde ich das ganze Schaustellervolk aus der Stadt verbannen.«

Der Kommandant redete sich in Rage. Die Lachhaftigkeit des Schnurrbärtchens kämpfte wacker gegen den vernichtenden Ernst der Rede an: »Das Weibsvolk auf den Bühnen kann sich von mir aus zu den Frauenzimmern in der Großen Fischergasse gesellen, um sich sein täglich Brot zu erhuren. Ihr Gewerbe ist ohnehin nicht weit entfernt von dem der Grisetten. Bloß, wenn sie sich lustig einen Braten in die Röhre haben schieben lassen, laufen sie zu einem ehrbaren Mann wie Ihnen und flennen und heucheln, um Ihr Mitleid zu erregen und Sie dazu zu erweichen, den Balg auszutreiben, bevor das Missgeschick ruchbar wird. Oder schlimmer noch, sie gebären ihn in aller Heimlichkeit und legen ihn auf die nächste Schwelle, auf dass der erste beste brave und gottesfürchtige Bürger es aufnehme und durchbringe, das Vagabundenkind!«

Carus war bass erstaunt, über welch intime Kenntnisse seines dezenten Metiers dieser Mann verfügte. Carus beschloss, künftig mehr auf das Gerede der Leute zu hören. Doch der Kommandant hatte seine Tirade noch nicht beendet. Carus' Abneigung gegen den höchsten Vertreter der städtischen Polizeigewalt stieg mit jedem Wort, das unter dem Schnurrbärtchen über die weichen, vollen Lippen quoll.

»Und wenn gar nichts mehr hilft, stürzen sie sich in die Elbe. Das ist der Weg, der mir noch am gefälligsten daherkommt. Denn der Fluss treibt das sündige Volk schnell aus unserer Stadt – eine Arbeit, die sonst uns überlassen bliebe. Wenn Sie bitte hier unterschreiben würden, Herr Medizinalhofrat, dass sich die Schauspielerin aus Ihrem Institute entfernt hat, um ihr erbärmliches Fünkchen Leben im Strom auszulöschen, so will ich Sie gleich entlassen und der Schmetterling kann seinen Flug fortsetzen.«

Der Kommandant lachte über diese ihm gelungen erscheinende Metapher, dass sein Bauchansatz im munteren Gleichtakt mit dem Bärtchen auf und nieder hüpfte. Carus unterschrieb, ohne ein Wort des Protokolls gelesen zu haben. Der Kommandant begutachtete die Unterschrift. Carus hatte nicht versäumt, den Hofratstitel hinzuzufügen. Sorgfältig streute der oberste Vertreter der Polizeigewalt Sand über die Tinte. Dann schüttelte er ihn auf den Dielenboden, und legte das Schriftstück in einen papierenen Umschlag. Schließlich wurde der Umschlag geschlossen und mit amtlichem Petschaft versiegelt. Der Fall schien bearbeitet und erledigt – in aller erdenklichen Sorgfalt.

»Hat man ihre Leiche aufgefunden?«, getraute Carus sich zu erkundigen.

»Noch nicht«, gab der Polizeikommandant zu, »aber es gibt von hier bis in die Meißner Gegend drei, vier Flussbiegungen, an denen sie für gewöhnlich Station machen. Die Schneeschmelze ist vorbei, die Elbe führt nicht mehr viel Wasser. Mag sein, dass sie bis nach Meißen gelangt – höchstens. Irgendeiner der fleißigen Treibholzsammler wird sie uns schon anschleppen.«

Carus konnte nicht verhindern, dass ihm die Röte ins Gesicht stieg. Er verfluchte sich einmal mehr für seine verräterische Schamhaftigkeit. Heiß rann es ihm über den Nacken. Er wünschte sich ein ledernes Gewissen wie Tieck es offenbar besaß. Tieck! Wie konnte er nur so leichtgläubig gewesen sein anzunehmen, die Leiche bliebe unentdeckt?!

»Wenn man sie auffindet – würden Sie freundlicherweise anordnen, sie unverzüglich zu mir ins Institut schaffen zu lassen? Ich würde sie zu gerne ... inspizieren ...«

Der Polizeikommandant musterte ihn misstrauisch, und Carus' Schamröte nahm noch zu. »Inspizieren? Sie meinen sezieren? Mit Verlaub, Hofrat, für gewöhnlich lasse ich

Subjekte aufknüpfen, die ein Vergnügen daran haben, anderer Leute Leiber aufzuschlitzen.«

Carus hob mit mühsam geheucheltem Gleichmut die Schultern: »Ihre Leiche könnte der Wissenschaft Aufschluss darüber geben, wie der Organismus durch in die Lungen eindringendes Wasser beeinträchtigt wird.«

»Das kann ich Ihnen sagen, ganz ohne Institut und anatomische Vorlesung« polterte der Polizeioffizier. »Er ist tot – mausetot!« Und er ließ ein lautes Lachen über Carus hinweggrollen, das im heftigsten Gegensatz zu seinem ridikülen Bärtchen stand. Doch schon im nächsten Moment hatte sich der Offizier wieder unter Kontrolle. Er winkte Carus gönnerhaft zu sich heran und verfiel in verschwörerischen Tonfall: »So gern ich die mannstolle Dirne an Ort und Stelle verscharren lassen würde, ich werde verfügen, ihre sterbliche Hülle unverzüglich zu Ihnen schaffen zu lassen. Aber eines müssen Sie mir versprechen, Herr Hofrat ...«

Carus sah ihn erwartungsvoll an.

»Sie werden mir einen schönen Suizid feststellen, denn alles andere würde uns vor die unbilligsten Komplikationen stellen!«

Carus nickte. Er wusste nicht, ob er erleichtert sein sollte. Bislang hatte er tiefes Vertrauen zu den Polizeikräften der Stadt gehabt. Aber vielleicht hatte er ja diese ungewöhnlich nachlässige Verfahrensweise dem vorsorglichen Eingriff des Königs zu verdanken? Carus zweifelte, denn die Garde der Polizei unterstand dem städtischen Bürgerrat und nicht dem König.

Mit einer knappen Verbeugung kündigte der Arzt seinen Rückzug an. »Damit Sie mir nicht hinterherspionieren müssen: Der Schmetterling flattert nun unverzüglich auf die schönste Blüte der Borngasse, um sich auszuruhen von den Böen dieses Tages, die ihn bald hierhin, bald dorthin verschlugen.«

Der Polizeikommandant erhob sich nicht von seinem Stuhl. Mit süffisantem Lächeln erklärte er: »Das glaube ich kaum. Denn Sie werden dortselbst eine Aufforderung Seiner Königlichen Hoheit, des Prinzen Johann, vorfinden, sich schleunigst nach Weesenstein zu verfügen.«

Der Kommandant und sein schier unerschöpfliches Wissen wurden Carus immer wunderlicher. Er starrte ihn aus großen Augen an. Wie zur Entschuldigung zuckte der Kommandant mit den Schultern: »Es ist meine Aufgabe über die ehrbaren Bürger der Stadt zu wachen, als wenn es meine Kinder wären.« Er zwinkerte Carus zu, als gelte es, eine heimliche Vereinbarung zu besiegeln. Carus verzog den Mund zu einem gequälten Lächeln, nahm seinen Hut vom Schreibtisch und ging. Er fragte sich, ob er womöglich der einzige Bürger dieser Stadt war, der nicht wusste, was alle anderen wussten?

In der Tat war Carus die Rückkehr in seine geliebte Höhle nur für kurze Zeit vergönnt. Die Zeit reichte gerade, seiner Mutter die Hände, dem greisen Vater die Stirn und seiner Frau die Wangen zu küssen. Den Kindern musste eine herzliche Umarmung genügen. Man war gewohnt, den Vater zu entbehren. Die Haushaltsführung unter der stillen Ägide seiner Frau war verläßlich und gab keinen Anlass zu schärferer Beaufsichtigung.

Der Befehl, sich baldigst nach Weesenstein zu verfügen, wartete in der Tat couvertiert und mit königlichem Siegel versehen auf der Konsole in der großzügigen Empfangshalle der Carusschen Villa. Prinz Johann bat Carus, sich in Ermangelung entbehrlichen Personals, eine Droschke zu nehmen, für deren Spesen er selbstredend aufkommen würde. Carus konnte keinen Vorwand finden, die Reise in das entlegene Müglitztal aufzuschieben. Er wechselte erneut seinen Rock, denn Johann verachtete diejenigen, die trotz Aufhebung der strengen Etikette weiterhin die Hoftracht trugen. Dann ließ er Karoline eilig einige Wäschestücke für die Nacht und den nächsten Tag zusammenraffen, vertröstete die Neugier der Seinen, die ebenfalls wissen wollten, was es mit der verschwundenen Schauspielerin auf sich hatte, und brach auf.

Der Weg durch das Tal der Müglitz war beschwerlich, der Zustand der Straße erbarmungswürdig. Wenn es die eigentliche Bestimmung einer Wegstrecke ist, dachte Carus, zwei Orte miteinander zu verbinden, so hatte diese ihre Bestimmung verfehlt: Sie hielt Reisende davon ab, ihr Ziel zu erreichen. Wenn man nicht unaufschiebbare Geschäfte in Weesenstein hatte, so kehrte man gewiss auf halbem Wege um. Die Frühjahrsüberschwemmungen der Müglitz hatten die Straße mit tiefen Furchen durchzogen, und Carus musste mehr als einmal die Kutsche verlassen, um den Pferden das Überwinden einer Geröllbarriere zu erleichtern. Ein Ort, der so beschwerlich zu erreichen war wie Weesenstein, war der rechte Rückzugsort für den Prinzen Johann, Herzog zu Sachsen. Er, der nicht im Entferntesten damit rechnete, den Thron der Wettiner jemals zu besteigen, führte ein ruhiges und beschauliches Leben abseits des Hofbetriebes. Dem in Fortschrittsfragen überaus bewanderten und im Volke beliebten Bruder Friedrich August stand er nur im Ernstfall zur Seite. Johanns eigentliche Interessen richteten sich weniger auf das Regieren denn auf vergangene Zeiten, die ihm vor allem aus gelehrten Büchern vor Augen traten. Vom mächtigen Preußenkönig Friedrich Wilhelm dem Vierten, selbst kunstsinniger Neigungen nicht unverdächtig, wurde er stets mit dem Titel »mein Schwager, der Professor« belegt – und dies war nicht durchweg als Kompliment gemeint. Das uneingeschränkte Interesse für die Neuigkeit der Dampfmaschine und die Möglichkeiten des Eisenbahnbaues blieb Friedrich August, dem Prinzregenten und Bruder vorbehalten.

Johanns Frau und die beiden Kinder lebten in Dresden im Sekundogenitur-Palast, wie es das Zeremoniell für die Familie des zweiten in der Thronfolge vorsah, oder sie folgten, da sie die einsiedlerische Natur des Vaters nicht geerbt hatten und die Zerstreuungen des Hofbetriebes durchaus zu schätzen wussten, dem Hofstaat in die Pillnitzer Sommerresidenz. Dort bewohnten sie die Beletage in dem Teil des Palastes, den man das ›Bergpalais‹ nannte. So hatte Prinz Johann alle erdenkliche Muße, sich seinen Forschungen zu widmen. Deren Ergebnisse machte er regelmäßig unter dem Decknamen ›Philaletes‹ – der Wahrheitsliebende – der kunstverständigen Öffentlichkeit zugänglich.

Höchstes Ziel seiner literarischen Bestrebungen seit einigen Jahren war die Erarbeitung einer Übersetzung der ›Göttlichen Komödie‹ von Dante Alighieri. Die Arbeiten waren recht weit gediehen. In regelmäßigen intimen Zusammenkünften mit gelehrten Untertanen, zu denen er dann und wann auch Carus, häufiger jedoch Tieck hinzubat, wurden die neuesten Ergebnisse unterbreitet und einer offenen, allgemeinen Kritik unterworfen. Dabei wurde, auf Befehl und zum Wohle der Kunst, untertänigst kein Blatt vor den Mund genommen. Allerdings geschahen diese freigeistigen Versammlungen des ›Philaletes‹ unter höchster Geheimhaltung – nicht mit dem beifallheischenden Getöse eines Tieck, sondern still, weltentrückt und beinahe ein wenig verschämt. So entsprach es dem Wesen des Prinzen.

Nur dann und wann riefen höfische Pflichten den Drittgeborenen, der nach dem überraschenden Tod des mittleren Bruders zum Nächsten in der Thronfolge nach Mitregent Friedrich August aufgestiegen war, aus dem träumerischen Tal heraus. Johann stolperte dann wie ein Schlafwandler durch die Schlaglöcher und Fallstricke des Dresdner Hoflebens, um allen deutlich vor Augen zu führen, dass er niemals einen akzeptablen Herrscher abgeben würde.

Carus sah seinem Treffen mit dem Prinzen mit gemischten Gefühlen entgegen. Von einer Krankheit des Prinzen, die sein Eingreifen als Leibarzt der königlichen Familie notwendig gemacht hätte, hätte er gehört. Carus zweifelte nicht daran, dass auch diese überstürzte Mission mit der Demoiselle Bernstein in Verbindung stand.

Die Kutsche nahm eine scharfe Kehre. Carus kannte die Biegungen der Wegstrecke. Er wusste, dass er nun, würde er die Scheibe der Equipage herunterziehen und den Kopf durch die schmale Öffnung strecken, das Schloss im Mondlicht vor sich liegen sähe: die nach unten, zum Fuß des Schlossberges hin breiter und mächtiger werdenden Etagen, die den Bergkegel wie Zuckerguss überzogen, und den kegelartigen, dickwandigen Turm mit dem elegant geschwungenen, vergeblich gegen die Massigkeit des unteren Teils ankämpfenden Schindelhelm. Er wusste um die verwunschene Anmutung des Schlosses, die viele Wanderer in stummer Ehrfurcht an dieser Stelle des Weges innehalten ließ. Heute blieb Carus unbeweglich in die Polster versunken. Für heute war er des Staunens müde. Jedoch schwante ihm, dass auch die Eröffnungen, die der Prinz ihm machen würde, nicht ohne Staunen zu überstehen sein würden.

Die ersten Lichter der gedrungenen, sich an den Fuß des Schlossberges schmiegenden Häuser, deren Bewohner allein von den Bedürfnissen des Schlosses und den bescheidenen Einnahmen aus der Bewirtschaftung des umliegenden Waldes lebten, zogen an den Fenstern der Kutsche vorbei. Dann stieg die Strecke steil an, und die Kutsche nahm ihren Weg über die an den Felsen angeschüttete Rampe zur Höhe des Schlosses in Angriff. Sie nötigte den Pferden die letzten Kräfte ab. Das mühsame Stampfen und schmatzende Eingraben der Hufeisen in den lehmigen Weg schlug plötzlich um in das helle, klirrende Aufschlagen auf Pflasterstein, und Carus wusste, dass sie den Vorhof des Schlosses erreicht hatten.

In der niedrigen Tordurchfahrt stieg der Arzt aus dem Wagen. Ein Mitglied der Leibgarde des Prinzen salutierte und reichte ihm dann die Hand, um ihm das Aussteigen zu erleichtern. Wegen der verwinkelten und beengten Anlage des Anwesens konnte das Fuhrwerk nicht weiter vordringen. Schloss Weesenstein war eines der ältesten Schlösser der Wettiner, wenngleich erst kürzlich aus dem Besitz derer von Bünau erworben. Das Anwesen war im Laufe seiner beinahe tausendjährigen Geschichte unregelmäßig erneuert, erweitert, ergänzt worden, so dass seine heutige Gestalt eher an eine knorrig verwachsene, mehrmals vom Blitz gespaltene und trotzig wieder ergrünte Eiche erinnerte als an einen königlichen Wohnsitz.

Kaum hatte ein Offizier der königlich-sächsischen Leibgarde Carus die hölzerne Pforte im Tor aufgesperrt, sah Carus sich eingekesselt von erst in jüngster Zeit errichteten Gebäudeteilen. Der Durchgang öffnete sich zaghaft auf einen engen Platz hin, um sich dann auch schon wieder trichterartig zusammenzuziehen. Durch einen in den Fels geschlagenen Hohlweg zwischen Befestigungsmauern und dem Basalt des Bergkegels führte der Weg zum ältesten Teil der Burg hinauf. Nachdem Carus unter einer Felsnase hindurchgeschritten war, weitete sich das schmale Gelass unvermittelt zu einer Terasse. Hinter einer Balustrade aus Sandstein öffnete sich ein großzügiger Blick aus der gedrungenen Enge des Schlosses hinaus in das Müglitztal. Die Scheibe des Mondes hatte sich gerade voll und rund in den schmalen Taleinschnitt geschoben – mondbeglänzte Zaubernacht. Carus hielt inne an diesem Ort, den er augenblicklich hätte malen mögen, und atmete tief ein. Der Geruch von Fichtennadeln erfüllte die Luft, getragen von der kühlen Feuchte des Flüsschens. Da gewahrte er, an der äußersten Ecke der Terrasse gegen die Felswand gelehnt, im hellen Schein des Mondes eine schmächtige Gestalt. Sie ließ den Blick auf den bewaldeten Hängen und dem im Mondschein silbrig schimmernden Band des Flüsschens ruhen. An den für den Geschmack der Zeit ungewöhnlich kurz geschorenen Haaren und der imposanten Nase erkannte Carus Johann, Herzog zu Sachsen, den Neffen des Königs und Bruder des Prinzregenten.

So wollte Carus den kunstsinnigen Prinzen im Gedächtnis behalten! Wurde Tieck der König der Romantik genannt, so hatte er in Johann den romantischen Prinzen gefunden.

Carus räusperte sich, um den Fürsten so sachte als möglich seinen zweifellos philosophischen Gedankengängen zu entreißen. Johann war nicht erschrocken und trat ihm ohne Zögern entgegen. Carus sah, dass er einen Schlafrock über das bis zu den Knöcheln reichende Nachthemd geworfen hatte. Die Nacht war nicht zu kühl, und der Frühlingswind verschonte das lauschige Tal.

»Endlich seid Ihr eingetroffen, Carus«, begrüßte ihn der Prinz überschwänglich und ergriff ihn beglückt bei den Händen. »Verzeiht, dass ich Euch diese beschwerliche Reise nicht ersparen konnte. Allerdings bedrücken Vorgänge meine Seele, deren Erörterung keinerlei Aufschub duldet.«

»Stets zu Diensten, Königliche Hoheit.« Carus machte, obwohl der Prinz seinen Griff noch nicht gelöst hatte, eine steife Verbeugung. Die ungewohnte, fast intime Herzlichkeit des Prinzen verunsicherte Carus.

Endlich löste der Prinz seinen Griff und ging zurück an die Brüstung. Carus trat neben ihn.

Er wagte einen Seitenblick und konnte aus den Augenwinkeln das gewaltige Riechorgan des Fürsten bewundern – ein wahrhaft hervorstechendes Körpermerkmal, das dem gesamten Familienzweig der Albertinischen Wettiner eigentümlich war, aber auf Gemälden stets schmeichelhaft verkleinert wurde. Der Prinz blickte hinunter auf die Müglitz, die sich am Fuße der dem Dorf abgelegenen Seite des Schlossbergs vorüberwand. »Ich habe von einer höchst delikaten Angelegenheit zu berichten«, begann er seufzend.

Carus entschied, dass es weise war zu schweigen; nur seine Finger krallten sich fester um den Sandstein der Balustrade.

»Von einem Boten meines Bruders, des Prinzregenten, erfuhr ich heute Vormittag, dass ein junges, schauspielerndes Frauenzimmer zu Dresden abhanden gekommen sei – nach etlichen tragischen Vorfällen, die ich Euch nicht aufzuzählen genötigt bin, da Ihr sie kennt und auch Anteil daran zu nehmen gezwungen wart.«

Carus hörte, wie der Prinz sich an der Rede abmühte, jedes einzelne Wort mehrmals auf der Zunge wendete, betastete und abschmeckte, bevor er es über die Lippen entfleuchen ließ.

»Ich erfuhr ferner, dass mein Oheim, der König, Euch in aller Verschwiegenheit und Vertraulichkeit aufforderte, dem verdächtigen Verschwinden dieses Frauenzimmers, ganz unabhängig von den zu gewärtigenden polizeilichen Untersuchungen, nachzugehen.«

Der Prinz schwieg, und Carus wusste nicht, ob er eine Antwort erwartete. »So ist es«, bestätigte er, um das Schlagloch der Stille auf dem Pfad der Beichte aufzufullen.

»Ich begrüße und unterstütze dieses Anliegen meines Oheims, dessen könnt Ihr versichert sein.« Nach diesen Worten machte Johann eine lange Pause, die eine Art Schlusspunkt setzte. Carus zog die Stirn kraus. Diese Mitteilung alleine hätte die Strapazen der Reise in das abgelegene Tal nicht im mindesten gerechtfertigt. Doch nun seufzte der Prinz erneut, tiefer und schwerer als bislang, und Carus ahnte, dass die Rede nun auf den Hauptpunkt kommen musste.

»Zum Behufe dieser Untersuchung ist es nicht unerheblich, dass ich Euch von gewissen ... gewissen Einzelheiten in Kenntnis setze, damit Euch die vollste Aufklärung über die Zusammenhänge möglich wird. Ich ... «

Carus bemerkte aus den Augenwinkeln, dass der Prinz sich an den Sandstein krallte, als wolle er seine Finger hineingraben. »Ich komme unter gegebenen Umständen nicht umhin, Euch eine ... eine *liaison d'amour* – nein, ich muss mich berichtigen, einen Austausch feinster und edelster Gefühle – mit besagter junger Dame anzuzeigen und Eurer Verschwiegenheit anheim zu geben. Bewahrt dies als ein Geheimnis zwischen Euch und unserer Familie. Benutzt es zur Erforschung und Ausmittelung der Wahrheit, der absoluten Wahrheit, denn nur zu diesem Zwecke habe ich es Euch geoffenbart! Macht es Euch zu Diensten, aber verwahrt es in Eurem Herzen als Arzt, der Ihr uns schon oft einen vertraulichen Dienst erwiesen habt. Betrachtet diesen Casus als Krankheit, als Geschwür im Leib der königlichen Familie. Ihr wisst, wie leicht entzündlich dieser Leib in aufrührerischen Zeiten wie den unseren ist. Daher wird dieses Geständnis, das ich nur Euch gegenüber und nur am heutigen Abend ablegen werde, der offiziellen Untersuchung verborgen bleiben. Doch Euch, lieber Carus ... «, und hier drehte Johann langsam den Kopf, um den Arzt geradeheraus anzusehen, »Euch, der Ihr Euch bereits in jungen Jahren um das Wohl unserer Familie und unseres Staates verdient gemacht habt, Euch soll dieses armselige Fensterchen zur Wahrheit nicht verschlossen bleiben. Im Gegenzug verlangen mein Oheim und meine Familie von Euch vollständige und umfassende Aufklärung über die Umstände, die das Verschwinden des Frauenzimmers bewirkt und begleitet haben. Ihr versteht, dass diese Angelegenheit, die für sich genommen delikat genug ist und die ich bitterlich bedauere, eine Schrecken erregende Dimension annehmen kann!? Sollte nur der geringste Verdacht aufkommen, die junge Dame sei mit fremdem Zutun aus diesem Leben geschieden, und sollte auch nur der geringste Fingerzeig in die Richtung unserer Familie weisen – nicht auszudenken!«

Carus starrte auf einen Punkt am Grunde der Müglitz, der ihn – er wusste nicht, warum – anzog. Er beugte sich vor, um besser sehen zu können, da tat sich plötzlich ein wirbelnder Strudel inmitten des Flüsschens auf. Carus spürte den Sog an allen Gliedern, er klammerte sich am Sandstein fest.

Johann beobachtete den Arzt aus den Augenwinkeln heraus. Er sah ihn halb ohnmächtig an der Balustrade hängen. Und führte diese frappierende Wirkung auf die Unerhörtheit des hoheitlichen Geständnisses zurück. Wahrlich legte Carus eine Betroffenheit an den Tag, die von hohem Mitgefühl mit den Nöten der königlichen Familie und aufrichtiger Untertanentreue zeugte. Johann wurde unwohl in seiner Haut ob der Verlegenheit dieses braven Mannes. Er beeilte sich, die peinliche Begegnung zu Ende zu bringen.

Carus hörte die Worte des Prinzen wie aus weiter Ferne. Das Rauschen in seinem Kopf, das alle Gedanken mit sich fortschwemmte, war übermächtig geworden.

»Ich zähle auf Euren Erkenntnisdrang und Forschergeist, werter Carus. Möge er die Wahrheit zu Tage fördern, das ist beileibe die edelste Aufgabe, die einem ehrbaren Untertan, wie Ihr es seid, von seinem Herrscher angetragen werden kann. Wohlan, Carus.« Mit diesen Worten wandte sich Johann abrupt ab, trat in geschäftiger Eile vom Balkon und ließ Carus allein. Carus wollte ihn um Hilfe bitten, hatte der Sog ihn doch bereits zu Boden gerissen und der Malstrom schickte sich an, ihn durch die steinernen Streben der Balustrade hindurch den Hang hinunter zum Fluss zu zerren. Doch auch die Worte wurden ihm vom Munde gerissen und verschwanden im Wasserwirbel des Flusses, kaum dass er sie ausgesprochen hatte. Der Prinz verschwand eilig durch einen schmalen Durchgang in den innersten der Schlosshöfe.

Carus keuchte schwer, während er gegen den unwiderstehlichen Sog ankämpfte. Er hatte die Geliebte des Prinzen in die Elbe geworfen! Und die Ausgeburt dieser misslichen Verbindung schwamm in seinem Kellergewölbe, in Spiritus und kaltem Nebelhauch! Einen königlichen Monsterbalg beigesetzt in seiner eichenen Kellergruft! Und dieses alles aufzudecken, dem König und seiner Familie, dem teuersten, was Carus je zur Pflege anheim gegeben, zu enthüllen, war nun seine Aufgabe! Oh ja, er würde die Wahrheit zu Tage fördern, jetzt gleich! Er würde sich dem edlen, wie er selbst in den Fäden des Schicksals verfangenen Prinzen zu Füßen werfen, sein Haupt in den Staub neigen und ihm alles schildern – alles, so wie es gewesen war. Er würde alle Schuld auf seine Schultern nehmen, auch den Anteil des siechen Tieck, der ihn infam dahin getrieben hatte, wo ihrer aller Verderben lag. Er würde auswandern, nach Amerika, möglichst weit weg, Ärzte wurden überall auf der Welt gebraucht, und er war schließlich kein Unbekannter, hatte Bücher geschrieben, in Fachzeitschriften veröffentlicht, Anerkennung erworben –

»Ehrenwerter Hofrat?« Jemand tippte ihm auf die Schulter. »Ist Euch nicht wohl?«

Carus ergriff in Panik mit beiden Händen den Frackschoß einer Livree.

»Herr Hofrat, wie ist Euch? So lasst mich doch los!«

Kaum spürte er den Stoff zwischen den Fingern, da brach der Sog ab. Er ergriff eine kräftige Hand und die Hand griff nach ihm. Nach einigem Zerren und Klammern, Stützen und Stemmen kam Carus wieder auf die Beine. Er klopfte sich den Staub von den Kleidern. Der livrierte Bedienstete beobachtete ihn dabei schweigsam, mit neugierigem Blick. Als Carus den kleineren Teil seiner

Würde wiederhergestellt hatte, wagte es der Domestik, ihn erneut anzusprechen.

»Seine Königliche Hoheit, Prinz Johann, geruhen, dem ehrenwerten Medizinalhofrat eine Kammer im neueren Teil der Gemächer anzubieten. Sicherlich wird Er nicht noch in dieser Nacht nach Dresden zurückkehren wollen?«

»Nein, nein, sicher nicht, sicherlich nicht«, stammelte Carus.

Willenlos ließ er sich den Hohlweg wieder hinunterführen, nach den Gebäuden, die auf Geheiß des Prinzen erst in den letzten Jahren entstanden waren. Der Bedienstete führte ihn durch ein hölzernes Portal, ein paar Steinstufen hinauf und öffnete dann die Tür zu einer Kammer. Drei prächtige Kristallleuchter tauchten sie in warmes, wohltuendes Licht und über dem Bett hing ein Gemälde der Jungfrau Maria. Carus trat einige Schritte auf das Bett zu, das mit strahlend weißer, nach blütengesprenkelter Bleichwiese duftender Spitzenbettwäsche bezogen war. Ein Federkissen lud dazu ein, das Haupt tief einsinken zu lassen.

»Seine Königliche Hoheit, Prinz Johann, geruhen gnädigst, Euch eine friedliche, erholsame Nacht zu wünschen.«

Carus spürte einen kurzen, kalten Lufthauch. Dann wurde die Tür hinter ihm sachte ins Schloss gezogen. Carus war allein – allein mit der göttlichen Jungfrau. Er faltete die Hände, fiel vor dem Gnadenbild auf die Knie und heulte, wie er zuletzt als Kind geheult hatte.

Carus kam von Heidenau die Elbe herunter. Den größten Teil des Weges hatte er, nachdem er an der Mündung der Müglitz die Elbe erreicht hatte, im Galopp zurückgelegt; den staubigen Leinpfad, am linken Ufer des Flusses entlang, vorbei an den Fischerdörfern Laubegast und Tolkewitz.

Eine Einladung des Prinzen, mit ihm das Frühstück einzunehmen, hatte Carus schwerlich ausschlagen können. Unter anderen Umständen hätte er sie gar als Ehre empfunden. Aber in der gegenwärtigen Situation hatte Carus dem Prinzen kaum in die Augen schauen können. Johann war außerordentlich gut aufgelegt und sehr redselig gewesen. Das Gespräch hatte beharrlich Belanglosigkeiten und Unverfänglichkeiten umkreist, zuvörderst den Fortschritt der Arbeiten an der Dante-Übersetzung. Der Gegenstand Theater wurde sorgfältig gemieden, wenngleich Johann gerne und so oft es seine Anwesenheit in Dresden gestattete, das deutsche Hoftheater und auch die italienische Oper besuchte. Doch Carus wusste nun, dass die Besuche der deutschen Stücke weniger der Liebe zur Kunst geschuldet waren.

Nach dem Frühstück, bei dem Carus kaum einen Bissen heruntergebracht hatte, geschweige denn, wie es Gewohnheit des Prinzen war, einen Schluck Wein hätte genießen können, war Carus unverzüglich aufgebrochen. Er musste zurück nach Dresden, ahnte, dass sich die Dinge dort in seiner Abwesenheit fortentwickelten. Außerdem hatte er das dringende Bedürfnis, sich Friedrich anzuvertrauen und einen Teil der immer ärger drückenden Gewissenslast abzuladen.

Carus hatte noch vor dem Frühstück um ein Pferd gebeten. Ein schnelles Pferd.

Er musste weit zurückdenken, um sich zu erinnern, wann er zuletzt geritten war. Der Arzt bevorzugte entschieden die Fortbewegung mittels Kutschfahrzeugen, denn das Reiten mit seinem ständigen Auf und Nieder konnte der Gesundheit, namentlich den Dauungsorganen, nicht zuträglich sein. Seit einigen Jahren war er aufgrund seiner vermehrten ärztlichen Tätigkeit auch in den höheren Kreisen der Stadt sogar in der Lage, einen eigenen Zweispänner zu unterhalten. Den benutzte er jedoch nur gelegentlich, zu Spazierfahrten in den ›Großen Garten‹, die Grünanlage des

Königs. Für die banalen Wege des Alltags war ihm diese prachtvolle Equipage zu elegant.

Der Fall der verstorbenen Aktrice lag ihm nun klar vor Augen, nichts, was es noch zu untersuchen gäbe: Der Prinz hatte eine innige Geheimaffäre mit der Demoiselle Aktrice gehabt, aus der das Monstrum entsprungen war, das nun in der Verborgenheit seines Eichenholzschranks im Spiritus schwamm. Der Tod der Schauspielerin würde, wenn die Wahrheit ans Licht käme, einen Skandal sondergleichen lostreten. Einen Skandal, der geeignet war, nicht nur ihn, Carus, sondern womöglich das gesamte sächsische Herrscherhaus in den Abgrund eines Volksaufstandes zu reißen. Niemand würde glauben, die Schauspielerin sei durch einen unglücklichen Umstand, durch das tragische Scheitern medizinischer Verwegenheit gestorben. Leicht würden sämtliche Klatschmäuler der Stadt Carus' chirurgischem Eingriff planvolle Absicht unterstellen – die Absicht, zwei unbequeme Wesen unter einem Vorwand zu beseitigen! Welch furchtbares Damoklesschwert schwebte über ihren Häuptern! Das zweiköpfige Kind – der Anfang vom Ende. Wieder blitzte der Gedanke an unheimliche Vorsehung auf. Carus schlug ihn sich sofort wieder aus dem Kopf. Die Wahrheit durfte nicht ans Licht kommen, nie! Seine eigentliche Aufgabe musste sein zu verschleiern, nicht zu entdecken. Doch wie das anstellen, ohne seine Ehrbarkeit und innersten Prinzipien gänzlich aufzugeben?

Carus hatte die gepflasterte Straße absichtlich gemieden, die Dresden mit Pirna verband und weiter ins Böhmische führte. Er folgte der Elbe, diesem verschlungenen Schicksalsstrom, der das Land des Sächsischen Stammes gemächlich und flach wie ein Spiegel durchzog. Hier konnte er sich und dem Gaul einen gestreckten Galopp zumuten. Der Staub flog in dichten Wolken unter den aufschlagenden Eisen auf, Carus schien dahinzufliegen. Das leichte Gepäck, die wenigen Habseligkeiten, die ihm Karoline für die

Nacht eingepackt hatte, würde ihm ein Fuhrknecht des Prinzen bei nächster Gelegenheit in die Stadt bringen.

Die Stadt lag leuchtend in den ersten Sonnenstrahlen des Tages. Die Pirnaische Vorstadt war erreicht. Carus verlangsamte den Galopp. Die Häuser drängten sich näher zum Flussufer hin, und Carus gab Obacht auf alte Mütterchen oder Kinder, die unbedacht aus der Tür stürzen und das Pferd zum Scheuen bringen konnten. Vor dem Haus mit der Nummer dreiunddreißig ließ er die Stute zum Stillstand kommen. Carus schob sich, noch ein wenig benommen vom Ritt, aus dem Sattel. Er band die Zügel über dem Widerrist zusammen und gab der Stute einen kräftigen Schlag auf die Kruppe. Augenblicklich trat sie an und fiel in einen zögerlichen Galopp, der sich langsam beschleunigte. Sie würde ihren Weg nach Weesenstein finden. Und hielte sie vorher jemand auf, so würde er an Zaumzeug und Sattel erkennen, dass es sich um ein Tier des Königlichen Marstalles handelte, und den Teufel tun, es nicht bei seinem Herrn abzuliefern!

Carus stürmte durch das enge, dunkle Stiegenhaus nach oben, hämmerte mehrmals gegen die Tür, doch niemand öffnete. Beherzt griff Carus nach der Klinke und drückte sie auf. Ohne Umschweife stürmte er ins Atelierzimmer. Der kräftige Geruch von Terpentin schlug ihm entgegen und nahm ihm fast den Atem.

Carus kniff die Augen zusammen, um besser sehen zu können. Im grauen Zwielicht, das durch das schmale Rechteck der Fensteröffnung fiel, erkannte er die Gestalt – zusammengekauert vor der Staffelei, Pinsel und Palette wohl geordnet auf dem Boden, das spitze, vorstehende Kinn auf die Fäuste gestützt.

»Du kündigst dich an wie ein Hufschmied, Carus!«, schimpfte der Maler. »Doch deine stürmischen Schritte erschrecken mich nicht. Ich habe dich bereits erwartet.«

»Ich benötige Ihren Rat«, gestand Carus. Er trat an die

Staffelei heran und betrachtete das Bild, an dem Friedrich arbeitete. Weit dahingestreckte Flächen von Wasser waren das erste, was Carus ins Auge fiel. Doch das Wasser war nicht blau, sondern gelb. »Stellt das gelbe Wasser Eis vor?«, fragte Carus.

Friedrich, der Landschaftsmaler, überging die Frage. »Man hat den Körper einer Frau gefunden, da unten, im Großen Gehege.«

Carus musste sich auf die Fensterbank stützen. Er presste die Stirn gegen den Bretterverhau, der den Lichteinfall vermindern sollte.

»Man munkelt von einer Schauspielerin des hiesigen Hoftheaters.«

Erneut krachte Carus' Stirn gegen die Latten des Verhaus. »Wir sind verloren! Alles ist verloren!«

»Die Wege des Herrn sind unergründlich«, sprach Friedrich vor sich hin. Doch die Endgültigkeit, die in diesen Worten lag, weckte Carus' Widerspruchsgeist. Immerhin hatte er einen Auftrag des Königs. Und welche Pfade das Schicksal auch immer einschlagen würde, er würde den Auftrag erfüllen, und die Wahrheit ans Tageslicht bringen – die ganze Wahrheit. Sollte es ihn auch den Kopf kosten!

»Ich werde die Wahrheit verkünden, die reine Wahrheit, und sie und mein Leben dem König zu Füßen legen«, schloss Carus. Er stieß sich von der Fensterbank ab und wollte den Raum wieder verlassen.

»Die Wahrheit brauchst du nicht zu beschreien, Carus, denn du wirst sie auf Erden nicht finden. Die Erde ist eitel Lüge und Heuchelei. Wahrheit ist einzig und allein in Gott.« Die großen, dunklen Augen des Malers blickten mild auf Carus, viel milder und nachsichtiger, als es der Ton der Rede vermuten ließ.

Nun wusste Carus wieder, warum er die Gesellschaft des Malers immer häufiger mied. Die Entschiedenheit seiner Gottesfurcht ließ kaum Luft zum Atmen. Kaum ein Lichtstreif der Erkenntnis hatte die Kraft, durch dieses dicht gewobene Netz tiefster Gläubigkeit und Gottergebung zu dringen! Nie war ihm Friedrich mehr als ein Geschöpf des finsteren Mittelalters erschienen, dem er so innig anhing, in dessen Tracht er sich kleidete, dessen Gepräge er sich gab mit jedem Haar seines Wangenbartes. Carus floh aus der finsteren Stube. Als er vor die Tür trat und die Elbe im erstarkenden Sonnenlicht liegen sah, schöpfte er neue Kraft. Er würde dem König einen Bericht liefern, der nichts, rein gar nichts verschwieg, sondern die klarste, umfassendste Wahrheit herausschälte. Und dann würde es Aufgabe des Königs sein, eine Entscheidung zu treffen.

6. *Kapitel*

Carus ging zu Fuß und ohne Umschweife in das Entbindungsinstitut. Ohne auch nur einem Menschen zu begegnen, betrat er sein Dienstzimmer. Er öffnete die Schublade seines Schreibtisches, in die er den Brief gelegt hatte. Die Schublade war leer. Er öffnete die darüber, die darunter. Nichts. Er durchsuchte alle Papiere, die auf dem Schreibtisch gestapelt waren. Der Brief blieb verschwunden. Ein Gefühl der Unruhe beschlich Carus. Ein Zipfel der Wahrheit war ihm wieder entglitten, kaum dass er danach hätte greifen können. Doch wer hatte den Brief entwendet? Dass er ihn in die Schublade geworfen hatte, stand ihm klar und deutlich vor Augen. Ida! Nur sie besäße die Dreistigkeit, in sein Zimmer einzudringen und einfach etwas wegzunehmen – und sie hatte von der Existenz des Briefes gewusst! Er beschloss, sie zur Rede zu stellen. Als er gerade das Zimmer verlassen wollte, stand die Dinkelroth im Türrahmen.

»Ehrwürdiger Hofrat«, sprach sie ihn an, »die Strumpfwirkerin, die Sperlingsche, die gestern glücklich von einem Jungen entbunden wurde, klagt seit einigen Stunden über stechende, krampfige Schmerzen im Unterleib. Ich habe es bereits mit Frauenmanteltee und warmen Bauchwickeln versucht, doch die Pein mag nicht weichen. Wenn Ihr dem Weib ein paar Minuten Eurer kostbaren Zeit gewähren könntet?«

Carus fügte sich in sein Schicksal. Eine Unruhe hatte sich seiner bemächtigt, ein Kribbeln unter der Kopfhaut, das nichts Gutes verhieß. Auch die Strumpfwirkerin besaß einen Teil der Wahrheit – einen äußerst gefährlichen Teil zudem! Er zog den Überrock aus, krempelte die Ärmel seines Hemdes hoch und folgte der Hebamme in den Saal der Wöchnerinnen.

Unvermittelt standen sie vor dem Bett einer noch jungen Frau mit groben, verhärmten Gesichtszügen. Eine tiefe, schlecht verheilte Narbe zog sich quer über ihre Stirn. Das lange, braune Haar lag glatt auf ihren Schultern und war ohne Glanz. Nicht die Spur von Schönheit, die Carus in jener schrecklichen Begegnung der Nacht meinte wahrgenommen zu haben. Mit einem in die Breite gezogenen sächsischen Dialekt, der sie als Zugewanderte vom Lande kennzeichnete, schilderte die Wöchnerin ihr Leiden. Unterdessen starrte sie Carus wieder und wieder verängstigt aus den Augenwinkeln an. Der Arzt vermied es, ihrem Blick zu begegnen. Ohne sie anzuschauen erklärte er ihr, dass er eine Abtastung ihres Leibes vorzunehmen gedenke, um die Herkunft der Schmerzen genauer zu bestimmen. Die Gesichtszüge der Frau schlugen um von Scheu in Todesangst: »Nie und nimmer lasse ich mich von Euch berühren! Lieber verrecke ich hier und auf der Stelle!«

Carus redete mit ruhiger Stimme auf sie ein, und versuchte, sie umzustimmen. Währenddessen stand die Dinkelroth stumm und streng daneben. Sie runzelte die Stirn und ließ sich nicht anmerken, was sie von der Szene hielt. Je länger und eindringlicher Carus redete, desto hysterischer wurde die Strumpfwirkerin. »Ich werde nicht zulassen, dass Ihr mich aufschneidet!«

»Niemand hat vor, Sie aufzuschneiden! Ich will Sie lediglich untersuchen«, beschwor Carus die junge Frau und versuchte, sie sanft auf die Strohmatratze niederzudrücken. Eine zweite Wöchnerin, die am anderen Ende des Saales lag und so weit wiederhergestellt war, dass sie in den nächsten Tagen entlassen werden konnte, war auf die Szene aufmerksam geworden. Langsam trat sie näher.

Carus wandte sich ab. »Es hat keinen Sinn. Setzen Sie

ihre Behandlung mit Tee und warmen Wickeln fort. Wenn die Schmerzen stärker werden, geben Sie ihr Opium. Ich werde sie später auf die altmodische Art befragen.« Die altmodische Art war die des letzten Jahrhunderts: Die Patientin bezeichnete den Ort, an dem sie Schmerzen verspürte, auf einer anatomischen Wachspuppe, die die Merkmale des weiblichen Körpers naturgetreu abbildete – eine Art und Weise der Untersuchung, die Carus verachtete und nur in verstockten Ausnahmefällen übergroßer Schamhaftigkeit anzuwenden bereit war.

Die Dinkelroth zog ratlos ihre Augenbrauen in die Stirn. »Dieses Frauenzimmer hat ein bemerkenswertes Schamgefühl für eine Strumpfwirkerin!«

Die Sperlingsche beruhigte sich, als sie sah, dass Carus von ihr Abstand nahm. Der Leibarzt verließ wortlos den Saal. Er ging wie in Trance. Er hatte sich stets bemüht, den Patientinnen gegenüber eine einfühlsame, vertrauenerweckende Art an den Tag zu legen, die sie der wohlmeinenden Absicht einer Untersuchung öffnete. Dieses Frauenzimmer jedoch hatte Angst vor ihm, Todesangst! Und Carus verstand warum. Er war ihr in jener Nacht als Schlächter erschienen, nicht als Heiler. Und war er das nicht – ein gefühlloser Schlächter mit kaltem Forscherblick?

Ein Fenster zum Hof stand offen, als er aus dem Wöchnerinnensaal trat. Der Durchzug erfasste ihn und Carus wollte die Fensterflügel gerade schließen, als er von draußen aufgeregte Schreie vernahm. Eine der Küchenmägde lief mit polternden Holzpantinen quer über den Hof und rief: »Eine Leiche, sie bringen eine Leiche!«

»Es wird der Leichnam der Schauspielerin sein«, vernahm Carus plötzlich die Stimme der Dinkelroth dicht an seinem Ohr.«

»Woher wissen Sie …?«, fragte Carus und war selbst leichenblass geworden.

»Man munkelt es bereits seit heute früh. Man hat sie aus der Elbe gefischt, das arme Ding, einen halben Tagesmarsch von hier, im Großen Gehege.«

»Warum schafft man sie hierher?«, ächzte Carus und hielt sich am Fensterrahmen fest. »Ich bin Arzt und kein Leichengräber.«

»Man redet, auf Anweisung des Königs bringe man den Kadaver auf direktem Wege hierhin. Ihr sollt die Leiche untersuchen und ...«

»Richtig, richtig.« Carus fand seine Fassung wieder. »Ich soll die Ursache ihres Todes feststellen. Ich habe selbst darum gebeten.«

Dicht gefolgt von seiner Oberhebamme begab sich Carus hinunter zum Hof. Gerade als er auf den gepflasterten Innenhof trat, näherte sich von der anderen Seite, aus dem Durchgang zum Zeughausplatz heraus ein Offizier der Polizeitruppen. An einem Strick hinter sich her zog er einen an den Händen gebundenen Jungen, dessen Hosen unterhalb der Knie in Fetzen gerissen waren. Das Hemd stand ihm bis zum Bauchnabel offen, da die Knöpfe fehlten. Carus sah, dass es die Brust eines Kindes war. Und doch ahnte man in seinen Gesichtszügen schon den Mann. Die aschblonden Haare fielen ihm in dreckstarrenden Strähnen vom Kopf. Seine Gesichtshaut war tief braun und die gerötete Nase von Sommersprossen umsprenkelt. Carus meinte, einen schwachen Fischgeruch wahrzunehmen, der von ihm ausging. Der Bursche hielt den Kopf gesenkt. Doch unter den vor die Augen fallenden Strähnen blickte er ängstlich zwischen Oberhebamme und Arzt hin und her.

Carus bemühte sich, seine Muskeln anzuspannen, war aber von einer würdevollen Haltung weit entfernt. Der Offizier schlug die Hacken zusammen und salutierte. »Hofrat Carus?«

Carus nickte.

»Auf dringendste Anweisung des Allerhochwohlgeborenen Königs, Seiner Majestät, des Königs Anton von Sachsen und seines Mitregenten, Seiner Königlichen Hoheit des Prinzen Friedrich August, übergebe ich Ihnen den leblos aus der Elbe geborgenen Körper eines unbekannten Frauenzimmers, bei dem es sich vermutlich um die am hiesigen Ort vermisste Hofaktrice Friedrike Mathilde Bernstein handelt. Möge der Medizinalhofrat den Leichnam auf das Präziseste inspizieren und den Allerhochwohlgeborenen Regenten schriftlichen Bericht über den exakten Zustand sowie über die vermutete Ursache des Ablebens erstatten.« Mit diesen Worten salutierte der Polizeioffizier erneut und machte auf der Hacke kehrt.

Carus rief ihn mit trockener Kehle an. »Was hat der Bursche damit zu schaffen?«

Der Offizier wandte sich mit einem maliziösen Lächeln auf den Lippen noch einmal um. »Wir werden sehen, was wir ihm anhängen können. Ein Tunichtgut, ein Herumtreiber mit Namen Michael. Seinen Vatersnamen kennt er nicht, da er seinen Vater nicht kennt. Er behauptet, den Leichnam gefunden zu haben.« Der Bursche ließ sich mit keinem Zucken seiner Miene anmerken, was er von der Rede des Polizeioffiziers hielt. Carus erbat sich, ein paar Worte mit dem Jungen wechseln zu dürfen. Der Arzt trat an ihn heran, und Michael wich zurück, so weit der Strick es zuließ. Der Offizier zog ihn wieder heran, auf Carus zu, und Michael ließ einen kurzen, spitzen Schmerzensschrei ertönen.

»Wo fandest du sie?«

Michael sah ihn scheu unter den Haarsträhnen heraus an. Seine Stimme war klar, aber schon nicht mehr kindlich. »Im Großen Gehege, unter einem dichten Weidengebüsch, im flachen Wasser. Ich war auf der Suche nach Treibholz. Glaubt nicht, ehrwürdiger Herr, dass ich mein Leben auf Gaunereien abgestellt habe. Ich versuche, meine ehrliche

Haut auf ehrliche Weise zu nähren. Herr, wenn Ihr Holz für den Winter braucht, abgelagert und sauber gespalten, man kann nicht früh genug Sorge tragen.«

»Geschwätz! Lassen Sie sich nicht davon beeindrucken, Herr Hofrat! Subjekte wie dieses sind beredt!«

Der Offizier wandte sich ab und enteilte mit knallenden Stiefelsohlen über das Pflaster des Hofes. Michael zog er am Strick hinter sich her. Dessen nackte Füße glitten geschmeidig und flink über die Steine.

»Der Junge ist gewiss unschuldig an ihrem Tod!«, rief Carus mit sich überschlagender Stimme. Die Mauern des Innenhofes vervielfachten seinen verzweifelten Ruf. Der Offizier konnte ihn nicht überhört haben. Dennoch blieb er jede Reaktion schuldig. Carus stand wie gelähmt an der Schwelle zum Hof und beobachtete, wie man nun durch den Torbogen einen Karren auf ihn zuschob. Darauf schaukelte ein unter einem grobleinenen Tuch verborgener, lebloser Körper hin und her.

Das Fuhrwerk ähnelte dem, mit dem er selbst zusammen mit Freund Tieck die verblichene Schauspielerin zur Elbe hinunter geschafft hatte. Es fehlte lediglich das Blut des nächtlichen Szenarios.

Das fehlende Blut war jedoch überreichlich ersetzt durch einen pestilenzartigen Gestank, der dem Kadaver entströmte. Anstatt unter Lumpen lag die Leiche diesmal unter einem sonnengebleichten, von Flicken übersäten schilfgrünen Segeltuch. Um den Karren herum scharten sich allmählich die Bediensteten der chirurgischen Akademie, ebenso wie die Hebammen, die Schülerinnen und einige Studenten – zukünftige Ärzte des Königreiches. Carus sah den Menschenauflauf sich stetig vermehren, und seine Beine wollten ihm befehlen, sich schleunigst in die dunklen Gänge des Instituts und in die schützende Obhut seines Dienstzimmers zu verkriechen. Doch Carus sah ein, dass er sich der gräßlichen Wahrheit stellen musste, um nicht unnötigen Verdacht auf sich zu lenken.

Er bahnte sich seinen Weg zum Karren und hielt sich ein parfümiertes Taschentuch vor den Mund, denn augenblicklich schlugen ihm die fauligen Ausdünstungen entgegen. Der Corpus, der sich unter dem Leinentuch abzeichnete, schien größer als der, den sie der Elbe anvertraut hatten. Sollte es sich vielleicht doch nicht um die Bernstein handeln?

Gerade wollte Carus Anweisung geben, die Leiche auf das anatomische Theatrum zu verfrachten, als er die kräftige Stimme Tiecks vernahm. Carus hob den Kopf und sah den Alten durch den Torbogen herbeihumpeln. »Was ist denn das für ein Aufruhr? Welche Bastille wollt ihr erstürmen? Auseinander, ehrloses Pack!«

Durch die bloße Anwesenheit Tiecks hatte Carus die Fassung wiedererlangt. Er klatschte zweimal in die Hände. »Auf, auf, alle an die Arbeit! Hannes, Sebastian, Gregor, ihr tragt die Leiche auf das anatomische Theater...«

»Nimmer!«, widersprach Hannes. »Ich werde sie nicht anfassen. Sie ist verflucht!«

»Dann schiebt ihr eine Planke unter und tragt diese!«, befahl Carus. Er fühlte sich langsam wieder Herr der Lage. Zweifellos hatte er das Tieck zu verdanken. Die Wut und Empörung über dessen Unverfrorenheit, hier zu erscheinen, hatte mit einem Male Ordnung in seine Gedanken und ein Ziel in seine Handlungen gebracht. Während die drei Bediensteten eilig einige Planken aneinanderlegten, um sie mit einer Latte und Nägeln zu einer Behelfstrage zu verbinden, nahm Carus Tieck beiseite. Er senkte die Stimme, um den Männern keinen Anlass zum Lauschen zu geben.

»Die Schamröte ist eine Farbe, die man auf Ihrer Palette nicht findet, nicht wahr, ehrenwerter Freund?«

»Was willst du, Carus? Glaubst du, ich würde daheim in meinem Ohrensessel sitzen und warten, bis mir Dorothea Nachricht von unserer Verhaftung bringt?«

»Dann haben Sie also schon davon gehört, dass es sich um den Leichnam der Bernstein handeln soll?«

»Lieber Carus, die halbe Stadt spricht davon, dass man die Schauspielerin ermordet aufgefunden habe.«

»Ermordet? Warum dann noch die Leiche untersuchen? Ich werde mir jetzt den Rock überziehen, zum Weinhändler Chiappone gehen und einen Schoppen erstehen, der mir den Blick trübt und die Ohren öffnet. Ich zweifle nicht, binnen einer halben Stunde werde ich alles Wissenswerte über das Ableben der Schauspielerin in Erfahrung gebracht haben.« Carus hatte sich in Rage geredet. Tieck legte den Finger auf die Lippen. »Nicht so laut, bleib doch ruhig, mein Freund. Seit wann vertraust du auf das, was das Volk redet? Vertraue deinen Augen und deinem Wissen, liebster Carus. Glaube mir, dieser Fall ist noch für so manche Überraschung gut!«

Die Männer meldeten, dass sie nun bereit seien, den Leichnam in das Institut zu tragen. Carus wies sie mit einer Handbewegung an, mit dem Abtransport zu beginnen.

Ächzend hoben die drei die behelfsmäßige Pritsche auf, Carus zupfte mit Sorgfalt das Segeltuch zurecht, damit es während des Transports nicht herunterfalle, dann setzte sich der Zug in Bewegung. Die Topographie des Ortes gebot, dass sie den Schlafsaal der Schwangeren zu durchqueren hatten, bis sie endlich im Theatrum angelangt waren. Natürlich hatten auch die Patientinnen mittlerweile erfahren, was da transportiert wurde. Der schaurige Leichenzug machte einen denkbar ungünstigen Eindruck auf die Schwangeren, die der Entbindung entgegensahen. Nicht wenige verkrochen sich unter ihre Decken und erschienen erst wieder, als auch der letzte Pesthauch durch die offenen Fenster nach draußen entfleucht war. In den diabolischen

Gestank der Leiche mischte sich der Schweißgeruch der Männer, die ein Gewicht zu stemmen hatten, das ganz und gar nicht mit dem zierlichen Körper der Bernstein in Einklang zu bringen sein wollte.

Nach einer Wegstrecke, die nur vom Keuchen und Schnauben der Bediensteten, jedoch von keiner weiteren Anmerkung Tiecks begleitet wurde, öffneten sich endlich die Pforten des anatomischen Saales, und die Pritsche wurde auf den marmornen Tisch gehievt.

Carus schickte die Männer in die Küche, wo sie sich stärken sollten. Der Geruch des Mittagsmahles hatte bereits begonnen, Säle und Korridore zu durchfluten. Doch im anatomischen Saal waren die labenden Wohlgerüche dem pestigen Hauch des Todes längst unterlegen. Die Bediensteten empfahlen sich eilig, und Carus stand mit Tieck allein. Auch der Dichter hielt sich ein parfümiertes Schnupftuch unter die Nase, wie er es bei Carus gesehen hatte.

»Wie ich Sie und Ihre sprichwörtliche Neugier kenne, werden Sie darauf bestehen, hier zu bleiben und sich den Anblick nicht ersparen?«, fragte Carus.

Tieck verkniff sich die Antwort und machte sich unverzüglich daran, die Stoffbedeckung vom Leichnam zu zerren. Doch ehe Tieck mit seinen gichtigen Fingern den Zipfel des Tuches gepackt hatte, riss Carus es bereits mit einem wütenden Streich zur Seite.

Er hatte Schlimmes erwartet, das Schlimmste. Doch was er sah, erstaunte ihn auf unerwartete Art: Der Körper der Bernstein hatte ein sichtbares Mehr seines ursprünglichen Umfangs angenommen. Sicherlich war das ungewöhnlich rasche Fortschreiten der Fäulnis den sommerlichen Temperaturen geschuldet. Im tiefen Wasser konnte sie nicht lange gelegen haben. Das Gesicht, der Rumpf, die Gliedmaßen, alles war bereits durch Faulgase angeschwollen und aufgeschwemmt. Einzig und allein der Unterleib hatte beinahe seine natürlichen Dimensionen behalten. Wenn man überhaupt noch von einem Unterleib sprechen konnte. Denn der Bereich vom Nabel abwärts besaß kaum noch einen erkennbaren anatomischen Zusammenhang: Fetzen von Haut und bleich gewaschenem Fleisch hingen zwischen Brustbein und Beckenknochen. Im hinteren Bereich schimmerte das sauber gewaschene und polierte Rückgrat, das allein den Unterleib am Rumpf hielt, wie das feinste anatomische Präparat. Der präzise chirurgische Schnitt, den Carus vorgenommen hatte, war nicht mehr erkennbar, nicht mehr auffindbar, denn der ganze Unterleib war eine einzige zerfetzte Wunde.

Carus brauchte eine Weile, ehe er sich so weit gefasst hatte, dass er verständliche Worte herauszubringen in der Lage war. »Dies ist nicht die Leiche, die wir ins Wasser warfen!«

Tieck stützte sich auf den Silberknauf seines spanischen Rohres und näselte durch das Taschentuch: »Auch wenn ich solch eine grässliche Verletzung selbst auf den blutigsten Schlachtfeldern niemals anzuschauen die Plage hatte, dies ist eindeutig Friederike Mathilde Bernstein, das Frauenzimmer, das sich unter unseren Augen selbst entleibt hat, bei meiner Ehre.«

»Sie ist es, und sie ist es nicht, Tieck.«

»Du spielst an auf den Zustand ihres ... Bauches?«

»Ganz recht. Sie sehen doch selbst«, und Carus senkte die Stimme, »dass wir ihr eine solch barbarische Behandlung niemals zuteil werden ließen. Man könnte meinen, dass sie ...«

Carus zögerte, denn der Gedanke war ihm ungeheuerlich – erleichternd und zentnerschwere Last zugleich –«, ... dass sie Opfer eines viel grauenvolleren Verbrechens geworden ist, als es das chirurgische Öffnen eines trächtigen Leibes darstellt.«

»Du meinst, teurer Carus, jemand anders habe sie umgebracht? Nicht wir in unserer unheilvollen und ewig zu verfluchenden Unbedachtheit?«

»So hat es zumindest den Anschein«

Tieck ließ das Taschentuch sinken, riss es aber sogleich wieder nach oben, als ihm der erste Hauch in die Nase gefahren war. Er räusperte sich, ehe er die schicksalsschweren Worte mit Bedacht sprach: »So sollte man eine Erklärung finden, die mit dem Schein der Dinge auf das Exakteste übereinstimmt. Denn eine Erklärung, die gegen den offenbaren Schein verstößt, ruft doch nur Verständnislosigkeit hervor. Die Menschen wollen das, was man ihnen berichtet, mit dem, was sie selbst gesehen, in Einklang bringen. Und spricht nicht der Volksmund bereits von der Ermordung der Demoiselle?«

»Der König fordert zweifachen Bericht von mir, einen chirurgischen und einen polizeilichen«, konstatierte Carus verwirrt.

»So berichte ihm, was es den Anschein hat.«

»Selbst wenn wir wissen, dass der offenbare Anschein nicht mit dem wahrhaften Lauf der Dinge in Einklang zu bringen ist?«

»Willst du dich ohne Not um alles bringen, was du dir in deinem noch jungen Leben so hart erarbeitet hast? Um Stellung, Geltung, Wohlstand?«

»Nein«, beeilte sich Carus zu sagen, »aber ... «

»Was aber?«

» ... den König belügen?«

»Einer Lüge bedarf es nicht.« Tiecks braune Augen blinzelten listig zwischen den halb geschlossenen Lidern hervor. »Berichte ihm, was du siehst, was du feststellst, kraft deiner wissenschaftlichen Erforschung, und nicht, welche Schlussfolgerungen daraus zu ziehen sind. Sage nicht: ›Es verhält sich‹, sondern sage: ›Es hat den Anschein‹ und die Lüge ist das, was die Menschen daraus machen werden. Du aber wäschst deine Hände in Unschuld.«

Carus atmete heftig. Da stand er nun, der alte Dichter ungezählter Komödien und Märchen, der daran gewohnt war, sich mit Ungeheuerlichkeiten abzufinden, und fand sich ab; zauberte gar schon wieder eine Lösung aus dem Brevier. Doch für Carus war diese Erkenntnis allzu schwer verdaulich: Die Leiche war, nachdem sie sie dem Flusse anvertraut hatten, nochmals attackiert, nochmals gemeuchelt worden. Die Veränderungen am Kadaver konnten nicht allein das Werk der Elbbarsche gewesen sein. Dazu waren sie zu kräftig, zu brutal, zu bestialisch. Jemand hatte am Leichnam der Bernstein in zügellosem Zorn gewütet. Und dieser Jemand schien Carus, ob beabsichtigt oder nicht, eine Brücke zu bauen. Die goldene Brücke zur Schuldlosigkeit. Rettung schimmerte auf am Horizont. Aber um welchen Preis?

»Wenn ich Sie nun bitten dürfte, mich allein zu lassen«, bat Carus den Dichter. »Ich werde einige Untersuchungen am Leichnam anstellen.«

Tieck blickte den Arzt schweigend aus seinen warmen braunen Augen an. Carus merkte ihm an, dass er zu gerne Zeuge geworden wäre, wie Carus die Leiche fachmännisch zerlegte. Doch der Leibarzt brauchte einen Moment der Einsamkeit, der Ruhe, um eine Entscheidung zu fällen. Tieck tippte sich mit dem Knauf des spanischen Rohres an die Stirn und empfahl sich.

Carus hatte noch nicht viele Wasserleichen gesehen, die die charakteristische Aufschwemmung aufwiesen. Den Körper der Selbstmörderin, deren Schädel seine Sammlung bereicherte, hatte man bereits am Morgen nach der Verzweiflungstat wieder aus dem Trog gezogen. Und auch die Leiche des Pillnitzer Hofbediensteten Kaspar hatte nicht lange genug im Wasser gelegen, um zu einer Vergrößerung zu gelangen. Nur während seines Studiums in Leipzig hatten sie einmal einen die Leiche eines Ertrunkenen, der längere Zeit im Wasser gelegen hatte, auf dem dortigen anatomischen Theater seziert. Carus erinnerte sich lebhaft an das Ballonhafte des Leibes und an den unerträglichen Gestank der Faulgase, die die Aufquellung bewirkten. Jeder Einschnitt in die Haut setzte pestilenzialische Ausdünstungen frei.

Carus band sich das Taschentuch mit einem schmalen Streifen Verbandsstoff unter die Nase, um beide Hände frei zu haben. Die ganz und gar zerwütete Bauchhöhle der Unglücklichen nahm Carus' Aufmerksamkeit zuerst gefangen. Der Unterleib, ab dem Bauchfell abwärts, war kaum noch vorhanden. Uterus, Gedärme, sämtliche Verdauungs- und Entgiftungsorgane fehlten ganz. Das Rückgrat war nahezu freigelegt. Hier musste äußerst gewaltsam, mit einer ungeheuren Wut auf den toten Körper eingewirkt worden sein. Carus hob einen Fetzen Haut aus dem oberen Bauchbereich auf, an dem Einstichspuren zu sehen waren. Es waren tiefe Einstiche, mit einem Dolch oder dolchgroßen Messer beigebracht, mit der Wut eines Mörders, und nicht mit der feinen Sorgfalt und Präzision, die die Schnittführung eines Skalpells auszeichnen.

Eines Mörders? Carus verschwamm der Blick. Welcher Mörder ging auf ein totes Opfer los? Welche Abgründe der menschlichen Seele konnten zu solcherlei sinnlosem Tun bewegen? Einen wehrlosen Kadaver derart zu zerwüten! Welch wirrer Plan stand dahinter? Gewiss nicht der Plan, Carus von seiner Schuld zu befreien. Wer sollte auch einen solchen Plan verfolgen?

Hatte er behauptet, eine Untersuchung des Falles sei nicht notwendig? Hatte er vermutet, alle Einzelheiten um das Ableben der Schauspielerin seien ihm geläufig? Welch ein Irrtum! Der Casus erwies sich als weitaus verzwickter, als Carus geahnt hätte. Und er würde untersuchen, würde den Fall erforschen, wie es seiner Profession und seiner Veranlagung entsprach! Und erst dann würde er entscheiden, welche Teile der Wahrheit dem König präsentabel waren!

Er hatte mit dem Skalpell ein rautenförmiges, etwa zwei Handteller großes Stück Haut abgelöst, das die deutlichste Spur der Stichwaffe trug. Die Haut war im Wasser grau, blau und grün angelaufen. Er strich das Hautstück vorsichtig glatt. Die Klinge war hier lotrecht eingedrungen und wieder herausgezogen worden. Die Breite des Messers war aufgrund der geraden Stoßführung gut abzuschätzen. Er würde es reinigen und in Spiritus konservieren.

Er nahm den Hautfetzen sorgsam zwischen Daumen und Zeigefinger beider Hände, um ihn zum Spülstein zu tragen. Als er am Seziertisch entlang ging, bemerkte er aus den Augenwinkeln heraus etwas Glitzerndes am Ringfinger der linken Hand, die vom Tisch heruntergerutscht war und schlaff, in eigenartiger Verrenkung über den Rand des Marmors hing. Ohne das Hautstück aus den Händen zu legen beugte er sich hinunter, um zu mustern, was seine Aufmerksamkeit erregt hatte.

Es war ein Ring. Oder vielmehr der letzte, verschwindende Augenschein eines Ringes. Denn die aufgequollene Haut der Finger hatte das glänzende Metall beinahe überwölbt. Carus legte die Stirn in Falten. Er konnte sich nicht an einen Ring an den Fingern der Schauspielerin erinnern. Er war sich fast sicher, dass er sie ohne jeden Schmuck in die Obhut des Institutes genommen hatte.

Carus legte das Hautstück auf den Spülstein, kehrte zur Leiche zurück und zog an dem Schmuckstück. Der Ring saß fest. Carus würde zunächst sämtliche Haut- und Muskelsubstanz entfernen müssen, um ihn abziehen zu können. Vielleicht gab es ja etwas an diesem Ring, irgendeine Inschrift, einen Hinweis auf seine Herkunft? Das Schmuckstück saß auf dem Ringfinger der linken Hand. Eine Verlobung? So weit Carus wusste, war die Schauspielerin unversprochen. Warum trug sie dann einen Ring am Verlobungsfinger? Carus sah, dass der Nebel, der ihm die Sicht nahm auf die wahren Begebenheiten, so wie sie sich zugetragen hatten, dichter und dichter wurde. Je weiter er auf dem Weg der Erkenntnis voranschritt, desto mehr schien er sich von der Wahrheit zu entfernen.

In diesem Moment vernahm Carus von draußen polternde Schritte und erregte Stimmen. Er erkannte das voluminöse Stimmorgan der Dinkelroth und eine weitere, männliche Stimme, die ihm ebenfalls bekannt vorkam. Carus ließ die Hand der Leiche los und verharrte in Erwartung des jüngsten Unheils, das sich hörbar und zielstrebig über den Gang auf ihn zubewegte.

Im nächsten Augenblick stand der Polizeikommandant im anatomischen Saal. Die Dinkelroth blieb mit verschränkten Armen an der Schwelle stehen. Carus gestattete dem Offizier mit einem Kopfnicken, näher zu treten. Der warf der Oberhebamme einen triumphierenden Blick zu. Die Dinkelroth zog sich beleidigt zurück.

Doch als der Kommandant der Leiche auf dem Seziertisch gewahr wurde, prallte er zurück. Im nächsten Augenblick suchte er fieberhaft in den Taschen seiner Uniform nach einem parfümierten Tuch, um es sich nach Carus' Vorbild auf Nase und Gesicht zu pressen. »Teufel auch«, presste er unter dem Riechschutz hervor, »wie haben Sie die Dirne zugerichtet!«

Carus deutete auf den nicht mehr vorhandenen Unterleib der Schauspielerin. »›Zugerichtet‹ ist das richtige Wort. Aber lassen Sie mich dabei aus dem Spiel«, bat Carus, und er wunderte sich selbst über die Festigkeit seiner Stimme.

»Aber wenn ich mir das Ding recht besehe, so wird sie zweifellos im Wasser geendigt sein.«

Carus wog die Worte sorgfältig ab. »Man hat ihren Körper auf das Grausamste traktiert, nachdem sie bereits verschieden war. Zu welchem Zweck, in welcher Absicht ist mir unerklärlich.«

Der Polizeikommandant begab sich auf den obersten Rang des Zuschauerrundes, das den Seziertisch umgab. Doch er nahm nicht Platz, sondern lief auf dem Rang hin und her wie ein angepflockter Hund vor seiner Hütte. Dabei konnte er die Augen nicht von der Leiche wenden.

»Das ändert wohl nichts an der Tatsache, dass sie ins Wasser gegangen ist, Herr Medizinalhofrat?«

»Ins Wasser gegangen?« Carus zauderte. Und entschied: »Nun, ins Wasser ist ihr Körper wohl gegangen –«

»Dann ist ja alles geklärt. Wir brauchen also auch Ihre Aussage nicht zu korrigieren.« Der Polizeikommandant atmete sichtlich auf. »Ich werde den Casus zu den Akten legen. Die Demoiselle Friederike Mathilde Bernstein hat sich selbst ertränkt. Ich an ihrer Stelle hätte genauso gehandelt. Wenngleich ich mir einen gottgefälligeren Tod gewählt hätte.«

Der Polizeikommandant entrollte ein Papier, das er, sorgfältig zusammengedreht, in einer ledernen Umhängetasche verborgen hatte. Mit klirrendem Degen schritt er die Stufen der hölzernen Ränge hinab und strich den Bogen auf dem ersten Schreibpult der untersten Reihe glatt. »Wenn Sie die Güte hätten, Herr Medizinalhofrat, mir das Ergebnis der Obduktion zu quittieren? Ich habe mir erlaubt, den Text vorzubereiten.«

Carus runzelte die Stirn und wusch sich umständlich in einer Schüssel mit kaltem Wasser die Hände. Als er sich endlich dem Polizeioffizier zuwandte, hatte dieser bereits einen Federkiel gezückt. »Haben Sie Tinte?«

Carus nickte und holte das Tintenfass herbei. Er tauchte die Feder in die zähe schwarze Flüssigkeit, mit der er zuletzt die Endpunkte des Schnittes auf dem Bauch der Schauspielerin markiert hatte.

Mit knarzender Spitze malte Carus seinen Namen mitsamt sämtlicher Titel unter das beschriebene und gesiegelte Blatt. Wie zuvor versicherte sich Carus nicht, ob der Inhalt mit dem vom Kommandanten der Polizei geschilderten Sachverhalt in Einklang stand. Er vermutete, dass ihm ohnehin keine Wahl geblieben wäre. Irgendjemand schien überaus bemüht, der Sache einen rechten und rechtmäßigen Stempel aufzudrücken. Und der Polizeikommandant war sein williges Werkzeug. Es musste ein hoher Herr sein.

Doch wozu brauchte man dann ihn? Was sollte er noch herausfinden, wenn der Fall hochamtlich abgeschlossen war? Carus schnaufte, als er schlussendlich eine schwungvolle Schleife unter seinen Namen setzte. Er reichte dem Polizisten den Federkiel. Der Kommandant musste das Taschentuch lüften, um die Tinte trocken blasen zu können. Er hatte es sichtlich eilig, seine Geschäfte zu beenden.

»Wenn Sie Ihre Untersuchung abgeschlossen haben, so überstellen Sie die Leiche einem Totengräber. Man solle sie außerhalb der Stadt auf dem Armenfriedhof verscharren.«

Er warf einen letzten Blick auf den Körper, der einstmals in umschwärmter Schönheit erstrahlte und nun nichts weiter als Ekel erregte. »Sprechen so kluge und geschraubte Sätze daher und sind doch so überaus einfältig«, stellte er fest und lüftete erneut das Taschentuch, um auf den Boden auszuspucken.

Carus war erschrocken über die offene Verachtung, die der Offizier der Toten entgegenschlagen ließ. »Wir sollen die Toten ehren, auch wenn sie ehrlos aus dem Leben geschieden sind«, wagte er mit fester Stimme anzumerken.

Der Polizeioffizier sah Carus einen durchdringenden Moment lang an, als versuche er, die Aufrichtigkeit der Bemerkung an seinem Gesicht abzulesen. Carus hielt dem Blick stand. Der Kommandant wirkte ein wenig lächerlich mit dem rosafarbenen Taschentuch vor dem Mund, das sein schmales Bärtchen verbarg.

Plötzlich aber hatte Carus das untrügliche Gefühl, der Kommandant wisse Bescheid, er durchschaue ihn vollständig. Carus sah ihm forschend in die Augen, doch der Polizeioffizier wandte sich ab. So beeilte sich der Arzt, seine Arbeit am Kadaver wieder aufzunehmen. Er griff sich eine Säge vom Instrumentenwagen. Auf diesem Wege würde er den Ring am schnellsten vom Finger bekommen.

Der Kommandant salutierte hastig vor Carus. Dann machte er auf dem Stiefelabsatz kehrt und verließ den Saal mit markigen Schritten. Carus widmete sich dem Ringfinger der Toten.

Wenig später hielt er den Ring in den Händen. Es war ein wertvolles Stück aus mehreren filigranen, in sich verschlungenen Goldfäden. Carus drehte den Ring im Licht. An der abgeflachten Innenseite gewahrte er eine Inschrift. Er nahm eine Lupe zu Hilfe, um die Gravur lesen zu können. »In treuer Liebe, S. v. B.« stand da geschrieben. ›S. v. B.‹? Carus versuchte, sich an die Signatur zu erinnern, die Tieck auf dem Siegel des Briefes entdeckt hatte. Hatte er nicht von einem ›I‹ gesprochen, oder einem ›J‹? Zweifellos ein ›J‹, denn er hatte den Kapellmeister vom Schönenbaum als Verdächtigen ins Auge gefaßt! ›J‹oseph vom Schönenbaum. Doch nun trug die Tote einen Ring, der sie der Liebe eines mysteriösen ›S. v. B.‹ versicherte.

Tieck musste sich geirrt haben. ›S. v. B.‹ war der geheimnisvolle Liebhaber und Vater des Kindes. Der Ring sprach deutliche Worte. Allein, die Signatur ›S. v. B.‹ war nicht im Entferntesten mit Prinz Johann, Herzog zu Sachsen, überein zu bringen. Und dieser war, nach ureigenem Geständnis, verflossener Liebhaber der Schauspielerin und vermeintlicher Vater des toten Kindes. Oder sollte die Aktrice gar mehrere Kavaliere zur gleichen Zeit gehabt haben? Die anatomische Beschaffenheit ihrer Fortpflanzungsorgane, die Carus selbst inspizieren konnte, sprachen gegen einen ausufernden Lebenswandel. Und doch gab es anscheinend eine ganze Hand voll Kandidaten, die sich um die zweifelhafte Ehre stritten, sie in den Tod getrieben zu haben. Letzten Aufschluß konnte allein der Brief geben. Der Brief, den Carus zu öffnen sich geweigert hatte. Doch wo war dieser vermaledeite Brief?

Von der Aufwärterin des Barons von Lüttichau hatte Carus erfahren, dass Baron nebst Gattin nach dem Mittagessen einen Spaziergang nach der Struveschen Mineral-Brunnen-Anstalt unternommen hatten. Zu Fuß, wie Carus an der Pforte mitgeteilt wurde, und der Anflug eines Lächelns huschte über sein Antlitz. Hatte dieser Wildfang von Baroness doch den überaus standesbewussten Gatten tatsächlich dazu gebracht, das alte Privileg des Adels, sich in der eigenen Kutsche von Ort zu Ort bewegen zu lassen, gegen die primitive doch nach Carus' Überzeugung ungleich gesündere Fortbewegungsart der niederen Stände einzutauschen!

Der Arzt selbst verzichtete allerdings auf den von ihm stets so warm empfohlenen Spaziergang. Er ließ den Lohnkutscher anfahren.

Wenig später hielt die Droschke vor dem Gittertor der Struveschen Anstalt. Sie war von hohen Mauern umgeben, um den Heilerfolg der mineralischen Wässer durch Ruhe und Abgeschiedenheit zu unterstützen.

Die Anstalt war wie stets reichlich frequentiert. Im Gegensatz zu den einfacheren Vergnügungen und alkoholischeren Genüssen der niederen Stände traf man hier ausschließlich auf Angehörige des wohlhabenden Bürgertums und des Adels, auf Mitglieder der Gesellschaft also, die aufgrund einer Verfeinerung der Sitten bereits im Genuss eines simplen Mineralwassers ein zwar chemisch erzeugtes, aber nichtsdestoweniger zufriedenstellendes Vergnügen fanden.

In dem weitläufigen, parkähnlichen Gartengelände, das dem Brunnengebäude angefügt war, musste Carus regelrecht nach Baron und Baronin suchen. Der Garten war nach neuester Sitte, also ›englisch‹ angelegt. Baumgruppen waren unregelmäßig angeordnet, so dass es, anders als in den Anlagen französischer Art, unmöglich war, das Gelände in einem Blick zu erfassen.

Carus fand das Paar in einer der Kolonnaden, die den Garten umsäumten und auch bei ungünstiger Witterung einen den Organismus anregenden Spaziergang trockenen Hauptes erlaubten. Heute allerdings boten die Wandelgänge allein Schutz vor der gnadenlos sengenden Sonne. Carus traf den Baron im lebhaften Gespräch mit Staatsminister Bernhard August von Lindenau an, den er in Pillnitz wähnte und deshalb irritiert begrüßte. Eine neuerliche Unruhe erfasste den Hofarzt, denn ein Minister vom Range von Lindenaus aus der unmittelbaren Umgebung der Regenten, Vorsitzender des Gesamtministeriums und Innenminister, konnte als eingeweiht in die geheimsten Regierungsgeschäfte und Vorgänge um das Königshaus gelten. Ein Mann vom Range von Lindenaus war eine Erscheinung, der auch ein städtischer Polizeikommandant, trotz aller Selbstüberhebung des städtischen Bürgertums in den letzten Jahren, seinen Respekt zollen musste. Doch würde er auch Befehle von ihm entgegennehmen? Befehle, die die wahren Begebenheiten eines Todesfalls verschleiern sollten?

Dem Aussehen nach glich von Lindenau so sehr dem Prinzregenten, dass er als Mitglied der Familie durchgehen konnte. Besaß er doch die gleichen schmalen, entschlossenen Lippen, die gleiche riesige Nase, die gleichen ebenmäßigen, dicht über den tiefen Augenhöhlen sitzenden Brauen wie Friedrich August. Nur seine Schläfen waren schon leicht ergraut, und das Gesicht etwas schmaler als das seines Dienstherrn und Förderers.

War von Lindenau in Carus' geheime Mission eingeweiht? Oder konnte sich Carus dem König näher fühlen als dieser Minister, der stolz den großen Stern des Sächsischen Verdienstordens auf seinem bürgerlichen Rock trug? Die Unruhe verstärkte sich, als Carus spürte, dass von Lindenau ihn neugierig beobachtete, während er sich an die Baronin wandte: »Ich muss Sie unbedingt sprechen, werte Baronin!« Angesichts von Carus' undiplomatischem Vorwärtsstürmen legte Baron von Lüttichau prompt die von onduliertem Haar umrahmte Stirn in Falten. »Ich hielte es für angemessen, wenn Sie mich zunächst über das Schicksal meiner Hofaktrice ins Bild setzen würden, Herr Medizinalhofrat!«, mahnte er. »Wie ich höre, sind Sie mit dem Fall zu einem Ende gekommen?«

Carus versuchte, sich der lästigen Pflicht der Berichterstattung so schnell als möglich zu entledigen: »Laut amtlichem Polizeibericht ist sie ins Wasser gegangen.«

»Das erfährt man an jeder Straßenecke«, bemerkte Lüttichau ungnädig, »doch die näheren Umstände würden wir gerne von Ihnen erfahren. Irre ich mich, oder hatte man die Ärmste nicht in Ihre Obhut gegeben?«

Die Frage war spitz formuliert, allein darauf abgezielt, ihn vor dem Minister lächerlich zu machen. Carus hörte eifersüchtige Missgunst heraus. Baron von Lüttichau war fast zehn Jahre älter als Carus, während Carus sich im gleichen Alter wie die Baronin befand. Und die starke Sympathie, die Ida Carus gegenüber hegte, war ein offenes Geheimnis. Jedermann wusste, dass von Lüttichau nicht der rechte Mann war, seinen Wildfang von Gattin im Zaum zu halten. Hinter seinem Rücken spottete man in Hofkreisen bereits über ihn, untrügliches Zeichen des bevorstehenden Abstiegs.

Carus warf einen Seitenblick auf den Minister, der die Debatte belustigt und mit wachsamen Augen verfolgte. Der Leibarzt fühlte sich unwohl wie nie zwischen den Fallstricken der adligen Hofgesellschaft. Der Bombast, mit dem diese Leute eine jede ihrer Handlungen bekränzten, war ihm zuwider. Bereits nach kurzer Zeit des näheren Umgangs hatte er die Pracht und das Frivole ihres Treibens nur als bunte Larve der Kleinheit und Enge erkannt, die auch in diesem Lande in den Kreisen des Adels vorherrschte.

Carus antwortete unumwunden und fest: »Ich ließ sie schwer verwundet in ihrer Kammer zurück. Niemand vermutete, dass sie sich je wieder erheben würde. Und doch scheint sie, von einer wundersamen Kraft beflügelt, ihren Weg gefunden zu haben. Der Leichnam, den man aus der Elbe zog, ist zweifellos der sterbliche Überrest der Demoiselle Friederike Mathilde Bernstein. Auch wenn sie beinahe zur Unkenntlichkeit verquollen –«

Ida von Lüttichau entfuhr ein Schreckenslaut, und Carus entschied, dass er die Schilderung an dieser Stelle abzubrechen hatte. Carus sah, wie blass sie geworden war.

»So ist denn dieser schreckliche Fall ganz und gar zu den Akten gelegt«, schnitt Minister von Lindenau, der geübte Diplomat mit sonorer Stimme die Diskussion ab. »Sie ist nicht das erste unglückliche Frauenzimmer aus diesem Metier, das auf diese Weise sein Ende findet.«

»So gewiss Sünde in diesen Kreisen einfacher und in den Dingen der Moral oft ungeschulter Subjekte nicht auszuschließen ist, so gewiss wird sie bestraft«, mischte sich von Lüttichau moralisierend ein und warf seiner Frau beiläufig einen vorwurfsvollen Blick zu.

»Weiß man bereits, mit wem sie sich eingelassen hatte?«, fragte von Lindenau mit der unnachahmlichen Unschuldsmiene des geübten Emissärs in die Runde. Carus versuchte hinter der Maske eine Spur von Absicht, einen Anschein eines hintergründigen Wissens auszumachen. Doch von Lindenau ließ sich nicht anmerken, ob er über die näheren Umstände der Affäre informiert war.

»Man munkelt, der Akteur Kreisner habe ihr die Unannehmlichkeit beigebracht«, warf von Lüttichau ein. »Er ist bekannt als einer ihrer hartnäckigsten Bewunderer.« Ida senkte den Blick, wie es für eine Dame geboten war, wenn die Rede unsittliche Dinge weitläufig berührte.

»Den werde ich mir bei Gelegenheit vorknöpfen«, polterte der Hoftheaterintendant. »Aber was will man machen? Das Theaterspiel ist eine durch und durch obszöne Kunst. Was soll ich Moral und Anstand von Frauen verlangen, die sich Abend für Abend in freizügiger Kleidung der Schaulust einer neugierigen Menge aussetzen? Vor ihren Augen kokettieren, schäkern, Liebesschwüre mit solcher Inbrunst dahersagen, dass ein jeder im Publikum sich gerne angesprochen fühlt?« Von Lüttichau hatte sich in Rage geredet. Idas Hände nestelten an den Falten ihres mit kleinen, gestickten Blüten übersäten Sommerkleides. Carus spürte, wie sie ein ums andere Mal ihrem Mann in die Parade fahren wollte, doch schickte es sich nicht für eine Dame, das Gespräch der hohen Herrschaften zu durchkreuzen.

Schließlich konnte sie nicht länger an sich halten. Es brach aus ihr heraus: »Es verwundert mich doch, solch antiquierte Ansichten aus deinem Munde zu hören, werter Gatte! Auch du empfängst nicht ungern den aufreizenden, lobheischenden Blick der Gruber. Auch du gehörst zu denen, die die Liebesschwüre an den prekärsten Stellen heimlich mitflüstern!«

Von Lüttichau war oberhalb des Stehkragens seiner Uniform krebsrot angelaufen. Es war allein schon eine Ungehörigkeit, dass seine Gattin ihn in der Öffentlichkeit duzte – ganz zu schweigen vom decouvrierenden Inhalt ihres Einwurfs! Er ergriff sie beim Arm – Carus sah, wie Ida schmerzlich zusammenzuckte – und führte seine Gattin ein paar Schritte abseits. Mit kaum verhaltener Wut zischte er sie an: »Halten Sie sich im Zaume, werte Baronin!«

Carus fühlte sich bemüßigt, Ida zu Hilfe zu eilen, auch wenn es vollends gegen die Etikette verstieß, sich in die Auseinandersetzung eines Mannes mit seiner ihm angetrauten Ehefrau einzumischen. »Herr Baron, ich benötige eine dringende Auskunft von Ihrer Gattin. Wenn Sie mir die Gunst eines kurzen Gesprächs unter vier Augen gewährten?«

Von Lüttichau sah gereizt zwischen Carus und Ida hin und her. Er ahnte, dass zwischen beiden eine tiefere Vertrautheit bestand, als er sie jemals mit seiner Gemahlin genießen würde.

»So verfügt Euch«, schloss er wütend. Er kehrte ihnen beiden den Rücken und wandte sich von Lindenau zu. Der Minister hatte die Auseinandersetzung verfolgt, ohne eine Miene zu verziehen. Allein aus dem wachen Blick sprach unverhohlene Neugier. Von Lindenau ließ sich von von Lüttichau unterhaken und in unverfänglicheren Themen sich ergehend entfernten sie sich zügigen Schrittes.

Carus bemerkte, dass einige Umstehende auf die Szene aufmerksam geworden waren und entschied, dass es weise war, sich möglichst rasch in die entgegengesetzte Richtung fortzubewegen. Schweigend gingen Carus und Ida eine Weile nebeneinander her. Sie kamen an einem niedrigen Gehölz vorbei, das man erst in diesem Frühjahr angelegt haben mochte. Die Setzlinge standen noch dünn und wacklig, gestützt von langen Holzstecken. Einige Blätter waren bereits welk geworden in der ersten, lang anhaltenden Trockenheit dieses Jahres.

»Hätte das arme Ding eine stärkere Stütze gefunden, jemanden, der sie im drohenden Sturze fest um die Hüfte fasst, so wäre sie nicht im ersten Sturmwind gebrochen«, sinnierte Ida mit Blick auf die Pflanzen.

Carus, der sich immer wieder an ihren geistreichen Gedanken ergötzen konnte, wollte etwas erwidern. Doch dann fragte er sich, ob er selbst tatsächlich alles, was der

Schauspielerin hätte nützen können, versucht hatte. Er musste aufrichtig verneinen. Auch in seinen Händen war die Aktrice zum Spielball anderer, nicht zuletzt seiner eigenen Interessen geworden.

Ida blickte ihn geradeheraus an. »Wie konnte es geschehen, dass sie aus Ihrer sicheren Obhut entfliehen konnte?«, fragte sie mit einer Wut, die ihr die Tränen in die Augen trieb.

Carus war nicht darauf gefasst, von ihr zur Rede gestellt zu werden. »Ich wusste nicht, dass Sie der jungen Frau nahe standen?! Beim letzten Mal schien es –«

»Ich stand ihr nicht nahe«, unterbrach sie ihn zornig. »Ich interessiere mich nur für ihr Schicksal. Sie war ein gutes, reines Geschöpf, das weiß ich. Sie war eine gute Schauspielerin und hätte eine viel versprechende Zukunft auf unserer Bühne gehabt. Nun wird sie abgehandelt, als beschmutze man sich, wenn man auch nur ihren Namen in den Mund nimmt. Und wie drängt man sich danach, sich den Mund schmutzig zu machen!«

Carus suchte einen Ansatzpunkt, die Frage anzubringen, die er im Herzen trug. Die Wut gegen Ida, die Verdächtigung, sie habe womöglich den Brief aus seinem Zimmer entwendet, war gänzlich verraucht. Die raschen Winkelzüge und Launenwechsel dieser Frau forderten Carus immer aufs Neue geistige Behendigkeit und Biegsamkeit ab.

»Ist sie noch bei Ihnen?«, fragte Ida unvermittelt.

Carus nickte.

»Ich will sie sehen!«

Carus sah sie aus großen Augen an. Was war das nun wieder für eine Grille?

»Das ist unmöglich. Es wird Ihre Nerven angreifen, Sie auf das Krankenlager niederwerfen – unmöglich. Schonen Sie sich und Ihre zarte Seele«, entschied er.

»Ich weiß es sehr zu schätzen, dass Sie sich um meine

Seele sorgen. Doch für mein Seelenheil bin ich selbst verantwortlich. Genauso wie Sie für das Ihre.«

Carus zögerte. Was war das für eine Andeutung? Er witterte Verrat und Lüge, wohin er auch sah. Sollte Ida etwa auch Geheimnisse vor ihm haben? Sollte sie Teil des Gespinstes sein, das ihn immer dichter umwob? Sein Tonfall wurde bitter.

»Was interessiert Sie dieses Frauenzimmer? Wenn Sie wüssten, wie viele Frauen mit derartigen Wünschen zu mir kommen. Wenn Sie wüssten, wie schwierig es ist, immer zwischen Recht und Unrecht zu unterscheiden.«

Ida horchte auf. »Die Bernstein kam mit einem Wunsch zu Ihnen? Mit welchem Wunsch? Das Kind zu entbinden? Und Sie schlugen es ihr aus!« Ida nahm einen Schritt Abstand.

»Sie haben ihr den Wunsch abgeschlagen, nur deshalb ist sie ins Wasser gegangen!« Ida schrie beinahe. Carus sah sich nervös um. Selbst in einiger Entfernung war man auf sie aufmerksam geworden. Der Baron und der Minister waren zum Glück nirgends zu sehen.

»Sie sind schuld an ihrem Tod!«

Carus fasste Ida bei der Hand und zog sie mit sich fort. Er beschleunigte den Schritt, in der Hoffnung, das schnelle Gehen würde ihr den Atem rauben und so das Lamentieren vereiteln.

»Sie wissen ja nicht, was Sie reden! Sagen Sie mir lieber, wo der Brief ist!«

»Der Brief? Welcher?« Ida stutzte und sah Carus unverwandt an. »Wollen Sie mir erzählen, der Brief sei abhanden gekommen. Der Brief, den Sie mir so tugendhaft abschwatzten und vorenthielten?!«

»Sie wussten, wo ich ihn aufbewahrte«, entgegnete Carus trotzig.

»Sie wollen mich des Diebstahls beschuldigen? Mich, Ida von Lüttichau? Verheiratet mit einem der einflussreichsten Männer des Königreichs? Wissen Sie eigentlich, wie empörend und über alle Maßen unschicklich Sie sich gerade benehmen, Herr Carus?« Ida hatte die Fäuste in die Hüften gestemmt, was auch nicht gerade schicklich wirkte. Doch Carus war von ihrer Wut entwaffnet, fühlte sich in die Enge gedrängt, wie eine Maus in die Zimmerecke, der Katze hilflos ausgeliefert.

»Sie bringen mich augenblicklich zu ihr, sonst mache ich Ihnen einen Skandal, der Ihnen weitaus ärgere Sorgen bereiten wird, als die um mein Seelenheil!«, forderte die Baronin.

»Sie wissen ja nicht, was Sie da verlangen!«, empörte sich Carus hilflos.

»Ich benötige Ihre Obhut nicht und auch nicht Ihre Fürsorge. Sie schützt ohnehin nicht davor, spurlos zu verschwinden oder in die Elbe zu gehen!«

Carus zerrte die Baronin zum Ausgang des Gartens. Er hatte die Droschke angewiesen zu warten. Er war froh, Ida außer Hörweite der übrigen Trinkkurgäste bugsiert zu haben.

»Wohin fahren wir?«, fragte die Baronin. »Wenn Sie mich an einen anderen Ort entführen, als in Ihre Anstalt, schreie ich um Hilfe!«

»Wir fahren in die Anstalt«, willigte Carus ergeben ein.

In der Mietkutsche saßen Carus und Ida schweigend nebeneinander. Sie hatten die Vorhänge nicht zugezogen, um nicht unnötig Gerüchte zu provozieren. Als der Lohnkutscher den Schlag geschlossen hatte, wäre Carus am liebsten wieder hinausgesprungen. Er war gefangen. Er wusste nicht mehr, warum er die Baronin hatte einsteigen lassen, wusste nicht, warum er ihr unbedingt die Leiche vorführen wollte, wusste nicht, ob er sich ihr offenbaren oder schweigen sollte. Er wusste nur, dass sie sich nicht belügen lassen würde. Wenn sie auch nur einen Blick auf den toten

Frauenkörper geworfen hatte, wüsste sie, dass eine Selbstentleibung nicht solcherlei Spuren hinterlässt. Ida war nicht dumm, nein, nichts war sie weniger als dumm. Aber konnte er sich ihr anvertrauen? Einem Frauenzimmer?

Die Chaise rollte auf das Pflaster, und ohne einen Blick hinaus zu werfen wusste Carus, dass sie sich der Innenstadt näherten. Nur die Straßen innerhalb der alten Festungsmauern waren gepflastert. Carus' Hals schnürte sich zusammen, er atmete schwer. War er auf dem Weg zur Richtstätte? Welches Urteil würde Ida über ihn verhängen? Würde sie ihn als Mörder der Aktrice verdammen? Er fühlte sich dieser Frau ausgeliefert. War er es?

Aus den Augenwinkeln heraus sah er, wie sie langsam und bedächtig den Schaft ihres linken Handschuhs herunterrollte. Unter dem geblümten Seidenstoff kam weiß schimmernde Haut zum Vorschein. Sie ließ die aufgerollte Seide über ihre Fingerspitzen gleiten und zu Boden fallen. Dann tastete sie langsam mit der nackten Hand über das Lederpolster. Bei der ersten Berührung schreckte Carus zurück. Er legte seine Rechte auf den Oberschenkel. Idas Linke folgte unverzüglich, kletterte ihr keck über Hosennaht und Rockschoß hinterher. Jede ihrer Berührungen bohrte Carus glühende Nadelspitzen ins Herz. Nun umfasste sie seine Hand mit zärtlicher Gewalt. Sie presste seine Finger fordernd zusammen, gerade eben so, dass es nicht schmerzte. Sie erhob sich von der Rückbank, ohne den Griff zu lockern, und zog das Rouleau zum Kutscherfenster zu. Dann nahm sie wieder Platz, auf Tuchfühlung, ohne eine Haaresbreite zwischen ihrem geblümten Sommerkleid und seinem leichten Oberrock zu lassen. Getrennt nur durch eine himmelweite Sehnsucht. Durch den weichen Stoff konnte Carus die Festigkeit ihres Körpers spüren. Ida ließ den Kopf gegen Carus' Schulter sinken und Carus roch den Duft ihrer Haare. Lavendel. War es möglich, dass sie das gleiche Parfüm benutzte wie die Schauspielerin? Doch war da noch ein anderer Duft, schwerer, nicht so fröhlich und unbeschwert wie Lavendel, nicht so flüchtig – Rosenöl?

Vom Kutschbock vernahmen sie ein langgezogenes ›Hoh‹. Carus drückte die Klinke herunter und floh aus dem Verschlag. Eilig schlug er den Oberrock zurück und fingerte in seiner Westentasche nach einem halben Taler, viel mehr, als er dem Lohnkutscher schuldig war. Er bat ihn zu warten, um die junge Dame dorthin zu fahren, wohin auch immer sie gefahren werden wollte. Doch in dem Moment stieg die Baroness vom Trittbrett. Carus hielt inne und ließ einen verträumten Moment lang seinen Blick auf ihr ruhen, während der Kutscher schamlos, mit einem einfältigen Grinsen, Carus' heillose Verliebtheit beglotzte. Ida war die Verkörperung weiblicher Würde und Anmut, sie schritt majestätisch um das Gespann herum. Ihren Sonnenschirm hatte sie unter die Achsel geklemmt, der ausladende Sommerhut spendete ausreichend Schatten. Die Pferdeköpfe wippten auf und nieder, als Ida vorüberschritt, als verneigten sie sich vor ihr. Tatsächlich aber verlangten sie wohl danach, dass ihnen der Kutscher die Futterbeutel umschnalle.

Während Ida und Carus sich Schulter an Schulter zum Torbogen entfernten, der in den Innenhof der Entbindungsanstalt führte, griff der Kutscher in ein Fach unter dem hinteren Trittbrett und angelte zwei Haferbeutel heraus. Er schnallte sie mit geübten Handgriffen den Pferden vor die Mäuler und als die Tiere sich beruhigt hatten, biss er auf die Münze, um deren Festigkeit zu prüfen. Dann drehte er das Taschenfutter seiner Weste auf links. Doch sein Weib hatte es erst kürzlich gestopft, der halbe Taler würde gut darin aufgehoben sein. Er ließ das Geldstück hineinfallen und zündete sich zufrieden ein Tonpfeifchen an.

Ida schritt dicht hinter Carus den Gang hinunter, der auf das anatomische Theater zuführte. Der Saum ihres Sommerkleides glitt leise raschelnd über den Fußboden. Carus hatte den Kopf gesenkt. Er hörte auf jeden Schritt, den das Schicksal in seinem Rücken machte. Das Rascheln steigerte sich zu einem bedrohlichen Rauschen, zum Rauschen eines reißenden Stromes, der ihn mit sich hinfortschwemmen würde. Die Beine wurden ihm schwer und schwerer, als wate er immer tiefer ins Wasser hinein. Vor dem Portal zum anatomischen Theater wandte er sich nochmals um.

»Sie sind sicher, werte Baronin, dass Sie sich den schrecklichen Anblick nicht ersparen mögen?«

Ida nickte tapfer. Carus sah, wie sie den Stoff ihres Sonnenschirms viel zu fest umfasste. Als der Arzt die Tür aufschob, schlug ihm ein Geruch entgegen, der ihn stutzig machte. Es war nicht der Geruch einer Wasserleiche. Es war der Geruch von Spiritus. Carus blieb verdattert stehen, Ida schritt an ihm vorüber. Vor ihre Nase hatte sie ein Taschentuch gepresst. Sie schien aus geheimer Quelle zu wissen, welche Ausdünstungen Leichen zu verbreiten pflegen.

Carus warf einen flehentlichen Blick gen Himmel, seufzte tief und tat hinter ihr einen Schritt in den Raum hinein. Ihr breitkrempiger Strohhut verdeckte ihm die Sicht auf den Seziertisch.

»Hier untersuchen Sie also die Überreste menschlichen Leids?«, fragte Ida und nahm ihr Taschentuch vom Mund. Carus trat einen Schritt zur Seite, um freie Sicht auf den Seziertisch zu erlangen. Der Tisch war leer.

»Sie ist fort«, stammelte Carus. Er suchte Halt und fand ihn am Zeichenpult, das dicht neben dem Seziertisch postiert war, um dem Zeichner einen freien Blick auf das Objekt zu ermöglichen. Doch das Objekt war verschwunden, der Tisch glänzte in strahlend weißer Unberührtheit.

Ida setzte ein spöttisches Lächeln auf. Von dem drohenden Anblick einer Wasserleiche befreit, hatte sie augenblicklich ihre gewohnte Sicherheit wiedererlangt.

»Diese Aktrice hätte eine begnadete Tänzerin abgegeben. Selbst im unbelebten Zustand zeichnet sie sich durch eine erstaunliche Beweglichkeit aus.«

»Sie ist fort«, wiederholte Carus einfältig.

»Das erwähnten Sie bereits. Sie sind sicher, mein Freund, dass das Ergebnis Ihrer Untersuchung ihren Tod eindeutig festgestellt hat? Oder hat sie etwa um Hilfe geschrien, als Sie zur Sektion schritten? In diesem Falle hätten Sie nämlich augenblicklich die Operation einstellen sollen, Carus!«

Ihr Spott machte Carus schwindeln, konnte sie doch nicht ahnen, wie nah sie mit ihrer beißenden Ironie der Wirklichkeit gekommen war. Oder etwa doch? Wusste sie mehr, als sie zugab?

»Man hat sie entführt. Sicher im Auftrage. Schuldig, alle sind sie schuldig. Hohe Männer, Männer von edlem Geblüt. Und das Kind erst. Ein Monstrum! Es ist schrecklich, ich darf nicht darüber reden!«

»Das nennen Sie reden? Ich habe Sie nie so wirr stammeln gehört, teurer Carus! Wie ist Ihnen?«

Hinter ihren Rücken vernahmen sie ein Räuspern. Die Oberhebamme stand im Türrahmen. Ihre Fußspitzen berührten nicht einmal die Schwelle zum Heiligtum. Sie warf der Baroness einen Blick zu, der sie dafür strafen sollte, eine Gunst zu genießen, die ihr versagt blieb. Nie würde sie es wagen, auch nur einen Schritt in den Saal zu tun!

Dann richtete sich ihr Augenmerk auf den jämmerlich am Zeichenpult lehnenden Carus. Die Verwunderung über seinen Zustand gnädig verbergend, rapportierte sie ihm in beinahe militärischem Tonfall: »Die Leiche der jungen Weibsperson wurde auf höchsten Beschluss konfisziert.

Der Polizeikommandant selbst drang heute am späten Vormittag hier ein und befahl ihren Abtransport.«

Carus umklammerte das Stehpult mit beiden Armen, um nicht gänzlich den Halt zu verlieren.

»Wohin hat man sie gebracht?« Er war seiner Stimme kaum mächtig.

Die Dinkelroth rümpfte die Nase. Hätte er nicht diesen klaren, schreckensweiten Blick besessen, sie hätte ihn für sturzbetrunken gehalten. Die Verachtung über seinen erbärmlichen Zustand klang aus jedem ihrer Worte: »Der Polizeikommandant eröffnete mir, dass die Gefahr bestehe, wegen der Leichenausdünstungen könnten Epidemien ausbrechen. Für besonders schädlich hielt er die Nähe der pestilenten Leiche zu Weibspersonen, die guter Hoffnung sind.«

Carus nickte. Sein Blick verlor sich in der Ferne.

Die Oberhebamme stand unschlüssig im Türrahmen. Sie hatte noch eine weitere Information zu verbreiten. Allerdings erwartete sie, danach gefragt zu werden. Es mutete ihr wie der Schlusspunkt unter diesem grässlichen Drama an.

Ida spürte untrüglich, dass die Dinkelroth nur darauf brannte, noch etwas loszuwerden.

»Was gibt es noch?«, fragte sie mit vorgeschützter Arroganz, denn die Oberhebamme war ihr ein unmögliches Subjekt.

Ohne die Baronin auch nur eines Blickes zu würdigen, platzte sie heraus: »Sie soll noch heute auf dem Armenfriedhof verscharrt werden.«

Carus wandte den Kopf zur Seite. Sein Körper straffte sich ein wenig. »Man will sie beerdigen? Nur beerdigen?«

Die Dinkelroth war erfreut, dass ihre letzte Nachricht eine gewisse Wirkung nicht verfehlt hatte. »Sicherlich ist sie schon beerdigt, denn seine Exzellenz, der Polizeikommandant ist vor einer guten Stunde mit ihren sterblichen Überresten abgezogen.«

»Beerdigen nennt Ihr das?«, warf die Baronin ein. »Wie eine Verbrecherin in die Grube geworfen hat man sie. Und keine Stimme will sich erheben, um für ihr Seelenheil zu beten!«

Carus richtete sich auf. Er hielt das Stehpult immer noch umfasst, doch hatte sich sein Griff gelockert. »Und Sie sind sicher, dass man sie nicht einer nochmaligen Untersuchung unterzogen hat? Welche weiteren Anweisungen hat der Kommandant erteilt?«

Die Dinkelroth nickte bedächtig. »Ich sah auf dem Karren, auf den man sie geworfen hat, bereits Schippen liegen und weißbestäubte Säcke, in denen ich Kalk vermute. Zum Abschied wies er mich an, die Lokalität unverzüglich einer gründlichen Reinigung zu unterziehen; welche die Hausknechte bereits vorgenommen haben, da mir der Zutritt ja verboten ist«, betonte sie mit einem neuerlichen Seitenblick auf die Baronin.

Carus schlug mit der flachen Hand auf den Tisch. »Teufel auch. Möchte wissen, welcher mächtige Strippenzieher hier die Finger im Spiel hat?«

»Wer immer es ist, er wird sich mit der Macht meines Mannes messen müssen«, entschied Ida und machte auf dem Absatz kehrt.

Carus sprang hinzu, um sie zurückzuhalten. »Was haben Sie vor?«

»Ich werde mich bei meinem Gatten dafür verwenden, dass die Demoiselle ein christliches Begräbnis erhält. Das ist das Mindeste, was wir noch für sie tun können.«

Carus raufte sich die Haare. Die Flausen, die die Baroness im Kopf hatte, raubten ihm schier die Nerven. »Sie ruht doch bereits in Frieden. Auch wir sollten nun Ruhe geben.« Carus hatte sie am Unterarm gepackt, was die Dinkelroth mit dem Heben einer Augenbraue registrierte.

Ida riss sich los. »Wie kann sie in Frieden ruhen, wenn niemand für sie betet?«

Carus stöhnte auf: »Du wirst im ganzen Königreich keinen Priester finden, der für das Seelenheil einer Aktrice betet, die schwanger ins Wasser gegangen ist – niemanden!«

Carus war unbeabsichtigt in das vertrauliche Du gerutscht. Die Dinkelroth hob nun auch die zweite Augenbraue. Carus registrierte die Veränderung in der Mimik der Hebamme und beschloss, sich fürderhin vorzusehen. Aus der Zeit, da Carus mit seiner Familie im Entbindungsinstitut wohnte, kannte die Dinkelroth seine Gattin Karoline noch sehr gut …

Ida machte Anstalten, das Theatrum zu verlassen, und Carus ließ resignierend die Arme sinken.

»Notfalls wird mein Gatte die Trauerrede halten«, entschied Ida im Hinausgehen.

»Auf dem Armenfriedhof? Ich fürchte, Sie überschätzen die Toleranz Ihres Gatten.«

»Dann werde ich sie wieder ausgraben und an einem würdigeren Orte beisetzen lassen. Sie soll ein christliches Begräbnis am angemessenen Ort erhalten. Immerhin war sie Hofaktrice und stand somit im Sold des Königs. Sie war … eine Soldatin des Herzens.«

Die Dinkelroth räusperte sich vernehmlich. Carus wollte ewas erwidern, eine Bemerkung, die die Nützlichkeit dieses Dienstverhältnisses für die Demoiselle Bernstein entschieden anzweifelte, beschloss aber, dass es klüger war zu schweigen. Die Dinge nahmen ohnehin einen anderen Verlauf. Denn vom Gang her näherte sich offenbar etwas, das Ida in den Saal zurückweichen ließ. Die Dinkelroth trat einen Schritt zur Seite, um eine schmächtige Kreatur hereintorkeln zu lassen, die sich bei genauerem Hinsehen als Hofkapellmeister vom Schönenbaum entpuppte. Doch vom Schönenbaum machte seinem Namen keine Ehre.

Denn dem Musiker ermangelte es nicht nur an der aufrechten Statur, er stank außerdem wie ein Fass Branntwein. Seine lockigen Haare standen wirr und starrten vor Dreck. Er schien auf dem Hinweg mehrmals in den Staub gestürzt, denn auch seine Kleider machten einen denkbar lumpigen Eindruck.

»Herr Hofkapellmeister«, stieß Ida in atemloser Empörung hervor.

Der Angesprochene torkelte Carus mit ausgebreiteten Armen entgegen. »Carus«, lallte er und fing gleichzeitig an zu schluchzen, »Carus, ich kann es nicht länger ertragen!«

Carus gefror das Blut in den Adern. Vom Schönenbaum brauchte nur ein Wort über die Ereignisse der Schreckensnacht zu verlieren, und Carus konnte sich vorstellen, wie Idas Reaktion ausfallen würde. Die Katastrophe wäre perfekt. Niemals würde sie Verständnis für sein Handeln aufbringen. Ida hatte die gleiche achtbare und in höchstem Maße aufgeklärte Meinung von der Würde eines jeden Menschen, die Carus sich einst selbst zu eigen gemacht hatte – früher einmal.

Carus fing den torkelnden Schönenbaum auf. Obwohl der Kapellmeister ein schmächtiges Männlein war, hätte die Wucht des Sturzes den Arzt beinahe zu Boden gerissen. Er presste ihn an sich, schlang seine Arme um den zartknochigen Brustkorb, als wolle er dem Kapellmeister die Brust zerquetschen.

Vom Schönenbaum befiel plötzlich Panik und er riss sich los. »Nehmen Sie Ihre Hände von mir, Medizinalhofschlächter Carus!«

»Sie sind nicht bei Vernunft!«, schrie Carus, und die Stimme wollte ihm erneut entgleiten. »Verlassen Sie mein Haus und schlafen Sie Ihren Rausch aus, sonst lasse ich die Polizei rufen!«

»Die Polizei?« Vom Schönenbaum lachte bitter. »Sie rufen die Polizei? Sie haben allen Anlass, sie zu fürchten!«

Vom Schönenbaum schleppte sich langsam um den marmornen Seziertisch herum, ohne die drei Anwesenden aus den Augen zu lassen.

»Er ist nicht bei Sinnen!« Carus warf der Baronin einen entschuldigenden Blick zu. Die Dinkelroth konnte kaum glauben, was sie sah. Der heilige Raum entweiht durch den volltrunkenen Pöbel!

»Ich werde ihn in der Mietchaise zu seinem Wohnhaus expedieren«, schlug die Baronin vor.

»Nein!«, rief Carus schrill. Nichts wäre verhängnisvoller als der weinselige und geständige Augenzeuge in den Zangen der listigen Baronin. Dann konnte er sich gleich in Ketten dem König übergeben. Wenn Ida die Wahrheit kannte, war der Brand nicht mehr einzudämmen; das Frauenzimmer wäre so toll, sie den Redakteuren der Abendzeitung einzuflüstern. Dann würde der wahre Sachverhalt auch dem König nicht länger verborgen bleiben und sie wären verloren! – Aber andererseits ... schwebte nicht die Hand des Königs schützend über ihm? Hatte dieser nicht erneut rettend eingegriffen?

»Willst du ihn etwa hier verwahren?«, fragte Ida spöttisch. »Einen Betrunkenen? Vielleicht im Schlafsaal der Wöchnerinnen?«

»Es gibt verschwiegene Kammern in diesem Hause«, stammelte Carus.

»Oh ja«, mischte sich der Betrunkene mit schwerer Zunge ein, »so verschwiegen, dass eine arme Seele unbemerkt ihr Leben aushauchen kann!«

»Genug«, entschied Carus und setzte dem ziellos durch den Raum schwankenden Kapellmeister nach. Er war entschlossen, ihn zu fesseln und zu knebeln, so lange, bis er den Zustand der Nüchternheit annähernd erreicht haben würde. Doch bevor Carus Hand an ihn legen konnte, war vom Schönenbaum vor dem Tisch mit den Instrumente angelangt. Mit schreckensweiten Augen musterte er die chirurgischen Gerätschaften, die er erst kürzlich im Einsatz hatte bewundern dürfen. Im nächsten Moment drehten seine Augäpfel nach oben weg, und die Knie knickten ein wie Schilfhalme unter der Sichel des Schnitters. Mit einem Ächzen streckte er sich lang vor dem Instrumentenwagen aus.

»Auf den Tisch mit ihm!«, befahl Carus.

Die Baronin stand unschlüssig. »Ich soll ihn anfassen?«

Das war der Moment der Dinkelroth: »Hochwohlgeborene Dame werden wohl müssen. Denn mir ist der Zutritt zu diesem Saal strikt verboten.«

»Nun treten Sie schon ein, Frau Dinkelroth! Sie allein haben die Kraft, ihn gemeinsam mit mir auf den Tisch zu hieven.«

Mit dem Stolz einer zur Krönung schreitenden Zarin trat die Oberhebamme über die Schwelle und schob die zierliche Gestalt der Baroness beiseite. Carus hatte den Kapellmeister bereits unter den Schultern gepackt, die Dinkelroth umfasste mit ihren stämmigen Armen die dürren Waden des Komponisten und mit kräftigem Schwung beförderten sie ihn auf den Marmortisch.

Kaum war der Körper auf der kühlen Platte zum Liegen gekommen, öffnete der Kapellmeister den Mund. Carus hörte ein Gurgeln von ganz tief unten und konnte gerade noch Schönenbaums Kopf zur Seite drehen, da quoll es auch schon aus ihm heraus. Das Erbrochene war so dünnflüssig, dass es sich den vorbeschriebenen Lauf in die Rinnen des Seziertisches wie von selbst suchte und schließlich in den unter den Abflüssen bereitstehenden Behältnissen verschwand.

Ida von Lüttichau, die die Szene mit strichschmalem Mund verfolgt hatte, wandte sich, als sie die ersten Fahnen des säuerlichen Geruches erreichten, abrupt zum Gehen. Grußlos und selbst ein wenig wankend schritt sie hinaus.

Carus hielt das schmale Haupt des Komponisten fest zwischen beide Hände gepresst, dass die schwarzen Locken zwischen seinen Fingern hervorquollen. Er zwang den Schädel auf die Seite. In immer neuen Strömen sprudelte es aus dem Musiker hervor. Die Dinkelroth hatte die Beine mit ihrem Griff wirksamer gefesselt, als Lederbänder es vermochten. Carus atmete auf, und ein zaghaftes Lächeln schlich sich auf sein Gesicht.

Carus wusste sich keinen besseren Rat, als den Komponisten in den Alkoven zu betten, in dem das Lebenslicht der Bernstein verloschen war. Er wachte an seinem Lager, wie er an dem ihren gewacht hatte, und war von tiefer Ratlosigkeit paralysiert.

Das Leben, so wie er es bislang geführt hatte, konnte niemals weitergehen im gleichen Takt, würde nie den Rhythmus wiederfinden, das es einst gehabt hatte. Würde es überhaupt jemals wieder einen Rhythmus finden? Gab es eine Rückkehr in die unschuldige Existenz des ehrbaren Bürgers? Ohne einen letzten Rest von Zweifel? Carus schien es unwahrscheinlich. Er dachte daran, Friedrich zu bitten, mit ihm und einer geschulterten Batterie Kohlestifte und Skizzenbögen übers Land zu ziehen und nur noch zu zeichnen. Die Welt so abzubilden, wie sie dem Auge des Betrachters erschien. Ganz äußerlich. Ja. Er würde nur noch malen! Plötzlich war es ihm widerwärtig geworden, in die Leiber der Menschen und Tiere hineinzublicken.

Carus nahm sich vor, der Dinkelroth den Befehl zu geben, die Schweine in den Koben nach und nach schlachten zu lassen. Nie wieder würde er ein Tier sezieren, nie wieder eine menschliche Kreatur! Von nun an würde er die Oberflächen sprechen lassen. Wenn man die Zeichen nur zu lesen wusste, war alles, was im Inneren eines Wesens vor sich ging, an dessen Oberfläche abzulesen. Der Physiognomik, der Wissenschaft von der Verbindung zwischen dem äußeren und dem inneren Wesen der Dinge würde er in Zukunft sein vorzüglichstes Augenmerk widmen! Und malen!

Carus hörte das Knarren der Tür hinter sich. Tieck schob sich in das schmale Gelass. Er schloss die Tür und blickte verächtlich auf den blassen Schönenbaum, der vollständig bekleidet, aber gleichmäßig schnarchend auf der Strohmatratze lag. Das Bettzeug war noch nicht wieder erneuert worden.

»Wie ich hörte, spricht man nun in der Stadt allerorten und ohne ein Blatt vor den Mund zu nehmen von der Selbstentleibung der unseligen Demoiselle Bernstein«, bemerkte Tieck schneidend.

Carus vermied es, Tieck anzusehen. Er sprach in die Richtung des schnarchenden Hofkapellmeisters. »Der städtische Polizeikommandant hat seine Untersuchungen offiziell abgeschlossen und ist zu diesem Ratschluss gekommen.«

»So ist denn unser Hals heraus aus der Schlinge?« Beinahe klang es so, als würde Tieck dieses Ende bedauern.

Carus wog bedächtig den Kopf. »Dies offizielle Ergebnis ist ganz offenbar der Bemühung geschuldet, allen Beteiligten einen angenehmen und unverfänglichen Ausschlupf aus der Affäre zu ermöglichen. Wenn man die Lage der Dinge, die Hinweise und ganz augenscheinlichen Tatsachen berücksichtigt, kann man diese Schlussfolgerung keineswegs unterstreichen.«

»Und wird es dieses so offenbar verfälschte Ergebnis sein, das du dem König als Ergebnis deiner Untersuchung mitteilen wirst?« Tieck war näher an Carus herangetreten und hatte ihm eine verkrüppelte Hand auf die Schulter gelegt.

»Nein«, seufzte der Arzt, »nein. Ich habe Grund zu der Annahme, der König weiß, dass es sich bei diesem Ergebnis um eine Lüge handelt. Und eine offenbare Lüge kann ich ihm schwerlich präsentieren.«

»So wirst du ihm die Wahrheit berichten?« Carus bemerkte nicht, wie Tieck die Luft anhielt.

»Ich werde meine eigenen Untersuchungen vollenden und ihm das Resultat zu gegebener Zeit persönlich mitteilen.«

»Und diese deine Untersuchungen werden sich auf das stützen, was unsere Nachtgespinste uns eingegeben haben? Oder auf die Erkenntnisse, die du bei Tageslicht gewonnen hast?«

Carus schwieg. Darüber war er sich noch nicht im Klaren. Zu vieles von dem, was ihm in diesem Casus neu aufgetreten war, lag noch im Dunkeln. Vom Schönenbaum hob im Schlaf die rechte Hand und fuhr sich mit dem Handrücken über die trockenen Lippen. Das Reiben von Haut auf Haut ließ ein papierenes Rascheln im Raume stehen.

Carus wählte seine Worte mit Bedacht: »Durch den Nebel der verwirrenden und sich widersprechenden Tatsachen sehe ich noch nicht, wer die schreckliche Tat begangen haben könnte.«

Auf Tiecks Antlitz flackerte der Anflug eines Lächelns auf. Doch Carus bemerkte es nicht, denn der Dichter stand schräg hinter ihm. »So schaue nach dem Nutzen, den jemand an der Ermordung der jungen Schauspielerin gewinnen konnte.«

»Sie meinen, ein ehrgeiziger, nichtsdestotrotz wohlmeinender Arzt, ein neugieriger Dichter mit bestem Namen und einige durchreisende Fremde hatten ganz gewiss keinen Nutzen aus dem Tod des armen Geschöpfs?«

Tieck schüttelte entschieden den Kopf. »Nicht den geringsten. Im Gegenteil. Sie haben die größten Beschwernisse aus diesem Unglück. Fällt doch ein schrecklicher Verdacht auf diese ehrbaren Leute!«

»So können sie es nicht gewesen sein«, schlussfolgerte Carus mit leerem Blick. »Bliebe noch derjenige, der für ihre

Leibesfrucht verantwortlich ist, und den ihre Austragung zweifellos in Bedrängnis gebracht hätte.«

»Dieser Jemand muss ein rechtes Monstrum sein. Mit welch viehischer Bestialität er sie dahingemetzelt hat!«

»Ja. Ja. Ganz gewiss niemand von Stand und Ehre«, setzte Carus tonlos hinzu. »Der Brief! Ich muss unbedingt den Brief auffinden. Denn der stammt zweifellos von ihrem Liebhaber!«

»Der Brief, den du in deiner Schublade verwahrtest?«, fragte Tieck mit Unschuldsmiene.

»Ganz recht. Er legt eine sichere Spur, die unweigerlich zum Übeltäter führen muss!«

»Was kaprizierst du dich auf diesen einen? Wo ein Brief von Herz zu Herz gegangen ist, da wird es einen regen Verkehr gegeben haben! Die Gefühle der Liebe öffnen das Herz und lockern das Handgelenk, schon gar wenn die Affäre unterdrückt und insgeheim ausgetragen werden muss!«

Carus stützte sein Kinn nachdenklich in den Handteller. »Und wo meinen Sie, da Sie sich in derlei Dingen recht gewandt bewegen, wo meinen Sie, hätte man nach den übrigen Exemplaren zu suchen?«

Tiecks Gesicht war von einem Lächeln wie von Schokolade überzogen: »An einem Ort, der so geheim ist, dass die Affäre vor peinlichen Mitwissern verborgen bleibt. An einem Ort, an dem man so einsam ist, dass man sich die Anwesenheit erwärmender Worte wünscht.«

»Sie sprechen in Gleichnissen und Andeutungen, Tieck! Sprechen Sie nur frei heraus!«

Tieck senkte die Stimme und rollte theatralisch mit den Augen: »Ich würde ein besonderes Augenmerk auf das Schlafzimmer der Aktrice legen.«

»Wo in dieser Stadt pflegte die Aktrice Quartier zu nehmen, sagten Sie?«

Tieck schlug mit dem spanischen Rohr auf die Dielen

und verzog im nächsten Moment vor Schmerz das Gesicht: »Teufel auch, Carus, nun bist du auf dem rechten Pfad! Ich kenne ihren genauen Aufenthalt noch aus der Zeit, da ich selbst am Hoftheater tätig war, warte ...« Er legte die Hand vor die Stirn und kniff die Augen zusammen, ganz so, wie die Schauspieler auf der Bühne sich eine Miene des Nachdenkens gaben. »Es war eine kleine Absteige in der Seevorstadt. Gib mir eine Minute, dann fällt mir der Name der Gasse ein ...«

Indes regte sich der Kapellmeister in einem ächzenden Stöhnen. Mit flatternden Lidern schlug er die Augen auf. Als er gewahr wurde, wo er sich befand, und die beiden Männer mit betretenen Mienen an seiner Bettstatt sitzen sah, schoss er förmlich von der Strohmatratze hoch. Doch seine körperliche Verfassung verhinderte die kopflose Flucht aus der Schlafnische. Sie zwang ihn vielmehr, auf dem Rande des Lagers innezuhalten und zu verschnaufen. Mit schreckensweiten Augen sah er die Männer an. Und zitterte am ganzen Leibe. »Bin ich Euer nächstes Opfer? Wird man auch von mir erzählen, ich hätte mich in die Elbe gestürzt?«

Carus trat auf den Kapellmeister zu und legte ihm beide Hände auf die Schultern. »So beruhigen Sie sich doch, Herr Hofkapellmeister! Ihre Konstitution ist noch zu schwach, sich dergestalt zu echauffieren. Wenn Sie sich nicht vorsehen, sinken Sie im nächsten Moment erneut auf das Lager! Leiden Sie häufiger unter Ohnmachtsanfällen?« Carus hatte diese Frage arglos und mit aufrichtigem medizinischem Interesse gestellt. Doch vom Schönenbaum schüttelte die Hände des Arztes ab, als hockten ihm Spinnen auf den Schultern.

»Sie haben Recht, ich sollte tunlichst bei Bewusstsein bleiben. Man weiß nie, wie man in Ihren Händen endet!«

Nun war es an Carus, Empörung zu zeigen. Mit geröteten Wangen trat er entschieden einen Schritt zurück und hätte dabei fast Tieck umgeworfen, der sich dicht hinter ihm hielt. »Ich muss doch sehr bitten. Wir sind ebenso ehrbare Zeitgenossen wie Sie! Nur dass die unglückliche Verkettung widrigster Umstände uns in eine peinliche Lage gestoßen hat, aus der jeder für sich nicht ohne Blessuren entkommen kann!«

Tieck fühlte sich bemüßigt beizupflichten. »Gut gesprochen, Hofrat! Was werfen Sie sich so auf, Schönenbaum?«

Vom Schönenbaum war so erregt, dass sein Gesicht zum ersten Mal so etwas wie einen Anflug von Farbe zeigte. »Muss man sich solch einer frevelhaften Lüge nicht entgegenwerfen? Wenn allerorten erzählt und für wahr gehalten wird, die junge Dame habe sich selbst entleibt!? Ich habe mit eigenen Augen gesehen, dass sie unter diesen Händen gestorben ist!«

Vom Schönenbaum deutete auf Carus' Hände. Carus blickte zunächst auf Schönenbaums erregtes Gesicht, dann auf seine Hände. Er spreizte die Finger und hielt sie unverwandt ins Licht, als versuche er, darin zu lesen. Tieck drängte Carus zur Seite und bemühte sich, seinen gekrümmten Körper so imposant als möglich vor dem Hofmusiker aufzurichten. Schönenbaum war so schmächtig, dass selbst Tieck ihn um ein Weniges überragen konnte, wenn er sich Mühe gab. »Was haben Sie schon gesehen? Die Hälfte der Zeit, da das Leben der jungen Frau noch zu retten war, lagen Sie nutzlos in Delirien. Und wissen Sie präzis zu unterscheiden, welche Gesichte Sie aus den Delirien verfolgen, und was Sie bei wirklichem Bewußtsein gesehen? So weit ich mich erinnern kann, lebte die Demoiselle noch, als Sie uns verließen!«

Schönenbaum schüttelte entschieden den Kopf, dass die schwarzen Locken flogen. »Leben? Es war keinesfalls noch so viel Leben in ihr, dass sie eine viertel Meile zum Fluss aus eigener Kraft hätte gehen können!«

»So?«, schmetterte Tieck heraus. »So sind Sie denn ein großer Mediziner, dass Sie sich zu solchen Urteilen hinreißen lassen. Ein größerer als unser berühmter Carus, dessen Vorträgen und Ausführungen selbst der unerreichte Goethe – Gott hab ihn selig – sprachlos lauschte!«

»Man muss kein Mediziner sein, um zu wissen, dass Halbtote nicht umherwandeln«, hielt vom Schönenbaum dagegen.

»Herr Kapellmeister, glauben Sie einem alten Mann, der vieles gesehen hat, dass es Dinge gibt, die nicht für möglich gehalten werden und dennoch geschehen. Es gibt nicht wenige, die glaubhaft versichern, selbst umherwandelnde Tote beobachtet zu haben!«

Vom Schönenbaum hatte genügend Kraft gesammelt, um sich von der Bettkante zu erheben. Er zog den eng geschnittenen Anzug an seinem schmächtigen Körper glatt.

»Ich weiß, dass Sie derlei Geschichten lieben, werter Tieck. Ich aber kann mit einer solchen Lüge auf meinem Gewissen schwerlich leben. Ich werde der Welt zu Ohren bringen, was ich weiß und was ich mit eigenen Augen gesehen!«

Tieck hob wütend seinen Rohrstock und Carus glaubte schon, er würde dem störrischen Musiker den Rücken durchwalken wollen. Doch der Dichter benutzte das Rohr nur, um damit eindrucksvoll vor Schönenbaum herumzufuchteln. »Was können Sie schon erzählen?! Sie werden sich lächerlich machen!«

Carus konnte sich nicht länger zurückhalten. »Sie werden sich selbst und uns alle ins tiefste Unglück stürzen«, brach es aus ihm heraus. Schönenbaum drängte sich an Tieck vorbei. Er stand nun eingekeilt zwischen Tieck und Carus. Seine spitze Nase hob sich stolz in die Höhe.

»Mich? Ich bin ganz zufällig in diese unglückliche Szenerie hineingetaumelt, und wie Sie sehr wohl wissen, wurde ich gezwungen.« Er warf einen wütenden Seitenblick auf Tieck.

»So?«, bemerkte der Dichter spitz von der Seite. »Und dann befanden Sie sich sicher auch ganz zufällig – oder vielleicht gezwungenermaßen? – in der Garderobe der Bernstein? Was hatten Sie dort überhaupt zu schaffen? Ich bin überzeugt, Ihre junge Gattin mit der schwächlichen Konstitution wird höchstes Interesse für die Umstände zeigen, die Sie ganz zufällig in die Umkleidegarderobe eines jungen Fräuleins zwangen – einer Schauspielerin, die einer geheimnisvollen Liebesaffäre verdächtigt wird.« Und um seine Rede standesgemäß abzuschließen, ließ Tieck das Rohr auf die Dielen knallen. Und biss vor Schmerz die Zähne zusammen.

Vom Schönenbaum verkreuzte die Arme und schwieg nachdenklich. Carus atmete auf. Tieck hatte ein Mittel gefunden, das Leck dieses allzu undichten Gefäßes zu verstopfen. Vom Schönenbaum seufzte tief. Dann fragte er mit geheuchelter Beiläufigkeit nach seinem Hut. Carus zuckte mit den Schultern und beschied ihm, dass er ohne Hut im Institut eingetroffen, ihn vermutlich schon auf dem Weg hierhin verloren hatte. Schönenbaum ließ sich nicht anmerken, ob ihm die Erinnerung an die Umstände seines Herkommens peinlich war. Er schlug sich mit der Faust auf die Brust – freilich nicht zu heftig. »So leid es mir tut, mein Herz ist kein Verlies, in das ich verbrecherische Vorgänge nach Belieben einkerkern kann!«

»Ihr Herz scheint in bestem Zustand«, bemerkte Carus trocken, »auf regelmäßige Luftzufuhr sollten Sie bedacht sein!«

Grußlos wandte vom Schönenbaum sich um und verließ den Alkoven. Und erst, als die Schritte des Komponisten schon auf dem Flur verhallt waren, bemerkte Carus, dass man das, was als ärztlicher Ratschlag gemeint war, auch als Drohung auffassen konnte.

Carus war seltsam angerührt, als er die Tür zur Kammer der verstorbenen Aktrice aufschob. Sie knarrte nicht in den Angeln, ließ kein jämmerliches Quietschen hören, wie man es in einem Haus dieses Alters erwartet hätte. Die windschiefe Herberge stand in der Dresdner Seevorstadt, in einiger Entfernung zum Hoftheater. Sie musste viel zu Fuß gegangen sein, die Bernstein. Die Gagen der jungen Hofschauspielerinnen ließen außer dem Theaterkarren, der sie an sechs Abenden in der Woche zur Vorstellung abholte, keine aufwändigeren Fortbewegungsmittel zu. Dafür erhielten sie eine Anstellung, die, wenn sie sich nichts zuschulden kommen ließen, eine für diesen Berufsstand außergewöhnlich gesicherte Lebenssituation gewährte.

In der Kammer sah es ärmlich, aber nicht unreinlich aus. Ein Waschtisch, der zum Mobiliar gehörte. Neben dem Spiegel an der rohen Holzwand ein Theaterzettel, der das erstmalige öffentliche Auftreten »der jugendfrischen und überaus talentierten Demoiselle Bernstein in einem lustigen Zwischenspiel mit dem Titel ›Die zänkischen Weiber‹« versprach. Neben der Waschnische ein Schrank mit einer etwas zu farbenfrohen Malerei. In den oberen Ecken des Schranks die Insignien des Theaters: Die lachende und die weinende Maske, Thalia und Melpomene, Komödie und Tragödie, die ungleichen Schwestern.

Der Schrank mochte Eigentum der Schauspielerin sein. Vielleicht hatte aber auch die zahnlose Vermieterin, die ihm die Tür zur Kammer geöffnet hatte, sich und ihr Haus ganz auf Angehörige des fahrenden Volkes eingestellt. Das Strohbett war aufgeschüttelt und mit Sorgfalt wieder zusammengelegt worden. Auf der bestickten Tagesdecke, dort, wo sich der Wulst des Kopfkissens erhob, lag ein zierliches, gehäkeltes Säcklein. Carus beugte sich hinunter, Lavendelduft zog ihm in die Nase. Ihm schwindelte. Der Duft erinnerte ihn an die pfirsichfrische Haut des jungen

Mädchens, den kleinen, zum Schmollausdruck neigenden Mund, die schmalen Augenbrauen und die hohe Stirn, die seit jeher ein wahrhaft aufrichtiges und edles Gemüt verriet. Einmal, an einem der seltenen Abende, da es der unaussetzbare Dienst an den kreißenden Frauen gestattete, hatte auch er sie aus der Ferne der Loge auf der Bühne bewundert. Sie, die hoffnungsvolle Debütantin im Rollenfach der ›jungen Dienerinnen‹ am Hoftheater, die nie im magischen Licht der Talgleuchten an der Rampe, sondern immer ein paar Meter hinter der Gruber, in einem schwächeren, doch ungleich sanfteren, edleren, Licht erstrahlte. Carus konnte nicht verhindern, dass sich seine Augen mit Tränen füllten.

Er suchte in den Rocktaschen nach einem Schnupftuch – vergeblich. Er musste es in der Anstalt vergessen haben. So griff er denn nach dem Lavendelsäckchen und betupfte sich die Wangen. Als er wieder aufsah, stand die zahnlose Alte im Türrahmen.

»Herr, was flennt Ihr? Hat Euch das junge Täubchen das Herz gebrochen? Nun ja, sie wird nicht länger gurren. Verfault schon auf dem Armenfriedhof. Wollt Ihr ein Stück aus der Hinterlassenschaft erwerben? Greift zu, bevor es ein anderer tut, oder sich doch noch Erben melden!«

Carus war peinlich berührt, dass ihn die Alte beobachtet hatte. Er wurde sich des Lavendelsäckchens in seinen Händen bewusst. Das Aroma der getrockneten Blätter begann, sich durch die Feuchtigkeit der Tränen mehr und mehr zu entfalten. Ihr Duft lag in der Luft, als stünde die Schauspielerin im Raum.

»Behaltet es ruhig«, sprach das Weib in seiner krächzenden Art, »es wird Euch über den Verlust hinwegtrösten. War doch nur eine Schauspielerin, ein verdorbenes Weib, für den Himmel längst verloren. Ihr seid in den besten Jahren, sucht Euch eine ehrbare Frau aus gutem Hause. Eine

Schauspielerin ist etwas für die Jahre, da die Ehe zur Last wird, wenn's recht ist, der Herr.«

»Schweigt, Weib!« Carus' Wangen hatten sich gerötet ob der schamlosen Rede der Vermieterin. »Diese junge Dame war eine große Künstlerin und eine überaus tugendhafte Person.«

»Eine Dame nennt Ihr dieses Frauenzimmer? Vor lauter Tugend ist ihr der Leib geschwollen! Und bevor der Schaden ruchbar wurde, hat sie ihrem sündigen Dasein ein erbärmliches Ende gesetzt!«

Carus winkte ab: »Was wisst Ihr schon, Weib!?«

»Bin auch mal jung gewesen, Herr, habe an jeder Hand mehrere Verehrer gehabt, deren Namen ich heute noch nicht kennen darf. Aber dies Frauenzimmer«, sie warf eine verächtliche Geste in die Kammer, »dies Frauenzimmer hat sich so aufgeführt, als habe sie die Tugend gepachtet. In Wirklichkeit ist das Turteltäubchen an zwei Abenden der Woche gar nicht erst in den Schlag eingeflogen. Stattdessen hat sie die Nacht in einem wärmeren Nest verbracht.«

»Was wisst Ihr darüber?«, fragte Carus, plötzlich hellwach geworden.

Die Gesichtshaut der Alten straffte sich zu einem zahnlosen Grinsen. »Herr, ich war ihre Vermieterin; mein Zimmer liegt im Giebel, direkt über dieser Kammer – ich kenne das Täubchen und sein Gurren, das könnt Ihr mir glauben! Aufschlussreiche Träume hat sie gehabt, die Kleine, höchst aufschlussreich!«

»Erzählt! Könnt Ihr mir Namen nennen?« Carus ging ungeduldig auf das Weib zu, wurde aber von ihrer ausgestreckten Hand auf Distanz gehalten. Widerwillig ließ er ein paar Groschen in die fleckigen Klauen klimpern.

Die Alte winkte ihn zu sich heran. Carus beugte sich gerade so weit hinunter, dass er vom fauligen Odem ihres Mundes verschont blieb.

»Eine aufgeputzte Kalesche mit edlen Pferden fuhr zweimal die Woche vor, am frühen Morgen, noch vor dem ersten Hahnenschrei. Dieser entstieg beschwingt und so gut aufgelegt, dass es keinen Zweifel über die Wohltaten der Nacht gibt, Ihr tugendhaftes Fräulein – die Wangen noch gerötet, nicht von der Kutschfahrt, das könnt Ihr mir glauben, Herr, sondern von den Ritten der Nacht. Und wenn sie dann breitbeinig aus der Kutsche geklettert und die Stiege hinaufgeschlichen war, fiel sie wie eine Tote in die Kissen und schlief sofort ein – mit einem Seufzer, oh Herr, ich sage Euch, mit einem Seufzer, bei dem mich alte Vettel beinahe die Lust übermannte, selbst einmal wieder einen Ritt zu wagen!«

»Schweigt endlich, Alte. Eure Rede ist so dreckig wie Eure Fingernägel. Konntet Ihr irgendetwas an der Kutsche erkennen? Ein Wappen auf der Tür, ein Hoheitszeichen auf dem Zaumzeug, die Uniform des Kutschers, das Brandzeichen der Gäule – irgendetwas … ?«

Die Alte schwieg so lange, bis Carus wiederum einige Münzen aus seinem Beutel geklaubt hatte und sie von seiner Hand in die ihre klimpern ließ.

»Am Verschlag der Kutsche konnte ich einmal erkennen, dass das Wappenzeichen mit schwarzem Stoff verhangen war. Aber –« Die Alte rollte geheimnisvoll mit den Augen.

»Was aber?«, fragte Carus ungeduldig.

»Ich weiß, wo sie ihre Briefe aufbewahrt hat. Ich sage Euch, Herr, die innigsten und süßesten Briefe, die mir jemals zu Ohren gekommen sind.«

»Zu Ohren?«, fragte Carus.

»Bin des Lesens nicht kundig, Herr! Wenn man mit der Unbill des Lebens ringt, bleibt keine Zeit für das mühselige Entziffern schwarzer Tintenkleckse. Doch wenn ich gewusst hätte, was man damit alles herbeizaubern kann, mit diesen dürren Krakelstrichen … Zu Tränen hat es mich gerührt, das Geschreibsel, ja zu Tränen! Und manches

Wort hat selbst mir die Schamröte ins Gesicht getrieben, Herr, mir! Einen wahren Kavalier hatte sie sich da geangelt, die Tugendhafte. Einen, der seine Worte wohl zu setzen wusste. Einen feinen Kavalier, der sie ins Wasser gehen ließ, anstatt sie vor den Altar zu führen!« Die Alte begann, sich theatralisch eine Träne aus dem Auge zu quetschen. Anscheinend beherbergte sie regelmäßig Theaterleute und hatte sich einiges abgeschaut.

»Wo?«, fragte Carus nur und die Alte hakte ihren Zeigefinger in die Knopfleiste seiner Weste, um ihn hinter sich her zu ziehen. Sie blieb vor einem Reiseschrank stehen, beugte sich hinunter und bediente einen verborgenen Mechanismus an der Rückwand. Es klackte hölzern. Getrieben von einem Federmechanismus sprang ihnen eine geheime Lade entgegen.

Es war der erste Abend seit langer Zeit, da Carus zur Nachtmahlzeit bei den Seinen weilen konnte. Die Familie begrüßte ihn überschwänglich, nur seine getreue Frau Karoline blieb verhalten in ihrer Freude. Zu häufig wurden geruhsame Abende durch abgehetzte Hausdiener oder mit zittriger Hand niedergekrakelte Billets, die Carus' unabdingbare und baldigste Hilfe erflehten, jäh beendet. Fast immer handelte es sich um hoffnungslose Notfälle, in denen eine ratlose und überforderte Hebamme nach einem Arzt schicken ließ, wenn es schon zu spät war. Allzu häufig lag die Frau bei Carus' Ankunft im Sterben oder hatte die Schwelle bereits überschritten. Und doch hatte der königliche Leibarzt bislang jeden dieser Hilferufe erhört. Carus verfocht seit den frühen Tagen seiner Ausbildung bei Dr. Joerg in Leipzig die Ansicht, dass während der Schwangerschaft und unter der Entbindung die begleitende Anwesenheit und regelmäßige Untersuchung durch einen Arzt nötig sei. Denn leicht konnte dieser eine falsche Entwicklung in der Schwangerschaft erkennen und rechtzeitig geeignete Maßnahmen ergreifen, wie das Wenden des Kindes vor der Geburt oder die frühzeitige Sprengung der Fruchtblase.

Allerdings waren die meisten Weibsbilder immer noch zu verschämt, sich mit den Beschwernissen einer Geburt an einen Mann zu wenden. Üblich und von Alters her vertraut war die Anwesenheit einer zweiten Frau, häufig einer Bekannten der Familie. Bisweilen mochte auch der Geiz des Mannes den Ausschlag geben, keinen Arzt hinzuzuziehen. Hier hatten es die Ärmsten der Armen besser. Sie konnten sich ohne Entgeld in die Obhut eines Armenarztes begeben und zum Zeitpunkt der Entbindung das öffentliche Hebammeninstitut aufsuchen, das unter Carus' Leitung stand und vom König unterhalten wurde.

Doch diesmal ging die Nachtmahlzeit ohne Unterbrechung vonstatten und ward genüsslich ausgeweitet. Im Kreise seiner Familie fielen alle Sorgen von Carus ab, alle Unwägbarkeiten und das Gefühl der Verlorenheit, in das ihn dieser Fall gestürzt hatte, waren vergessen. Zum Kaffee und zum Rauchen zog man sich in den feinsten Salon des Hauses im ersten Stock der ›Villa Cara‹ zurück, einen zur Gartenseite gelegenen Raum, der mit weiß gemalter Boiserie geschmückt und einem goldenen Ornamentband unter dem Deckenstuck umrahmt war. Zahlreiche Ölgemälde von Carus' eigener Hand sowie einige Schenkungen Caspar David Friedrichs und des norwegischen Malerfreundes Johan Christian Clausen Dahl zierten die Wände. Selbst Carus' Eltern, die sich um diese vorgerückte Nachtzeit für gewöhnlich in ihre Räumlichkeiten auf der Nordseite des Hauses zurückzogen, genossen diese seltene, einmütige Geselligkeit. Der Raum war erfüllt von munterem Geplapper und dem Rattern der Spinnräder. Deren Bedienung war den erwachsenen weiblichen Mitgliedern der Familie vorbehalten, also Gattin Karoline und den beiden älteren Töchtern Charlotte und Marianne. Die jüngeren Kinder lagerten freilich um die Räder herum auf dem Dielenboden, denn das Auf und Nieder der Pedale, das Wirbeln des Rades und das allmähliche Abspinnen des Rockens waren ein Schauspiel, dessen Kinderaugen nicht müde wurden. Der Kamin blieb an diesem Abend zum ersten Mal stumm und kalt, denn die frühe sommerliche Hitze dieses Jahres hielt sich auch des Nachts in der Stadt, so dass an Feuerholz gespart werden konnte. Natürlich hatte man im Kreise der Familie vom mysteriösen Ableben der Schauspielerin gehört, und auch, dass der Vater mit der Affäre befasst gewesen war. Carus berichtete das, was er meinte, seiner Familie zumuten zu können. Dann schüttelte er die Erinnerung ab und ermunterte die Seinen, die Nichtigkeiten des Tages vor ihm auszubreiten. Und so wurde denn atemlos und im Takt der Spinnräder berichtet von gefangenen Schmetterlingen, von aufgefundenen, altertümlichen Scherben im Garten des Hauses, die aus einer untergegangenen Zeit herstammen mochten, vom Laubengang, den die Gattin im Garten jüngst hatte aufrichten lassen und der sich vortrefflich zum Lesen eignete – vor allem an den heiß ersehnten langen Sommerabenden. Zum Höhepunkt der Geselligkeit ließ Tochter Charlotte am Flügel ihre wohlklingende und schon fraulich tiefe Stimme ertönen. Ihr schmetternder Gesang verhinderte, dass man die Türglocke vernahm.

So verstummte die Sängerin erst, als der Hausdiener Jakob mit einem Billet in der Hand in den Salon trat. Der letzte Akkord hing noch in der Luft, der beileibe nicht der Schlussakkord des Liedes war, aber Charlotte war das Singen vergangen. Wieder einmal wurde der Vater jäh aus dem trauten Kreis abberufen. Carus' Herz schnürte sich zusammen. Er ahnte, dass die Nachricht etwas mit dem Fall zu tun hatte. Sein Blick verfinsterte sich, während er die großzügig beschriebenen Zeilen las. Ida von Lüttichau sandte sie ihm, förmlich, allzu förmlich, aber sie hatte dies

Schreiben zweifellos mehrmals im gleichen Ton verfasst – an alle Gäste, die zu laden sie beabsichtigte. Es lud ein zur Trauerfeier für die verstorbene Demoiselle Bernstein in die kleine Kapelle des Johannis-Kirchhofs. Hatte sie ihren Trotzkopf doch durchgesetzt!

Karoline, seine Frau, fragte ihn, ob es ein Notfall sei und ob sie anspannen lassen solle. Carus verneinte und schilderte in knappen Zügen den Wortlaut der Nachricht – allerdings ohne über die Hintergründe aufzuklären. In der Familie wurde sein Bleiben mit allgemeinem Jubel begrüßt, Charlotte machte sich mit frischem Schwung daran, das begonnene Liedchen zu Ende zu bringen. Doch Carus wollte und konnte nicht mehr in die vorherige Unbeschwertheit zurücksinken. Seine Gedanken wanderten hinaus aus dem Raum, hinüber zu den zärtlichen Briefen, die in der Innentasche seines Rockes steckten und nur darauf warteten, gelesen zu werden. Carus fürchtete sich vor der Lektüre. Immerhin würde sie einige Gewissheit verschaffen – trügerische Gewissheit, so viel stand schon jetzt fest. Und wenn sie keine Gewissheit verschaffte, was dann? Noch größere Verwirrung? Dies war kaum möglich. Mit einem kurzen, geistesabwesenden Nachtgruß an die Seinen erhob er sich aus dem Lehnstuhl und ging hinüber in sein Studierzimmer. Er entzündete die Lichter, angelte das gute Dutzend in veilchenblauem Seidenband verschnürter Briefe aus der Innentasche des Rockes, ließ sich in den Stuhl am Schreibtisch sinken und beugte sich über den Stapel. Er sog den Duft des Bandes ein, das die Briefe umfasste. Veilchen, passend zur Farbe des Stoffes. Carus merkte auf, denn, soweit ihm bekannt, war der Lieblingsduft der Bernstein nicht Veilchen, sondern Lavendel gewesen! Er beugte sich hinunter und schnupperte an dem Packen. Kein Zweifel, Veilchen. Carus schob die Verwirrung kopfschüttelnd beiseite, öffnete das Band und entfaltete den zuoberst liegenden Brief. Nach den ersten Zeilen errötete er. Die Hitze fuhr ihm mit solcher Macht in den Kopf, dass er vermeinte, der Schlag habe ihn getroffen. Er überflog den Rest und faltete dann hastig das kompromittierende Papier zusammen. Nie hatte er schamlosere Dinge gelesen! Körperteile, für die er mit einiger Beklemmung den lateinischen Ausdruck über die Lippen brachte, wurden hier mit Worten umschmeichelt, mit den Lippen liebkost – ungeheuerlich!

Er schob den Stapel mit zitternden Fingern zusammen, zog seinen Rock über, steckte die Briefe in die äußere Tasche und griff nach dem vielarmigen Leuchter, der seinen Schreibtisch zierte. Dann hastete er über die Stufen hinab in die Katakomben, hinunter in die Forschergruft, zwischen die starken Mauern seiner Kellerfestung, die einzig geeignet war, Carus im Angesicht solcher Schriften einigermaßen ruhig atmen zu lassen.

Mit glühenden Ohren ließ sich Carus in den Stuhl zurücksinken. Er lauschte, ob ihm nicht vielleicht doch ein Mitglied seiner vielköpfigen Familie die sandsteinernen Treppenstufen in den Keller gefolgt war und ihn bei seinem geheimen Tun überraschte. Die Briefe, die die tugendhafte Demoiselle Bernstein empfangen hatte, waren das Unerhörteste, das Carus jemals an Geschriebenem vor die Augen gekommen war. Es erinnerte ihn an die stark abgegriffenen und aus dem Leim gegangenen, blumenumrankten Duodezheftchen verbotener Literatur, die er in Leipziger Studentenkreisen hatte kursieren sehen. Carus hatte deren Lektüre stets mannhaft abgelehnt und dafür spöttische Blicke geerntet. Doch das Sezieren von Frauenleichen vertrug sich seiner Meinung nach nicht mit dem Stöbern in Zeilen, in denen allzu oft die Rede war von entblätterten Rosenblüten, vom drängenden Eichenstamme, von geheimen Gehölzen, flauschigen Lichtungen und lauschigen Gründen, in denen stets ein weiß glühender Bach floss.

Nun aber spürte Carus, dass die Worte, die nicht für dritte Augen bestimmt waren, auch bei ihm Wirkung zeigten. Sie weckten in ihm das Verlangen, zu seiner Gattin hinaufzugehen, an ihre Türe zu pochen und sie zu bitten, ihm in sein Schlafgemach zu folgen. Carus seufzte. Mit zitternden Fingern suchte er nach dem Signum des Urhebers unter diesen verruchten Blättern.

Doch je mehr blaue, nach Veilchen duftende Bänder er entzurrte, je mehr knisternd sich sträubende Bögen er entfaltete, desto deutlicher stand ihm das geschwungene, mit einem vom ›B‹ ausgehenden Wellenschlag unterkringelte Kürzel vor Augen:

›S. v. B.‹

Derart waren alle Briefe gekennzeichnet. Nicht einer wies eine andere Unterschrift auf. Carus atmete auf. Prinz Johann hätte er diese Art von Liebesinnigkeiten auch nicht zugetraut! Ohnehin hätte er zuvor keinen Mann solcher Wendungen für fähig gehalten. Schon gar nicht ›Philaletes‹ – den Wahrheitsliebenden. Und ›S. v. B.‹ bedeutete zweifellos nicht ›Johann, Herzog zu Sachsen‹. Immerhin, das waren gute Neuigkeiten für den König und seine Familie: Anhand der Liebesbriefe würde niemand die Schauspielerin mit dem Prinzen in Verbindung bringen.

Carus ließ die Briefe sinken und das adelige Personal der Residenzstadt an seinem geistigen Auge vorbeidefilieren. Denn um einen Liebhaber aus Dresden oder aus der näheren Umgebung musste es sich bei diesem regelmäßigen Verkehr, wie ihn die Vermieterin geschildert hatte, zweifellos handeln. Carus ließ die Parade innehalten. Da stand ein Kandidat. Nicht bloß Kandidat, nein, das einzig in Frage kommende Subjekt, wie man ihn schon jetzt mit einiger Gewissheit nennen konnte! Ein eitler Geck, stadtbekannt für seine amourösen Eskapaden, in denen das Theater häufig eine bedeutsame Rolle spielte; berüchtigt für die krankhafte Eifersucht auf seine Gattin, die retirierte Schauspielerin Josefine Bauer, eine enge Freundin Tiecks: Stanislaus von und zu Bunzlau, preußischer Gesandter am Dresdner Hof! Carus setzte das Defilee fort, um jeden Zweifel auszuschließen. Doch nein: S. v. B. konnte und musste der preußische Diplomat sein!

Carus fingerte in seiner Westentasche und zog den Ring heraus, den er der Leiche vom Finger gezogen hatte. Er drehte das goldene, zum vielfach verschlungenen Zopf gewendelte Band in seinen Fingern. Kein Irrtum möglich, auch dort, auf der Unterseite für die Ewigkeit eingestochen:

›S. v. B.‹

Carus ließ den Ring sinken und starrte gegen die verputzte und gekalkte Kellerwand. Das aller Welt ungepflückt erscheinende Röslein, die ehrenwerte Hofaktrice Bernstein erschien ihm nun mehr und mehr als verkappte Kurtisane! Hatte sie sich doch nicht nur dem schamlosesten Verkehr mit dem ahnungslosen und aufrichtigen Prinzen des Königshauses hingegeben, sondern zur gleichen Zeit mit dem einschlägig bekannten Gatten der Josefine Bauer eingelassen. Die Vermieterin hatte ihm nicht nur die Augen geöffnet, sie hatte noch untertrieben! Welch sumpfiger Morast lag da unter dem reinweißen Antlitz der Unschuld verborgen! Wie hatte er sich in dem Backfisch getäuscht! Fürwahr, sie hatte es nicht besser verdient, als in Sünde zu sterben! Friedrich hatte Recht. Er war zum Werkzeug Gottes geworden, dieses sündige Wesen dem göttlichen Gericht zuzuführen!

Allerdings war seine Neugier durch diese schockierende Erkenntnis nichts weniger als befriedigt. Denn wer hatte den Körper der jungen Frau so barbarisch zugerichtet? Der Graf selbst? Aus welchem Grunde? Es half nichts. Carus musste weiter forschen, womöglich sogar eine Unterredung mit dem übel beleumundeten Grafen auf sich nehmen.

Carus umwickelte die Briefe wieder sorgfältig mit den Veilchenbändern. Dann legte er sie mitsamt dem Ring in seinen Eichenholzschrank und schloss die Flügeltüren des geheimen Schatzkästleins. Nein, noch würde er sich zurückhalten. Mit allergrößter Vorsicht und Umsicht musste er vorgehen. Allzu bald könnte der für seinen leicht entzündbaren Zorn bekannte Graf sich des Mordes an der Bernstein verdächtig wähnen – mit unabsehbaren Konsequenzen für sein eigenes Wohlbefinden. Er würde Tieck vorschicken. Tieck war wohl bekannt mit der Gräfin, die sicher wissen würde, welche Fehltritte ihr Mann sich hatte zuschulden kommen lassen. Einst selbst Schauspielerin, war sie verschrien für ihre intimen Kenntnisse der jeweils neuesten Bühnengerüchte. Sie war spezialisiert auf Skandale aller Art. Nicht zuletzt dies verband sie auf das Innigste mit Tieck. Ja, Tiecks Einsatz war hier gefragt!

Carus zog die Taschenuhr aus seiner Weste. Halb drei Uhr nachts. Er rieb sich die Augen. Nachtschlafene Zeiten waren für ihn nichts Ungewöhnliches. Denn nach einer unergründlichen Laune der Natur kamen die Kinder auf diese Welt, wann immer sie wollten. Dennoch übermannte ihn nun die Müdigkeit. Carus sehnte sich nach einem baldigen Ende der Affäre. Was hatte dieser Fall für eine Unordnung in sein Leben gebracht! Doch noch war die Zeit, Ordnung zu schaffen, nicht gekommen. Noch war der Boden allzu schwach, auf dem seine Erkenntnis sich gründete. Was bewiesen schon die Briefe, was der Ring? Nur, dass der Graf mit der Bernstein verkehrt hatte. Das hatten offenbar viele. Carus befeuchtete mit der Zunge Daumen und Zeigefinger, um den Kerzendocht auszulöschen. Augenblicklich umgab ihn vollkommene Dunkelheit. In diesem Moment spürte er, eindringlich wie nie zuvor, die Anwesenheit des monströsen Knaben, des doppelgesichtigen Kindes. Obwohl es hinter den dicken Eichenholzbohlen des Schranks verschlossen war, obwohl es zwischen den dickwandigen Gläsern des Präparationsgefäßes in Spiritus schwamm, war ihm, als hörte er das Kind greinen. Das Wimmern eines Neugeborenen aus zweierlei Kehlen. Leise und gurgelnd. Carus eilte hinüber zur Treppe und hastete stolpernd die Stufen hinauf.

7. *Kapitel*

Das Wetter war zu schön für eine Trauerfeier. Strahlend blauer Himmel wölbte sich, wie schon so oft in diesem gesegneten Mai, über der Stadt und den Gräbern des Kirchhofs, der den Namen des Wahrheitsverkünders Johannes trug. Eine laue Windböe blies Carus ins Gesicht, als er das schmiedeeiserne Tor des Friedhofs öffnete. Aus der Ferne konnte er die kleine Menschenansammlung bereits ausmachen. Sie hatten sich am äußersten Rande des Gräberfeldes versammelt. Hinter den Hüten der Trauernden konnte man jenseits der Mauer weiße Wäschestücke flattern sehen, die an den Leinen des benachbarten Trockenplatzes hingen.

Carus schritt durch die Gräberfelder eilig auf die Menge zu. Er hatte sich verspätet, die lange Nacht steckte ihm noch in den Knochen. Als Carus sich der Versammlung näherte, hörte er, dass Baron von Lüttichau bereits mit einer Trauerrede begonnen hatte. Einen Geistlichen konnte Carus nicht ausmachen. Man hatte sich auf dem Areal versammelt, in dessen Erde die Armen und Entrechteten der Stadt beigesetzt wurden. Ein einziges großes Holzkreuz, ungehobelt, ohne Verzierungen, erhob sich im Zentrum des Gevierts. Vor diesem Kreuz hatte sich der Baron und Theaterintendant postiert. Neben dem Baron stand seine Gattin, stolz und zufrieden, hatte sie doch ihren Kopf durchsetzen können und das unselige Verscheiden der Schauspielerin zum Gegenstand einer offiziellen Trauerfeier gemacht. In welcher Absicht, das konnte Carus nur erahnen. Er hielt es für eine Tat des Trotzes und des Aufbegehrens gegen die steifen Verhaltensregeln und fest gefügten Konventionen der Residenz, die Ida stets zum Widerspruch reizten.

Carus hatte Tieck entdeckt. Aufgrund seines Quadratschädels auf dem gekrümmten Oberkörper war er auch von hinten leicht auszumachen. Er wollte sich schon zu ihm gesellen, da entdeckte er an Tiecks Seite eine Frauengestalt, die ihn den Schritt verlangsamen ließ. Nur einen kurzen Moment hatte sie ihren Kopf Tieck zugewandt, um ihm etwas zuzuflüstern. Und doch vermeinte Carus in ihrem Profil die ehemalige Hofschauspielerin Josefine Bauer zu erkennen, nunmehrige Gräfin von und zu Bunzlau. Jetzt entsann sich Carus auch, der Gräfin hin und wieder anlässlich der Vorleseabende im Tieckschen Hause begegnet zu sein.

Während die Bauer sich zur Rechten an Tieck wandte, ward sie zur Linken von einer männlichen Gestalt fest am Arme gehalten. Diese männliche Gestalt, in der Paradeuniform eines preußischen Kürassierregiments, allerdings ohne Ordensschmuck und stattdessen mit einer schwarzen Trauerschärpe angetan, konnte niemand anderes als der Gatte der vormaligen Josefine Bauer sein, der preußische Gesandte am sächsischen Hof, Graf Stanislaus von und zu Bunzlau! Welch eine Unverfrorenheit! Was hatten er und seine Gattin auf dieser Trauerfeier zu schaffen? Die Bauer war noch vor dem Eintritt der Bernstein in das Ensemble der Hofbühne retiriert und hatte, soweit Carus es wusste, in keinerlei Verbindung mit der Verstorbenen gestanden. War die Anwesenheit des Grafen nicht ein untrüglicher Beweis für dessen nähere Beziehung zur Verstorbenen? War es nicht gleichsam ein Schuldeingeständnis? Carus war zutiefst empört ob der Dreistigkeit des Grafen. Andrerseits, wenn er sie denn wirklich geliebt hätte, wenn er sich gar schuldig an ihrem Tod fühlte, wäre es wohl seine Pflicht und Schuldigkeit, hier zu erscheinen.

Im respektvollen Bogen schritt Carus um die Trauerver-

sich zu nehmen. Doch im Inneren des schmalen Ladenlokals mit den niederen Deckenbalken, von denen die Würste und Schinken baumelten, war es allezeit düster, so dass die Tageszeit, zu der man hier einkehrte, nicht die geringste Rolle spielte. Bei Weinhändler Chiappone erstand man alle Gaumenfreuden, die das Leben der Wohlhabenden von dem des einfachen Volkes abhoben: Neben italienischen und südfranzösischen Weinen in bauchigen Zedernholzfässern lagen Elsässische Trüffelwürste und Pommersche Gänsebrüste in der Auslage, von der Decke hing Bayonner Schinken, in Eisfächern warteten Lachse und Kaviarfässchen auf kaufkräftige Interessenten. Selbst Austern waren im Angebot des ratzekahlen, stets gut aufgelegten Italieners. ›Bei Chiappone‹ war auch das Stammlokal der Hofschauspieler, obwohl diese sich kaum das Wachs der Lichter auf den Stehtischen leisten konnten. Nur die in jeder Hinsicht gut ausgestattete Gruber warf hier nicht nur mit ihrem Charme, sondern auch mit ihrer Großzügigkeit um sich und brachte die halbe Truppe durch. Wohl ging auch ein Gutteil der Freigebigkeit der ersten Liebhaberin Dresdens auf Chiappones Kosten, war doch bekannt, dass die Gruber auch ihm ihre Gaben großzügig gewährte, wenn sie bei Laune war. Und Chiappone hatte einiges im Angebot, was geeignet war, die genußsüchtige Gruber bei Laune zu halten. Auch war der Italiener ein erfahrener, geschickter Kaufmann, der wusste, dass die Gruber das Licht war, das die Motten anzog, darunter auch hochwohlgeborenes und zahlungskräftiges Ungeziefer. Mitunter konkurrierten die dicksten Börsen eifrig darum, der lebensdrallen Aktrice die saftigsten Bissen zu verehren. An solchen Tagen nahm das Lächeln des Wirtes einen Ausdruck an, den ihm sonst nur das Panorama seiner Heimatstadt Neapel an der Rückwand des Ladenlokals aufs Gesicht zaubern konnte.

Die Stimme der Gruber war es auch, die Carus entgegenschlug, sobald er die Tür zum Weinlokal öffnete. Seit der Trauerfeier für die Demoiselle Bernstein hatte man offenbar durchgezecht. Carus nahm sich vor, jedermann zu warnen, der für den Abend Theaterbillets erstanden hatte.

In der wankenden, schwankenden Entourage der Gruber konnte der Arzt einige Kostüme der Morgengesellschaft erkennen. Ihre Träger waren mittlerweile gröber in Mitleidenschaft gezogen als die Verkleidungen. Carus wollte sich schon wieder abwenden und seinen Schoppen in einer stilleren Lokalität genießen, als er eine andere Stimme gewahrte, keifend, lallend, durch Mark und Bein gehend: vom Schönenbaum.

Angefeuert vom Girren und Glucksen der Gruber, das jedes seiner Worte begleitete, hatte sich Schönenbaum in Pose geworfen und ein großes Publikum gelehrter und geadelter Grauköpfe neugierig gemacht. Die luden ihn zu immer neuen Schoppen schweren Rotweines ein, um den sprudelnden Quell seiner belustigenden Rede nicht versiegen zu lassen. Kaum dass Carus sich durch die Menge zwängen konnte, die sich neben Weinfässern und Brotkörben und unter den breit von den Deckenbalken baumelnden Salame di Verona an der erbärmlich dürren, seiner Sinne nicht mehr ganz mächtigen Gestalt ergötzte.

»Es ist vollendet«, hörte Carus Schönenbaum mit schwerer Zunge lamentieren. »Aus Blut und Morast wird Musik, aus Musik wird Wahrheit und Reinheit. Musik ist die Läuterung des Herzens und der Seele.« Er blinzelte mit funkelndem Blick in die Runde, sank dann über dem Tisch zusammen und raufte sich die schwarzen Locken.

»Wie lange bramarbsiert er schon so?«, fragte Carus den ersten Besten, der neben ihm stand. »Lange genug, um sich und uns um Kopf und Kragen zu reden«, hörte Carus die Antwort in vollem, wohlklingendem Tonfall und er musste nicht lange rätseln, wer ihr Besitzer war: Tieck.

Carus war außer sich, als er den Freund neben sich erblickte. »Wie können Sie so ruhig zuhören? Er ist im Begriff, uns alle in Ketten zu bringen!«, zischte Carus Tieck ins Ohr.

»Was soll ich tun? Ihn niederprügeln und bei Wasser und Brot in meinen Keller sperren? Seht meine Hände!« Tieck streckte ihm die von der Gicht gekrümmten Gliedmaßen entgegen. »Was können diese Hände bewirken?«

»Ihr habt einen Mund, um ihm Einhalt zu gebieten!«

»Ich habe meinen Mund benutzt, seine Rede mit wohlplatzierten ironischen Bemerkungen zu untergraben. Und seht selbst, die Leute amüsieren sich. Niemand nimmt seine haltlosen Bezichtigungen ernst.«

Carus sah sich um und stellte fest, dass die Zuhörerschaft an den Weinfässern tatsächlich eher amüsiert als entsetzt zuhörte. Man hielt Schönenbaum für einen verwirrten Künstler, einen überreizten Tonsetzer, dem man gerne alle möglichen Schrulligkeiten zubilligte, solange sie der allgemeinen Erheiterung dienten. Zudem war er betrunken! Der Wein hatte seine Stimme schrill gemacht. »Der Gerichtstag ist nicht mehr fern. Denn eitel Sünde ist überall. Dort wo Heilung sein soll, ist Krankheit. Dort wo Aufrichtigkeit sein soll, ist Lüge. Dort wo Freundschaft ist, ist Verrat. Schande über uns. Schande über den Medizinalhofrat Carus, denn er ist der schändlichste von allen«, lallte vom Schönenbaum.

Belustigt flogen die Köpfe herum zum Hofrat Carus, der mit einem Mal wie betäubt im Zentrum der Aufmerksamkeit stand. Man wartete gespannt, wie er wohl reagieren möge. Doch Tieck kam dem wie vom Schlag Gerührten zuvor. Er fasste Schönenbaum um die Schulter und entriss ihn der Gruber, die ihn fest untergehakt hatte. »Sie wollen uns verlassen, Herr Hofkapellmeister, uns die schönsten Geständnisse vorenthalten?«, feixte sie laut. Einige Gäste protestierten vernehmlich. Die Gruber packte den Komponisten erneut am Ellenbogen. »Nichts da!«

Tieck fasste nach und zog von der anderen Seite. Das

schmächtige Männlein, zwischen Tieck und der Gruber hin- und hergerissen, begann zu greinen wie ein Kind. Zugleich versuchte Tieck, die Zuspitzung der Situation durch leichte Rede zu zerstreuen: »So viel Schande wie Ihr über unsere Häupter ausgießt, Herr Musikdirektor, müsst Ihr ja einen geheimen Quell gefunden haben! Einen Sünden-Fall, wo die Sünde vom Felsen herabsprudelt wie im Böhmischen das Bier vom Fass.«

Tieck hatte die Lacher auf seiner Seite, und vom Schönenbaum warf der johlenden Menge einen Blick zu, der sie alle zu Höllenqualen verdammen sollte. Die Gruber entließ den Arm des Komponisten, um mit der flachen Hand auf den Tisch zu schlagen. Wie ein Schlafwandler ließ sich vom Schönenbaum von Tieck aus der Weinhandlung führen. Im Türrahmen wandte sich der Hofkapellmeister noch einmal um. »Der Quell der Schande ist mitten unter uns. Breit und schwarz fließt er durch unsere Herzen wie der Fluss durch diese Stadt!«, schrie er. Jubelnder Beifall brandete auf. »Amen!«, rief die Gruber hinterher, dann hatte Tieck ihn zur Tür hinausgedrängt. Carus beeilte sich, den beiden zu folgen. Tieck schob Schönenbaum kurzerhand in die Droschke, die auf Carus wartete. »Halt, wartet auf mich!«, rief dieser dem Lohnkutscher zu, denn schon hatte Tieck den Befehl zur Abfahrt gegeben. Verwundert, dass sein Herr noch nicht in der Kutsche saß, zog der Kutscher die Leinen wieder an. Carus stieg zu vom Schönenbaum und Tieck in die Karosse, und der Wagen fuhr ruckend an.

»Sie sollten Ihre Energie mehr aufs Komponieren verwenden denn aufs Lamentieren!«, wies Tieck den jungen Kapellmeister und Hofkomponisten zurecht.

»Sorgen Sie sich nicht um meine Energie!« Das Musikgenie hatte Schwierigkeiten, den Kopf gerade auf den Schultern zu halten, immer wieder sackte er ihm zur Seite weg. »Ich habe das große Orchesterwerk vollendet. Es wird auf dem Pillnitzer Hoffest zur Aufführung gelangen«, lallte er.

»Und wenn wir recht verstanden haben«, drang Tieck weiter in ihn, »wird es das, was wir bislang erfolgreich vor aller Augen und Ohren verbergen konnten, öffentlich kund tun?«

Vom Schönenbaums Augen waren glasig. Er starrte vor sich hin, doch es gelang ihm nicht, den Kopf gegen die Bewegungen des Wagens abzufedern. Jedes Dümpeln der Kabine, jedes Nachgeben des Chassis ließen sein Haupt zur Seite kippen. »Es ist eine decouvrierende musikalische Darstellung der Ereignisse, die uns so unglücklich miteinander verbinden.«

»So wollen Sie uns also tatsächlich von der Fahne gehen?«, fragte Tieck trocken. Carus schossen die Gedanken kreuz und quer. Er zog sich die sorgsam geschlungene Halsbinde locker, denn er hatte das Gefühl, sie drücke ihm die Luft ab.

»Die Musik ist meine Sprache. Das, was ich nicht in mir tragen kann, muss ich in Musik verwandeln, um es herauszulassen. Es ist eine Art ...«, an der Stelle der Rede hielt vom Schönenbaum inne, um zu rülpsen, »es ist eine Art Verdauungsprozess.« Vom Schönenbaum beugte sich über Tieck hinweg und langte nach dem Türriegel. »Lasst mich hinaus, ich möchte zu Fuß weitergehen.«

Der Kapellmeister machte Anstalten, den Schlag zu öffnen und aus dem Wagen zu krabbeln – ein gewagtes Vorhaben angesichts seines Zustands. Tieck versperrte ihm mit dem Rohr den Fluchtweg. Schönenbaum prallte zurück und ließ sich in die Polster sinken.

»Ich sage Ihnen nur eines, hören Sie gut zu, denn ich werde es Ihnen nur dieses eine Mal im Tone väterlicher Freundschaft sagen: Ihre Sprache ist die Musik. Sprechen Sie in der Musik aus, was immer Sie wollen. Doch von der Sprache der Worte sollten Sie die Finger lassen. Sie haben ja keine Ahnung, wie die Menschen solche missverständlichen, in die Irre führenden Worte auszulegen wissen! Solch einen Auftritt wie bei Chiappone werden wir nicht ein zweites Mal dulden!« Tieck hatte seine Stimme zu einer Lautstärke erhoben, die Carus unwillkürlich den Kopf einziehen ließ. Er fürchtete, der Lohnkutscher könnte verstehen, was im Innenraum gesprochen wurde, und schloss die Fenster.

»Sie wollen mir drohen, ehrenwerte amtierende und abberufene Hofräte?« Mit glasigem Blick sah vom Schönenbaum von einem zum anderen. Es lag nicht ein Schimmer von Furcht in seinen Augen. Offenbar war der Wein seinem Hochmut zuträglich.

»Nein«, antwortete Tieck gelassen. »Das war beileibe keine Drohung. Wenn wir anfangen Ihnen zu drohen, dann werden Sie das früh genug merken und es vom heutigen freundschaftlichen Rat wohl zu unterscheiden wissen.« Mit einem hintergründigen Lächeln öffnete Tieck den Schlag. Schönenbaum stürzte an ihm vorüber und sprang hinaus, ungeachtet des schnellen Trabes, den die Pferde gingen. Tieck zog die Tür mit dem Griff seines Stockes wieder zu. Sie sahen nicht mehr, wie Schönenbaum sich mehrmals im Staube überschlug und reglos am Rande der Straße liegen blieb. Niemand kümmerte sich um ihn.

»Und nun?«, fragte Tieck mit einem spöttischen Aufblitzen in den Augen, als könne er die nächste Wendung der Geschichte kaum erwarten.

Carus atmete tief durch. Tiecks Zielstrebigkeit verschreckte ihn. »Nun, ich schätze, Sie kennen sich aus in der Wissenschaft der edlen Gehänge und Geschmeide. Mein Salär als Hofmedicus setzt mich nicht häufig in die Lage, kostbaren Schmuck zu erwerben. Doch Sie als weltgewandter Kenner dieser Stadt werden wissen, welches der beste Goldschmied am Ort ist?«

Tieck lachte: »Willst du Mitleid erregen, Carus? Wenn

du noch niemals den Laden eines Goldschmiedes betreten hast, so liegt das nicht an deinem Salär, das immerhin direkt aus der königlichen Schatulle fließt, sondern an deinem dir eingeborenen Geiz.«

Carus wollte heftig protestieren, doch Tieck brachte ihn mit einem fauchenden Streich des Stockes zum Schweigen. »Der beste Goldschmied am Orte ist sicherlich Matthäus Dinglinger, Nachfahre desjenigen Dinglinger, der einst die vorzüglichsten Prunkstücke für die Hofhaltung Augusts des Starken gefertigt hat. Seine Werkstatt ist nicht allzu weit von hier.«

»So weisen Sie den Kutscher an, uns dorthin zu bringen«, entschied Carus und lehnte sich erschöpft gegen das Polster der Equipage.

Der Urenkel des großen Johann Melchior Dinglinger war ein vorsichtiger Mann, das erkannte Carus an seinen Augen. Sie waren groß und klar, und ihre Blicke waren rastlos, ohne nervös zu sein; immer auf der Hut vor einer verräterischen Handbewegung, einer verdächtigen Miene. Matthäus Dinglinger hatte alles Wesentliche im Blick – und der war unbestechlich. Er hätte einen brauchbaren Arzt abgegeben. Brauchbarer womöglich, als ich es bin, dachte Carus.

Der Arzt bemerkte, dass irgendetwas an ihm oder an Tieck den Verdacht des Goldschmieds erregte, obgleich er sie beide erkannte. »Welch große Ehre für meine bescheidene Werkstatt«, hub Dinglinger an. »Ein amtierender Hofrat und eine amtierende Zelebrität, zwei leibhaftige Perlen im Geschmeide dieser gewiss nicht glanzlosen Stadt.«

Tieck gab sich Mühe, nicht geschmeichelt zu wirken. Ungeniert sah er sich in Dinglingers Werkstatt um, doch auf den ersten Blick gab es nichts von Wert zu entdecken. Einige Prunkrüstungen aus vergangenen Zeiten standen umher, bar jeder edlen Metalle, doch sehr schmuck und von der langen Tradition der Goldschmiede kündend. Die Wehrhaftigkeit der eisernen Gesellen, die polierten Harnische und geschliffenen Hellebarden waren nebenbei geeignet, spitzbübische Absichten zu zerstreuen. Außer einer Nussbaumkommode mit Intarsienarbeiten und zahlreichen Schlössern ohne Schlüssel, die die kostbaren Stücke beherbergen mochte, war keinerlei Schmuck und Geschmeide im Zwielicht der Werkstatt auszumachen. Lediglich das Stück, an dem der Goldschmied gerade gearbeitet hatte, die filigrane Goldeinfassung für einen wohl verborgenen Stein, lag auf der Werkbank, beleuchtet vom warmen Schein einer Petroleumlaterne und umringt von feinen Zangen und Pinzetten. Tieck fühlte sich an Carus' makabren Teewagen im Operationssaal erinnert.

Der Hofarzt nahm das Gespräch an sich: »Wir wissen Ihre Freundlichkeit zu schätzen, Meister Dinglinger. Sie gewähren uns große Ehre, obwohl Ihre Werkstatt und die Ihrer Väter ruhmreichere Häupter empfangen hat als die unseren.« Dinglinger machte eine ergebene Verbeugung, und Carus schritt ohne Umschweife auf sein Ziel zu.

»Meine älteste Tochter, Charlotte, schickt sich an, sich zu verloben.« Carus spürte, wie Tieck neben ihm verwundert aufhorchte. Doch er wusste, der Dichter würde so klug sein, die erfundene Geschichte nicht mit unnötigen Bemerkungen zu untergraben. Auf dem Parkett der Lüge war Tieck ein geübterer Tänzer als Carus.

»Meinen Glückwunsch«, Dinglinger senkte erneut untertänigst sein Haupt, »die erste Vermählung ist die schwerste, pflegte mein seliger Vater zu sagen – und der war mit sechs Töchtern gesegnet!«

Carus lächelte gequält und fuhr fort: »Mein Schwiegersohn in spe frug mich um Rat, welches Geschenk geeignet sei, den Geschmack meiner Tochter zu treffen. Er möchte ihr einen Ring verehren, der ihm einen sicheren Platz in ihrem Herzen zu erobern vermag, denn leider«, Carus schlug die Augen nieder, denn er fürchtete, die Scham der Lüge könnte aus seinen Blicken schreien, »leider will Charlotte sein ausdauerndes Werben nicht erhören. Um ihn nicht unnötiger Peinlichkeit auszusetzen, komme ich in seinem Namen, ein Schmuckstück auszuschauen, das meine Tochter hoffentlich umzustimmen vermag. Ich darf doch vertrauensvoll mit Ihrem Stillschweigen rechnen?«

Mit einer erneuten Verbeugung zerfloss Dinglinger in Zuvorkommenheit. »Es wird mir eine Ehre sein, dieses Herzensstück für die Tochter eines der ehrbarsten Männer der Stadt zu fertigen.«

Dinglinger schien nichts an der Lüge auszusetzen zu haben. Überrascht ob der Leichtigkeit, mit der ihm der Betrug gelang, fasste Carus Mut für den entscheidenden Schritt. »Ich hörte in den allerhöchsten Kreisen schwärmen für den Ehering der Josefine Bauer, jetziger Gräfin zu Bunzlau, den Sie gefertigt haben sollen?«

Dinglinger lächelte. »Ein erlesenes Stück, das mich viele Stunden Arbeit und den Grafen einen schönen Batzen sächsischer Taler gekostet hat.«

»Über den Preis können wir uns später unterhalten. Könnten Sie uns das Stück schildern, damit ich ermessen kann, ob die Art der Anfertigung meiner Tochter gefallen könnte? Oder besitzen Sie eine Zeichnung, einen Entwurf?«

Dinglingers Lächeln zog sich siegesgewiss in die Breite. »Schildern? Ich kann Ihnen das Stück zeigen.«

Carus tat erstaunt. Innerlich jubelte er. »So steckt der Ring nicht an der Hand der erlauchten Besitzerin?«

»Oh nein, denn die unglückliche Gräfin hat diesen wunderbaren Ring verloren, und der Graf trat an mich heran, eine exakte Kopie des ersten anzufertigen. Ich habe die Arbeit fast vollendet. Wenn Sie sich einen Moment gedulden würden?«

Dinglinger enteilte in die rückwärtigen Räumlichkeiten der Werkstatt, die sich im Halbdunkel verloren.

Tieck nutzte die Gelegenheit, Carus mit amüsierter Stimme zuzuflüstern: »Glückwunsch, mein Teuerster! Nicht zur bevorstehenden Vermählung Charlottens, sondern zu dieser rundum gelungenen Erfindung. Willst du mir als Geschichtenerfinder den Rang ablaufen?«

Carus kam nicht dazu, etwas zu erwidern, denn schon näherten sich die leichtfüßigen, kaum hörbaren Schritte des Goldschmieds. Vor sich her trug er ein Schmuckkästchen, das er mit einem guten Gespür für Sensation zunächst umständlich vor den beiden Freunden aufbaute, dann mit Bedacht und spitzen Fingern entriegelte und schließlich mit einer schnellen Bewegung öffnete. Dinglinger hatte das Kästchen in der Nähe seines Arbeitslichtes platziert, so dass der goldene Glanz des Schmuckstücks den Raum in einen festlichen Schimmer hüllte. Carus brauchte nicht zweimal hinzuschauen. Es war exakt der Ring, den er an der Leiche gefunden hatte.

»Ein Stück von höchster Preziosität«, versicherte Dinglinger, »ein Dutzend feiner Goldfäden, verwoben und verknüpft zu einem edlen Band, das die schicksalhafte, innige Verschlingung zweier liebender Herzen bildhaft vor Augen führt.«

Carus streckte die Hand aus, um die Innenseite des Ringes zu prüfen. Im ersten Reflex wollte Dinglinger das Kästchen flugs wieder schließen, doch dann ließ er Carus gewähren. Der Leibarzt untersuchte so beiläufig wie möglich die glatte Innenseite und sah mit einem Blick, dass die Gravur fehlte.

»Ein Stück, das Herzen öffnet, so sie nicht aus Stein sind«, warb Dinglinger wacker für seine Arbeit und Carus spürte, dass es nun an ihm war, sich aus der Sache herauszuwinden.

»Ein außerordentliches Kunstwerk, zweifellos«, seufzte

Carus. »Doch gewiss nicht bezahlbar für den Kavalier meiner Tochter. Er befindet sich in hervorragender Stellung, doch ein Verlobungsring ist kein Ehering und bedarf sorgfältiger Abwägung. Schon gar, wenn der Erfolg des Werbens fragwürdig ist.«

Dinglinger klappte das Kästchen zu, sobald Carus den Ring wieder abgelegt hatte.

»Wenn der verehrte unbekannte Kavalier sich nicht aus seiner Anonymität wagen will, sollten Sie erkunden, was er zu zahlen bereit ist, dann kann ich dementsprechend wohlfeilere Angebote unterbreiten«, sagte Dinglinger, nun schon bedeutend kühler.

»Das wird das Beste sein«, entgegnete Carus, froh darüber, das Gespräch zu einem schnellen, wenn auch nicht gerade angenehmen Ende führen zu können. Er zog seinen Zylinderhut auf, Tieck tat es ihm gleich, und mit einem höflichen, aber knappen Gruß verließen sie die Werkstatt der berühmten Goldschmiedefamilie.

Als sie vor der Tür standen, zog Carus die Stirn kraus. Er grübelte schweigend vor sich hin, so lange, bis sie schon längst nebeneinander in der Kutsche saßen und Tieck ihm mit seinem Stock freundschaftlich gegen den Oberschenkel tippte. »Nun? Hat die List das Ergebnis gezeitigt, das du dir erhofft hattest.«

»Ja«, antwortete Carus immer noch seinen Gedanken nachhängend.

»Und das wäre?«, fragte Tieck in seiner unstillbaren Neugier.

»Die Antwort ist eine neuerliche Frage, wie so häufig in diesem verzwickten Fall«, orakelte Carus.

»Wirst du sie mir freiwillig erzählen, oder muss ich dich auf die Folter spannen?«

»Warum trägt der Leichnam der Friederike Mathilde Bernstein den Ehering der Josefine Bauer, verheirateter Gräfin von und zu Bunzlau?«

Tieck wunderte sich nicht im Mindesten über die Frage, sondern zauberte die Antwort mit Leichtigkeit und ohne zu zögern aus dem Hut: »Der Graf wird ihn ihr verehrt haben, nicht wahr?«

»Dieser Graf scheint ein wahres Vieh von Mensch zu sein. Er entwendet seiner Frau den Ehering, um ihn der Geliebten zu verehren?« Carus hatte die Stirn noch immer in tiefe Falten gelegt.

»Warum nicht?«, meinte Tieck. »Wenn diese einen unbedingten, endgültigen Beweis der Liebe fordert? Einen Beweis, der sie glauben macht, auf eine Verheiratung hoffen zu können?«

Carus schüttelte skeptisch den Kopf. »Aber wir wissen doch, dass sie diesen Beweis nie erhalten hat! Dass sie gerade die gegenläufige Nachricht empfing und sich aus diesem Grunde –«

Tieck fiel Carus wütend ins Wort: »Du schwankst immer noch, Carus! Du schwankst zwischen der Wahl, deine Haut mit einer gut ausstaffierten Geschichte zu retten und der Suche nach der Wahrheit. Glaube mir, Carus, es gibt keine Wahrheit. Ich überblicke ein knappes Vierteljahrhundert mehr als du, glaube mir, es ist eine Krankheit der Jugend, den Dingen auf den Grund gehen zu wollen. Es ist eine ehrbare Krankheit, aber eine Krankheit. Eine Krankheit des Gemüts. Niemand, der bei gesundem Menschenverstand ist, möchte den Dingen auf den Grund gehen. Die Erkenntnis ist ein tiefer See, je weiter man vorstößt, desto trügerischer wird das Licht, in dem uns alles erscheint. Und wir alle wissen, wie es am Grunde eines tiefen Gewässers aussieht! Wer allzu sehr im Schlamm wühlt, wird nur eines erreichen, Carus: Der ganze See wird trübe werden. Merkst du nicht, was dir geschieht? Du wühlst und wühlst, und je mehr du wühlst, desto schlechter wird die Sicht! – Nein, Carus! In meinem Alter lebt man gesünder, man begnügt sich mit den Auskünften, die verfügbar sind. Warum ins Wasser springen, wenn man doch vom Ufer aus eine gute und bequeme Sicht hat? Nun gut, man sieht vielleicht den ein oder anderen trügerischen Lichtstrahl. Aber man bleibt trocken! – Du willst immer tiefer hinabtauchen? Dich immer mehr im Geschlinge verfangen? Nun gut. Allein, allzu lange würde ich nicht mehr warten, dem König deine Version der Geschichte zu Füßen zu legen. Sonst kommt dir vom Schönenbaum zuvor. Drei Tage noch bis zum Hoffest, dann ist unser Musikus am Zuge. Du solltest vorher den König von einer Version überzeugen, die ihn unerschütterlich gegenüber den Klangbildern unseres selbst geadelten Schönenbaum macht. Hast du eine Version der Geschichte, die einer genaueren Prüfung standhält – irgendeine, sei es Wahrheit, sei es eine ausgemachte Lüge?«

Während er antwortete, wog Carus sein Haupt hin und her. »Ich weiß es nicht. Am wenigsten hielte die Wahrheit, so wie wir sie kennen, stand. Andrerseits sprechen viele Dinge für den Grafen von und zu Bunzlau als den eigentlichen Übeltäter der Sache. Er ist ein Subjekt mit fragwürdigem Charakter. Er schrieb die Briefe, er verehrte ihr den Ring, er besaß aus dem ein oder anderen Anlass ausreichend Grund, ihr übel zu wollen. Dennoch ...«, Carus zögerte, und Tieck tippte ungeduldig mit der Spitze seines Stockes auf den Boden. »... ich weiß nicht, ob seine Schuld ausreicht, ihn anzuklagen.«

»In drei Tagen solltest du es wissen.« Tieck wandte seinen Kopf und schaute zum Fenster hinaus.

Carus spürte, dass der Dichter wütend war. Doch es war ihm schleierhaft, warum.

»Ich werde Friedrich um Rat fragen!«, entschied Carus.

Tiecks Kopf flog herum, dass ein Halswirbel knackte. Schmerzhaft verzog er das Gesicht.

»Friedrich? Welche Auskünfte in dieser Affäre erwartest du von unserem Nachtgespenst?«

»Er hat ein sicheres Gespür für das, was richtig und was falsch ist.«

»Friedrich hat sich zu sehr in seine Nebelgestalten auf Kirchhöfen versenkt, mein lieber Freund. Friedrich weilt nicht mehr auf dieser Erde. Er ist ein Gefangener seiner geisterumwaberten Nachtwelt. Von Friedrich kannst du Ratschläge erwarten, die sich auf das Jenseits beziehen. Für die hiesige Welt halte dich an das, was ich dir rate.«

»Ich habe Ihren Rat gehört, ich werde seinen Rat hören, und dann einen Entschluss fassen«, befand Carus trotzig. Er beugte sich nach vorne, um dem Kutscher Anweisungen zu geben.

»Lass anhalten, Carus«, verlangte Tieck.

»Sie wollen mich nicht zu Friedrich begleiten?«, fragte Carus erstaunt.

»Was hat Friedrich mit der Sache zu schaffen? Nein, der Tag war enervierend genug. Ich brauche mich nicht auch noch in das düstere Verlies eines Seelengefangenen zu begeben.«

Die Kutsche hielt so abrupt, dass Carus fast gegen die Vorderwand geprallt wäre. Mit steifen Gliedern und verbittertem Gesichtsausdruck quälte Tieck sich aus dem Wagen. Er warf die Tür ins Schloss und rief Carus zu: »Wir sehen uns auf dem Hoffest!«

Carus streckte erstaunt den Kopf zum Fenster hinaus. Die Kutsche fuhr bereits wieder an.

»Sie sind geladen nach Pillnitz?«

Tieck hob seine Hand schwerfällig zum Gruß. »Ich weiß nicht, wem ich diese Ehre verdanke. Ich dachte, du hättest dich für mich verwandt?«

Carus blieb ihm die Antwort schuldig. Er zog den Kopf ein und sank in die Kissen. Dann schloss er die Augen und versuchte, Ordnung in seine Gedanken zu bringen. Wer hatte ihm eigentlich diese widersinnige Idee eingepflanzt, die Welt sei bestimmt durch Regeln und Gesetzmäßigkeiten, die man erforschen könne?

Der Landschaftsmaler Friedrich saß zusammengekauert auf dem Schemel vor der Staffelei. Er hielt die Fäuste in den Backenbart gestützt und den Blick starr auf das Gemälde gerichtet. Als Carus eintrat, drehte er kaum den Kopf. Das Atelier war abgedunkelt wie üblich, Licht fiel nur durch das schmale obere Fach des Fensters. Licht verhindert, so pflegte Friedrich zu sagen, auf den wahren Grund der Dinge zu sehen. Es macht die Oberflächen leuchten und blendet den Betrachter. In seinen Gemälden benutzte Friedrich das Licht ganz allein dazu, die Blicke zu lenken. Zum Leuchten brachte Friedrich die Dinge nicht durch Licht, sondern durch Dunkelheit. Friedrich beherrschte die Dunkelheit virtuos.

Carus trat über die Schwelle, und sein Blick wurde sofort auf das Gemälde gezogen. Er stellte sich dicht neben Friedrich, um es genauer betrachten zu können. »Ich kenne den Ort«, bekannte Carus. »Doch sah ich ihn nie so eigenartig aufgefasst. So widernatürlich in der Farbgebung. Es ist ein Überflutungsgebiet nördlich der Stadt. Man nennt es –«

» – das Große Gehege«, ergänzte Friedrich.

»Der Ort, an dem man die Leiche fand!«, brachte Carus mühsam heraus.

Friedrich saß auf seinem dreibeinigen Schemel, stumm und stolz. Sein Backenbart zitterte.

»Aber woher ... warum ... warum erwähltet Ihr Euch ausgerechnet dieses Motiv? Ausgerechnet jetzt? Woher ... wusstet ... Ihr ... «, stammelte der Arzt.

»Nichts weiß ich. Ich weiß gar nichts. Gott führt mir die Hand ... «, gestand Friedrich in einem Tonfall, als sei es die erklärlichste Sache der Welt.

»Aber, was wollt Ihr uns damit sagen?«

Friedrich wandte leicht den Kopf, ohne Carus anzusehen. »Wenn du im Bilde eine Botschaft siehst, so begreife doch endlich: Nicht ich bin es, der dir etwas sagen will!«

Carus fiel vor der Staffelei auf die Knie und senkte den Kopf. »Aber was meint Ihr, will Er uns sagen?«

»Sprich aus, was du in dem Gemälde siehst, mein Freund.«

Carus hob den Kopf und betrachtete das Bild erneut. Zögernd kamen die Worte von seinen Lippen. Sie waren ihm fremd. »Das Gelb ist kein tröstliches Gelb. Es sinkt nicht zurück in die abendliche, rote Ruhe. Es gibt keine Vergebung. Das Gelb bleibt das immer gleiche, sieche, blasse Gallegelb.« Etwas abgerückt vom Zentrum des Bildes hatte Carus ein Segel entdeckt, das Segel einer Barke, wie sie zu Hunderten auf der Elbe verkehrten.

»Das geblähte Segel ist ihr Leib – aufgedunsen, aufgetrieben, Gase, Moder, Schuld ...«

»Erkläre es mir, wovon sprichst du?«, fragte Friedrich mit der ihm eigentümlichen Unschuld. Langsam drehte Carus den Kopf und sah seinen Meister von der Seite an. Friedrich hatte noch immer die Wangen in die Fäuste gestützt.

»Ich rede von der Schuld, die wir auf uns geladen haben. Und ich bin im Begriff, mich weiter zu versündigen!«

Friedrich nahm das Geständnis reglos entgegen. Carus rutschte auf Knien herum und wandte sich direkt an den Maler: »Vater, ich habe gesühnt und sühne noch für diese Schuld. Ich durchleide Seelenqualen, ich zweifle an mir selbst, an mir und meiner Berufung! Niemals wieder werde ich das menschliche Vermögen höher stellen können als das vorherbestimmte Schicksal. Wisst Ihr, was das für einen Arzt und Naturkundler bedeutet? Niemals wieder werde ich glauben können, dass es eine Wahrheit gibt, die man mit dem Geist durchdringen, durch sorgfältige Untersuchung restlos ausmitteln kann! Niemals!«

Sachte legte Friedrich seine Hand auf Carus' Kopf und streichelte ihn gedankenverloren.

»Vater, ein Gedanke nimmt mich gefangen, seit ich mit Tieck über diesen Casus sprach: Was bliebe, wenn man von diesem Gemälde Farbschicht um Farbschicht entfernte?«

Friedrich hob den Kopf ein wenig. Die Antwort klang bei ihm völlig selbstverständlich, ganz ohne Pathos, doch Tieck hätte sich pflichtschuldig darüber lustig gemacht: »Gott.«

Carus heulte auf: »So ist Gott das Nichts? Und im Nichts sollte Wahrheit sein?«

Friedrichs große, verträumte Augen funkelten in der Dunkelheit der Kammer: »Die Wahrheit brauchst du nicht zu suchen, denn sie ist da. Du brauchst nur zu warten und sie kommt zu dir. So, wie sie zu mir gekommen ist.«

Carus schüttelte entschieden den Kopf. »Du sprichst immer nur von der göttlichen Wahrheit. Aber gibt es nicht auch eine irdische, eine Wahrheit, die hier auf Erden ihre Gültigkeit hat, und viel zu klein und nichtig ist, als dass sie mit der göttlichen Wahrheit in irgendeiner Verbindung steht?«

»Jede noch so kleine irdische Wahrheit steht in Verbindung mit der göttlichen Wahrheit.«

Carus legte die Stirn in Falten und schüttelte den Kopf. Die Undurchdringlichkeit von Friedrichs Überzeugung erschreckte ihn. Er erhob sich, denn es kam ihm plötzlich lächerlich vor, vor einem Gemälde zu knien. »Aber ist es nicht so, dass die irdische Wahrheit mehrere Versionen kennt, während die göttliche Wahrheit immer ein und dieselbe bleibt?« Carus betrachtete erneut das Gemälde. Nun erschien es ihm weicher, wärmer als vordem. Das geblähte Segel war kaum zu erkennen, so feenhaft schwebte es über dem Fluss. Der Arzt hörte die Stimme des Alten neben sich, leise und ruhig: »Im Himmel wie auf Erden gibt es nur eine Wahrheit, und die ist ewig.«

»Doch es gibt vier verschiedene heilige Schriften«, wandte Carus schwach ein.

» ... die alle *eine* Wahrheit verkünden, *ein und dasselbe* Zeugnis ablegen!«

Carus schwieg. Es war müßig, sich mit Friedrich im theologischen Disput zu ergehen. Überhaupt müßig, mit ihm zu streiten. Seine Meinung stand ehern, schon vor Urzeiten in Form gegossen. Er hatte jede Neugier verloren und sie gegen unverrückbare Gewissheit des Glaubens eingetauscht. Carus seufzte und meinte zu spüren, dass der Alte lächelte. Er war froh, ihn in diesem Moment nicht sehen zu müssen. Niemand hatte ihn je lächeln sehen.

»Vater, sagt mir, ist es eine Sünde zu lügen, um einer besseren, edleren Wahrheit zum Sieg vor den Menschen zu verhelfen?«

Friedrich verlagerte seine Sitzposition. Kaum merklich knarrte der Schemel. »Was fragst du mich? Ich kenne nicht die feinen Unterscheidungen zwischen Wahrheit und Wahrheit, die du triffst. Ich kenne nur die eine.«

»Vielleicht möchte ich nur, dass Ihr mir ausredet, den König zu belügen!« Carus schrie es fast heraus. Es hielt ihn nicht mehr an seinem Platze. Unruhig lief er auf und ab.

Friedrich blieb sitzen, seine Ruhe brachte Carus schier zur Weißglut. »Ich werde mich gegen meinen Herrscher auf Erden und gegen den himmlischen Herrscher versündigen. Und Ihr sitzt da und malt vieldeutige Bilder. Was verkriecht Ihr Euch, Friedrich, vor der Welt? Hebt Eure Hand und gebietet den Dingen Einhalt, wenn Ihr meint, dass Unrecht geschieht! Die göttliche Wahrheit braucht mutige Streiter, nicht ängstliche Schemelhocker!« Erschrocken hielt Carus inne. Er befürchtete, Friedrich verletzt zu haben. Und bereute es bereits.

Doch Friedrich ließ sich nicht anmerken, ob Carus' Anwurf ihn berührt hatte. »Wenn du meinst, lügen zu müssen, so lüge mein Freund. Flicke dir deine irdischen Wahrheiten zusammen, wie du Leiber zusammenflickst, um ihr sterbliches Schicksal einen Fliegendreck weit zu verlängern. Doch merke, Carus: Gott ist die Wahrheit. Leugnest du die Wahrheit, leugnest du Gott!« Friedrich sprach diese Worte mit unglaublicher Milde. Doch sein Blick ließ keinen Zweifel daran, wie ernst er es meinte.

Carus stöhnte auf: »Der Herr vergebe uns allen!« Er stand unschlüssig im Zimmer. Friedrich hatte seine Position seit der Ankunft des Arztes kaum verändert. »Und nun, teurer Carus, lass mich allein.«

Tieck sah, dass in der Kammer seiner ältesten Tochter noch Licht brannte. Kaum hörbar humpelte er über die Dielen, versuchte, den Stock so sachte als möglich aufzusetzen. Die Tür stand einen Spalt weit offen und Tieck schob sie mit dem Knauf weiter auf. Im Schein der Rüböllampe saß Dorothea mit gerundetem Rücken über ihren Sekretär gebeugt. Die Feder, mit der sie schrieb, knarzte hörbar über das Papier.

»Was schreibst du?«, sprach Tieck sie an, als er bereits mitten im Raume stand. Dorothea fuhr erschrocken herum. Sie war bereits zur Nacht gekleidet, trug ein langes, bis auf die Knöchel reichendes und am Hals ein wenig ausgeschnittenes Hemd. Das Haar trug sie offen. Sanft leuchteten die üppigen, weichen Strähnen bronzefarben im Schimmer des Lichts. Tiecks Herz schmerzte bei dem Gedanken, dass er sie sicherlich bald an einen tumben Ehemann verlieren würde. Seine geliebte Dorothea. Doch wie lange fürchtete er sich schon davor? Und wie lange hatte sie jedem Werben wacker widerstanden!

»Ich schreibe über die ›Hagestolzen‹, die man am heutigen Abend im deutschen Hoftheater gegeben hat.«

»Ein unsägliches Machwerk«, befand Tieck und spie auf den Boden, denn in Dorotheas Kammer gab es keinen Spucknapf. Dorothea verzog missbilligend den Mund.

Doch Tieck blickte erleichtert drein. Iffland war der ihm am meisten verhasste Kollege seiner Zunft!

»Heute gab es einige Stellen, über die man herzhaft lachen konnte!«

»Bei Iffland? Bist du sicher, dass du das richtige Stück besprichst? War es nicht Iffland, der sagte: Gehst du ins Theater, vergiss die Zwiebeln nicht?«

»Es gab einige humorige Vorkommnisse, die der Dichter nicht vorgesehen hatte. Zum größten Teil waren sie der Trunkenheit der Darsteller geschuldet. Man hielt wohl heute einen Festtag am Hoftheater, den die meisten Mitglieder des Ensembles sehr genossen zu haben scheinen.«

Tieck lächelte versonnen. »Das traurige ›Fest‹ war das Leichenbegängnis der unseligen Demoiselle Bernstein. Ich selbst war Zeuge, wie sich die Toren bei Chiappone Schoppen um Schoppen um den Verstand gesoffen haben. Die Gruber geruhte, den endgültigen Abgang ihrer Rivalin zu feiern.«

Dorothea schüttelte den Kopf. »Wie haben sich die Sitten doch gelockert, seitdem Sie das Theater verlassen haben, Vater.«

Tieck legte Dorothea einen Arm um die Schultern und beugte sich hinab, um die Kritik zu lesen, die Dorothea soeben mit dem abschließenden Punkt versehen hatte. Zeile um Zeile überflog er mit zusammengekniffenen Augen, und musste mehrmals lauthals lachen.

»Wunderbar, einfach wunderbar! Ja, das ist ein wahrhaft Tieckischer Ton.« Tieck schüttelte den Kopf. »Dorothea, meine Tochter, du bist mir unheimlich. Du scheinst mein Talent noch zu übertreffen. Ich hätte nicht gedacht, dass das möglich sei.«

»Wenn es denn dient, Ihren Ruhm zu mehren, mein Vater.«

Tieck wurde ernst. Er sah auf die braunen Locken seiner Tochter hinab. Dorothea war wieder in ihre Besprechung vertieft. Sie las sie erneut, ehe sie sie in Reinschrift brachte.

»Dorothea, es ist an der Zeit, dass du aus meinem Schatten heraustrittst«, befand Tieck ernst.

Dorothea lächelte versonnen. »Sie meinen, wir sollten unser Spielchen aufgeben? Wir sollten dem Publikum eröffnen, dass ich die Theaterkritiken verfasse, von denen alle Welt annimmt, sie stammten von Ihnen?«

»Oh nein.« Tieck schüttelte entschieden den Kopf. »Wenn das Dresdner Publikum so dumm ist, sich derart an der Nase herumführen zu lassen, so haben sie nicht verdient, die Wahrheit zu erfahren. Frug mich doch kürzlich erst ein durchaus angesehener Bürger der Stadt allen Ernstes, wie es möglich sei, dass ich das auf dem Theater Gegebene so präzise und überaus treffend beurteilen kann, obwohl ich doch das Theater gar nicht mehr besuche?« Tieck schnaubte verächtlich durch die Nase. »Doch nun ist die Zeit gekommen, da wir deine Talente auf einem weltläufigeren Parkett präsentieren sollten als auf dem dünnen, provinziellen Dresdner Bretterboden.«

Dorotheas Mundwinkel zuckten. Ihre Augen füllten sich mit Tränen. »Vater, Sie wollen, dass ich Sie verlasse?«

»I wo! Wer spricht denn von verlassen?«

»Aber wenn ich nicht in Dresden unter eigenem Namen schreiben soll, wo dann?«

Tieck hob eine Augenbraue und blickte schelmisch auf die Tochter herab. »In einer Stadt, in der schreibende, lesende, kurzum gelehrte Frauenzimmer höher geachtet werden als an diesem Ort.«

Dorothea sah von ihrem Schriftstück auf. Noch immer war ihr Blick von einem traurigen Schleier getrübt. »So werden wir nach Berlin gehen, wie Sie es schon so häufig erwogen?«

Tieck sah sie lange und durchdringend an, ohne ein Wort zu sagen. Dann holte er tief Luft.

»Richte dich darauf ein, dass es die letzte Kritik ist, die du für das Dresdner Abendblatt schreibst.«

Dorothea zuckte erschrocken zusammen. »Was? So bald schon? Aber Vater, was zwingt Sie denn, Hals über Kopf zu fliehen? Ist irgendetwas vorgefallen, das unsere weitere Anwesenheit unmöglich macht? Kapitulieren Sie etwa vor diesem unsäglich bornierten Hoftheaterdirektor?«

Tieck tätschelte Dorothea die Schulter. Er spürte ihre spitzen Knochen unter dem Stoff, und ihm wurde gewahr, wie wenig Frauliches sie hatte. Nein, Dorothea Tieck war nicht der Typ Frau, in die er sich verlieben würde. Und doch gönnte er sie keinem anderen!

»Es gibt keinen bestimmten Grund«, log Tieck. »Doch hier in Dresden gibt es keine Aufgaben mehr für mich. Alle Händel sind abgeschlossen. Alle bis auf einen. Und den wird der ehrenwerte Carus für mich zu Ende bringen.«

»So werden wir denn die Wohnung kündigen, den Sperrsitz im Theater auflösen und das restliche Feuerholz verkaufen lassen?« Dorothea war vor Erregung aufgesprungen. Doch Tieck drückte sie mit Bestimmtheit wieder auf den Stuhl.

»Warte. Warte bis übermorgen.«

»Aber warum? Warum nicht morgen?«

»Morgen? Morgen ist das Hoffest zu Pillnitz. Und das wird meine ganze Aufmerksamkeit erfordern.«

Dorothea schüttelte verständnislos den Kopf. Hatte sich ihr Vater bislang doch nie um Hoffeste geschert.

»Vater, Sie sind mir ein immer währendes Geheimnis«, gestand Dorothea verdrießlich.

Tieck streichelte ihr ein letztes Mal über die Schulter und verließ dann die Kammer. »So klug, wie du für ein Frauenzimmer bist, mein Täubchen, aber es ist gut, dass du nicht alles verstehst.«

8. Kapitel

Carus trug einen Rock von der Farbe getrockneten Blutes. Die Nacht hatte er nicht in Pillnitz verbracht, sondern daheim, im Kreise seiner Familie. Er fürchtete sich davor, dem König zu begegnen, denn der Regent würde Antwort auf viele Fragen verlangen. Und doch sollte dies der Tag der Antworten werden.

Der Tag versprach ähnlich heiß zu werden wie der, an dem Carus den fatalen Auftrag angenommen hatte. Den Auftrag, einen Fall zu beleuchten, den er am liebsten dem Dunkel des Vergessens anheim gegeben hätte. Das himmelweite Blau, das sich erneut über das Elbtal spannte, begann, Carus' Nerven anzugreifen. Ihm war der allzu zeitige Sommerhimmel zu weit geworden, zu endlos, keine Begrenzungen sichtbar, nichts, woran man sich halten konnte. Es war ein Himmel zum Ertrinken.

Carus war vor Sonnenaufgang in Dresden aufgebrochen, in der eigenen Equipage diesmal, die Geschirre des Zweispänners auf Hochglanz poliert, die Polster gebürstet, den Schlag gewienert. Er hatte den Kutscher angewiesen, nicht zu traben, so dass die strahlende Kutsche vom Staub der Straße nicht zu sehr in Mitleidenschaft gezogen würde. Auf diese Weise hatte er auf der Fahrt zum Schloss genügend Zeit, sich die drei möglichen Hauptversionen wieder und wieder auf die Zunge zu legen, sie gegeneinander abzuschmecken, auszuspeien, von neuem zu kosten: Selbstmord, Mord, unglücklicher Todesfall. Halb tot und lebensmüde in die Elbe gestürzt – bestialisch ermordet oder zu Tode operiert. Tiefste Verzweiflung, Eifersucht, Neugier. Carus spielte die einzelnen Versionen durch und kam bis

Pillnitz zu keinem Ergebnis. Selbst wenn er die vierfache Strecke zurückgelegt hätte, wäre er zu keinem Ergebnis gelangt. Er spürte, dass er immer noch nicht alles wusste, dass es einen weißen Fleck gab – geben musste – auf all diesen *tableaux vivants*, etwas Unerklärtes, das sie alle verband, ihnen allen eine gemeinsame Erklärung und Rechtfertigung geben würde. Er war sich unsicherer als zuvor, was er dem König antworten solle, wenn dieser ihn fragen würde. Und er würde ihn zur Rede stellen, dessen war sich Carus gewiss!

Die Kutsche rollte auf den kiesbestreuten Vorplatz des Pillnitzer Schlosses. Carus vernahm das Schnaufen aus hundert Nüstern, das Knarren hunderter Federn und das Knirschen hunderter Metallreifen auf dem Kies, durchdrungen vom Schreien der neugierigen Kinder des Dorfes, die den Pomp der großen Welt einmal von Nahem begutachten wollten. Der Vorhof war angefüllt mit prächtigen Droschken und Equipagen, mit Chaisen und Lakaien. Die Rufe der Kutscher ergaben eine vielstimmige Kakophonie, einen rauen Männerchor ohne die ordnende Hand eines Dirigenten. Vom Schönenbaum kam ihm in den Sinn, der hitzköpfige Komponist, der die Last des Wissens nicht tragen konnte. Würde er sie alle mit seiner Komposition dem Urteil der Allgemeinheit preisgeben, heute, am Festtag des Königs, da man die Eröffnung der Sommerresidenz feierlich beging?

Carus stieg aus dem Wagen. Er zog seinen blutroten Rock glatt, tastete nach dem Knoten seiner eng am Hals geschlungenen Binde und ging schnurstracks auf den Durchgang zum Schlossgarten zu, wo die Gäste sich allmählich in der Morgensonne versammelten. Carus hatte kaum einige Schritte getan, da hörte er, wie von hinten jemand keuchend näher kam, sich bemühte, zu ihm aufzuschließen. Carus beschleunigte seinen Schritt. Das Knirschen des dritten Beines verriet den Verfolger, er brauchte sich nicht umzuwenden, um zu wissen, dass es Tieck war.

»Carus! Freund Carus«, rief jener von hinten, »was flüchtest du vor mir?«

Mit der freien Hand griff Tieck nach dem Ellenbogen des Freundes und zog ihn mit hartem Griff zu sich herum.

»Ich flüchte, denn ich fürchte Ihre Frage«, gab Carus unumwunden zu.

»So hast du also noch nicht mit dem König gesprochen?«, fragte Tieck, und seine Miene verfinsterte sich.

»Nein«, seufzte Carus mit ehrlichem Bedauern. »Ich bin soeben erst eingetroffen.«

»Doch du gedenkst es zu tun, bevor unser Hofmusikus dem König und allen Anwesenden Flausen in den Kopf setzt?«

Carus hob die Schultern und ließ sie resigniert wieder fallen. »Ich weiß es nicht.«

»Du weißt es nicht?« Tieck stieg die Zornesröte ins Gesicht. »Ich dachte du bist ein Mann der Tat und nicht des Zauderns. Ich dachte, du bist ein Faustus, doch nun erkenne ich, dass du ein Hamlet bist.«

Carus entriss Tieck seinen Ellenbogen und strebte auf den Torbogen, der zu den Gärten führte, zu. »Wenn der König mich fragt, werde ich ihm sagen, dass ich nichts weiß.«

»Das ist allzu plump gelogen!«, schimpfte Tieck. »Du weißt mehr, als dir lieb ist, du weißt alles.«

Carus hielt inne und dachte nach. »Richtig«, schloss er dann, »ich weiß alles. Aber es gibt einen Punkt, an dem das Alles so übermächtig wird, dass es zu nichts zerstiebt. Diesen Punkt habe ich überschritten. Ich weiß nichts mehr. Ich weiß nur, dass ich nichts wissen will.«

»Und du glaubst, der König wird sich mit dieser Antwort zufrieden geben?«, fragte Tieck mit kaum verhaltenem Zorn.

»Es ist die einzige Antwort, die mich nicht zur Lüge verdammt!« Carus lächelte versonnen. Doch dann fiel sein

Blick auf die Hand Tiecks, die den Silberknauf des Stockes umfasst hielt. Die Hand bebte, bebte so sehr, dass sich die Spitze des Stockes immer tiefer in den Kies bohrte.

»Mein Freund, du machst dir die Sache recht kommod«, stellte Tieck zornig fest. »Du bist in der Lage, durch eine kleine Lüge, die durch Tatsachen besser belegt ist als so manche Wahrheit, Gerechtigkeit walten zu lassen. Und dennoch ziehst du dich auf eine Position zurück, die dich außerhalb der gemeinen Welt setzt? Das kann dir nur Friedrich eingeflüstert haben, der sich beizeiten von den niederen Dingen des Lebens abgesetzt und sich in sein Atelier zurückgezogen hat wie ein altfränkischer Säulenheiliger!«

Carus sah Tieck durchdringend an. Er versuchte, im Gesicht des Dichters zu lesen. Doch Tiecks Augen waren verschlossen, ließen Carus nicht ein in die Windungen seiner Gedanken. Der Zorn durchwallte den Körper des alten Dichters wie ein Fieber, ließ Tieck am ganzen Körper erbeben. Er presste die Finger zusammen, so weit es eben ging, doch die Faust wollte sich nicht mehr ballen lassen. Carus schlug die Augen nieder. Erbost wandte sich Tieck ab und eilte über den Kies davon.

Carus schritt auf die dicht gedrängte Menge einfachen Volks zu, die den Torbogen, den Durchgang zur Gartenanlage zwischen Bergpalais und Neuem Palais, belagerte. Zwei nachlässige königliche Wachen hatten sich auf einer gedachten Linie postiert, die vom einfachen Volk nicht überschritten werden durfte. Allerdings waren die sächsischen Untertanen, insbesondere die in Pillnitz ansässigen, keinesfalls aufmüpfig, sondern ländlich duldsam, und schon gar nicht gegen das Herrscherhaus gestimmt. Das Gemüt der Sachsen war ohnehin revolutionären Umtrieben ganz und gar nicht förderlich, und sie waren sich dessen bewusst. Revolution wurde immer von außen in das

Land getragen. Man selbst hatte sich mit dem Herrscherhaus, das die Volkstümlichkeit und Nähe zu den Untertanen nicht nur pflegte, sondern im Blute trug, arrangiert. Dazu gehörte es, dass die Untertanen den Hoffesten aus sicherer Entfernung beiwohnen durften.

Die Untertanen, die dem höfischen Treiben aus reiner Neugierde und ohne Neid folgten, wichen zur Seite, als Carus auf die Menge zuschritt. Vereinzelt hörte er Geflüster: »Der Leibarzt des Königs. Carus. Das ist Carus!«

Als Carus die imaginäre Linie zwischen den Wachen überschritten hatte, wurde sein Name lauthals auch denjenigen kund getan, die sich bereits im barocken Gartenkaree, das bis auf die Stadtseite von lose miteinander verbundenen Palastgebäuden umrahmt war, eingefunden hatten. Es waren derer nicht allzu viele. Die meisten Gäste hielten sich noch im Schloss auf. Die Flügeltüren zum großen Saal des Neuen Palais standen weit offen, und vielstimmiges Geraune und einzelne Töne einer Kammermusik drangen an Carus' Ohr. Livrierte Diener, die ihre vergoldeten Knöpfe poliert hatten, dass die Sonne auf jedem einzelnen von ihnen heller erstrahlte als am Himmel, trugen goldene Tabletts mit kostbarer Zitronenlimonade aus der hofeigenen Pillnitzer Saftkelterei umher. Auch Sekt aus der Meißner Gegend boten sie feil. Carus fing beiläufig den Blick Ida von Lüttichaus auf. Sie und ihr Gatte waren im Gespräch mit dem ehemaligen königlichen Obermundschenk, dem Grafen Heinrich von Einsiedel, und dessen kränklicher Gefährtin befindlich. Unmerklich nickte die Baroness Carus zu. Sie faßte ihn kurz ins Auge und wandte dann den Kopf huldvoll ab. Carus nahm sich vor, bei günstiger Gelegenheit ein paar Worte mit ihr zu wechseln. Er hielt nach vom Schönenbaum Ausschau, doch der Kapellmeister hielt sich verborgen. Wahrscheinlich bereitete er sich auf den großen Moment vor. Dass die Aufführung des orchestralen Werkes wie geplant vonstatten gehen würde, war an der

Aufstellung einiger hundert schlanker, strahlend weißer Gartenstühle erkennbar, die im rückwärtigen Teil des Gartens im Halbkreis um ein Dirigentenpult herum angeordnet waren. Sie waren, so ging ein Gerücht, direkt aus Frankreich importiert, und man konnte sie platzsparend zusammenklappen. Die Zeiten, da die Könige nicht auf räumliche Ökonomie in den Ausmaßen ihrer Möbel achten mussten, waren eindeutig passé. Die bürgerlich-unauffälligen Stühle waren ein kleiner Fingerzeig der neuen Zeit in diesem mühsam aufrechterhaltenen Prunk der alten, die das Pillnitzer Schloss mit den kupferdächernen Zierkaminen, den prächtigen Kolonnaden, den Goldstuckaturen und den chinesischen Fassadenmalereien so eindrucksvoll verkörperte.

Carus nahm sich eine Limonade, verbeugte sich kurz in die Richtung des Ministers von Carlowitz und seiner Gattin, die Arm in Arm vorüberschlenderten, und lehnte sich im Schatten der Kolonnaden des Bergpalais an eine der Säulen. Von der Orangerie her zog ihm der Duft der Orangenblüten in die Nase und hüllte ihn ein in die betörende Erinnerung an südliche Länder. Wenn der König ihn heute entlassen würde, dann, so nahm er sich vor, würde er den Koffer packen – das ließ sich ohnehin nicht vermeiden, denn der Aufenthalt in dieser Stadt war ihm dann auf immer unmöglich geworden – und sich ein Betätigungsfeld in Italien suchen. Diese schöne Illusion machte seine Gedanken angenehm leicht und nahm ihm ein wenig von der Furcht. Er blickte flüchtig hinüber zum durchlauchtigten Quartett, das sich nun im Schatten der mächtigen Rotbuche, an der Stirnseite des Gartenkarees versammelt hatte. Dann sah er ein zweites Mal hin, um sich zu vergewissern, dass er sich nicht getäuscht hatte: Aus der Vierergruppe war eine Dreiergruppe geworden, Ida war verschwunden. Mit unruhigem Blick begann er, sie zu suchen. Er fürchtete schon, sie werde im nächsten Augenblick direkt neben ihm auftauchen und ihn von neuem in größte Peinlichkeit stürzen, was in letzter Zeit ihre Lieblingsbeschäftigung zu sein schien, da nahm er ihren ausladenden Sommerhut wahr; einen Strohhut, wie er in Hofkreisen gerade Mode wurde, mit einem zierlichen Blumengebinde seitlich auf der Krempe. Ida flanierte hinüber zum Labyrinth aus Hainbuchenhecken, längs der Elbe. Mit gebannten Blicken folgte Carus ihrem in den Hüften wiegenden Gang, der durch das hoch taillierte und über ihrem *derrière* gebauschte Kleid noch betont wurde. Dann drehte sie sich zu ihm um und warf ihm ein Lächeln zu, begleitet von einem Augenzwinkern, das ihn aufforderte, ihr zu folgen. Eindeutig? Carus zweifelte. Sie hatte sich bereits wieder umgedreht und schritt gemächlich, aber zielstrebig auf die mehr als mannshohen Hecken zu. Hatte sie sich überhaupt zu ihm umgewandt? Hatte sie gezwinkert? War er womöglich das Opfer einer optischen Täuschung geworden? Eines Trugbildes, verursacht durch die morgendliche Hitze? Nichts, aber auch nichts in ihrem wiegenden Gang ließ darauf schließen, dass sie sich jemals zu ihm umgewandt hatte! Und wenn sie sich umgewandt hatte, hatte sie überhaupt in seine Richtung geschaut? Hatte sie nicht vielmehr suchend im Garten umhergeblickt?

Carus' Beine zitterten. Er schwebte hilflos zwischen dem Verlangen, ihr zu folgen und dem Impuls, vor ihr zu fliehen. Wie angewurzelt fühlte er sich – bis er sich losriss. Hinaus aus dem Schatten, in das grelle Sonnenlicht hinein, ohne das Glas abzustellen. Quer durch die Gartenanlage, an der Mittelfontäne vorbei, hinüber zum Wasserpalais. Er hastete über die Freitreppe in den Palast hinein. Angenehme Kühle und der dumpfe Geruch des Holzparketts empfingen ihn. Quer durch den Gartensaal eilte er, den Gang hinunter, dessen Fenster zur Elbe hinausgingen, hinüber zur Neuen Wache. Beinahe hätte er einem Diener das gefüllte Tablett von den Armen gerissen. Ein Ausdruck unterdrückten Zornes traf nur noch Carus' Rücken. Weiter, nur weiter, durch eine offen stehende Flügeltür wieder hinaus. Er sah sich um, ob ihm jemand gefolgt war. Niemand. Nicht einmal Tieck. Carus fand sich wieder vor der Treppe, die zur Anlegestelle hinunterführte. Auch hier waren Diener postiert, um die Gäste zu empfangen, die mit der Gondel zum Schloss gelangten. Carus wandte sich flussabwärts, gelangte außer Sichtweite der Diener, hastete an einer niedrigen Mauer vorbei, die den Schlossgarten zum Fluss hin abschloß. Er eilte geduckt in ihrer Deckung entlang, um von der Gartenseite her nicht entdeckt zu werden, erreichte die zum Fluss gelegene Seite des Heckenlabyrinths, ging wieder aufrecht, schwang sich über die halbhohe Mauer, auf die Dichte der Büsche vertrauend und verlangsamte den Schritt, als er in den Schatten der Hecken trat, die glatt wie grünes Mauerwerk gestutzt waren.

Carus war sich sicher, dass Ida ihn hier erwartete. Doch die Eigenschaften des Labyrinths verhinderten das, was er sich am innigsten ersehnte: ihr bald zu begegnen. Er blieb stehen und überlegte. Einen Faden aus seinem roten Rock zu zwirbeln und die List des Theseus anzuwenden, schien ihm wenig dienlich. Auf diese Weise würde er den ersten besten Passanten auf seine Fährte locken. Im nächsten Moment stutzte Carus. Ein Geruch war ihm in die Nase gestiegen, ein Geruch, der ihm vertraut war: Lavendel. Ein Gewächs des Gartens? Nein, es war zu früh im Jahr für die Lavendelblüte. Ida!

Im nächsten Moment wurde ihm schwarz vor Augen. Er sank in die Knie, fühlte sich nach hinten gerissen, knickte in den Knien ein, kippte hintüber. Er spürte noch, wie sein Hinterkopf hart auf dem Lehmboden aufschlug und war dann für einen kurzen Moment benommen, wähnte sich ohnmächtig. Doch als ihm Blätter mit den ovalen, gezackten Umrissen der Hainbuche raschelnd übers Gesicht strichen, wurde sein Blick wieder klar. Er gewahrte noch etwas: Stoff, Seide! Im nächsten Moment spürte er ein Gewicht auf seinem Bauch, eine süße Last, die sich stürmisch an ihm rieb, heißen Atem in seinem Gesicht. Idas gerötete Wangen huschten an seinen Augen vorbei, er fühlte sein Antlitz von Küssen bedeckt, Lippen, die die seinen suchten und fanden, eine schlanke, freche Zunge, die seine Zähne auseinanderzwang und ihm den bittersüßen Geschmack der Zitronenlimonade von der Zunge pflückte. Carus spürte, wie ihm eine flinke, nackte Hand den obersten Knopf der Hose öffnete, in seinen Hosenbund schlüpfte und kosend an seinem Bauch hinunterkrabbelte. Dann berührte sie ihn, fing an, ihn zu necken, mit prächtigem Erfolg. Das Verlangen übermannte ihn, und dass sie längst über mehr als nur seine Sinne gebot, spürte er, als sie sich über ihn stülpte und ihm ganz und gar den Verstand raubte.

Carus war aus Unheil klug geworden. Seit der letzten Audienz hielt er einen Ersatzrock in der Pillnitzer Dienstkammer bereit, der ihm in Fällen derangierter Toilette schnell wieder zu einem akzeptablen Äußeren verhelfen konnte. Er musste sich von einem der Diener zu seiner Kammer führen lassen, denn von der Elbseite her hatte er sich ihr noch nie genähert.

Erhobenen Hauptes, doch auf zittrigen Knien schritt er hinter dem Domestiken her. Die Rückseite seines Rockes war satt durchstäubt, der ursprünglich tiefrote Ton durch ein lehmhelles Braun ersetzt. Carus hatte sich keine Mühe gemacht, dem Diener eine Erklärung zu geben. Er hatte lediglich mit fester Stimme von ihm verlangt, ihn zu seiner Kammer im südwestlichen Flügel, längs des Fliedergartens, zu führen. Eine Begründung für seinen Zustand zu erfinden, eine neuerliche Lüge zusammenzureimen, dazu wäre er jetzt nicht in der Lage gewesen. Zu sehr war sein Verstand von dem Feuerwerk der Sinnlichkeit, von der Explosion der Begierden betäubt. Carus hatte Derartiges in seinen kühnsten Träumen nicht erlebt. Er war wie im Taumel, sein Kopf war leer und voller Eindrücke zugleich, Eindrücke, die er sich am liebsten einzeln und nacheinander wieder ins Bewusstsein gerufen hätte, da sie in solch verschwenderischer Fülle auf ihn eingestürzt waren. Wie sehr unterschied sich diese Mark und Bein erschütternde Begegnung von der pflichtgemäßen Vereinigung mit seiner Gattin Karoline, die er, um die Körperflüssigkeiten in ein ausgeglichenes Verhältnis zu setzen, in angemessener Regelmäßigkeit absolvierte!

Als Carus die Tür zu seiner Kammer von innen verriegelt hatte, zog er sich nackt aus und begann, vor dem Spiegel nach Spuren der liebestollen Begegnung zu suchen. Er war der Meinung, sein Körper müsse von Hitze und Leidenschaft gebrandmarkt sein. Doch ihm gegenüber stand dasselbe bleiche, dürre Gerüst von Haut, Knochen und einigen hellen Haarbüscheln, das ihn seit seiner Jugend anwiderte. Carus wandte sich ab.

Als er den Schrank öffnete, um die Kleidung zu begutachten, die sein Diener für Notfälle hierher gebracht hatte, hörte er aus weiter Ferne die ersten Klänge einer Musik. Ein leises Singen der Geigen zunächst, dazwischen liebliche Einwürfe der Harfe, trillernde Flöten. Eine Musik wie von Engelszungen. Carus ahnte, dass dies die Eröffnung des Schönenbaumschen Orchesterwerkes sein musste. Mit hastigen Griffen zog er ein schneeweißes Hemd mit altmodischem Jabotkragen vom Bügel und schlüpfte hinein. Der Stoff legte sich kalt auf seine Haut, und das Glimmen der Leidenschaft erlosch allmählich.

Als Carus durch die Flügeltür des Großen Saals aus dem Neuen Palais trat, die farbenfrohen Fresken des Malers Vogel von Vogelstein hinter sich lassend, hub die Kapelle gerade zum Finale an. Herzergreifend wimmerten die Violinen. Dräuend wie ein Gewitter in ein Kornfeld fuhren die Pauken dazwischen. Dann erstarb eine Geige nach der anderen, die Stimmen wurden dünner, der Rhythmus ging von hektischer Aufregung, einem letzten, verzweifelten Aufbäumen über in ein spärliches Dahintröpfeln der Töne. Die letzte Geige blieb übrig. Mit ihrer dünnen, vereinzelten Stimme hub sie an zu einer melancholischen Melodie, die bald darauf von einer Querflöte aufgegriffen wurde. Dann erstarb auch die letzte Geige, und die Flöte alleine führte die traurige Melodie weiter, in sachte dahinwogendem Rhythmus, dabei immer leiser werdend. Wie überirdisch hing ihre Stimme zwischen den Säulenfronten des Pillnitzer Schlosses, bis sie schließlich gänzlich verstummte.

Carus stand wie erstarrt. Die letzten Töne der Melodie hatte ihm die Ereignisse der fatalen Nacht mit Macht wieder vor Augen geführt. Er wankte und suchte mit der Hand eine Stütze. Eine Putte auf einem Säulenpodest bot sich an, und Carus stützte sich auf ihren Fuß. Wie in einem Tagtraum hatte er die Leiche der Bernstein erneut versinken sehen, versinken und dahinfließen auf der Elbe, eins geworden mit dem lehmigen Strom, am herrlichen Panorama der Residenzstadt vorüber, unweit des Schlosses unter den majestätischen Bögen der Augustusbrücke hindurch, bis in das Große Gehege, wo Friedrichs jenseitiger Blick ihre Seele in ein geblähtes weißes Segel von zartester Transparenz gefasst hatte.

Der Kapellmeister vom Schönenbaum war erschöpft über seinem Pulte zusammengesunken, Über den Garten von Pillnitz hatte sich eine eigentümliche, bedrückende Stille gelegt. Nur von der Elbinsel drang der heisere Schrei eines Kranichs an die Ohren der Hofgesellschaft. Die Musiker legten vorsichtig ihre Instrumente beiseite und wagten es, sich verstohlen nach dem Publikum umzuschauen. Verunsicherte Gesichter. Bis endlich der alte König Anton seine dürren Hände hob und sie mehrmals ohne Begeisterung zusammenklatschen ließ. Ein dünner Applaus hub an. Vom Schönenbaum verharrte in seiner Position, er machte nicht die geringsten Anstalten, sich zu verbeugen. Andrerseits konnte der über das Pult gebogene Körper als stetige Verbeugung gelten. Während der hölzerne Applaus langsam wieder verebbte, wagte der erste Violinist, vom Schönenbaum mit dem Geigenbogen auf die Schulter zu tippen. Der Kapellmeister zuckte nicht einmal. Der Violinist legte sein Instrument beiseite, packte ihn unter den Achseln, drehte ihn herum und ließ ihn langsam auf das schmale Holzpodest sinken, das eigens aus Anlaß der Uraufführung dieses fulminanten Werks errichtet worden war. Schönenbaum war kreidebleich und nicht bei Sinnen, die Augen verdreht.

»Einen Arzt, wir brauchen einen Arzt!« Augenblicklich machte sich der Violinist an der Schärpe des Kapellmeisters zu schaffen, um ihm die Weste öffnen zu können. Carus wollte sich schon zu Schönenbaum durchdrängeln, da sah er aus den Augenwinkeln heraus die Gräfin von und zu Bunzlau aus dem Schatten des Neuen Palais treten. Ihr himmelblaues Seidenkleid war derart zerknittert, dass es nur eine Erklärung zuließ: die heftigste und leidenschaftlichste Begegnung zweier Personen. Carus fühlte Beklemmung in der Brust. Auf geheimnisvolle Weise schienen dieser Tag und dieser Ort innige Begegnungen zu befördern. Er hielt nach Ida Ausschau, doch sie mochte irgendwo in den Reihen des Publikums sitzen, unsichtbar für Carus.

Die Wangen der Gräfin erstrahlten in natürlichem Rot, und Carus sah sich um nach dem Galan, der sie derart erhitzt haben mochte. Ihr Mann war es mit Bestimmtheit nicht gewesen, denn der stand inmitten der Zuschauerreihen, war als einziger sofort aufgesprungen und spendete frenetischen Applaus.

Der größte Teil der Hofgesellschaft hatte jedoch weder ein Auge für die retirierte und derangierte Schauspielerin, noch für ihren Gatten. Allmählich erhob man sich von den Stühlen und strebte nun unter Führung des greisen Königs und des Prinzregenten den Kristallkaraffen mit Erfrischungsgetränken entgegen. Auch die Schar der Bediensteten und der einfachen Leute aus dem Dorf, der Zaungäste, die in respektvoller Entfernung dem Ereignis beigewohnt hatten, begann sich zu zerstreuen. Niemand schien sich um das Schicksal des Hofkapellmeisters zu scheren. Carus warf sich dem Menschenstrom entgegen. Aus dem Vorbeiströmen schnappte er missbilligende Kommentare zur musikalischen Darbietung auf. Unmut und Enttäuschung herrschten vor. Doch nichts, was auf ein tieferes Verstehen des musikalischen Geständnisses hätte schließen lassen. Carus atmete auf.

Beinahe hatte er vom Schönenbaum in den Armen seines ersten Violinisten erreicht, als ihm der kehlige Aufschrei einer männlichen Person durch Mark und Bein fuhr. Carus wirbelte herum und gewahrte, wie der preußische Gesandte, Graf Stanislaus zu Bunzlau, seinen Sitz umstieß. Mit zornverzerrtem Gesicht beschimpfte er seine Gattin: »Du niederträchtige Hure, elende Schauspieldirne, hast du keine Würde?!« Carus sah eine Klinge in der Sonne blitzen. Der Graf beeilte sich, die dichten Klappstuhlreihen zu durchqueren, einen der Stühle nach dem anderen zornig zur Seite schleudernd. Die Stühle knickten ein und fielen zu Boden, wie Getroffene auf einem Schlachtfeld, während der Graf sich wütend auf seine Gattin zubewegte. Die stand wie versteinert. Es dauerte unendlich lange, bis sich Bunzlau durch die Stuhlreihen gearbeitet hatte, ohne dass die Gräfin auch nur eine Regung zur Flucht gezeigt hätte. Der Dreispitz des Gesandten, geschmückt mit einer Kokarde in den Farben Preußens, fiel ihm im Eifer vom Kopf. Erst, als ihr Gatte zum Greifen nahe war, wandte sich die Bauer um und begann, in Richtung des Neuen Palais zu flüchten. Sie hob den Saum ihres himmelblauen Kleides an und lief, nein, trippelte so schnell es ihre spitzen, schleifenbewehrten Schuhe erlaubten. Kein Hilferuf kam ihr von den Lippen. Die ganze Szene spielte sich in einer unheimlichen Stille ab – die Bilder mumifizierten in der staubigen Hitze, kaum dass sie entstanden waren.

Schon reckte der Graf die Hand nach ihr. Die umstehenden Gäste wichen entsetzt zurück. Carus sah, wie endlich der Innen- und Generalminister von Lindenau zweien seiner Offiziere einen Wink gab. Der König zog sich währenddessen bereits gemessenen Schrittes mit seiner Gattin, dem Prinzregenten und dessen Kindern in die Nähe der kühlenden Elbe zurück.

Endlich hatte Bunzlau seine Gattin erreicht. Niedergemähte Klappstühle, ihre Beine wie tote Käfer in die Luft reckend, säumten seinen Weg. Er griff nach dem himmelblauen Kleid, das Geräusch reißenden Stoffes stach direkt in die Herzen der Anwesenden. Carus sah, wie die Bauer zu Boden ging. Der Graf stürzte sich auf sie wie ein Adler auf das Karnickel. Rasch, doch nicht rasch genug näherten sich die königlichen Wachen. Carus sah das Messer in der erhobenen Faust des Grafen. Dann fuhr es nieder in das himmelblaue Meer schillernden Stoffes. Das Geräusch von Seide, die zerschlitzt wird, zweimal, hart und trocken, wie ein Schnitt in den Himmel. Stille. Das Messer fuhr wieder hoch, leuchtete in der Sonne, diesmal von einem dünnen roten Schimmer bedeckt. Dann erreichten die Wachen das kämpfende Paar. Sie rissen dem Grafen den Arm mit Gewalt nach hinten, dass er aufschrie. Auf Knien schleiften sie ihn durch den Staub, weg von seiner Frau. Die Bauer lag reglos in ihrem blauen Meer, den Kopf in den Armen verborgen, den Hut halb unter ihrem Leib begraben. »Einen Arzt, wir brauchen einen Arzt!«, hörte Carus den immer gleichen Ruf hilflosen Entsetzens.

Er warf einen kurzen Blick auf vom Schönenbaum, der, immer noch ohnmächtig, von alledem nichts wahrgenommen hatte. Carus entschied, den Künstler seiner Ohnmacht zu überlassen. Die Bauer hatte seine Hilfe nötiger. Er lief zu ihr, aber als er sie erreichte, hatte sie sich bereits aufgesetzt. Der Sommerhut lag zerdrückt im Sand; die blauen Seidenbänder, die so fröhlich im Wind geflattert hatten, wie tote Schmetterlinge im Staub. Das Kleid war endgültig ruiniert. Die Haare hingen ihr aufgelöst in die Stirn. Die Bauer hielt sich die Armbeuge und jetzt sah Carus, dass dicht unter dem Spitzenbesatz des kurzen Ärmels, ein dünner Blutfaden rann. Ein Kratzer, wie durch ein Wunder nur ein Kratzer! Es war ihr wunderbarerweise geglückt, die Wucht des Stoßes mit dem Arm abzufangen. Lediglich beim Zurückfahren hatte die Klinge die Haut leicht geritzt. Carus schob den Ärmel des Kleides hoch und entdeckte, dass die Oberarme der Bauer bandagiert waren. Ein straff anliegender Verband, ähnlich dem, mit dem die Bernstein ihre Schwangerschaft hatte verbergen wollen, schützte ihre Haut. Als ob sie den Anschlag geahnt hätte! Carus blickte die Bauer mit fragendem Blick an, doch sie wich ihm aus. Warum auch immer sie ihn angelegt hatte, der Verband hatte die Wut des Stoßes gemildert.

Ein Gedanke von weit her, ohne dass Carus dessen Herkunft genauer hätte bestimmen können, kam ihm in den Sinn. Er sprang auf, setzte den Offizieren der königlichen Leibgarde nach, die den Grafen gerade aus dem Garten führten und sprach sie an: »Das Messer, bitte, könnte ich das Messer haben?!«

»Wozu?«, fragte der ältere der Offiziere unwillig.

»Zu Operationszwecken, ich muss die Wunde ausschneiden«, antwortete Carus aus einer Intuition heraus.

»Warum nicht?« Der ältere zuckte mit den Schultern und überreichte Carus das Messer, das er dem Grafen aus der Hand gewunden hatte. Carus steckte es in seine Rocktasche und schritt schleunigst zurück zur Bauer, bevor die Offiziere es sich anders überlegen konnten.

Mittlerweile war der Kapellmeister vom Schönenbaum von alleine wieder zu sich gekommen. Dass sich niemand um ihn kümmerte, empörte ihn zutiefst. Er versuchte, einen ungnädigen Fluch auf den Lippen, sich mit wackligen Knien am Dirigentenpult aufzurichten. Währenddessen hatte sich die Hofgesellschaft bereits in dem weitläufigen Garten und am Ufer des Flusses verstreut. Der abgezirkelt rechteckige, innerste Garten der Anlage lag wie verwaist.

Die Bauer sah Carus lächelnd an, als er sich erneut um sie kümmern wollte. Sie hatte die Ärmel ihres Kleides bis auf die Ellenbogen heruntergezogen. Die Bandagierung war nun wieder verborgen.

»Untersuchen Sie das Messer, Hofrat Carus, untersuchen Sie. Es ist seines, und es würde mich nicht wundern, wenn er damit schon einmal zugestochen hätte.«

»Was wollen Sie damit sagen?«, fragte Carus, während er ihre Wunde mit Weingeist reinigte.

»Ich will damit sagen, dass Stanislaus von und zu Bunzlau brutal ist und zu allem fähig, Herr Medizinalhofrat – Sie haben es nun selbst gesehen!«

Carus verband die Wunde. Doch seine Gedanken wanderten bereits fort, die Elbe hinab in sein Forschungskabinett, in dem das präparierte Stück Haut der unglücklichen Friederike Mathilde Bernstein in der Kühle und Verborgenheit des Kellers lag. Die Bandagen um den Oberarm der Bauer hatte er längst vergessen.

Als Carus die Bauer versorgt und sich auch vom Wohlergehen des Kapellmeisters überzeugt hatte, wollte er so schnell wie möglich aufbrechen. Er spürte, dass er der Wahrheit nahe war. Der Wahrheit? Nein, von der Wahrheit, wie er sie kannte, hatte er sich himmelweit entfernt.

Als Carus über den kiesbedeckten Vorhof des Pillnitzer Schlosses zu seiner Kutsche schritt, trat Tieck aus dem Schatten eines Torbogens.

»Meister der Komödie und Tragödie«, sprach Carus ihn an, »Sie haben einen Auftritt verpasst, der jeder dramatischen Szene, die ich bislang auf dem Theater zu sehen das Vergnügen hatte, den Rang abgelaufen hätte!«

Tieck lächelte. »Ich weiß, Carus, ich hörte bereits davon. Niemand spricht hier von etwas anderem. Mit Ausnahme des Königs. Immerhin hat die Szene dem musikalischen Vortrag unseres jungen, nervösen Freundes die Aufmerksamkeit geraubt – was uns nicht ganz ungelegen kommt, nicht wahr?«

»Richtig, richtig. Ohnehin scheint niemand die Komposition als das verstanden zu haben, als was sie gemeint war.«

»Die Musik ist eine viel zu vage Kunst, als dass ein derartiges musikalisches Geständnis irgendjemandem zwingend einleuchten müsse.«

»Eine Frage, mein Freund: Befanden Sie sich während des Konzerts in der Nähe der Gräfin?«

Tieck hüstelte. »Du meinst meine Freundin Josefine, die Gräfin von und zu Bunzlau? Ich sah sie mehrmals auf den Fluren des Gartenflügels.«

»Sie war während des gesamten Konzerts im Schloss?«

»Soweit ich das beurteilen kann.«

»Und befand sich jemand in ihrer Gesellschaft, ein Mann etwa?«

»Nein, Carus, ganz entschieden, nein. Niemand.«

»So hat sich denn der preußische Gesandte ganz unnötig zum Gespött der Hofgesellschaft gemacht?«

»So sieht es aus, Carus, so will es den Anschein haben. Doch wie ich hörte, kennt die Eifersucht dieses Mannes keine Grenzen. Er wütet ohne Grund, aus einer Laune heraus; schlägt seine arme Gattin grün und blau, wenn er nur erfährt, dass sie im Theater oder beim Weinhändler ein paar Worte mit einem ehemaligen Verehrer gewechselt hat. Während er selbst den jungen Damen verfängliche Komplimente und bisweilen auch Geschenke macht. Eine Monstrosität von Mensch.«

Carus dankte dem Freund mit einem Kopfnicken und strebte der Kutsche zu.

»Du machst einen recht entschlossenen Eindruck? Das will gar nicht zu dir passen. Ist etwas vorgefallen, das dich nach Dresden zurückeilen läßt?«, rief Tieck ihm arglos hinterher.

»Allerdings«, beschied ihm Carus.

»Etwas, das deine Untersuchung entscheidend befördert hat?«

»Das wird sich herausstellen«, antwortete Carus und stieg in die Kutsche. Er ließ sich in die Lederpolster der Equipage fallen und befahl dem Kutscher: »Nach Dresden, es geht nach Dresden.« Der Kutscher löste die Bremse und ließ die Peitsche sachte über die Flanken der Pferde streichen. Knirschend fuhr der Wagen an, über die Kiesauffahrt an den Ställen und Remisen vorbei, aus dem Schlosshof hinaus.

Das rumpelnde Geräusch der Wagenräder auf Pflastersteinen weckte Carus. Der Landauer überquerte die Elbe und fuhr geradewegs auf das Georgentor zu. Der frische Geruch des Flusses stieg Carus in die Nase. Die Kühle, die an diesem heißen Nachmittag über dem Strom lag, tat ihm gut. Es war windstill, doch in Carus' Gedanken tobte ein Sturm, der sich nicht legen wollte. Er tastete nach dem Messer. Es war kein böser Traum. Das Schicksal hatte ihm dieses schwere Menü aufgetischt, und hinter jeder Wegbiegung schien es einen neuen, schwer verdaulichen Gang für ihn bereitzuhalten. Vor dem mächtigen, gedrungenen Schlosstor mit dem spitzen Giebel bog der Kutscher nach rechts ab und fuhr am Hoftheater vorbei. Die Stadt schien menschenleer.

Einige Zeit später hielt die Kutsche sanft nachfedernd

vor der ›Villa Cara‹. Carus schleppte sich müde ins Haus. Es war ebenfalls menschenleer, denn die Dienerschaft befand sich an diesem Festtag ebenso auf einem Ausflug in die umliegenden Gärten wie seine gesamte Familie.

Carus hielt sich nicht damit auf, die staubigen Straßenschuhe gegen die Hauspantoffeln einzutauschen, sondern begab sich schnurstracks in den Keller. In einer Nische hinter der Holztür stand wie stets die Blendlaterne bereit. Der Abstieg in den Keller, einst Carus' liebster und glücklichster Weg im Haus, war ihm nun vergällt. Er zog sich den Überrock mit der rechten Hand enger um die Schultern. In der Linken hielt er die Laterne, die seinen schmalen Schatten gegen die Wand warf. Carus fröstelte, obwohl er sonst den Keller an heißen Tagen als angenehm kühl empfand. Mit der Rechten suchte er in der Rocktasche nach dem Schlüssel. Vor der Flügeltür aus Eichenholz, hinter der sich in nördlicher Richtung die Nische erstreckte, hielt er inne. Er hatte den passenden Schlüssel noch nicht gefunden. Er war kleiner als die anderen, der Bart stärker gekerbt. Carus tastete die Schlüssel einen nach dem anderen mit den Fingerspitzen ab. Endlich meinte er, den richtigen gefunden zu haben, und zog den Bund aus der Tasche. Er stutzte. War das ein Geräusch von oben? Er hatte die Kellertür von innen verriegelt. Doch den Riegel konnte man mit einiger Fingerfertigkeit durch den Türspalt auch von außen zurückschieben. Er hatte es selbst schon getan, wenn er den Schlüsselbund unauffindbar verlegt hatte. Carus verharrte einen Moment, überlegte, das Licht zu löschen. Doch dann kam er sich albern vor. Was war schon dabei, wenn ihn jemand in seinem eigenen Keller ertappte? Nichts! Noch hatte er den Schrank nicht geöffnet. Und wenn er ihn geöffnet hätte, was gäbe es schon zu sehen? Ein makaberes Anschauungsstück. Ein Forschungsgegenstand konserviert in Spiritus. Lächerliche Hysterie!

Er zog zitternd den Schlüssel hervor und ließ den Riegel zurückknallen. Bevor er die schweren Flügel öffnete, entzündete er einen mehrarmigen Leuchter, der auf dem Schreibtisch stand. Dann schwenkte er die Tür auf. Spiritusgeruch zog ihm in die Nase. Im oberen Fach stand die flache silberne Schale. Das Hagelwasser war eingetrocknet, ein heller Rand auf dem Silber das einzige, was von seinem vormaligen Forschungsobjekt übrig geblieben war. Er schob die Schale achtlos beseite.

Dann musste er beide Hände zu Hilfe nehmen, um den Glasbehälter in seinem Samtfutteral zu umfassen. Er sah sich noch einmal nach unerwünschten Beobachtern um, bevor er die Schnüre löste, das Futteral entfernte und das schwere Glas aus dem Tresorschrank zog. Es glitt mit einem sanft quietschenden Geräusch aus dem Schrank und auf die Tischplatte. Die Flammen der Leuchter flackerten, als der Rand des Glasbehälters auf die Platte sackte. Die klare Flüssigkeit schwappte gegen den Pfropfen. Das dünne, lederne Hautstück tanzte kaum wahrnehmbar im Behälter, schwebte wie eine Haube über dem doppelgesichtigen Kopf. Carus öffnete den Pfropfen und zog mit einer Pinzette das Hautstück heraus. Er ließ den Spiritus abtropfen und breitete dann das handtellergroße Stück vorsichtig auf der Granitplatte aus, die er eigens zu Untersuchungszwecken hatte fertigen lassen. Er zog das Messer aus der Tasche, wischte vorsichtig zwischen Daumen und Zeigefinger die Schneide an seinem Schnupftuch ab und führte die Klinge dann mit Bedacht durch das Hautstück. In Form und Ausmaß stimmten die Schnitte exakt mit der Klinge überein. Carus lehnte sich zurück und wischte sich mit dem Handrücken über die Stirn. Dann fuhr er erneut mit der Klinge durch die Haut. Nein, Zweifel waren nicht angebracht: Das Messer, das seine Exzellenz Graf Stanislaus benutzt hatte, um seine Gattin zu attackieren, entsprach in Form und Maß exakt dem Messer, das Friederike Mathilde

Bernstein bestialisch den Unterleib zerfetzt hatte! Brauchte es noch mehr Beweise? Konnte sich Unwahrheit noch deutlicher als Wahrheit manifestieren?

Seufzend ließ sich Carus auf dem blank gescheuerten Holzstuhl nieder. Er legte sich Papier und Feder zurecht, ganz so, wie er es bei seinen wissenschaftlichen Beobachtungen zu tun pflegte. Doch er nahm nicht an, dass er heute etwas notieren könnte. Zu wirr waren seine Gedanken. Sein Blick fiel auf die unzertrennlichen Kinderköpfe, die mit geschlossenen Augen im Spiritus schwammen. Ihre Gesichtshaut hatte eine gelbliche Färbung angenommen, die Münder waren leicht geöffnet. Zwei Gesichter, doch die Gesichtszüge stimmten überein, als halte man dem Kind einen Spiegel vor.

Carus wurde mulmig zumute. Er schob den Stuhl energisch zurück, dass er über den Steinfußboden knirschte. Er würde dem König präzisesten Bericht erstatten – schon morgen. Und im gleichen Atemzug um seine Entlassung als Leiter des königlichen Entbindungsinstituts bitten! Und ihm das Amt des königlichen Leibarztes zu Füßen legen. Und dann?

Erneut betrachtete Carus den Fötus, seine friedlich geschlossenen, fingernagelkleinen Augenlider. Hass erfüllte ihn. Das Kind war schuld! Das Kind? Was konnte es schon für seine frevelhafte Erzeugung? Für den fehlenden Platz in dieser Welt? Nein, der Graf, der Graf war der Schuldigste von allen! Er war der Vater des Kindes und in gewisser Weise der Mörder der Schauspielerin. Schuldig an ihrem Tod war er allemal! Und hatte er nicht ein weiteres Mal versucht zu morden? Welches Spiel trieb er mit ihnen? Was auch immer es war, er, Carus, würde es beenden, morgen schon!

»Ich habe es nicht gewollt!«, entfuhr dem Arzt ein unverwandter Schrei aus tiefster Seele.

Carus sprang auf, griff nach dem Glasbehälter, umfasste

ihn mit beiden Armen, hob ihn in einer drehenden Bewegung vom Tisch und ließ ihn auf dem Steinboden zerschellen. Der Spiritus umleckte seine Füße und bespritzte ihm die weißen Strümpfe bis hinauf zum Kniebund der Hose. Das Zwillingsgeschöpf lag auf dem Boden, nackt, seiner gläsernen Hülle entkleidet. Der Schwerelosigkeit beraubt, plump und unbeweglich, mehr als tot. Das Gesicht, das Carus zugewandt war, hatte scheinbar einen neuen Ausdruck angenommen: Die Augen vor Schmerz heftig zusammengekniffen. Als fürchte es sich davor, sie zu öffnen. »Lasst mich in Ruhe«, schrien diese Augen stumm. Carus spürte Feuchtigkeit an seinen Knöcheln. Er blickte nach unten. Der Boden unter ihm glänzte wie Eis. Im Widerschein des Eises fiel Licht auf das schmerzverzerrte Antlitz des Kindes. Daneben, wie in einem Spiegel, sah er sein eigenes, zur Fratze entstelltes Gesicht. Waren das Risse auf dem Eis? Risse, die sich, ausgehend von seinen Füßen bis an die Wände des Raumes zogen? Carus ergriff den Kopf des Kindes, wickelte es in seinen Überrock und stolperte hastig über die Steintreppe nach oben, bevor das Eis unter ihm nachzugeben drohte.

Am Fuße des dritten Brückenpfeilers der Augustusbrücke, auf der flussabwärts gelegenen Seite, hatte der Fluss im Strömungsschatten eine schmale Landzunge aus Sand und Kies aufgeworfen. Michael kauerte hier, so oft es Wetter und Wasserstand zuließen, und angelte. Seit er die stinkende Leiche der Schauspielerin im Großen Gehege aus dem Altwasser gezerrt hatte, hatte er sich mehr aufs Fischen verlegt. Das Treibholzsammeln war ihm seitdem vergällt. Und der Fluss, sein Freund bislang und Ernährer, war ihm suspekt geworden. Hatte er ihm doch mächtige Scherereien eingebrockt! Festgehalten hatte man ihn, tagelang, obwohl doch jedem sofort einleuchten musste, dass er mit dem Tod der Frau nicht das Geringste zu tun hatte!

Ihr Leichnam, das wusste selbst Michael – und er wusste nicht viel von der Welt, war er doch kaum in das Alter des beginnenden Bartwuchses gelangt –, hatte tagelang im Wasser gelegen, und der Finder konnte demzufolge schwerlich ihr Mörder sein! Und doch war ihm der feuchte Keller der Polizeikommandantur lebhaft in Erinnerung geblieben. Die Eisenbänder, die sie um seine nackten Fußgelenke gelegt hatten, scheuerten immer noch in seinen Albträumen.

Das Fischen war weniger anstrengend als das Holzsammeln und zudem eine äußerst ehrenhafte Tätigkeit für einen elternlosen Gassenjungen, der sich meist in der Wilsdruffer Vorstadt herumtrieb. Die einzige Anstrengung, die man dazu auf sich nehmen musste, war, sich in den äußersten Strömungsarm des Flusses zu schmeißen, ihn zu durchpaddeln wie ein Hund, so lange, bis man unter dem zweiten Steinbogen wieder festen Grund unter den Fußsohlen spürte und sich mit den Zehen im Flusssand nach vorne stoßen konnte. Auf der Sandbank angelangt, lehnte er sich mit dem Rücken an den Fuß des Brückenpfeilers. Er holte einen Bindfaden mit zum Haken gebogener Haarnadel aus der einen Hosentasche und einen der Würmer, die er zuvor aus dem Gemüsegarten der Tante gebuddelt hatte, aus der anderen.

Nun ließ er den Faden langsam in den Fluß gleiten, die Strömung trug ihn mit sich fort. Michael ließ Zoll um Zoll der Schnur nach, bis gerade so viel übrig war, dass er sie sich einmal um die Hand wickeln konnte. Dann zog er sein Tonpfeifchen aus der Westentasche, nahm das Mundstück zwischen die Zähne, zog und saugte und stellte sich vor, eines Tages wäre er in der Lage, das Köpfchen mit echtem Tabak zu stopfen. Hoch erhobenen Hauptes würde er dann zu den Chaisenträgern auf dem Altmarkt gehen, die ihn immer mit Steinen bewarfen, wenn sie sich oben auf der Brücke zum Schwatz trafen, ihnen einen Taler, jawohl, einen ganzen sächsischen Taler in die Hand drücken und sie bitten, nein, ihnen befehlen, ihm die Pfeife anzurauchen!

Dieser hoffnungsvolle Wunschtraum verkürzte Michael regelmäßig die Wartezeit, bis die erste Schmerle biss. Meist brauchte er nicht lange zu warten. Auch Barsche hatte er bereits gefangen, und einmal sogar, im Spätsommer, wenn sie in ihre Laichgewässer zogen, einen prächtigen Elblachs am Haken gehabt!

Seit dem Morgen hatte er an diesem Tag schon den Haken ausgehängt, aber nur drei erbärmlich schmale Gründlinge und ein Schmerlchen lagen geköpft und ausgeweidet vor ihm auf dem Sand. Er schloss die Augen und ließ das tönerne Mundstück aus dem einen Mundwinkel in den anderen wandern. Dann zog er Luft und der trockene, irdene Geschmack des Tones breitete sich in seinem Mund aus. Ein sattes Platschen ließ ihn die Augen öffnen. Das hatte nach einem schweren Fisch geklungen, womöglich ein Lachs. Doch für die Lachse war es noch zu früh im Jahr. Ein aufgescheuchter Wels vielleicht? Im nächsten Moment spürte Michael ein Zerren am Bindfaden, einen Widerstand, der nicht nachgeben wollte. Michael zog an, wickelte den Faden Zoll um Zoll um seine Hand, doch was immer er am Haken hatte, es wollte nicht kämpfen. Der einzige Widerstand, den Michael beim Ziehen spürte, war der Widerstand der hinabströmenden Elbe. Das Wasser troff ihm vom Handgelenk, Michael erhob sich und kniff die Augen zusammen, um ausspähen zu können, was ihm da an den Haken gegangen war, was da, wenige Fuß von ihm entfernt, unter der Wasseroberfläche schwamm. Es sah rund aus, aber nicht rund wie ein Ball, sondern eher unförmig wie eine Runkelrübe.

Michael erstarrte, als er ein Gesicht erkannte. Klein, wie das Gesicht einer Katze mit einer Stupsnase, nein, mit zwei Stupsnasen! Michael trat weiter vor, um diesen merkwürdigen Fang genauer zu begutachten, tat einen Schritt ins Wasser hinein. Da gab ein Stein unter seinem Fuß nach, ein großer, flacher Wackerstein, er verlor den Halt, wedelte mit den Armen, stürzte nach vorne, warf sich mit der Kraft der Todesangst wieder zurück und landete keuchend auf dem Rücken, die Gründlinge unter sich begrabend. Beide Hände krallte er in den festen Grund und war froh zu spüren, wie der Sand zwischen seinen Fingern zerrann. Als er den ersten Schrecken überwunden hatte, zerrte er die restliche Schnur aus dem Wasser, schnell und ungeduldig, ohne sie noch auf die Hand zu wickeln. Doch das merkwürdige Gesicht war verschwunden, hatte sich wohl durch sein Rudern und Fallen und Zucken vom Haken gelöst.

Michael schüttelte verständnislos den Kopf und verscheuchte eine Fliege, die sich auf seiner Nase niederlassen wollte. Nun vernahm er von oben, vom Pflaster der Brücke, schnelle Schritte, die sich entfernten. Michael beugte sich vor, um zu sehen, ob er jemanden ausmachen konnte. Doch die geschlossene Steinbrüstung der Brücke war zu hoch, um aus dieser Position irgendjemanden erkennen zu können. Michael war vorsichtig geworden, zu weit über die Fluten wollte er sich nicht lehnen, einmal von der Strömung fortgerissen würde er gewiss ersaufen wie eine junge Katze und sich selbst im Treibgut des Großen Geheges wiederfinden!

So musste Michael sich damit begnügen, Carus' flüchtende Schritte nur zu hören. Es waren die Schritte des gleichen Carus, der Michael vor vierzehn Jahren mit der Zange aus dem Leib einer viel zu jung geschwängerten Magd gezerrt hatte. Diese war kurz darauf, noch unter der Aufsicht des Arztes, dem Kindbettfieber erlegen.

Michael fand sein Pfeifchen, das ihm beim Kampf ums Gleichgewicht aus dem Mund gefallen war, auf dem Sand und schmauchte fröhlich vor sich hin. Diesmal hatte er das

Gefühl, als befände sich wirklich Tabak im Pfeifenkopf. Er schloss die Augen und genoss den überwältigenden Geschmack. Die Gründlinge und das Schmerlchen aber, das Werk dieses Tages, waren durch den Sturz gänzlich unbrauchbar geworden.

9. *Kapitel*

Man erwartete Carus im Großen Saal des Neuen Palais. Lichtdurchflutet zwischen dem Fliedergarten und der französischen Anlage gelegen, mit Vogelsteins farbenfrohen Allegorien unter der Decke, machte er einen überaus freundlichen Eindruck. Nur der große Kamin an der Stirnseite war wüst und schwarz, nicht in Betrieb genommen in dieser hitzigen Phase des Frühsommers, und rußig, wie der Eingang zum Hades. Carus registrierte, dass man bemüht war, dem Zusammentreffen nicht den Anschein einer offiziellen Audienz zu geben, sondern den eines eher privaten Anlasses.

Der Leibarzt hatte, nachdem er am Vorabend sein Erscheinen in Pillnitz für den nächsten Tag schriftlich angekündigt hatte, in der Nacht kaum geschlafen. Deshalb hatte er sich schon am frühen Morgen, vor Sonnenaufgang, erhoben und dem Hausdiener Jakob befohlen, anzuspannen. Jakob war es auch, der die Equipage nach Pillnitz lenkte und dem Zeremonienmeister seinen Herrn ankündigte. Als Carus sich melden ließ, befanden sich die hohen Herrn gerade beim Frühstück, in Hofkreisen *Déjeuner* geheißen. Sie beendeten es augenblicklich, denn Carus hatte keinen Zweifel an Dringlichkeit und Absicht seiner Mission gelassen, und begaben sich mit ihm in den jüngsten und prächtigsten Saal des Schlosses.

Prinz Johann, den Carus am vorangegangenen Tag auf dem Hoffest nirgends hatte erblicken können, war wie durch einen glücklichen Zufall in Pillnitz zugegen. Gemeinsam mit seinem Oheim Anton und dem älteren Bruder Friedrich August, die wie er in ziviler Aufmachung, mit langen Röcken und stehendem Kragenaufschlag gewandet waren, hörte er sich schweigend an, was Carus ihnen als Ergebnis seiner geheimen Untersuchungen unterbreitete.

Der Graf Stanislaus von und zu Bunzlau, seines Zeichens preußischer Gesandter, habe sich in einem amourösen Verhältnis mit der Aktrice Friederike Mathilde Bernstein befunden, was durch überaus entlarvende Brieffunde ausreichend erwiesen sei. Zum Beweis seiner Treue habe er ihr zudem einen Ring verehrt, der vormals seiner Gattin, der retirierten Aktrice Josefine Bauer gehört, und den diese als verloren reklamiert hatte. In Wahrheit schien er jedoch gezielt entwendet worden zu sein, um einen geforderten oder ungeforderten Treuebeweis zu liefern.

Durch die Ereignisse der letzten Lebenstage der Bernstein, durch das Bekanntwerden einer bestehenden Schwangerschaft und eines anderweitigen Liebesverhältnisses – bei dieser Bemerkung schlug Prinz Johann die Augen verschämt nieder – schien allerdings die Eifersucht des Grafen, die bekanntermaßen ungestüm sei, angestachelt worden zu sein. Welche Ausmaße diese Eifersucht annehmen konnte, sei erst am Vortage in aller Öffentlichkeit deutlich vor Augen getreten!

Vom verzweifelten Selbstentleibungsversuch der Aktrice ins Bild gesetzt, schien der rachedurstige Graf bei Nacht in das königliche Entbindungsinstitut eingedrungen zu sein, wo die Aktrice in ihrer Bewußtlosigkeit völlig wehrlos darnieder lag. Offenbar suchte und fand er den Weg in ihre Kammer, wo sie unglücklicherweise ganz alleine, abgesondert von den übrigen Schwangeren, und ohne jede Bewachung aufgebahrt war. Allerdings, das musste Carus zu seiner Entschuldigung angeben, habe auch nicht der geringste Anlass bestanden, mit einem solchen Anschlag auf das Leben der Aktrice zu rechnen.

Der Graf habe die Aktrice dann auf bestialischste Weise zugerichtet, ihr förmlich das Kind, das mutmaßlich nicht das seine sein konnte, aus dem Leibe geschnitten. An dieser Stelle der Rede angelangt, musste Johann sich bleich abwenden und gegen eine der Säulen lehnen, die den hohen Saal mit seiner gläsernen Kuppel in spielerischer Eleganz trugen. Carus verzichtete auf weitere Ausschmückung der Details und zögerte, ehe er weiter sprach. Seine Stimme war rau geworden und er hatte sie gesenkt. Durch die geöffneten Flügeltüren zog ein Windhauch zur Freitreppe hin und spielte in den langen Vorhängen.

»Wir fanden blutige Laken in der Anstalt. Auch die Strohmatte der Kammer war blutdurchtränkt. Nach vollbrachter Tat muss der Graf die Aktrice zur Elbe geschafft und in den Fluss geworfen haben. Eine Strecke, die ein gesunder, kräftiger Mann in kürzester Zeit zurückzulegen vermag. Wo der Leichnam aufgefunden, und in welchem Zustand, wissen Seine Majestät und Ihre Königlichen Hoheiten selbst.«

Carus machte eine lange Pause und vermied es, den König und seine Neffen anzusehen. Dann seufzte er tief und räusperte sich erneut. »Dies ist wohlgemerkt eine zusammengereimte Geschichte, die ich aufgrund der aufgefundenen Indizien und Erkenntnisse konstruiert habe. Der beschriebene Vorgang ist jener, der mir aufgrund der vorliegenden Beweise und der daraus gezogenen Schlüsse am wahrscheinlichsten erscheint. Ich wage nicht zu entscheiden, ob er wahr ist. Kein menschliches Wesen weiß umfassend, welche Geschehnisse sich in dieser Nacht tatsächlich zugetragen haben. Ich vermute, nicht einmal der Graf selbst, denn sicherlich waren seine Sinne während der Durchführung der Tat schwer verwirrt. Die bestialische Zurichtung der Leiche lässt keinen anderen Schluss zu. Gewiss wird er alles abstreiten. In Anbetracht des offiziellen Abschlusses der Untersuchung, mit dem Ergebnis einer Selbstertränkung der armen Schauspielerin, würde ich alleruntertänigst vorschlagen, die Angelegenheit mit derselben Heimlichkeit zu Ende zu bringen, mit der wir sie stets behandelt haben.«

Nachdem Carus diese Worte gesprochen hatte, war er ein anderer Mensch geworden. Er fühlte sich unendlich leicht, aller Fesseln ledig, nachdem er sich mit dem frechen Betrug über den König und seinen gesamten Hofstaat, ja die Verfassung dieses Landes hinweggesetzt hatte.

Gleichzeitig fühlte er sich armselig und in seinem Innersten erschüttert. Wie leicht war ihm der Verrat über die Lippen gekommen?! Wie keck hatte er ihm bekannte Wahrheiten unterdrückt! Nun galt nichts mehr. Es gab in diesem Fall auf Erden keine höhere Instanz als sein Wort! Und wie leichtfertig, wie doppelzüngig war er damit verfahren? Nein, es gab keine Entschuldigung. Er war nicht besser als Tieck, keinen Deut!

Der Arzt streckte die Hand aus und überreichte dem König ein Schriftstück. Ein Entlassungsgesuch aus königlichen Diensten, seine Leitung des Entbindungsinstitutes ebenso betreffend wie seine Stellung als königlicher Leibarzt. Carus machte eine tiefe Verbeugung und wollte den Saal schon verlassen, als Anton anhub, ihm seine tiefe Dankbarkeit auszusprechen.

Carus' Ausmittelungen hätten die königliche Familie von einem schlimmen Verdacht, der sie alle in tiefstes Unheil hätte stürzen können, befreit. Im gleichen Atemzug gewährte er Carus eine großzügige königliche Leibrente bis an sein Lebensende – ganz gleich, in wessen Dienste er seinen Fleiß und seinen Geist auch immer stellen werde.

Carus war nicht mutig genug, die Gnade, die ihm nicht zustand, abzulehnen. Er verließ den Saal als freier Mann, freier, als er jemals gewesen war. Er fand sich in den glücklichen Zustand versetzt, jegliche Forschung nach seinem eigenen Willen zu gestalten, ohne einem Mäzen Rechenschaft schuldig zu sein. Und doch wollte seine Niedergeschlagenheit nicht weichen. Was sollte er forschen? Welche tiefere Erkenntnis sollte er anstreben, wenn sie doch stets den Launen des Wortes unterworfen und mit einem Zungenschlag leicht zu verfälschen, ja in ihr Gegenteil zu verkehren war? Als Carus den Saal durch den Durchgang zur Neuen Wache hin verlassen hatte, bemerkte er, wie jemand versuchte, schnell zu ihm aufzuschließen. Er ahnte, dass es Johann war.

Der Prinz und nunmehr zweite der Thronfolge, der sich auf literarischem Betätigungsfeld ›der Wahrheitsliebende‹ nannte, zog Carus am Ärmel in eine der Fensternischen hinein, sobald sich die Flügeltüren hinter ihnen geschlossen hatten.

»Auch ich danke Euch mit aller mir zur Verfügung stehenden Huld. Ihr werdet bis an das Ende Eures Lebens nicht nur einen Förderer, sondern einen treuen Freund und Bewunderer Eurer Wissenschaft in mir finden. Wenn mich auch Eure Darlegungen bis an den Rand meiner Kräfte gebracht haben. Sicherlich wollt Ihr nun so schnell wie möglich nach Dresden zurückkehren«, entschuldigte sich der Prinz und legte die Stirn in Falten. »Doch wollte ich Euch noch von einem Vorfall in Kenntnis setzen, der den Casus mittelbar berührt. Aber vielleicht wisst Ihr es bereits, unterstützt es doch die Glaubwürdigkeit Eurer Aussagen in mehr als einer Beziehung. Es handelt sich um Euren Freund, den ehemaligen Hofdramaturgen Ludwig Tieck.«

Carus fühlte einen Stich in der Brust. »Ihr werdet, Königliche Hoheit, ihm nachsehen, dass er es manchmal nicht so ernst nimmt mit der Königstreue. Ich weiß, dass er im tiefsten Herzen ein ehrbarer und seinem Königshause treu ergebener Untertan ist.«

»Ich schätze ihn als den größten Dichter unserer Zeit – nach dem unerreichten Goethe, selbstredend. Die mangelnde Königstreue ist ihm wohl nachzusehen, doch auch um seine Herzenstreue ist es schlecht bestellt.«

»Er steht republikanischen Gedanken denkbar fern, das kann ich Euch versichern.« Carus nahm eine steife, etwas abwehrende Haltung an.

»Republikanischen schon, das glaube ich gern, nicht aber libertinären.«

»Erklärt Euch, Königliche Hoheit!«

»Nun, es drang uns zu Ohren, dass er eine Liaison mit einer ehemaligen Hofschauspielerin zu unterhalten pflegt.«

Carus legte die Stirn in Falten. Es verwunderte ihn, solch eine Anschuldigung aus dem Munde des Prinzen zu hören. Hatte er vergessen, dass Carus um seine tiefsten Geheimnisse wusste?

»Dies allein würde mich auch nicht weiter beunruhigen«, fuhr der Prinz fort. »Wir alle wissen, in welchem Verhältnis der Genussmensch Tieck zu seiner Bewunderin und Gönnerin, der Gräfin Finckenstein gestanden hat – Gott sei ihrer Seele gnädig. Und das alles unter Duldung seiner treuen Frau und dem wohl wissenden Rest der Familie.«

Carus blickte ungeduldig auf den Fliedergarten, denn er wollte aufbrechen nach Dresden. Wäre es nicht ein Prinz des Hauses Wettin gewesen, der ihn hier mit belanglosem Tratsch zurückhielt, er hätte das Gespräch längst beendet.

»Herr Medizinalhofrat, schenkt mir noch einen Moment Eurer pflichterfüllten Zeit. Ich belästige Euch nur deshalb mit dieser Affäre, weil es die Schlussfolgerungen im Falle unserer armen Friederike – Gott sei auch ihrer sündigen Seele gnädig –, die Ihr so brillant dem König und dem Prinzregenten darlegtet, berührt. Wie mir von meiner Gattin zu Ohren kam, unterhält der Dichter Tieck ein amouröses Verhältnis mit der ehemaligen ersten Liebhaberin an unserer deutschen Bühne, der Madame Josefine Bauer, nunmehriger Gräfin Stanislaus von und zu Bunzlau. Also muss dem Grafen zugute gehalten werden, dass sein eifersüchtiger Fauxpas, der ihn vor der gesamten Hofgesellschaft unmöglich und zum Gespött der Residenz gemacht hat, nicht ganz grundlos war. Er hatte ganz im Gegenteil einen guten Grund für seine Wut. Und uns hat der Vorfall in die Lage versetzt zu erkennen, wohin seine Wut ihn trägt.«

»Welchen Grund hatte er für seine Wut? Was wisst Ihr darüber?«, fragte Carus, nun doch neugierig geworden. Das zerknitterte blaue Kleid der Gräfin, die vorsorglichen Bandagen, die ganze Szenerie des Vortages stand Carus mit einem Mal lebhaft vor Augen.

Johann senkte verschwörerisch die Stimme: »Die Madame Bauer, oder vielmehr die Gräfin von und zu Bunzlau war nicht zugegen, als Hofkompositeur vom Schönenbaum sein aufwühlendes Orchesterwerk aufgeführt hat. Ebensowenig Herr Tieck. Vielmehr wurden sie beide auf den Gängen des Schlosses gesehen. In neckischem Schabernack versunken, Albernheiten austauschend, die nur die übermütige, von aller Verantwortung befreite Liebe einflüstert. Und dann, tja dann, wurden sie für die gesamte Dauer des Konzerts gar nicht mehr gesichtet.«

Carus' Blick auf den Innenhof des Schlosses war starr geworden. Er musste sich auf der Fensterbank abstützen. Die Kühle des Sandsteins fuhr ihm durch Hände und Arme direkt ins Herz. Tieck hatte ihn dreist belogen, ihm auf seine unmissverständliche Frage hin die Unwahrheit offen ins Gesicht gesagt! Er hatte die Bauer doch gesehen, sogar viel mehr als nur gesehen! Allem Anschein war er es gewesen, der dem Grafen einen völlig gerechtfertigten Anlass für seinen Angriff geliefert hatte! Einen Angriff, auf den die Bauer allem Anschein nach vorbereitet gewesen war. War es möglich, dass sie diesen Angriff geplant, ja vielmehr provoziert hatten?

Und dann drängte sich ihm noch ein anderer Gedanke auf: Wenn man Tieck beobachtet hatte, mit der Gräfin Bunzlau, womöglich hatte man auch ihn und Ida ...?

Carus spürte, wie sich sein Rücken mit einer Gänsehaut überzog, die bis in den Nacken hinauf reichte. Er schwieg fassungslos. Nachdenklich sah ihn Prinz Johann von der Seite an.

»Ich wusste, dass Euch diese Nachricht treffen würde. Nicht, dass Ihr Euch in Euren Schlussfolgerungen von diesem Wissen beeinflussen lassen mögt. Sicherlich ist der Graf ein durch und durch unmögliches Subjekt und seines Standes gänzlich unwürdig. Sicherlich hat er die Tat, die Sie ihm vorwerfen, begangen. Ich dachte nur, Ihr solltet die ganze Wahrheit kennen.«

Carus blickte Johann ins Gesicht, mit einem Ausdruck, der sich zur zornigen Fratze verzerrt hatte. »Die ganze Wahrheit?«

Erschrocken trat Johann einen Schritt zurück. »Carus, ist Euch nicht wohl?«

»Nein, mir ist nicht wohl. Mir ist ganz und gar nicht wohl. Denn vor mir tut sich die Hölle auf!«

Einen Moment lang war er versucht, sich dem wahrheitsliebenden Prinzen zu offenbaren. Aber dann sah er ein, dass dies alles zerstören würde. Alles. Er besann sich eines Besseren und wurde wieder ruhiger. »Beantwortet mir nur eine Frage, Königliche Hoheit: Habt Ihr der jungen Demoiselle Bernstein Briefe geschrieben? Briefe amourösen Inhalts?«

Der Prinz senkte verlegen sein Haupt und wandte sich ab. »Ihr wisst, ich bin ein Mann des Wortes, Carus, wie Ihr selbst. Doch ich habe schon zu viele Dinge leichtfertig ausgesprochen und muss fürderhin schweigen.«

Wenig später brach Carus gen Dresden auf. Die Suche nach der Wahrheit hatte er längst aufgegeben. Zu dicht war das Lügengespinst, an dem sie alle miteinander fort und fort flochten, in das sie sich immer tiefer einwoben, wie in einen Kokon. Carus wollte heraus aus dieser Hülle. Wollte sie zerschlagen mit einem Streich und endlich hinausschlüpfen. Zu sehr hatte er sich schon verwandelt! Zu Tieck, er musste zu Tieck, denn Tieck besaß das Schwert, das ihn herausschlagen könnte!

Als Carus am frühen Abend bei Dorothea, der hübschen und begabten Tochter Tiecks vorsprach, erhielt er eine Abfuhr. Tieck war nicht zugegen. Dorothea wusste nur zu berichten, dass er verschiedene Geschäfte in der Stadt zu erledigen habe. Sie war einsilbig, wirkte fast ein wenig abweisend, bat ihn nicht einmal herein. Zwischen Tür und Angel erkundigte sie sich dennoch, was den Arzt bedrücke. Sie hatte das sensible und mitfühlende Herz einer Künstlerin, man munkelte sogar, dass sie ihren Vater an künstlerischer Kraft längst übertraf, dieser sie jedoch zu seinen Gunsten und zur Mehrung des eigenen Ruhmes auspresse. Sie spürte, dass Carus litt. Doch der Arzt wollte sich nicht öffnen, nicht ihr gegenüber. Mit jedem Schritt, den er unternahm, spürte er die Wut in sich wachsen, und Wut hatte Dorothea Tieck nicht verdient. Ihrem Vater gebührte die Wut, und der würde sie auch besser zu parieren wissen.

Also weg von Tiecks Haus am Altmarkt. Er wollte sich nicht länger die Sohlen ablaufen auf der vergeblichen Suche nach dem listigen Alten, konnte zurückkehren zur ›Villa Cara‹, der verwaisten Heimat. Als Jakob ihm die Tür zu seinem Hause öffnete, fiel sein Blick augenblicklich auf das Billet, das jemand unter der Tür hindurchgeschoben hatte. Es lag auf dem Dielenboden wie auf einem hölzernen Tablett. Carus hob es auf und augenblicklich stach ihm der Veilchengeruch in die Nase. Der Geruch, der ihm im Laufe dieser Affäre schon so häufig die Sinne verdreht, die Gedanken durcheinandergeschüttelt hatte. Er wusste sofort, von wem das Billet stammte. Er öffnete es und überflog die in schöner, schwungvoller Schrift ausgeführten Zeilen. Madame Bauer, verehelichte Gräfin von und zu Bunzlau geruhte, sich für die sorgfältige und zu baldigem Erfolg führende medizinische Behandlung zu bedanken, die Carus ihr auf dem Hoffest hatte angedeihen lassen.

Carus' Blick fiel auf die Initiale, mit der die Gräfin den Brief unterzeichnet hatte: ›J. v. B‹. Leicht zu verwechseln mit der Initiale ihres Gatten ›S. v. B.‹. Überaus leicht zu verwechseln. Eigentlich kaum zu unterscheiden! Carus lief es heiß und kalt den Rücken hinunter. War es nur eine Täuschung des Erinnerungsvermögens? Oder tat sich vor ihm ein neuer gefräßiger Schlund auf, der nach seinem Verstand lechzte?

Ohne sich seines Rockes zu entledigen, stürzte Carus in das Studierzimmer. Die Schädel starrten ihm aus leeren Augenhöhlen entgegen, grinsend. Er riss die Schubladen des schweren Schreibtisch heraus, wo waren die Liebesbriefe? Da lag das Bündel, in der mittleren Schublade, das Seidenband hielt es fein säuberlich zusammen. Beim Öffnen riss er es beinahe entzweit, so ungeduldig zerrte er an dem dünnen Stoff, doch dann hielt er den ersten der Briefe in der Hand. Er entfaltete ihn und strich ihn auf der ledernen Schreibtischunterlage glatt. Daneben das Billet der Madame. Er schob die Briefe so zurecht, dass die Signaturen unmittelbar nebeneinander zu liegen kamen. Carus genügte ein flüchtiger Blick. Das ›S. v. B.‹ der Liebesbriefe und das ›J. v. B.‹ des Billets stammten untrüglich von ein und derselben Hand. Derselbe ausladende Schwung des ›B‹, derselbe Unterstrich, der die drei Buchstaben schwungvoll in einer ornamentalen Klammer vereinte. Auch im Text immer wieder die gleichen handschriftlichen Eigenheiten, wenn sie auch in den Liebesbriefen mit verfälschender Mühe etwas zittrig daherkamen. Die Bauer hatte offenbar versucht, die etwas härtere Handschrift ihres Gatten zu imitieren – mit geringem Erfolg! Wie plump war Carus ihr auf den Leim gegangen! Abwechselnd führte er die Briefe an die Nase. Kein Zweifel. Auch der Duft stimmte überein. Stanislaus Graf von und zu Bunzlau war keinesfalls einer der Männer, die parfümierte Briefe verschickten. Und der Duft der Bernstein war nicht das Veilchen, es war der Lavendel! Wie früh war ihm diese Unstimmigkeit aufgefallen und wie verbohrt war er gewesen, nicht augenblicklich den richtigen Schluss daraus zu ziehen! Die verräterischen Briefe an die Bernstein stammten weder vom Prinzen noch vom Grafen, sie stammten einzig und allein von der Gräfin! Sie hatte gezielt falschen Verdacht auf ihren Ehemann gelenkt! Welcher Abgrund einer schändlichen Intrige! Und er war ihr aufgesessen! Carus legte den Kopf in die Armbeuge und vergoss heiße Tränen der Scham und Enttäuschung.

Stanislaus Graf von und zu Bunzlau schritt unruhig vor dem Audienzsaal im Wasserpalais des Pillnitzer Schlosses auf und ab. Er hatte die Nacht in Dresden verbracht, der frühe Aufbruch nach Pillnitz war ihm lästig gewesen. Überhaupt verabscheute er dieses Hin- und Herziehen des Hofstaates, das an allen großen europäischen Höfen zum guten Ton gehörte. Wie eine fette Entenmutter kam ihm der König vor, deren Küken ihr einfältig hinterherwatschelten, bald hierhin, bald dorthin, doch immer im Tross. Nicht zu vergessen die Wagenladungen voller Möbel, Essgeschirre, Kleider, Rüstzeug, Schmuck, Preziosen, die zu diesem Zweck stets einige Meilen elbaufwärts nach Pillnitz verbracht werden mussten. Denn einen doppelten Hofstaat zu unterhalten, das ganze Jahr über, einen in Dresden und einen in Pillnitz, dafür war das Haus der Wettiner nicht wohlhabend genug.

Verächtlich schnaubte der Graf durch die Nase, als sich die Tür zum Audienzsaal öffnete, nicht beide Flügel, sondern nur einer, der Graf musste sich regelrecht am Zeremonienmeister vorbeizwängen. Der kündigte ihn mit lauter, kräftiger Stimme an, und der Graf beeilte sich, den

Raum eilig, doch ohne Hast zu durchqueren, um auf eine gebührende Entfernung an die sächsischen Regenten heranzutreten. Der greise König Anton hatte in seinem Prunksessel Platz genommen. Sein Neffe Friedrich August – er galt für fortschrittlich und Anton hatte sich aus diesem Grunde und unter dem Druck reformerischer Kräfte im Staate durchgerungen, ihn zum Mitregenten zu ernennen – stand schräg hinter dem Thronsessel seines Onkels.

Friedrich August blickte stolz, versuchte, seinen eigentlich weichen Zügen eine harte Anmutung zu geben. Anton schien traurig, fast ein bisschen abwesend, aber das war der Eindruck, den der alte König seit einiger Zeit machte. Vor dem bis zum Boden reichenden Fenster, auf den ruhigen Strom der Elbe schauend, entdeckte Bunzlau von Lindenau, den Vorsitzenden des Gesamtministeriums. Er hielt etwas in den Händen.

Der Graf verbeugte sich nicht allzu tief, wie es seine Art war, und blickte den Regenten erwartungsvoll und voller Hochmut entgegen.

Friedrich August gab von Lindenau einen Wink, und flugs eilte dieser mit einem auf samtrotem Kissen aufgebahrten Schriftstück auf den Grafen zu. Der Graf erkannte das Siegel des preußischen Königs.

»Dies ist das Demissionsschreiben, das uns gestern von unserem geschätzten Schwager erreichte. Wie uns der preußische König in einem separaten Schreiben mitteilte, werden Sie mit sofortiger Wirkung vom sächsischen Hofe abberufen. Wir müssen zugeben, dass uns Ihre Abberufung nicht gerade überrascht. Dennoch möchten wir uns für Ihre Dienste am sächsischen Hof erkenntlich zeigen. Wir geruhen daher gnädigst, Ihnen für die dem Königshaus erwiesenen Dienste das Komturkreuz des Sächsischen Verdienstordens zu verleihen.«

Der Mitregent trat vor, ein zweites Kissen wurde herbeigetragen, und Friedrich August heftete dem Grafen mit geübtem Griff den Orden an die Brust. Dann drückte er ihm das gerollte und gesiegelte Verleihungsdekret in die Hand. In diesem Moment meldete sich Anton mit knarrender Stimme zu Wort: »Wir wünschen Euch, dass Ihr an anderen Höfen dem Herrscherhause mit mehr Ehrerbietung begegnen mögt, als Ihr es am sächsischen Hofe getan habt.«

Der Graf lief hochrot an. »Was habe ich mir vorzuwerfen?«

Der alte König ließ die Fäuste auf die in einer Schnecke auslaufenden Sesselknäufe niedersausen. »Vorzuwerfen? Ihr fragt, was Ihr Euch vorzuwerfen habt? Ein Diplomat, der solch ein ehrwürdiges und bedeutendes Herrscherhaus wie das der Hohenzollern vertritt, sollte seine Herzensdinge mit mehr Heimlichkeit, Feingefühl und Gespür für die Notwendigkeiten des guten Tones verfolgen!«

»Wo fehlte es an Feingefühl? Wann habe ich das Herrscherhaus der Wettiner desavouiert?«

Der König schwang sich zu einer Lautstärke auf, die ihm niemand mehr zugetraut hätte: »Allein dieser unsägliche Angriff auf unserem Hoffeste –«

»Mit Verlaub, dies war eine lange fällige Klärung einer familiären Angelegenheit.«

»An unserem Festtag? Eine Unerhörtheit, die sich nicht geziemt für einen Angehörigen Eures Standes!«

Der Graf senkte den Kopf, wenn auch mehr aus Verlegenheit denn aus Demut. »Ich entschuldige mich für –«

»Zu spät!« Friedrich August schnitt ihm das Wort ab. Er trat einen Schritt vor. »Es sind dies auch nicht die einzigen Anschuldigungen, die Sie zu gewärtigen haben.«

»Was wirft man mir außerdem vor?«

»Einen Lebenswandel, der sich nicht schickt für einen Diplomaten Preußens an unserem Hof. Allzu große Nähe zu gewissen jungen Damen, die einem minder würdigen Stand angehören.«

»Seit wann richtet ein Hof über billige Affären und Alltagsgeplänkel?«

»Seit dem es unser Hof ist. Dresden ist viel zu klein, um Gerüchten freien Lauf zu lassen, die aus Mitgliedern des Hofstaates Mörder werden lassen – in diesen Zeiten!«

»Mörder?« Der Graf stieß Luft durch die Nase. »Wer ist in den Ruch eines Mörders geraten? Sprechen Sie etwa von mir?«

Der Mitregent räusperte sich vernehmlich. Man befand sich zwar im Audienzsaal des Königs, nicht jedoch in einem Gerichtssaal. Es war nicht angebracht, es auf eine offene Auseinandersetzung ankommen zu lassen.

Doch Anton wollte die Anschuldigung nicht unbegründet im Raum stehen lassen. »Nun, zumindest steht es außer Zweifel, dass Sie eine amouröse Verbindung mit einer Dame eingegangen sind, die später unter schrecklichen Umständen tot aufgefunden wurde.«

»Sie reden von der Demoiselle Bernstein? Ich wechselte ein paar Worte mit ihr, anlässlich eines Theaterballes, habe ihr wohl ein- oder zweimal Blumen geschickt oder auf die Bühne geworfen, aber, bei meiner Ehre, von einer amourösen Verbindung kann man in diesem Fall beileibe nicht sprechen!«

Friedrich August beeilte sich, den Disput zu beenden: »Wie dem auch sei, es gab andere Fälle. Und es gibt genügend Gründe.«

»Gründe, Gründe, ich verlange, dass mir die Gründe bekannt gemacht werden. Ich beginne allmählich, Intrige zu wittern.«

Bebend erhob sich der greise König von seinem Thron. »Allein wie Ihr Euch jetzt aufführt, Graf Stanislaus, wie Ihr mir ins Wort fallt, Euch widerborstig zeigt gegen eine Entscheidung, die gekrönte Häupter nach reiflicher Überlegung gefällt haben, ist Grund genug, Euch nicht länger als Mitglied des diplomatischen Corps an unserem Hof zu dulden. Ihr steht an Geringschätzung und Missachtung, an Selbstüberhebung und ungezügelter Anmassung den gefährlichsten Elementen in nichts nach. Ihr habt Eurem Herrn keinen guten Dienst erwiesen. Adieu.«

Das durch und durch erschütterte Bild, das der König abgab, das erzürnte Beben seines ganzen Körpers, das Zittern seiner Nasenflügel, der durchdringende Blick, all das verbat jede Widerrede. Der Graf biss sich auf die Lippen, sog Luft durch die Nase, wandte sich um und durchmaß den Raum, der ihm, trotz der zweifellos armseligen Ausmaße für einen königlichen Audienzsaal, unendlich weit wurde. Endlich am Ende des Saales angekommen, drehte er sich noch einmal um, machte eine Verbeugung, noch knapper als gewöhnlich, und trat rückwärts über die Schwelle. Wie von Zauberhand hatten sich die beiden Flügel des Portals geöffnet.

Als sie wieder ins Schloss gefallen waren, ließ Anton sich langsam und ächzend auf den Thronsessel sinken. Friedrich August suchte den Blick des Onkels. Doch der hielt den Kopf gesenkt. Alt und schwach sah er aus.

»Wir können keine Volkserhebung riskieren! Nicht wegen einer Schauspielerin!«, stieß Friedrich August trotzig heraus. Von Lindenau nickte stumm, aber beifällig.

»Wer hat bloß dieses unselige Mordgerücht wieder aufflammen lassen, wo wir es doch mühsam, aber erfolgreich niedergekämpft hatten?«

Friedrich August ging hinüber zur Fensterfront und schaute versonnen auf die Fontäne im Teich, dem Zentrum der Gartenanlage. »Vermutlich hat Carus durch sein eifriges und getreues Wühlen in dem Fall mehr Staub aufgewirbelt, als ihm lieb war, so dass er die Orientierung verloren hat.«

»Es war ein schwerer Fehler, den braven Carus mit solch einer Aufgabe zu betreuen«, bemerkte der alte König bitter.

Friedrich August schwieg. Er überhörte den Vorwurf, denn es war seine Idee gewesen, von einer absolut zuverlässigen Person vertrauliche Erkundigungen einholen zu lassen.

»Es wird uns nichts weiter übrig bleiben, als sein Entlassungsgesuch anzunehmen«, setzte der König hinzu. »Wie leichtfertig haben wir die Dienste dieses herausragenden Geistes missbraucht!«

Friedrich August, der Mitregent wirbelte erzürnt herum. »Seine Dienste bleiben uns erhalten, ja, sie werden noch bedeutsamer werden. Mir war es ohnehin ein Dorn im Auge, dass er stets einen Großteil seiner Kräfte in die Pflege der Ärmsten gelegt hat. Wie leicht kann darüber der Dienst an der königlichen Familie ins Hintertreffen geraten! Und dann seine Lehrtätigkeit am Institut. Nein, es ist gut so. Nun kann er seine ganze Aufmerksamkeit auf die Erhaltung unseres Wohlbefindens richten! Keinesfalls werden wir sein Entlassungsgesuch aus den Pflichten eines königlichen Leibarztes annehmen.«

»Wenn nur seine Treue nicht durch diese unglückselige Affäre einen Bruch erhalten hat.«

»Ihr malt immer alles in den trübsten Farben, Onkel!«

»Wie sonst soll man malen in Zeiten wie diesen, Neffe?«

Friedrich August löste sich vom Anblick des Gartens. Er warf einen letzten Blick auf den alten, in sich zusammengesunkenen König auf seinem Thronsessel. Dann straffte er seine Glieder und ging hoch erhobenen Hauptes zum Seitenflügel hinaus, wo seine Privatgemächer lagen. Der alte König warf sich gegen die Rückenlehne des Thronsessels. Er sah müde aus. Von Lindenau empfahl sich.

Vor dem windschiefen Haus in der Seevorstadt, in dessen niedrigem ersten Stockwerk die unglückliche Friederike Mathilde Bernstein ihr kurzes Dasein gefristet hatte, ließ

Carus die Droschke anhalten. Er kletterte aus dem Wagen, hämmerte mit der geballten Faust gegen die Pforte und trat einen Schritt zurück. Die aufdringliche Alte öffnete. Ihr Zustand hatte sich seit dem letzten Besuch noch verschlechtert. Ihre Gesichtszüge waren eingefallen, sie wirkte ausgezehrt, Carus wähnte sie mit einem Bein im Grab.

»Weib«, begann er ohne Umschweife, »Ihr hattet die Güte, mir zu schildern, wie die bedauernswerte Demoiselle Bernstein sich in Euren altersschwachen Augen darstellte. Ihr gabt mir Aufschluss über das tiefere Wesen der jungen Dame.«

»Ihr nennt sie Dame? Oh, mein Herr, wie könnt Ihr diese ehrlose Person mit einem solchen Titel ehren?«

»Schweig, Alte, ich bin in Eile und erbitte rasche Auskunft.« Er schob die ausgestreckte Hand der Frau unwillig zur Seite. »Ihr wart so gütig, mir zu schildern, dass Ihr in Kenntnis des Inhalts der kompromittierenden Briefe gelangt seid. Mir scheint, Ihr erwähntet weiterhin, Ihr seid des Lesens unkundig. Also muss es eine zweite Person geben, die den Inhalt der Briefe kannte. Die nämliche, die Euch den Inhalt bekannt gemacht hat. Es wird wohl kaum die Demoiselle Bernstein selbst gewesen sein, die Euch ihre geheimsten Geheimnisse offenbart hat?«

Mit Nachdruck streckte ihm die Alte die runzelige und von Altersflecken übersäte Hand erneut entgegen. An ihren Fingern klebten Blut und einige Daunenfedern – offenbar hatte er sie dabei aufgestöbert, wie sie ein Huhn rupfte. Carus zog missmutig ein paar Pfennige aus dem Beutel und ließ sie in die Hand der Alten klimpern.

»Ihr seid schlau, hoch begabt, mein Herr. In der Tat wurden mir die Briefe vorgetragen, ich sage vorgetragen, denn der schöne Klang der Worte wurde mir erst zum Leben erweckt durch eine Frau, die sie vorzulesen versteht wie keine zweite, und zwar ohne Stocken.«

»Eine Schauspielerin?«, riet Carus.

»Eine Schauspielerin, wie sie die Bühne seit ihrem Abtreten nicht mehr gesehen hat. Leider hat ihr Gatte, der ein hoch dekoriertes Vieh ist, sie gezwungen, sich von der Schauspielerei zurückziehen.«

»Ihr sprecht gewiss von Josefine Bauer, nunmehriger Gräfin von und zu Bunzlau?«

Carus konnte seine Ungeduld nur schwerlich im Zaum halten. Beinahe wäre er ihr an den Hals gesprungen, um die Wahrheit aus ihr herauszupressen.

»Gewiss. Josefine Bauer, ihres Zeichens Hofschauspielerin, aber von anderem Blute als dieses lose Mädchen. Gleichwohl hat auch ihr das Schicksal übel mitgespielt.«

»Nun gut. Ihr kennt also jene Dame. Sie ging in diesem Hause ein und aus? Und sie kannte natürlich auch die geheime Lade im Zimmer der Schauspielerin?«

»Natürlich kannte sie die Lade, schließlich logierte sie in dieser Kammer bis zu ihrer Verheiratung mit dem Grafen von und zu Bunzlau«, antwortete die Alte stolz und wischte sich mit dem blutverschmierten Handrücken über die Stirn. Am Haaransatz blieben einige Daunenfedern kleben.

Carus ergriff die Alte bei den dürren, faltigen Unterarmen, ungeachtet des Hühnerblutes, mit dem er sich besudelte, und drang auf sie ein: »Sprecht, Weib, sagt ja oder nein: Es gab in dieser Kammer keine Briefe an die Aktrice Bernstein, so lange nicht, bis die Bauer, respektive Gräfin von und zu Bunzlau welche hineingelegt hat in das Fach – wohlgemerkt, nachdem die Bernstein verschwunden war!«

Die Alte nickte. »Was weiß ich schon, woher sie sie hatte?«

»Und die Schilderungen der frivolen Nächte, der nächtlichen Ritte – alles ... erlogen?«, fragte Carus atemlos.

Nun protestierte die Alte: »Wo, wo denkt Ihr hin! Nur ein wenig ausgeschmückt. War kein Kind von Traurigkeit, das ’moisellchen. Ist schon die ein oder andere Nacht ausgeblieben!«

»Und die Bauer wies Euch an, diese Auskünfte bereitwillig zu verbreiten?«

»Sie sagte, es sei ein harmloses Vergnügen und würde niemandem zu Schaden gereichen«, beteuerte die Alte. Doch als sie sah, wie erschüttert Carus war, fügte sie hinzu: »Urteilt nicht zu hart über sie. Hat sich stets dankbar erwiesen ihrer alten Vermieterin gegenüber. Und ist eine brave Seele.«

»Brav? Ich kenne bravere Seelen. Sie hat die Briefe gefälscht.«

»Gefälscht? Mein Finchen? Warum sollte sie so etwas tun?« Die Augen der Alten hatten sich zu schmalen Schlitzen verengt, durch die sie Carus fixierte.

»Um einen bestimmten Verdacht auf jemanden zu lenken, der ihr zur Last geworden.«

Die Alte fiel vor Carus auf den Boden und umklammerte seine Knie mit solcher Wucht, dass er beinahe hintüber gefallen wäre. »Ihr werdet mein Finchen nicht verraten, Herr, gewiss werdet Ihr es nicht übers Herz bringen. Unwissend und der Waffen unkundig hat sie sich auf dieses Schlachtfeld von Ehe gewagt.«

»Schweigt, Weib!« Carus schrie beinahe. Er erkannte sich selbst nicht wieder. Erschrocken ließ die Alte von seinen Knien ab.

»Nein, ich werde sie nicht verraten. Denn ich habe an ihrer statt bereits mich selbst verraten!«

Carus stürzte aus der Kammer, die Treppen hinunter, dass die polternden Schritte im ganzen Haus zu hören waren, hinaus zur wartenden Equipage.

»Zum Palais des Grafen Bunzlau, in die Königsstraße«, befahl Carus, »und gebt Euren Tieren die Peitsche!«

Die Fenster des Palais waren geöffnet. Der trockene Knall des Schusses lief die Straße hinauf und wieder hinab, und vervielfachte sich im Laufe seiner Wanderung an den verschnörkelten Gesimsen der prächtigen Häuser.

Nicht gar so schnell wie das Geräusch des Schusses, aber ihm dicht auf den Fersen, breitete sich die dazugehörige Neuigkeit aus: Graf Stanislaus von und zu Bunzlau, seines Zeichens preußischer Gesandter und in einer Mesalliance verbunden mit der von der Bühne retirierten Schauspielerin Josefine Bauer, lag in seinem eigenen Blute, erschossen, gerichtet von eigener Hand. Sein Leben währte siebenundvierzig Lenze.

Als die Diener herbeieilten, lag seine Frau schon bei ihm, über ihm und durchtränkte die Paradeuniform, die der Graf allem Anschein nach eigens zum Zwecke der Selbstentleibung angelegt hatte, mit kalten Tränen. Heinrich, des Grafen Diener seit drei Dutzend Jahren, zerrte die Gräfin von dem leblosen Leib herunter und reichte sie an die Köchin weiter. Diese sorgte dafür, dass Josefine alsbald auf dem Korridor vor der verschlossenen Tür des Raumes stand, in dem ihr Mann aufgebrochen war, vor seinen Schöpfer zu treten. Die Gräfin faltete die Hände, hob sie an die Brust und ließ ihr Kinn darauf ruhen. Die Augen hatte sie geschlossen, die Tränen waren bereits getrocknet. Von hinten trat ihr riesenhafter Diener mit dem wilden Kraushaar an sie heran und umfasste ihre Schultern mit einer Zärtlichkeit, die ganz und gar nicht zu einem sibirischen Bären passen wollte.

Carus, der kurz darauf schweißgebadet erschien, eilte an der Bauer und ihrer Leibwache vorbei, ohne sie eines Blickes zu würdigen. Die Neuigkeit war ihm bereits entgegengeeilt und hatte ihn direkt ins Herz getroffen, als sei er selbst das Ziel des Schusses. Er kniete sich neben den Verwundeten auf den Boden, dabei bemüht, jede Berührung mit der sich auf dem Dielenboden ausbreitenden Blutlache zu vermeiden. Er öffnete dem rasselnd atmenden Grafen die Messingknöpfe der Uniform und arbeitete sich bis zu dessen behaarter Brust vor. Zwischen Daumen und Zeigefinger dehnte er das kleine, saubere Einschussloch, mit seinen dunklen, nach innen gewölbten Rändern. Der Lage des Loches nach zu schließen, musste das Herz getroffen sein. Auch die Menge des Blutes, das dem Grafen immer noch aus dem Austrittsloch auf dem Rücken quoll, deutete auf eine Verwundung des Herzens hin. Die Verletzung war so schwer, dass nicht die geringste Hoffnung bestand. Der Arzt des Königs verzichtete darauf, den Körper zu wenden – schließlich hatte er seinen Sonntagsrock angelegt.

»Lasst nach einem Pfarrer schicken«, forderte Carus den Diener auf. In dem Moment setzte das Herz des Grafen aus. Er tat einen tiefen Seufzer, der den letzten Rest von Leben aus seinem Leib entließ. Heinrich schlug die Hände vors Gesicht. Carus senkte den Kopf. Dann faltete er die Hände des Grafen vor der Brust und suchte Worte für ein Gebet, fand jedoch keine. Stattdessen verwirbelten seine Gedanken sich in einem Orkan widerstreitender Gefühle, der jedes planvolle Vorgehen zunichte machte.

Heinrich ließ die Hände sinken und fragte mit bebender Stimme: »Ist es nicht außergewöhnlich, dass sich jemand, der sich umbringen will, ins Herz schießt?«

Carus überhörte die Zielrichtung der Frage und beeilte sich, die Mutmaßungen zu zerstreuen: »Es gibt keine gängigen oder weniger gängigen Praktiken. In derlei Fällen ist alles gleich viel wert, was mit einiger Sicherheit ins Jenseits befördert. Und dies war zweifellos ein sicherer Weg, denn der Graf ist tot.«

Carus deutete auf die Waffe, die der Graf noch in der Hand hielt. Eine alte, doppelläufige Muskete aus der Waffensammlung des Grafen. »Wollt Ihr etwa angesichts dieser Sachlage Zweifel über die Selbsttötung des Grafen anmelden?«

Heinrich ließ sich nicht beirren. »Ich kenne den Grafen seit einem Menschenalter. Er würde sich nicht umbringen –

sich selbst zuallerletzt, und am wenigsten mit solch einer Waffe!«

»Schweigt, Mann! Ich weiß von Verdächtigungen, denen er in den letzten Tagen ausgesetzt war, ungeheuerlichen Mutmaßungen und Anschuldigungen.« Carus erhob sich und sah dem Diener in die Augen, während er sich mit einem Taschentuch die Hände abwischte. »Man sagt, dass er seine Entlassung vom sächsischen Hofe erhalten habe.«

»Lügen. Alles Lügen, um andere, höher stehende Personen zu schützen!«, ereiferte sich Heinrich.

Carus schüttelte den Kopf. »Seid vorsichtig! Ihr wisst genau, mit welcher Geschwindigkeit sich in dieser Stadt Gerüchte verbreiten. Noch sind es drei unüberlegte Worte zwischen Euch und mir, aber ich bin sicher, noch ehe ich dieser Leiche den Rücken gekehrt habe, ist mir das Gerede vorausgeeilt, hin zu den Plätzen und Märkten, wo die Weiber nur darauf warten.«

»Nichts wäre mir lieber, als das Unrecht aller Welt bekannt zu machen!«, schleuderte ihm Heinrich trotzig entgegen. »Der Graf stand in der Blüte seiner Jahre und wusste dies auf vielfältigste Art zu nutzen, wie es das Vorrecht des Mannes ist seit alters her. Nur hatte er das Pech, bei einem Weib zu landen, das ihm diese Vorrechte nicht treu und duldsam nachsah. Wie es die Pflicht des Weibes ist – seit alters her. Und um sich aus der Zange dieses Missverständnisses zu befreien, hat sie ihn –«

»Still! Nichts mehr! Macht Eure unverfrorenen Angaben in Gegenwart einer offiziellen Untersuchungsperson. Ich bin Arzt und bestätige Euch hiermit das Ableben Eures Herrn. Todesursache: Stillstand des Herzens durch das selbsttätige Beibringen einer Schußverletzung in die Brust. So werde ich es niederschreiben, und so wird es amtlich werden. Erhebt ruhig Einspruch, wenn Ihr einen Sinn darin seht, das, was offenbar ist, in Frage zu stellen.«

»Das werde ich tun, ehrwürdiger Hofrat, das werde ich

tun.« Heinrich wandte sich abrupt ab und ging zur Tür hinaus. Carus blieb mit der Leiche im Zimmer zurück und wischte sich mit dem staubigen Taschentuch über die Stirn. Der Staub und das Blut an seinen Händen vermischten sich unansehnlich mit seinem Schweiß und ließen einen rötlichbraunen Striemen auf seiner Stirn zurück. Vorsichtig trat die Bauer ein. Ihr Ungetüm von Diener war nirgends zu sehen.

»Ich danke Ihnen«, flüsterte sie kaum hörbar. Carus wollte aus dem Zimmer fliehen, ohne auch nur einen Blick an sie verloren zu haben. Er wollte jeden noch so geringen Anschein stillen Einverständnisses vermeiden. Doch sie hielt ihn am Arm zurück, so dass er ihr ins Gesicht sehen musste.

Der Grund ihrer Augen war tief und voller Leid – nicht zu ahnen die Fröhlichkeit und Unbeschwertheit, mit der sie ihm noch vor kurzem die Hottentottin gegeben hatte. Komödie, alles Komödie!

»Schauen Sie, ehrwürdiger Medizinalhofrat. Dies ist sein Abschiedsbrief. Ich fand ihn auf dem Schreibtisch, nachdem er sich diese fürchterliche Wunde beigebracht hatte.«

Carus griff nach dem sehr klein gefalteten Blatt Papier. Er schüttelte den Kopf und warf nur einen flüchtigen Blick darauf. Abschiedsbriefe werden nicht gefaltet, da sie möglichst schnell gefunden werden sollen, dachte er bei sich. Dann fiel sein Blick auf das Ende der spärlich beschriebenen Seite. Auf der letzten Zeile prangten die bekannten Initialen ›S. v. B‹ in der gewohnten Machart, auch sie gefälscht – natürlich. Carus erschauerte in dem Bewusstsein, einer kaltblütigen Mörderin gegenüberzustehen. Carus wollte die Wahrheit herausschreien, wollte Heinrich, dem Diener, befehlen, die Polizei rufen zu lassen.

Doch die Angst stand ihm quer im Hals. Zu sehr war er selbst in die Affäre verstrickt, zu wenig kontrollierbar war das, was daraus gemacht werden würde im Falle einer richterlichen Untersuchung. Gewiss käme alles ans Licht, alles! Er musste auch sie schlucken, diese letzte schamlose Lüge, doch er hatte genug davon, war übervoll der Unwahrheiten, sein Magen krampfte sich zusammen, er musste würgen. Ohne die Bauer noch eines Blickes zu würdigen rannte er aus dem Zimmer. Den Abschiedsbrief des Grafen ließ er auf den steinernen Stufen des Treppenhauses liegen.

Carus ließ die Mietkutsche vor dem niedrigen Chaisenhaus auf dem Altmarkt halten. Er warf dem Kutscher einen Viertel Taler in die schwieligen Hände und eilte dann, vorbei an den gaffenden Chaisenträgern, zum Haus an der Ecke hinüber. Auf dem Trottoir vor seinem Laden im Erdgeschoss des Tieckschen Wohnhauses kehrte der Papierhändler Sendig die Platten. Dorothea Tieck übernahm es für gewöhnlich, dem Vater bei ihm die eng zu beschreibenden Bögen zu beschaffen. Sendig richtete ein Wort des Grußes an Carus, doch Carus überhörte ihn, eilte ins Treppenhaus und hetzte die Stufen hinauf. Auf den letzten Treppenabsätzen zum ersten Stock verlangsamte er seine Schritte. Im Eingangsbereich der Tieckschen Wohnung gingen wunderliche Dinge vor sich: Die Tür stand sperrangelweit geöffnet. Vor der Schwelle, im Treppenhaus, waren Kisten und Kästen gestapelt, gekennzeichnet mit dem Monogramm Tiecks und dem seiner verstorbenen Gönnerin, der Gräfin Finckenstein. Dazwischen, in grobleinene Stoffbahnen geschlagen, lehnten die Bilder von den Wänden der Tieckschen Wohnung. Einige Kisten standen offen, sicherlich würden sie demnächst die verpackten Gemälde aufnehmen. Es konnte keinen Zweifel geben, was diese Geschäftigkeit zu bedeuten hatte: Tieck zog aus.

Ohne den Hut abzunehmen betrat Carus mit verwirrtem Gesichtsausdruck die Tieckschen Gemächer. Ein gutes Dutzend Hände waren damit beschäftigt, zu stapeln, zu sortieren, zu verschnüren, zu verpacken, zu versiegeln, zu beschriften. Aus einer noch nicht vernagelten Kiste glänzte Silbergeschirr, aus einer anderen leuchteten Stoffe in gedeckten Farben, die Carus auf den ersten Blick der bescheidenen, unauffälligen Garderobe Dorotheas zurechnete. In eine dritte Kiste bettete ebenjene Dorothea gerade einen Stapel weißer Tischtücher mit roten Stickereien und strich sie mit ihren schlanken Händen glatt. Carus erkannte die Tischtücher. Tieck pflegte sie für gewöhnlich zur Osterzeit auflegen zu lassen.

Einzig das Lesepult mit den silbernen Kerzenleuchtern stand noch an seinem Platz unweit des mächtigen Kachelofens, verwaist, schon jetzt nur noch ein Andenken an einstige Geselligkeit und künstlerische Erbauung in diesen nackten Gemächern. Die Wände waren kahl, grauer Putz schimmerte unter dem weißen Stuckornamentband, das die Decke gegen die Wände absetzte. Selbst die Stofftapete hatte man bereits heruntergenommen und verpackt.

In einem Nebenraum hörte Carus Tiecks spanisches Rohr rastlos hin und her wandern. Der Rhythmus war schneller als sonst, unregelmäßiger, ein Stakkato des Aufbruchs. Das Pochen wurde lauter, Tieck näherte sich. Dann brach es plötzlich ganz ab. Tieck hatte Carus entdeckt. Dieser wandte sich um und sah den väterlichen Freund im Türrahmen zum Nebenzimmer stehen. Tiecks kantiges Gesicht war wie versteinert. Unter der Maske meinte Carus einen Hauch von Trauer zu erkennen. Doch im nächsten Augenblick war er wieder der alte, herzliche Komödiendichter, der mit dem altbekannten spöttischen Lächeln auf ihn zuhumpelte.

»Carus, mein liebster, teuerster Freund –«

Carus unterbrach ihn unwirsch: »Ihr tretet eine Reise an?«

Er blickte Tieck trotzig und geradeheraus in die Augen. Tieck beeilte sich, neben Carus zu treten und ihn freundschaftlich unterzuhaken. Auf diese Weise entkam er seinem Blick.

»Ein Reiseplan, den ich schon lange in meinem Kopf um- und umgewälzt habe. Von dem ich dir, meine ich, auch hier und da andeutungsweise erzählte, den ich aber nun in die Tat umzusetzen gedenke.«

»Nicht, dass ich mich erinnern könnte«, antwortete Carus kühl. »Wird es eine Rückkehr geben?«

Tieck seufzte tief, und Carus hörte, dass es ein ehrlicher Seufzer war. »Wer vermag in die Zukunft zu schauen, lieber, verehrter Freund? Wenn du mich fragst, ob eine Rückkehr geplant ist, so müsste ich mit Nein antworten. Doch die Wege des Schicksals sind verschlungen, das weißt du ebenso gut wie ich.«

»Ihr flieht«, ergänzte Carus in stillem Entsetzen.

Tieck zwinkerte Carus zu: »Ich fliehe nicht. Ich folge einem Ruf, der schon so oft mit Nachdruck an mein Ohr drang. Dem Ruf eines ehrwürdigen Herrschers und dem Wunsch einer verehrungswürdigen Dame. Ich bin zuversichtlich: Du wirst mich dereinst verstehen.«

»Ihr geht nach Berlin? An den Hof des Preußenkönigs?«

»Ganz recht. Ich kehre heim. Der Dresdner Morast ist zu tief für einen gelenkkranken Mann wie mich, täglich hindurchzuwaten und zuweilen bis an die Hüften einzusinken ist nicht gerade ein Pläsier.«

»In Berlin ist der Morast sicherlich geheizt und duftet nach dem neuesten französischen Parfüm!«

Tieck lachte erleichtert auf. »Du legst heute eine Schlagfertigkeit an den Tag, die ich immer an dir vermisst habe. Bravo, mein Teuerster, bravo. In Berlin ist der Morast genauso morastig wie in Dresden. Doch die Straßen sind meistenteils gepflastert und die Straße des Ruhms, die der Preußenkönig mir dort ausgelegt hat, lässt mich trockenen Fußes bis in das Stadtschloss gelangen. Und dort, mein lieber Carus, und ich bin in einem Alter, in dem ich mir im

Gegensatz zu dir über so etwas Gedanken machen muss, dort werde ich die Beschaulichkeit eines unbeschwerten und königlich berenteten Lebensabends genießen. Und du, Carus, solltest nicht so bitterbös und vorwurfsvoll dreinschauen. Denn der Mensch ist schwach, möchte sich so bequem als möglich in dieser beschwerlichen Welt einrichten. Und auch du hast dich, wenn ich das recht überblicke, eingerichtet.« Carus wollte etwas erwidern, doch Tieck schnitt ihm das Wort ab. »Bevor ich es vergesse, ich wollte dir zum Abschied etwas schenken. Ein Geschenk für den, der die Wahrheit liebt.« Tieck suchte mit der freien Hand in seiner Rocktasche, zog einen Brief heraus, eingetrocknete Blutspritzer sprenkelten das Umschlagpapier, ein abgerissenes Siegelband hing lose herab. Es war der Abschiedsbrief aus der Garderobe der Bernstein!

Seiner Verstandeskräfte jäh beraubt nahm Carus den Brief entgegen, betrachtete ihn stumm von allen Seiten und wollte ihn gerade entfalten, da drang das unrhythmische Hufgetrappel eines parierenden Gespanns und das langgezogene ›Hoh‹ eines Kutschers an sein Ohr. Tieck ließ den Ellenbogen seines Freundes los und eilte mit einer Geschwindigkeit ans Fenster, die für einen Mann seiner Konstitution halsbrecherisch war. Carus folgte ihm und erblickte einen großen, geschlossenen Reisewagen, der unten vorgefahren war. Kisten und Kästen waren mit ledernen Riemen hinter der Kabine und auf dem Dach verschnallt, ein ganzer Hausrat schien auf dem Fuhrwerk versammelt. Oben auf dem Bock wartete der Kutscher, während sich der Schlag öffnete. Heraus trat eine Dame, die wegen ihres breitkrempigen und überreich geschmückten Hutes nicht zu erkennen war. Doch Carus wusste, wer sie war. Hatte er doch bereits den Kutscher erkannt: Es war der sibirische Räuberhauptmann.

»Ihr reist nicht allein?«, fragte Carus. Er schluckte, denn die Stimme drohte ihm zu versagen.

Tieck zwinkerte Carus erneut zu. Die Ankunft der Kutsche ließ ihn um Jahre verjüngt erscheinen. »Ein alter, hilfloser Mann wie ich kann doch eine solche Reise nicht ohne Begleitung antreten!«

Carus zögerte zu fragen, denn unter seinen Füßen schien der Dielenboden bereits knackend und sackend nachzugeben, Risse zogen sich über das Holz. Er fragte dennoch, denn er wollte es aus Tiecks Munde hören: »Kenne ich die Dame?«

»Gewiss kennst du sie. Es handelt sich um eine ehemals königliche Hofschauspielerin, die unter meiner Fuchtel zu den hervorragendsten Leistungen an den Dresdner Bühnen auflief.«

Carus konnte ihren Duft schon wittern. Es war der gleiche Duft, der den Bändern der Liebesbriefe entströmt war, der gleiche Duft, der sich wie ein Leichentuch über den toten Grafen gelegt hatte, der gleiche Duft, der Carus stets den Atem nahm. Er wandte sich um und da stand sie auch schon in der Tür. Die frevelhafteste Unbekümmertheit, die unverfrorenste Fröhlichkeit unter der breiten, schweren Hutkrempe, das strahlende Lächeln der triumphierenden Salomé auf dem mondrunden Gesicht. Sie trug einen eleganten Reiseanzug aus schwarzer Seide, der die Farbe der Trauer zum Vorwand für einen äußerst raffinierten und ihre fraulichen Reize betonenden Schnitt nahm. Kein Zweifel, die gemeinsame Flucht war von langer Hand vorbereitet – und Tieck musste in alle ihre Schritte eingeweiht gewesen sein. Carus war ihrer beider Spielball geworden! Er war die Billardkugel, die so lange von Bande zu Bande getrieben wurde, bis es Zeit war, ihr den entscheidenden Stoß zu versetzen.

Carus spürte, wie der Boden unter seinen Füßen wegsackte. Dunkelheit erfasste ihn. Bevor der eiskalte Strom an sein Herz dringen und ihn vollends verschlingen konnte, sprang er hinfort, hetzte zum Ausgang, vorbei an der Bauer, das Veilchenparfüm leckte ihm nach, kroch ihm in die Nase, bis hinauf in die Stirn, er spürte Übelkeit, stürzte die Treppen hinunter an den Kisten vorbei, hinaus auf die Straße. Die Pferde des Reisewagens scheuten, stiegen, der bärbeißige Kutscher rief ihn drohend an, Carus sah das zornige, über und über behaarte Gesicht. Er stolperte, kroch beinahe unter den Hufen der tänzelnden Pferde hindurch, wünschte zertrampelt zu werden, wurde verschont, und rannte davon, so schnell ihn die Beine trugen.

Epilog

Zu Fuß hatte sich Carus aus der Stadt getrollt. Willenlos folgte er seinen Gliedern, die ihn am Schloss vorbei auf die Augustusbrücke trugen. Dort, in der Mitte des Flusses, vertraute er den Abschiedsbrief Seiner Königlichen Hoheit Prinz Johann, Herzog zu Sachsen, an die Hofaktrice Friederike Mathilde Bernstein den Fluten an.

Diesmal hatte Michael mehr Glück. Er angelte den Brief heraus und fand die Muster, die die verschwimmende Tinte und das eingesickerte Blut hinterließen, derart bemerkenswert, dass er den Brief aufbewahrte. Die spärlichen Spuren von Schrift, die noch zu erkennen waren, blieben ihm jedoch ein Rätsel, denn er kannte niemanden, der des Lesens mächtig war. Und später, in seinem zweiten Leben, das ihm durch überaus glückliche Zeitläufte eine Laufbahn als Lehrjunge eines königlichen Schreibers eröffnete, waren die Zusammenhänge so weit in Vergessenheit geraten, dass niemand die Initialen des Unterzeichners mit dem amtierenden König Johann von Sachsen in Verbindung gebracht hätte. In hohem Alter, da Michael vom Schreiber zum Archivar in der Königlichen Bibliothek aufgerückt war, verlegte er wohl den rätselhaften Brief in einen der Bände im Regal. Dort mag er noch heute seiner Entdeckung harren.

Nachdem Carus sich des Schriftstücks entledigt hatte, floh er hinüber auf die andere, die bürgerliche Seite des Flusses, floh aus der Stadt, zum Schwarzen Tor hinaus, wo die zum Tode Verurteilten aus den städtischen Gefilden geführt wurden, dann die Bautzner Straße entlang und hinein in die Heide.

Im sanften Schatten der Kiefern und Buchen verbrachte Carus einige Tage halb im Schlaf, halb im Wachen, jedoch ohne dass sich ein fassbarer Gedanke in seinem Kopf geformt hätte. Er suchte die tröstliche Nähe zur Natur, die er bisher hauptsächlich als Landschaft aufgefasst hatte, und wohl auch den Tod. Doch als der Hunger bohrender wurde, so bohrend, dass er alles Tröstliche, das im Gedanken an den Tod gelegen hatte, verdrängte, erwuchs in ihm ein neuer Lebensdrang. Er hielt nach frühen Waldbeeren Ausschau, nach Bucheckern vom letzten Herbst und allerlei Wurzelzeug, das geeignet war, den Bauch notdürftig zu füllen. Den Durst stillte er in der Prießnitz, und als er beim Trinken des verwahrlosten Zustandes seiner Gestalt ansichtig wurde, wusch er sich sogar ein wenig. Schließlich, nach drei Tagen jämmerlichsten Daseins im Wald, kam der Regen. So lang anhaltend und kräftig, dass er den Staub des Waldes und das Salz der Tränen von Carus' Seele schwemmte. Und dann erfasste ihn der Gedanke an seine Familie. ›Familie‹, wie hohl das klang! Fast so hohl wie ›Freundschaft‹! Was konnte man noch in Ehren halten, da die Ehre selbst zu Staub zerfallen war? Da keine noch so hehre Empfindung vor Verrat gefeit war? Nicht einmal Idas Hochachtung konnte ihm noch sicher sein. Vielleicht wusste sie längst von seinen jämmerlichen Verfehlungen? Hatte ihn längst aus ihrem Herzen verbannt? Doch was, wenn nicht?

Carus seufzte tief und machte sich auf den Weg zurück in die Stadt. Das Schicksal hatte ihn drei Tage am Leben erhalten, das Schicksal würde entscheiden, ob er heil anlangen würde, oder ob ihn auf dem Weg in die Stadt der kalten Herzen die heißblütige Hand eines Mörders in den Staub schmetterte, wie es einst auf ebenjenem Pfad dem Kunstmaler Kügelgen geschehen war. Carus aber erreichte dreckig, abgerissen, doch lebendig und körperlich in leidlicher Verfassung, die Stadt.

Die Familie empfing ihn mit Tränen und erlösenden Umarmungen. Keiner nahm Anstoß an den Kiefernnadeln und Brombeerdornen, nicht am Dreck und nicht an den eingetrockneten Wasserflecken auf dem Rock, und sein Herz begann allmählich, sich zu erwärmen.

Dennoch, in der Folge brach Carus seine medizinischen Forschungen ab und wandte sein Interesse allgemeineren, wichtigeren Dingen zu, wie dem Wesen der Landschaftsmalerei oder den Winkelzügen der menschlichen Seele. Aus dem Leibarzt wurde ein Seelenkundler. Sein Interesse richtete sich fortan nicht mehr auf das Präzise, sondern auf das Ungefähre, nicht genau zu Bestimmende. In der Spekulation lag nun das vornehmliche Interesse des Arztes, die Suche nach einem tieferen, allem innewohnenden Kern von Wahrheit gab er auf.

Friedrichs Nähe suchte Carus daher immer seltener. Dessen tiefe Gewissheit erzeugte Furcht in ihm, und Carus genoss es mehr und mehr, sich der Ungewissheit zu überlassen. Caspar David Friedrich starb Jahre später, verarmt, vereinsamt und von den Kunstkennern der Stadt verlacht, in seinem Haus nächst der Elbe.

In späteren Jahren begegnete Carus einmal Michael, der ihm, auf Carus' Verlangen hin, ein Buch über die Metaphysik des Lichtes aus der Königlichen Bibliothek aushändigte. Er erkannte ihn nicht. Wie sollte er auch, hatte der schlanke Mann mit der Nickelbrille und den vollendeten Umgangsformen doch nichts mehr mit dem Jungen gemein, dem er damals im Innenhof seines Instituts mitleidig nachgeschaut hatte. Und den Brief, der Carus' Leben so schicksalhaft gestreift hatte, hatte Michael damals schon unauffindbar in der riesigen Bibliothek verlegt.

Die Kunst des Kaiserschnitts gelangte auch ohne Carus' Mithilfe zu ihrem entscheidenden Durchbruch. Durch verbesserte Narkosetechniken mit Chloroform und die Einführung der antiseptischen Operation Ende des 19. Jahrhunderts stiegen die Chancen der betroffenen Frauen gewaltig, den Eingriff auch zu überleben.

Prinz Johann wurde, nachdem sein Bruder Friedrich August II. auf einer Reise nach Tirol aus der Kutsche gestürzt und von einem austretenden Pferd tödlich am Kopf verletzt worden war, als Dreiundfünfzigjähriger noch König von Sachsen. Die Nachricht vom Unfalltod des Bruders und amtierenden Königs erreichte ihn auf Schloss Weesenstein. Auf diese Weise avancierte das abgelegene Schloss gar zur Königlichen Residenz, denn auch als König blieb Johann der gebildete Eremit, der er als Prinz gewesen war. Seine neunzehnjährige, ungewollte Regentschaft war mäßig erfolgreich.

Ludwig Tieck wurde auf der Reise nach Berlin von einem Schlaganfall heimgesucht, der ihm die soeben gewonnene Nähe zu ›seiner‹ Schauspielerin wieder verleidete. Die Bauer, verwitwete Gräfin von und zu Bunzlau, wollte ihre weitere Lebensbestimmung nicht darin sehen, einen sabbernden, jeder Bewegung unfähigen Greis, der gleichwohl einen wachen Geist besaß, zu Tode zu pflegen. Diese Aufgabe fiel Tiecks angetrauter Gattin Amalie zu, die dem gelähmten Dichter nachreiste, sobald der Dresdner Hausstand vollends aufgelöst war.

Die treue und talentierte Tochter Dorothea erreichte zwar noch Berlin, sollte ihrem Vater jedoch nach kurzer, fiebriger Krankheit in den Tod vorausgehen, ohne dass sie zu literarischem Ruhm gelangt wäre. Auch Tieck kam in Berlin nicht mehr in den Genuss neuen Ruhms. Dafür aber in den Genuss seines Nachruhms, der sich in einer königlichen Rente materialisierte. Die war auch bitter nötig, um sich das elende Dahinsiechen der letzten Lebensjahre leisten zu können.

Was es sonst noch zu berichten gibt? Es wird vieles gemunkelt. Aber nicht jedem Bericht kann man trauen.